A Companhia de SHARPE

OBRAS DO AUTOR PUBLICADAS PELA EDITORA RECORD

1356
Azincourt
O condenado
Stonehenge
O forte

Trilogia *As Crônicas de Artur*

O rei do inverno
O inimigo de Deus
Excalibur

Trilogia *A Busca do Graal*

O arqueiro
O andarilho
O herege

Série *As Aventuras de um Soldado nas Guerras Napoleônicas*

O tigre de Sharpe (Índia, 1799)
O triunfo de Sharpe (Índia, setembro de 1803)
A fortaleza de Sharpe (Índia, dezembro de 1803)
Sharpe em Trafalgar (Espanha, 1805)
A presa de Sharpe (Dinamarca, 1807)
Os fuzileiros de Sharpe (Espanha, janeiro de 1809)
A devastação de Sharpe (Portugal, maio de 1809)
A águia de Sharpe (Espanha, julho de 1809)
O ouro de Sharpe (Portugal, agosto de 1810)
A fuga de Sharpe (Portugal, setembro de 1810)
A fúria de Sharpe (Espanha, março de 1811)
A batalha de Sharpe (Espanha, maio de 1811)
A companhia de Sharpe (Espanha, janeiro a abril de 1812)

Série Crônicas Saxônicas
O último reino
O cavaleiro da morte
Os senhores do norte
A canção da espada
Terra em chamas
Morte dos reis
O guerreiro pagão
O trono vazio
Guerreiros da tempestade

Série *As Crônicas de Starbuck*
Rebelde
Traidor

BERNARD CORNWELL

A Companhia de SHARPE

Tradução de
Alves Calado

1ª edição

EDITORA RECORD
RIO DE JANEIRO • SÃO PAULO
2017

CIP-BRASIL. CATALOGAÇÃO NA PUBLICAÇÃO
SINDICATO NACIONAL DOS EDITORES DE LIVROS, RJ

Cornwell, Bernard, 1944-
C834c   A companhia de Sharpe / Bernard Cornwell; tradução de Alves Calado. – 1ª ed. – Rio de Janeiro: Record, 2017.

Tradução de: Sharpe's Company
Sequência de: A batalha de Sharpe
Continua com: Sharpe's Sword
ISBN 978-85-01-40309-4

1. Romance inglês. I. Calado, Alves. II. Título.

16-38209
CDD: 823
CDU: 821.111-3

Título original:
Sharpe's Company

Copyright © Bernard Cornwell, 1982

Texto revisado segundo o novo Acordo Ortográfico da Língua Portuguesa.

Todos os direitos reservados. Proibida a reprodução, no todo ou em parte, através de quaisquer meios. Os direitos morais do autor foram assegurados.

Direitos exclusivos de publicação em língua portuguesa somente para o Brasil adquiridos pela
EDITORA RECORD LTDA.
Rua Argentina, 171 – Rio de Janeiro, RJ – 20921-380 – Tel.: (21) 2585-2000, que se reserva a propriedade literária desta tradução.

Impresso no Brasil

ISBN 978-85-01-40309-4

Seja um leitor preferencial Record.
Cadastre-se no site www.record.com.br e receba informações sobre nossos lançamentos e nossas promoções.

Atendimento e venda direta ao leitor:
mdireto@record.com.br ou (21) 2585-2002.

A companhia de Sharpe é para a família Harper
— Charlie e Marie, Patrick, Donna e Terry —
com afeto e gratidão

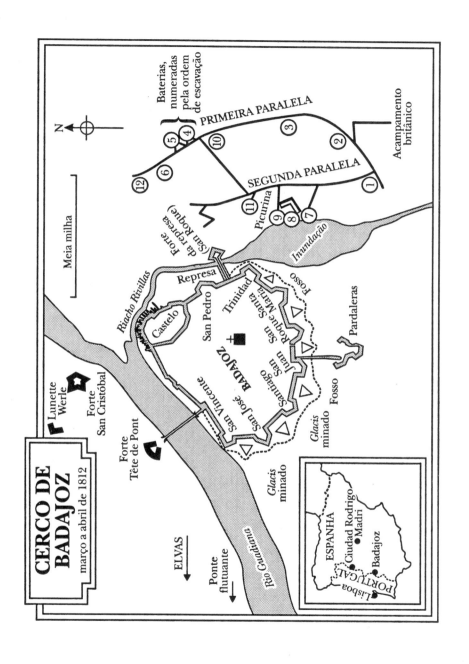

"Agora chegastes a um festim da morte."

WILLIAM SHAKESPEARE
HENRIQUE VI, 1ª PARTE, 4º ATO, CENA 5.

PRIMEIRA PARTE

Janeiro de 1812

CAPÍTULO I

Se for possível avistar um cavalo branco a mais de um quilômetro de distância ao nascer do sol, isso significa que a noite chegou ao fim. As sentinelas podem relaxar e os batalhões podem se sentar, porque o momento de realizar um ataque surpresa ao alvorecer já passou.

Mas não nesse dia. Mal daria para ver um cavalo cinza a cem passos, quanto mais a mais de um quilômetro, e o alvorecer estava retalhado pela fumaça suja dos canhões que se fundia com as nuvens carregadas de neve. Só uma coisa viva se movia no espaço cinzento entre as linhas britânicas e francesas: um pássaro pequeno e escuro que saltitava na neve diligentemente.

O capitão Richard Sharpe, encolhido em seu sobretudo, o observava e mentalmente o instigava a voar para longe. Mexa-se, desgraçado! Voe! Odiava ser supersticioso. Tinha visto a ave minúscula e, súbita e espontaneamente, havia passado a pensar que, se o pássaro não alçasse voo em trinta segundos, o dia terminaria em um desastre.

Contou. Dezenove, vinte, e o maldito pássaro saltitava na neve. Ele não sabia que tipo de passarinho era aquele. O sargento Harper saberia, é claro — o enorme sargento irlandês conhecia todas as aves —, mas saber a espécie não ajudaria em nada. Mexa-se! Vinte e quatro, vinte e cinco, e no desespero ele fez uma bola de neve tosca e a rolou encosta abaixo, de modo que o pássaro, espantado, se lançou aos fiapos de fumaça com alguns segundos de sobra. Às vezes um homem precisa fazer a própria sorte.

A COMPANHIA DE SHARPE

15

Meu Deus! Como fazia frio! Para os franceses não era um problema. Eles estavam atrás das enormes defesas de Ciudad Rodrigo, abrigados nas casas da cidade e aquecidos por lareiras amplas, no entanto as tropas britânicas e portuguesas se encontravam em terreno aberto. Dormiam perto de grandes fogueiras que morriam durante a noite. No dia anterior, ao alvorecer, encontraram quatro sentinelas portuguesas congeladas, os sobretudos presos no chão pelo gelo, mortas junto ao rio. Alguém as tinha jogado na água, quebrando o gelo fino que cobria Águeda, porque ninguém queria abrir covas. Os homens do exército já haviam cavado mais que o suficiente; durante doze dias foi tudo o que fizeram — baterias, paralelas, sapas e trincheiras, e os soldados não queriam cavar nunca mais. Queriam lutar. Queriam subir o declive da fortificação de Ciudad Rodrigo com suas longas baionetas caladas, entrar na brecha da muralha, matar os franceses e tomar aquelas lareiras e casas. Queriam se aquecer.

Sharpe, capitão da Companhia Ligeira do South Essex, estava deitado na neve e olhava através de sua luneta para a maior abertura na muralha. Não conseguia ver muita coisa. Mesmo da colina, a menos de cinquenta metros da cidade, o *glacis* coberto de neve escondia praticamente tudo, menos a parte superior da muralha principal de Ciudad Rodrigo. Dava para ver que os canhões britânicos causaram muitos danos, e Sharpe sabia que as pedras e o entulho deviam ter caído dentro do fosso escondido formando uma rampa grosseira, com talvez trinta metros de largura, pela qual o exército deveria subir para entrar no coração da cidade fortificada. Ele desejou ser capaz de ver para além da brecha, os becos ao pé da torre da igreja com marcas de tiros, tão perto da muralha. Os franceses estariam ocupados do lado de lá, construindo novas defesas e posicionando novos canhões para que, quando irrompesse por cima dos escombros da abertura feita na defesa, o ataque fosse recebido com horror, chamas e metralha bem planejados, com a morte na noite.

Sharpe estava com medo.

Era uma sensação estranha, que não compartilhava com ninguém, e sentia vergonha disso. Não era certo que o ataque fosse acontecer hoje, mas o exército, com o instinto de homens que sabiam que a hora tinha chegado, acreditava que Wellington ordenaria a investida nessa noite. Ninguém sabia quais batalhões seriam escolhidos, mas qualquer unidade que fosse participar da operação não estaria entre os primeiros a subir na brecha. Esse era um trabalho exclusivo dos voluntários, os homens da "Esperança Vã", cuja tarefa suicida era atrair o fogo dos defensores, obrigá-los a acionar as armadilhas preparadas cuidadosamente e abrir um caminho sangrento para os batalhões que viriam atrás. Poucos integrantes da Esperança Vã sobreviveriam. O tenente que comandasse a unidade, se permanecesse vivo, receberia a patente de capitão no ato, e seus dois sargentos seriam promovidos a alferes. As promessas de promoção eram dadas com facilidade porque era raro precisarem ser cumpridas, porém jamais havia escassez de voluntários.

A Esperança Vã era para os corajosos. Podia ser uma coragem nascida do desespero, da imprudência, mas mesmo assim era coragem. Os homens que sobreviviam a uma incursão da Esperança Vã eram marcados pela vida inteira, famosos entre os companheiros, invejados pelos inferiores. Os regimentos de fuzileiros davam uma divisa aos sobreviventes, uma coroa de louros costurada na manga. Mas Sharpe não estava em busca de medalhas. Ele simplesmente queria sobreviver a um teste, o teste supremo da morte quase garantida porque nunca havia feito parte de uma Esperança Vã. Era um desejo idiota, e ele sabia disso, mas o desejo estava lá.

E não era só um teste. Richard Sharpe queria a promoção. Ele tinha entrado para o Exército aos 16 anos como soldado e havia galgado ao posto de sargento. Tinha salvado a vida de Sir Arthur Wellesley no campo de batalha de Assaye e fora recompensado com a luneta e uma posição como oficial. O alferes Sharpe, vindo da sarjeta mas ambicioso, ainda precisava provar, dia após dia, que era melhor que os filhos privilegiados que compravam suas promoções e subiam na hierarquia com a facilidade que o dinheiro proporcionava. O alferes Sharpe se tornou tenente Sharpe e, usando um novo uniforme, o verde-escuro do 96º de Fuzileiros, lutou no norte da Espanha e em Portugal, esteve na retirada de Corunha, em Rolica, em Vimiero, na travessia do Douro e em Talavera. Tinha capturado a águia francesa em Talavera, quando ele e o sargento Harper abriram caminho através de um batalhão inimigo, derrubaram o porta-estandarte e trouxeram o troféu de volta para Wellesley, que se tornou o visconde de Wellington de Talavera. E, pouco antes da batalha, Sharpe recebeu uma promoção provisória ao posto de capitão. Era o que ele mais desejava: a chance de comandar sua própria companhia. Porém agora a promoção provisória tinha dois anos e meio e ainda não havia sido sancionada.

Mal podia acreditar nisso. Tinha voltado à Inglaterra em julho e passado os últimos seis meses de 1811 em Londres e nos condados recrutando homens para o reduzido Regimento de South Essex. Tinha sido exaltado em Londres, homenageado em um jantar organizado pelo Fundo Patriótico e recebido de presente uma espada de 50 guinéus pela captura da águia francesa. O *Morning Chronicle* o chamou de "o Herói da Cicatriz do Campo de Talavera", e, de repente, pelo menos durante alguns dias, todo mundo quis conhecer o fuzileiro grandalhão, de cabelos escuros, com a cicatriz no rosto que lhe dava uma expressão pouco natural, zombeteira. Sharpe havia se sentido deslocado na suavidade dos salões de Londres e tinha escondido o desconforto permanecendo em silêncio e sempre vigilante. Sua reticência fora considerada perigosamente atraente por suas anfitriãs, que mantinham as filhas nos andares superiores e o capitão fuzileiro para si mesmas.

Mas o herói do campo de Talavera não passava de um estorvo para o Quartel-General do Exército no edifício da Guarda Montada. Tinha sido um erro, um erro idiota, mas ele visitara Whitehall e havia sido conduzido a uma sala de espera. A chuva de outono entrava por uma janela alta e quebrada, e ele esperava, com sua enorme espada atravessada sobre os joelhos, enquanto um funcionário com marcas de varíola tentava descobrir o que havia acontecido com a promoção provisória. Sharpe só queria saber se ele era um capitão de verdade, sancionado como tal pela aprovação da Guarda Montada, ou meramente um tenente ocupando um posto cedido temporariamente. O funcionário o mantivera esperando por três horas, mas por fim voltou à sala.

— Sharpe? Com "e"?

Sharpe assentiu. Ao redor dele, um grupo de oficiais da reserva — doentes, aleijados ou cegos de um olho — ouvia com atenção. Todos queriam marcar um horário de atendimento e torciam para que Sharpe ficasse desapontado. O funcionário soprou a poeira dos papéis que carregava.

— É irregular. — Ele olhou para o casaco verde-escuro de Sharpe. — O senhor disse Regimento de South Essex?

— Sim.

— Mas esse, se não estou equivocado, e raramente estou, não é o uniforme do 95º?

O funcionário deu um risinho de satisfação, como se comemorasse uma pequena vitória. Sharpe não disse nada. Usava o uniforme dos fuzileiros porque sentia orgulho do antigo regimento. O trabalho com o South Essex era para ser apenas temporário, mas como iria contar a esse burocrata emproado que havia comandado seu pequeno bando de fuzileiros desde os horrores da retirada de Corunha até se juntar ao exército em Portugal, onde seus homens foram arbitrariamente unidos aos casacas-vermelhas do South Essex? O funcionário torceu o nariz e fungou.

— É irregular, Sr. Sharpe, muito irregular. — Ele pegou o papel de cima da pilha, com os dedos sujos de tinta. — Este é o documento.

O burocrata segurou a promoção provisória de Sharpe como se ela pudesse infeccioná-lo de novo com varíola.

— O senhor recebeu a patente de capitão em 1809?

— De lorde Wellington.

O nome não abria portas em Whitehall.

— Que deveria saber disso. Ora, Sr. Sharpe, ele deveria saber o que estava fazendo! É irregular.

— Mas não incomum, com certeza. — Sharpe havia contido a vontade de descontar a raiva no funcionário. — Achei que o serviço de vocês fosse aprovar esses documentos.

— Ou desaprovar!

O funcionário gargalhou, e os oficiais da reserva deram um sorriso largo.

— Desaprovar, Sr. Sharpe, ou desaprovar!

A chuva entrava pela chaminé e sibilava ao cair no fogo fraco do carvão. O funcionário, cujos ombros estreitos balançavam com a risada silenciosa, tirou um par de óculos dos recessos da roupa e os prendeu ao nariz, como se a promoção provisória, vista através de vidros manchados, pudesse revelar um novo motivo de divertimento.

— Nós as desaprovamos na maior parte das vezes, senhor. Se permitirmos uma, permitiremos todas. Isso atrapalha o sistema, o senhor sabe. Existem regras, regulamentos, ordens!

E o funcionário balançou a cabeça porque era óbvio que Sharpe não entendia nada sobre o Exército.

Sharpe esperou o burocrata parar de balançar a cabeça.

— Parece que vocês levaram muito tempo para tomar alguma decisão sobre essa promoção provisória.

— E ainda não foi tomada! — interveio o funcionário com orgulho, como se a demora provasse a sabedoria da Guarda Montada. Então ele pareceu ceder e ofereceu um sorriso pesaroso a Sharpe. — A verdade, Sr. Sharpe, é que houve um equívoco. Um equívoco lamentável, e felizmente sua visita fez com que ele fosse corrigido. — O burocrata olhou por cima dos óculos com atenção para o fuzileiro grandalhão. — Somos realmente gratos pelo senhor ter atraído nossa atenção para esse equívoco.

— Equívoco?

— O pedido foi preenchido incorretamente. — O funcionário puxou outro papel da pilha na mão esquerda. — Na ficha do tenente Robert Sharp, sem "e", que morreu de febre em 1810. Fora isso, os papéis dele estavam em perfeita ordem.

— E os meus não estão?

— De fato, não, mas o senhor continua vivo. — O funcionário lançou um olhar impertinente para Sharpe. — Temos a chance de consertar as coisas quando um oficial encontra a glória final. — Ele tirou os óculos e os limpou com o documento de Sharpe dobrado. — Isso será examinado, Sr. Sharpe, com celeridade. Prometo. Com celeridade!

— E isso vai ser logo?

— Foi o que eu disse, não foi? Seria errado dizer mais. — O funcionário ajeitou os óculos. — Agora, se me der licença, há uma guerra acontecendo e tenho outros serviços!

Visitar Whitehall tinha sido um erro, Sharpe percebeu mais tarde, porém estava feito, e tudo o que ele podia fazer era esperar. Certamente, dizia a si mesmo dezenas de vezes ao dia, poderiam tornar permanente a promoção. Ainda mais depois de ele ter tomado a águia. Depois de ter trazido ouro de Almeida enquanto a fortaleza ardia em chamas e de ter devastado as melhores tropas francesas nas armadilhas mortais de Fuentes de Oñoro. Lançou um olhar carrancudo por cima da neve para a cicatriz nas defesas de Ciudad Rodrigo. Ele sabia que deveria ter se oferecido para a Esperança Vã. Se a comandasse e sobrevivesse, ninguém poderia lhe negar a patente de capitão. Teria se provado perante o Exército e ganhado a patente, e os burocratas com marcas de varíola em Whitehall poderiam passar a eternidade se coçando porque nada que pudessem fazer, nada, tiraria dele a patente de capitão. Que aqueles desgraçados pegassem varíola!

— Richard Sharpe! — Uma voz baixa atrás dele, cheia de satisfação, e Sharpe se virou.

— Senhor!

— Senti um formigamento nos meus polegares! Eu sabia que você devia estar de volta ao exército. — O major Michael Hogan se arrastou pela neve na direção dele. — Como está?

— Bem. — Sharpe se levantou atabalhoadamente. Limpou a neve do sobretudo e cumprimentou a mão enluvada de Hogan.

O engenheiro riu para ele.

— Você parece um funileiro afogado, mas é bom vê-lo. — A voz do irlandês era intensa e calorosa. — E como estava a Inglaterra?

— Fria e molhada.

— Ah, bem, é um país protestante. — Hogan convenientemente ignorou o tempo úmido e gélido do interior da Espanha que eles enfrentavam. — E como está o sargento Harper? Ele gostou da Inglaterra?

— Gostou, e a maioria das coisas de que ele gostou era roliça e dava risadinhas.

Hogan deu uma gargalhada.

— Um homem sensato. Pode dar minhas lembranças a ele?

— Darei.

Os dois olharam para a cidade. Os canhões de cerco britânicos, longos e de ferro, de vinte e quatro libras, ainda disparavam, o estrondo abafado pela neve, os disparos levantavam nuvens de neve e pedra das muralhas dos dois lados da maior brecha. Sharpe olhou para Hogan de relance.

A COMPANHIA DE SHARPE

— Nosso ataque essa noite é um segredo?

— É um segredo. Todo mundo sabe, é claro, eles sempre sabem. Mesmo antes do general. Segundo os boatos, será às sete horas.

— E o boato se estende ao South Essex?

Hogan balançou a cabeça — ele estava designado ao estado-maior de Wellington e sabia o que estava sendo planejado.

— Não, mas eu tinha a esperança de convencer seu coronel a me emprestar sua companhia.

— A minha? — Sharpe ficou satisfeito. — Por quê?

— Não é grande coisa. Não quero seus rapazes na muralha, mas os engenheiros estão com pouco pessoal, como sempre, e tem um monte de material que precisa ser carregado *glacis* acima. Você ficaria feliz?

— Claro.

Sharpe se perguntou se deveria contar a Hogan seu desejo de acompanhar a Esperança Vã, mas sabia que o engenheiro irlandês pensaria que ele estava louco, por isso não comentou nada. Em vez disso, emprestou a luneta a Hogan e esperou em silêncio enquanto o engenheiro espiava a abertura na fortaleza. Hogan grunhiu.

— Está prática.

— Tem certeza? — Sharpe pegou a luneta de volta, os dedos instintivamente tateando a placa de latão engastada. "Em gratidão. AW. 23 de setembro de 1803."

— Nunca temos certeza, mas não vejo como pode melhorar.

Era trabalho dos engenheiros declarar quando uma brecha estava "prática", o que ocorria, segundo sua avaliação, quando a encosta de entulho podia ser escalada pela infantaria num ataque. Sharpe olhou para o pequeno major de meia-idade.

— O senhor não parece muito feliz.

— Claro que não. Ninguém gosta de um cerco.

Como Sharpe antes, Hogan tentava imaginar que horrores os franceses preparavam para a brecha da muralha. Em teoria, o cerco era o tipo de combate mais matemático. Os atacantes abriam buracos nas defesas, e os dois lados sabiam quando as brechas estavam práticas, mas a vantagem era toda dos defensores. Eles sabiam onde o ataque principal aconteceria, quando e mais ou menos quantos homens eram capazes de atravessar a abertura na defesa. Depois disso a matemática ficava de lado. Era preciso muita habilidade para localizar as baterias, para avançar com a sapa, mas, assim que a ciência dos engenheiros tivesse aberto um buraco na muralha, ficava por conta da infantaria escalar as defesas e morrer no meio do entulho. Os canhões de cerco faziam o que podiam. Disparavam até o último instante, como faziam agora, mas logo as baionetas assumiriam a dianteira e apenas a mais pura fúria levaria os atacantes através do horror preparado para eles. Sharpe sentiu de novo o medo de penetrar numa brecha.

O irlandês pareceu captar seus pensamentos. Ele deu um tapa no ombro de Sharpe.

— Tenho um sentimento com relação a essa aí, Richard. Vai dar certo. — Ele mudou de assunto. — Teve notícias de sua mulher?

— Qual?

Hogan fungou.

— Qual! Teresa, é claro.

Sharpe balançou a cabeça.

— Nenhuma, há dezesseis meses. Não sei onde ela está.

Nem mesmo se está viva, pensou. Ela lutava contra os franceses na *guerrilla*, e as montanhas e rochas de suas batalhas não ficavam longe de Ciudad Rodrigo. Ele não a via desde que os dois se separaram perto de Almeida e, pensando nela, sentiu uma saudade súbita. Teresa tinha o rosto fino e cruel de um falcão, com cabelos e olhos escuros. Era linda como uma boa espada; esguia e rígida.

Então, na Inglaterra, ele tinha conhecido Jane Gibbons, cujo irmão, o tenente Christian Gibbons, tentara matá-lo em Talavera. O tenente Gibbons havia morrido. Jane Gibbons tinha o tipo de beleza idealizado por homens: loira e feminina, magra como Teresa, mas a semelhança terminava aí. A espanhola era capaz de desmontar o fecho de um fuzil Baker em trinta segundos, conseguia matar um homem a duzentos passos, podia montar uma emboscada e sabia dar uma morte lenta a um francês capturado como pagamento pelo estupro e pelo assassinato de sua mãe. Jane Gibbons sabia tocar *fortepiano*, escrever uma bela carta e usar um leque numa dança campestre, além de se deliciar gastando dinheiro nas chapelarias de Chelmsford. As duas eram diferentes como aço e seda, mas Sharpe desejava ambas, embora soubesse que era um sonho fútil.

— Ela está viva. — A voz de Hogan saiu baixa.

— Viva?

— Teresa.

Hogan devia saber mesmo. Apesar da escassez de engenheiros, Wellington havia colocado Hogan em seu estado-maior. O irlandês falava espanhol, português e francês, era capaz de decifrar os códigos dos inimigos e passava boa parte do tempo trabalhando com os *guerrilleros* ou com os Oficiais Exploradores de Wellington, que cavalgavam, sozinhos e uniformizados, por trás das linhas francesas. Hogan coletava o que Wellington chamava de "inteligência", e Sharpe sabia que, se Teresa ainda estava lutando, Hogan teria notícias.

— O que você soube?

— Não muita coisa. Ela passou um bom tempo no sul, sozinha, mas ouvi dizer que voltou. O irmão de Teresa está comandando o bando no lugar dela, mas eles ainda a chamam de "La Aguja".

Sharpe sorriu. Ele tinha dado o apelido a Teresa: a agulha.

— Por que ela foi para o sul?

— Não sei. — Hogan sorriu para ele. — Anime-se. Você vai vê-la de novo. Além disso, eu gostaria de conhecê-la!

Sharpe meneou a cabeça. Fazia muito tempo que ela não se esforçava para encontrá-lo.

— É preciso que haja uma última mulher, senhor, assim como uma última batalha.

Hogan deu uma gargalhada.

— Deus do céu! Uma última mulher. Seu desgraçado pessimista! Daqui a pouco vai me dizer que está estudando para ser padre! — Ele enxugou uma lágrima do olho. — Uma última mulher, é claro! — Hogan se virou para encarar a cidade outra vez. — Escute, amigo, preciso arrumar o que fazer, caso contrário vou ser o último irlandês do estado-maior de Wellington. Você vai se cuidar?

Sharpe deu um sorriso e fez que sim com a cabeça.

— Vou sobreviver.

— Essa é uma boa ilusão à qual se aferrar. Fico feliz que você esteja de volta.

Hogan sorriu e começou a penosa caminhada pela neve em direção ao quartel-general de Wellington. Sharpe se virou de novo para Ciudad Rodrigo. Sobrevivência. Era uma época ruim para lutar. Na virada do ano os homens pensavam no futuro, sonhavam com prazeres longínquos, uma casinha e uma boa mulher, passar a noite com os amigos. O inverno era quando os exércitos ficavam nos alojamentos, esperando que o sol da primavera secasse as estradas e reduzisse o volume dos rios, mas Wellington havia marchado nos primeiros dias do ano-novo, e a guarnição francesa de Ciudad Rodrigo tinha acordado numa manhã fria e descoberto que a guerra e a morte vieram cedo em 1812.

Ciudad Rodrigo era só o começo. Havia apenas duas estradas entre Portugal e Espanha capazes de aguentar a passagem da artilharia pesada, a compressão interminável das rodas das carroças de suprimento e a marcha de batalhões e esquadrões. Ciudad Rodrigo vigiava a estrada norte, e essa noite, quando o sino da igreja badalasse às sete horas, Wellington planejava tomar a fortaleza. Então, como o exército inteiro sabia, como a Espanha inteira sabia, havia a estrada do sul, que precisava ser capturada. Para ficar em segurança, proteger Portugal e atacar a Espanha, os britânicos tinham de controlar as duas estradas, e, para controlar a estrada sul, precisavam primeiro tomar Badajoz.

Badajoz. Sharpe havia estado lá, depois de Talavera e antes de o exército espanhol ter cedido debilmente a cidade aos franceses. Ciudad Rodrigo era grande, mas pequena se comparada a Badajoz. No meio dessa neve, a muralha parecia formidável, mas era insignificante em comparação com os bastiões de Badajoz. Richard Sharpe deixou seus pensamentos vagarem para o sul, pairando com a fumaça dos canhões sobre Ciudad Rodrigo, seguindo por cima das montanhas, até onde a enorme fortaleza lançava sombras escuras sobre as águas frias do rio Guadiana. Badajoz. Os ingleses fracassaram em tomar a cidade dos franceses duas vezes. Logo precisariam tentar de novo.

Ele se virou para se juntar outra vez à sua companhia ao pé da colina. Poderia haver um milagre, é claro. A guarnição de Badajoz poderia ter febre, o paiol poderia explodir, a guerra poderia acabar, mas Sharpe sabia que essas eram esperanças vãs ao vento frio. Pensou na patente de capitão, na promoção provisória, e, mesmo sabendo que Lawford, seu coronel, jamais tiraria a Companhia Ligeira de seu comando, ainda se perguntava por que não tinha se oferecido para a Esperança Vã. Isso asseguraria sua patente, e ele teria passado pelo teste de superar o medo que todo homem tinha de ser o primeiro a penetrar numa brecha defendida. Sharpe não havia se oferecido, e, se não pudesse provar sua coragem — que tantas vezes tinha sido demonstrada — na brecha de Ciudad Rodrigo, teria de prová-la mais tarde.

Em Badajoz.

CAPÍTULO II

Para a surpresa de ninguém, as ordens chegaram no fim da tarde, mas fizeram os batalhões começarem suas atividades em silêncio. Baionetas foram afiadas e oleadas, mosquetes foram verificados diversas vezes. Os canhões de cerco disparavam incessantemente contra as 5. defesas francesas, tentando fazer com que as peças de artilharia que esperavam escondidas tivessem de ser deslocadas. Uma fumaça cinzenta surgia das baterias e subia lentamente, juntando-se às nuvens baixas e volumosas da cor de pólvora molhada.

Os homens da Companhia Ligeira de Sharpe, como Hogan havia 10. requisitado, deveriam se juntar aos engenheiros nas proximidades da maior brecha. Eles carregariam enormes sacos de feno para serem jogados da face íngreme do buraco, formando um enorme colchão sobre o qual a Esperança Vã e os batalhões que avançassem poderiam pular em segurança. Sharpe observou seus homens entrando na trincheira mais avançada, cada um 15. deles segurando um daqueles sacos grotescamente estufados. O sargento Harper largou seu saco, sentou-se nele, ajeitou-o para ficar mais confortável e depois se recostou.

— É melhor que uma cama de penas, senhor.

Praticamente um em cada três homens do exército de Wellington, 20. assim como o sargento, vinha da Irlanda. Patrick Harper era um sujeito enorme, com mais de um metro e noventa de músculos e satisfação, que não mais estranhava lutar por um exército que não era o seu. Tinha se alistado

A Companhia de Sharpe

porque passava fome em seu condado, Donegal, mas nunca se esquecia de sua terra natal, do amor pela religião e pela língua e do orgulho ferrenho que sentia por seus antigos heróis guerreiros. Não lutava pela Inglaterra, muito menos pelo Regimento de South Essex. Lutava por si próprio e por Sharpe. Sharpe era seu oficial, um companheiro fuzileiro e um amigo, se é que era possível um capitão e um sargento serem amigos. Harper sentia orgulho de ser um soldado, mesmo no exército inimigo, pois um homem pode se orgulhar de um serviço bem-feito. Talvez um dia lutasse pela Irlanda, mas não conseguia imaginar isso acontecendo. Sua terra tinha sido subjugada e oprimida, as chamas da resistência foram apagadas havia muito, mas a verdade é que ele não passava tempo demais pensando nisso nem depositava muitas esperanças na Irlanda. Por enquanto, estava na Espanha, e seu trabalho era inspirar, disciplinar, ser indulgente e adular a Companhia Ligeira do South Essex. E fazia isso com brilhantismo.

Sharpe indicou o saco de feno com a cabeça.

— Provavelmente está cheio de pulgas.

— Sim, senhor, provavelmente está. — Harper deu uma risada. — Mas não tem espaço para mais pulgas no meu corpo.

Todos os homens do exército tinham parasitas; eram cheios de piolhos e picadas de pulgas, mas estavam tão acostumados com o desconforto que mal o percebiam. Amanhã, pensou Sharpe, no conforto de Ciudad Rodrigo, eles poderiam se despir, espantar os piolhos e as pulgas com fumaça e passar um ferro quente nas costuras do uniforme para destruir os ovos dos parasitas. Mas isso seria amanhã.

— Cadê o tenente?

— Vomitando, senhor.

— Bêbado?

Harper franziu o rosto brevemente.

— Não sou eu que vou dizer, senhor.

O que significava, Sharpe sabia, que o tenente Harold Price estava bêbado.

— Ele vai ficar bem?

— Sempre fica, senhor.

O tenente Price era novo na Companhia. Um homem de Hampshire, filho de um construtor naval. Dívidas de jogo e gravidezes indesejadas das jovens locais convenceram seu pai, abstêmio e seguidor dos ensinamentos da Igreja, de que o melhor lugar para o jovem Price era o Exército. O construtor naval comprou para o filho uma patente de alferes e, quatro anos depois, tinha ficado feliz em pagar as 550 libras que garantiram a promoção do jovem senhor Price ao posto de tenente. O pai havia ficado feliz porque a vaga de tenente era no South Essex, um regimento que estava seguro no exterior, e ficou satisfeito colocando a maior distância possível entre si próprio e o filho mais novo.

Robert Knowles, o tenente anterior de Sharpe, tinha ido embora. Havia comprado uma patente de capitão num batalhão de fuzileiros, deixando aberta a vaga que Price adquiriu. A princípio, Sharpe não gostou da mudança. Ele havia perguntado a Price por que não tinha entrado para a Marinha, já que era filho de um construtor naval.

— Fico enjoado no mar, senhor. Eu não conseguiria ficar de pé.

— Você não consegue isso nem em terra.

Price demorou alguns instantes para entender, então seu rosto redondo e amistoso, enganadoramente inocente, abriu um sorriso.

— Muito bom, senhor. Engraçadíssimo. Mas, mesmo assim, senhor, em terra, se é que me entende, há sempre algo sólido embaixo. Quero dizer, se a gente cai, pelo menos sabe que é por causa da bebida, e não por causa do maldito navio.

A aversão não durou. Era impossível não gostar do tenente Price. Sua vida era uma busca implacável pela libertinagem negada pela família severa e temente a Deus, e ele tinha bom senso suficiente para garantir que, quando era necessário estar sóbrio, pelo menos conseguisse ficar de pé. Os homens da companhia de Sharpe gostavam dele e o protegiam porque acreditavam que Price não duraria muito neste mundo. Eles argumentavam que, se uma bala francesa não o matasse, a bebida faria o trabalho, ou os sais de mercúrio que tomava para sífilis, ou um marido ciumento, ou, como dizia Harper em tom de admiração, a pura exaustão do sangue. O grande sargento desviou o olhar de seu saco de feno e indicou a trincheira com a cabeça.

— Aí está ele, senhor.

Price ofereceu um sorriso fraco ao dois e se encolheu quando vinte e quatro libras de bala passaram zunindo acima dele, em direção à cidade, depois olhou boquiaberto para Harper.

— No que você está sentado, sargento?

— Num saco de feno, senhor.

Price balançou a cabeça, admirado.

— Meu Deus! Eles deveriam fornecer isso todo dia. Posso pegar emprestado?

— O prazer é meu, senhor. — Harper se levantou e fez um gesto cortês para o tenente, indicando o saco.

Price desmoronou em cima dele e gemeu de satisfação.

— Me acordem quando a glória chamar.

— Sim, senhor. Qual delas é a Glória?

— O humor irlandês, ah, meu Deus, o humor irlandês!

Price fechou os olhos.

O céu escurecia, as nuvens cinzentas se tornavam ameaçadoras, trazendo o momento inexorável. Sharpe puxou alguns centímetros de sua enorme espada da bainha, testou o gume afiado e a embainhou de volta. A espada era um de seus símbolos, junto do fuzil, que o proclamavam como um combatente. Como oficial da Companhia Ligeira, deveria ter mantido a tradição que decretava que carregasse um sabre da Cavalaria Ligeira. Ele odiava aquela arma de lâmina curva e leve. Em vez disso, usava uma espada da Cavalaria Pesada, de lâmina reta e com equilíbrio ruim, que havia apanhado num campo de batalha. Era uma arma bruta, quase 90 centímetros de aço desajeitado, mas Sharpe era alto e forte o bastante para empunhá-la com facilidade. Harper viu o polegar de Sharpe testando o gume.

— Espera usá-la, senhor?

— Não. Não vamos passar do *glacis*.

Harper grunhiu.

— Sempre há esperança.

Ele estava carregando sua extremamente não ortodoxa arma de sete canos. Cada cano tinha meia polegada e todos os sete eram disparados por uma única carga que lançava uma rajada de morte. Apenas seiscentas dessas foram feitas pelo armeiro Henry Nock. Elas foram entregues à Marinha Real, porém o coice fortíssimo havia esmagado ombros de homens e a invenção tinha sido descartada discretamente. O armeiro ficaria satisfeito se visse o enorme irlandês, um dos poucos homens com força suficiente para usar aquela arma, carregando meticulosamente cada cano de cinquenta centímetros. Harper gostava da arma, que o destacava de forma semelhante à espada de Sharpe, e ela havia sido um presente de seu capitão; comprada de um mercador em Lisboa.

Sharpe apertou o sobretudo em volta do corpo e espiou a cidade por cima da trincheira. Não havia muito a ver. A neve, reluzindo com uma miríade de fagulhas metálicas, levava ao *glacis* que era uma continuação da colina onde Ciudad Rodrigo havia sido construída. Dava para saber onde ficava a brecha, ocultada pelo *glacis*, por causa das marcas escuras na neve, causadas pelos projéteis da artilharia de cerco que não chegaram ao alvo. O *glacis* não era projetado para impedir o avanço da infantaria. Era uma encosta de terra que poderia ser subida com facilidade, colocada diante das defesas para fazer com que as balas sólidas que acertassem nela passassem por cima dos defensores. Isso havia obrigado Wellington a capturar os fortes franceses nas colinas próximas, pois assim a artilharia britânica poderia ser posicionada no alto e disparar para baixo, por cima do declive, direto nas muralhas.

Para além do *glacis* ficava um fosso, escondido de Sharpe, que devia ser coberto de pedra e largo; e, para além do fosso, havia muralhas modernas, que por sua vez mascaravam a antiga muralha medieval. Os canhões romperam ambas, a antiga e a nova, e as transformaram num caminho de entulho, mas os defensores deviam ter preparado armadilhas horríveis para proteger a abertura.

Fazia nove anos que Sharpe havia participado de uma operação de cerco, mas podia se lembrar claramente da violência da luta enquanto os britânicos subiam a colina para Gawilghur e mergulhavam no labirinto de muralhas e fossos que os indianos defenderam fervorosa e corajosamente. Ele sabia que Ciudad Rodrigo deveria ser mais difícil — não porque os homens que a defendiam fossem soldados mais competentes, mas porque, assim como Badajoz, era protegida com o uso da engenharia moderna. Havia algo de terrível na precisão das defesas, com os muros falsos e os revelins, o posicionamento de seus bastiões matematicamente calculado e os canhões escondidos. Apenas o furor, a raiva ou o desespero forçaria a ciência a ceder às baionetas. O desespero não seria apaziguado rapidamente. Sharpe sabia que, assim que a infantaria atravessasse a brecha na muralha, com o sangue fervendo, ela seria incontrolável nas ruas da cidade. Era sempre assim. Se uma fortaleza não se rendia, se seus defensores obrigavam o exército inimigo a derramar o sangue numa investida, então o costume antigo, o costume dos soldados, ditava que tudo no interior dela pertencia à vingança dos atacantes. A única esperança de Ciudad Rodrigo estava numa luta rápida e fácil.

Sinos tocaram o ângelus na cidade. Os católicos da companhia, todos irlandeses, fizeram o sinal da cruz, mas se ergueram apressadamente quando o honorável tenente-coronel William Lawford, oficial comandante do South Essex, apareceu. Ele sinalizou aos homens que não se incomodassem com sua presença, riu ao ver Price roncando, assentiu amigavelmente para Harper e ficou ao lado de Sharpe.

— Tudo bem?

— Sim, senhor.

Os dois tinham a mesma idade, 35 anos, mas Lawford havia nascido para o refeitório dos oficiais. Quando era tenente e estava perdido e apavorado em sua primeira batalha, o sargento Richard Sharpe o tinha acompanhado, conduzindo-o como sargentos com frequência conduzem jovens oficiais. Depois, quando ambos estavam nas câmaras de tortura do sultão Tipu, Lawford havia ensinado Sharpe a ler e escrever. Esse conhecimento possibilitou que Sharpe, assim que realizou um ato suicida de bravura, fosse elevado a oficial. Lawford olhou por cima da trincheira, para o *glacis*.

— Vou com você esta noite.

— Sim, senhor.

Sharpe sabia que Lawford não precisava estar ali mas também sabia que não conseguiria dissuadi-lo. Ele olhou de relance para o coronel. Como sempre, o uniforme de Lawford estava impecável, com uma renda de ouro reluzindo acima dos debruns limpos e amarelos da casaca escarlate.

— Use um sobretudo, senhor.

Lawford sorriu.

— Quer que eu me disfarce?

— Não, senhor, mas o senhor deve estar com bastante frio e todo mundo gosta de atirar num coronel chique.

— Vou usar isto.

Lawford levantou uma luxuosa capa da cavalaria com acabamento em pele. Era presa ao pescoço por uma corrente de ouro, e Sharpe sabia que a capa se abriria, deixando o uniforme exposto.

— Ela não vai esconder o uniforme, senhor.

— Não, sargento.

Lawford sorriu. Tinha falado em voz baixa, e a observação era um reconhecimento de que o relacionamento dos dois continuava o mesmo, apesar das promoções. Lawford era um bom oficial que havia transformado o South Essex de um regimento acovardado em uma unidade endurecida e confiante. Mas a vida do coronel não era no Exército. Na verdade, isso era um meio para alcançar seus objetivos, objetivos políticos, e ele queria ser bem-sucedido na Espanha para pavimentar o caminho até o poder em casa. Na guerra, ele ainda contava com Sharpe, o soldado nato, e Sharpe se sentia agradecido pela confiança e pela liberdade.

Do outro lado do rio, no lado de Portugal, as fogueiras do acampamento britânico reluziam no crepúsculo. Nas trincheiras, os batalhões que esperavam o ataque tremiam, bebiam agradecidos o rum fornecido e realizavam os pequenos rituais que precediam a batalha. Uniformes eram ajeitados, cintos eram ajustados, armas eram verificadas obsessivamente e homens tateavam bolsos e bolsas em busca dos talismãs que os mantinham vivos. Um pé de coelho da sorte, uma bala que quase o havia matado, uma lembrança de casa ou apenas uma pedra simples que tinha atraído seu olhar enquanto estava sob fogo pesado num campo de batalha. E os relógios marcaram a passagem da última meia hora.

A COMPANHIA DE SHARPE

Generais se inquietavam na tentativa de se convencer de que o plano era o mais perfeito possível, majores de brigada repassavam ordens de última hora, enquanto os homens propriamente ditos mantinham aquele ar cauteloso, tenso, que soldados têm antes de um evento que exige a morte deles para que se torne memorável. Mochilas eram empilhadas para serem vigiadas por homens que esperariam nas trincheiras, e baionetas eram encaixadas e torcidas no cano dos mosquetes. O serviço, segundo o general Picton, seria feito com o ferro das lâminas; não haveria tempo para recarregar um mosquete na travessia da muralha, apenas para avançar com a baioneta estendida em busca do inimigo. Eles esperavam pela noite. Faziam piadinhas, lutavam com a imaginação.

Às sete horas estava escuro. O grande relógio da torre da igreja que havia sido atingida e marcada por balas de canhão chiou ao se preparar para indicar a hora. O som era nítido através da neve. As ordens deveriam chegar logo. Os canhões de cerco pararam de atirar, um silêncio súbito que não parecia natural após os dias de ataque incessante às defesas. Sharpe ouviu gente tossindo, batendo os pés, e os sons baixos eram uma lembrança terrível de como os homens eram pequenos e frágeis contra as defesas de uma fortaleza.

— Vão! — Os majores de brigada receberam as ordens. — Vão!

Lawford tocou no ombro de Sharpe.

— Boa sorte!

O fuzileiro notou que o coronel ainda estava sem a capa, mas agora era tarde demais. Houve uma agitação nas trincheiras, um farfalhar enquanto os sacos de feno eram empurrados, e então Harper estava ao lado dele e, para além do sargento, o tenente Price, de olhos arregalados e pálido. Sharpe riu para os dois.

— Venham.

Eles subiram a escada para a plataforma de tiro, passaram por cima do parapeito e seguiram em silêncio em direção à brecha.

1812 havia começado.

CAPÍTULO III

A neve estava quebradiça, parecendo cascalho sob as botas de Sharpe. Atrás dele era possível ouvir o som de homens escorregando na brancura, a respiração áspera no ar frio, o equipamento tilintando enquanto eles começavam a subir o morro em direção ao *glacis*.

5. A parte de cima das defesas estava delineada por uma leve neblina vermelha onde luzes da cidade, fogueiras e tochas presas a suportes reluziam na névoa noturna. Não parecia real, mas para Sharpe as batalhas não costumavam parecer reais, especialmente agora, enquanto subia a encosta coberta de neve em direção à cidade que aguardava em silêncio. A cada

10. passo esperava a explosão súbita de canhonaços e o som agudo da metralha. Porém, os defensores estavam silenciosos, como se não percebessem a massa de homens se movendo vigorosamente na neve em direção a Ciudad Rodrigo. Sharpe sabia que, em no máximo duas horas, tudo estaria acabado. Talavera havia demorado um dia e uma noite, Fuentes de Oñoro, três dias,

15. mas ninguém conseguia suportar o inferno da brecha de uma muralha por mais de duas horas.

Lawford estava ao lado dele, a capa ainda dobrada no braço e a renda dourada refletindo a fraca luz vermelha adiante. O coronel riu para Sharpe — ele parecia muito jovem, pensou o fuzileiro.

20. — Talvez os estejamos surpreendendo, Richard.

A resposta foi imediata. Da frente, da esquerda e da direita os artilheiros franceses encostaram as mechas nos tubos de escorva, os canhões deram um coice nas conteiras e as metralhas foram disparadas por cima do *glacis*. A parte superior da muralha pareceu irromper em grandes nuvens de fumaça agitada, o interior delas iluminado por lanças feitas de chamas que se estendiam por cima do fosso, cravando suas pontas de luz na encosta coberta de neve. Depois dos estrondos, tão próximos que os sons ficavam indistinguíveis, vieram as explosões das metralhas, latas de metal cheias de balas de mosquete que se despedaçavam com uma carga de pólvora. As balas desceram com força. A neve ficou salpicada de vermelho.

Houve gritos distantes, à esquerda, e Sharpe soube que a Divisão Ligeira, que investia contra a brecha menor, estava se lançando por cima do *glacis* e entrando no fosso. Ele escorregou na neve, recuperou-se e gritou para seus homens:

— Vamos!

A fumaça vinha lentamente do *glacis*, levada para o sul pelo vento noturno, para em seguida ser renovada pela próxima saraivada dos artilheiros. As metralhas se despedaçaram outra vez, a massa do exército britânico se apressou enquanto os gritos de oficiais e sargentos impeliam os homens encosta acima até a segurança questionável do fosso. Lá atrás, do outro lado da primeira paralela, havia uma banda tocando, e Sharpe captou um trecho da música. Em seguida, estava no topo da encosta, com o fosso escuro abaixo.

Era tentador não ir até o alto da encosta e, com a esperança de que desse certo, jogar os sacos para a escuridão, mas Sharpe tinha aprendido havia muito tempo que os poucos passos que o homem tem medo de dar são os mais importantes. Levantou-se no topo, com Lawford ao lado, e gritou para seus homens se apressarem. Ouviu-se um baque suave quando os sacos de feno atingiram a escuridão abaixo.

— Por aqui! Por aqui!

Ele conduziu seus soldados para a direita, para longe da brecha, depois de terminar o serviço. Os homens da Esperança Vã pulavam no fosso, e Sharpe sentiu uma pontada de inveja.

— Abaixem-se! Abaixem-se!

Sharpe fez com que seus homens se deitassem no alto do *glacis*, e os canhões ressoavam acima, tão perto que a Companhia Ligeira podia sentir o bafo quente da artilharia. Os batalhões vinham atrás para seguir a Esperança Vã.

— Cuidado com a muralha!

A melhor ajuda que a Companhia Ligeira poderia oferecer agora era atirar por cima do fosso assim que avistasse algum alvo.

Tudo era escuridão. Vinham sons do fosso: botas se arrastando, uma baioneta raspando em alguma coisa, um palavrão abafado, e em seguida pés no cascalho que lhe diziam que a Esperança havia chegado à brecha e subia pela encosta de pedras. Clarões de mosquete reluziam no alto da brecha: a primeira oposição à Esperança Vã. Porém, não parecia fogo pesado, e Sharpe ouvia os homens ainda subindo.

— Até agora... — Lawford não terminou a frase. Vieram gritos de trás, e Sharpe se virou e viu os atacantes chegarem ao alto do *glacis* e pular descuidados no fosso. Houve gritos de soldados que erravam os sacos de feno ou caíam em cima dos colegas, mas os primeiros batalhões estavam posicionados e avançavam na escuridão. Sharpe ouviu o rosnado que recordava, da época de Gawilghur. Era um som fantasmagórico feito por centenas de homens num local pequeno, preparando-se para entrar na brecha estreita, um som que duraria até a batalha ser decidida. — Está correndo tudo bem!

O rosto de Lawford mostrava nervosismo. Estava correndo bem demais. A Esperança devia estar chegando ao fim da longa subida, o 45° e o 88° iam nos seus calcanhares, e, mesmo assim, a única reação dos franceses até o momento tinha sido disparar alguns poucos tiros de mosquete e a metralha, que explodia muito atrás, acima das reservas que avançavam. Devia haver algo mais à espera na brecha.

Uma chama tremeluziu no alto da muralha, espalhou-se como fogo em palha seca, depois se ergueu no ar e mergulhou no fosso. Outra chama veio logo em seguida, e outra, e a brecha foi iluminada como o dia enquanto amontoados de palha comprimida e encharcada de óleo eram acesos e jogados no fosso, possibilitando aos defensores ver os alvos. Houve um grito de comemoração dos franceses, um grito de triunfo e desafio, e balas de mosquete foram disparadas contra a Esperança Vã, revelada perto do alto da encosta de pedras amontoadas. O grito foi respondido pelo 45° e pelo 88° conforme os batalhões corriam para a frente, uma massa escura no labirinto confuso do fosso, e o ataque começou a parecer fácil.

— Fuzis! — gritou Sharpe.

Restavam-lhe onze fuzileiros, sem contar Harper e ele próprio, dos trinta que havia conduzido para longe dos horrores da retirada de Corunha, três anos antes. Eram o cerne de sua companhia, os especialistas de jaqueta verde, cujos modernos fuzis Baker podiam matar a mais de trezentos passos de distância, enquanto o mosquete de cano liso, o Brown Bess, era praticamente inútil a mais de 50 metros. Ouviu o estalo característico das armas, menos abafado que o dos mosquetes, e viu um francês cair para trás enquanto tentava jogar outro amontoado de palha em chamas pela encosta da brecha. Sharpe desejou ter mais fuzis. Havia treinado alguns de seus casacas-vermelhas para usar a arma, porém gostaria de ter mais.

Sharpe se abaixou ao lado de Lawford. Os franceses passaram a usar metralha, e seus disparos partiam do cano dos canhões como tiros de espingarda. Ouviu o assobio das balas acima da cabeça e viu uma chama partir para o fosso, na direção dos batalhões apinhados. À luz do fogo pôde ver que os britânicos de casaca vermelha se aproximavam da metade da subida. A Esperança Vã, ainda quase intacta, estava a apenas alguns passos do topo, as baionetas erguidas, e atrás da unidade a metade inferior da brecha estava escurecida pela massa da coluna de assalto.

Lawford tocou o braço de Sharpe.

— Está fácil demais!

Mosquetes disparavam contra o ataque, mas não eram suficientes para contê-lo. Os homens no fosso sentiam a proximidade da vitória, obtida com facilidade, e a coluna avançou para a brecha como uma fera se estendendo para fora do fosso. A vitória estava perto, a apenas alguns segundos de distância, e o rosnado era um grito de comemoração que aumentava conforme a coluna subia.

Os franceses permitiram nosso avanço. Deixaram a Esperança chegar ao topo da parte destruída da muralha e então revelaram a defesa. Houve duas explosões terríveis, ensurdecedoras, e chamas atravessaram a abertura na muralha. Sharpe se encolheu. Ao grito de comemoração foram acrescentados berros, salpicados pelo barulho da metralha, e ele viu que os franceses haviam posicionado dois canhões escondidos em recessos escavados na muralha, dos dois lados da brecha, que podiam realizar disparos transversais ao ataque. Não eram canhões pequenos, não eram canhões de campanha, e sim peças enormes cujas chamas atravessavam como lanças os trinta metros de largura da abertura.

A Esperança Vã desapareceu, extinta numa confusão de chamas e metralha. A frente da coluna foi despedaçada por disparos que dilaceraram a parte superior da brecha, limpando-a com tanta facilidade que parecia desdenhar dos atacantes. O rosnado hesitou e se transformou em gritos de advertência, então a coluna recuou, não por causa dos canhões, mas de um novo perigo.

Surgiram chamas em meio ao entulho amortalhado pela fumaça, serpentes lívidas que bruxuleavam nas pedras, relâmpagos prateados que desciam até chegar às minas que foram escondidas na brecha da muralha. As explosões despedaçaram a parte inferior do declive, lançando homens e alvenaria no ar, frustrando o primeiro ataque. O moedor de carne da brecha tinha começado a se inverter.

Ainda dava para ouvir o rosnado dos soldados. Os homens de Connaught e Nottinghamshire retornaram para a brecha, passando por cima de seus mortos mutilados e pelos buracos pretos e cheios de fumaça onde as minas tinham sido enterradas, e os franceses gritaram insultos para eles, chamando-os de amantes de garotos e fracotes, e os xingamentos vinham acompanhados de mais amontoados de palha em chamas e pedaços de madeira ou pedra que rolavam encosta abaixo e faziam os homens recuarem para a base coberta de sangue da brecha. Os enormes canhões em seus nichos escondidos nos flancos eram recarregados, prontos para os próximos alvos, e os homens abriram caminho encosta acima pela rampa ensanguentada até que um trovão ressoou de novo, as chamas se lançaram no buraco da muralha e a miríade de projéteis de metralha limpou as pedras.

O ataque havia sido repelido de forma sangrenta, mas tudo o que se podia pensar era em seguir adiante. A base da rampa estava apinhada de homens dos dois batalhões que subiam de novo com a bravura insensata e fervorosa da guerra de cerco.

Lawford agarrou o braço de Sharpe e se inclinou para perto do ouvido dele.

— Esses malditos canhões!

— Eu sei!

Eles dispararam outra vez, um pouco cedo demais, e estava claro que ninguém conseguiria passar por aquilo. Os canhões estavam enfiados no coração da muralha grossa e baixa da cidade, e nenhuma arma de cerco britânica teria como acertá-los; não até Wellington passar uma semana disparando contra cada nicho até que toda a muralha desmoronasse como a própria brecha. Diante de cada canhão, revelada pelos amontoados de palha em chamas, havia uma trincheira que defendia os artilheiros dos inimigos, e, enquanto as duas peças estivessem disparando através da brecha, uma mirando ligeiramente acima e à frente da outra, não haveria vitória.

As tropas subiam outra vez, agora mais devagar, tomando cuidado com os canhões e tentando evitar as granadas em chamas que os franceses lançavam na encosta. As explosões vermelhas pontuavam os atacantes dispersos. Sharpe se virou para Harper.

— Sua arma está carregada?

O sargento enorme assentiu, riu e levantou a arma de sete canos. Sharpe retribuiu o sorriso.

— Vamos participar?

Lawford gritou para eles.

— O que vocês vão fazer?

Sharpe apontou para o lado mais próximo da brecha.

— Vamos atrás do canhão. O senhor se importa?

Lawford deu de ombros.

— Tenham cuidado!

Não havia tempo para pensar, só para pular no fosso e rezar para não torcer ou quebrar o tornozelo. Sharpe caiu desajeitadamente, escorregando na neve, mas uma mão enorme agarrou seu sobretudo e o puxou para que ficasse de pé, então os dois atravessaram o fosso correndo. Fora um pulo de seis metros, e parecia que tinham ido parar no fundo de um caldeirão gigantesco, um vaso de fogo de um alquimista. As chamas caíam sobre eles. Amontoados de palha desciam rolando, e mosquetes e canhões disparavam. O fogo era lançado sobre vivos e mortos, refletindo-se nas nuvens baixas que seguiam para o sul, na direção de Badajoz. Só havia um jeito de sobreviver naquele caldeirão, e era indo para cima. A coluna subia de novo enquanto Sharpe e Harper davam a volta na massa de homens. Então os canhões falaram, e o ataque recuou com a metralha nascida das chamas.

Sharpe estivera calculando o intervalo entre os disparos e sabia que os artilheiros franceses levavam cerca de um minuto para recarregar cada arma enorme. Contou os segundos mentalmente enquanto, acompanhado de Harper, tentava atravessar a massa de irlandeses à esquerda do buraco na muralha. Os dois tiveram de se esforçar para abrir caminho na confusão, chegando à borda da encosta, e o fluxo de homens os levou para a frente de modo que, por um instante, Sharpe achou que seriam carregados para o alto da rampa formada pelo entulho. Então os canhões dispararam outra vez, e os homens à frente recuaram. Algo molhado bateu no rosto de Sharpe e o ataque se partiu em pequenos grupos. Ele tinha um minuto.

— Patrick!

Os dois se lançaram na trincheira ao lado da brecha, a trincheira que protegia o canhão. Ela já estava cheia de homens se abrigando da metralha. Os artilheiros franceses, um pouco acima deles, deviam estar enfiando as esponjas e socando desesperadamente os grandes sacos de sarja cheios de pólvora nos canos enormes, enquanto outros esperavam com os sacos pretos e irregulares da metralha. Sharpe tentou não pensar neles. Olhou para cima, para a borda inferior do nicho na muralha. Era alto, bem mais alto que um homem, por isso firmou as costas na muralha, juntou as mãos em forma de concha e assentiu com a cabeça para o sargento.

Harper apoiou a bota enorme nas mãos de Sharpe, engatilhou a arma de sete canos e também assentiu. Sharpe impulsionou e Harper subiu — o irlandês pesava tanto quanto um pequeno bezerro. Sharpe fez uma careta por causa do esforço e então dois homens dos Connaught Rangers, percebendo a intenção deles, juntaram-se e empurraram as pernas de Harper. O peso desapareceu de repente. Harper havia agarrado a borda do nicho com uma das mãos, ignorando as balas de mosquete que acertavam a muralha ao lado dele, ergueu a arma enorme por cima da borda, mirou às cegas e puxou o gatilho.

O coice o empurrou para trás, lançando-o com violência no lado oposto da trincheira, mas Harper se levantou atabalhoadamente, gritando em gaélico. Sharpe sabia que ele estava dizendo aos compatriotas que subissem a muralha e atacassem os artilheiros do canhão enquanto eles ainda estavam atordoados com o estrondo. Mas não adiantava tentar escalar a muralha íngreme, e Sharpe pensou nos artilheiros sobreviventes carregando o canhão enorme.

— Patrick! Me jogue!

Harper agarrou Sharpe como se ele fosse um saco de aveia, respirou fundo e o jogou para cima. Era como ser lançado pela explosão de uma mina. Sharpe agitou os braços, o fuzil escorregando do ombro, mas ele o agarrou pelo cano, viu a borda do nicho e estendeu desesperadamente a mão esquerda. Ela se firmou, e uma perna conseguiu se apoiar na pedra. Sabia que os franceses estavam atirando nele, mas não tinha tempo para pensar nisso, porque havia um homem correndo na sua direção, com um soquete erguido para golpeá-lo, então Sharpe atacou com o fuzil. Teve sorte. A coronha com acabamento em latão acertou a têmpora do francês, que foi lançado para trás cambaleando. Sharpe havia pulado no nicho e se equilibrado. A enorme espada saiu da bainha com um som metálico, e ali estava o júbilo.

Os artilheiros tinham sofrido um duro ataque das sete balas, que ricochetearam no nicho de pedra. Sharpe viu corpos caídos ao lado do enorme cano de ferro do que ele reconheceu como um canhão de cerco, mas ainda havia homens vivos vindo na sua direção. Brandiu a enorme lâmina de sua espada, impelindo-os para trás, então golpeou com ela e a sentiu estremecer ao rachar um crânio. Sharpe gritou para eles, amedrontando-os, escorregou em sangue, soltou a lâmina do crânio e investiu outra vez. Os franceses recuaram. Estavam em seis contra um, mas eram artilheiros, soldados mais acostumados a matar a distância do que vendo o rosto selvagem do inimigo acima de uma espada desembainhada. Eles se encolheram, e Sharpe se virou, retornando à borda do nicho e encontrando um braço agarrado desesperadamente à pedra. Segurou o pulso e puxou um Connaught Ranger para o nicho do canhão. Os olhos do sujeito brilhavam de empolgação. Sharpe gritou para ele:

— Ajude os outros! Use a alça da sua arma!

Uma bala de mosquete passou perto de sua cabeça, retinindo no cano do canhão. Sharpe se virou e viu os familiares uniformes da infantaria francesa descendo apressadamente a escada de pedra para resgatar o canhão. Sharpe avançou na direção deles, com a selvageria da batalha, e lhe ocorreu o pensamento louco de que desejava que o funcionário desgraçado de rosto maligno de Whitehall pudesse vê-lo agora. Talvez assim Whitehall soubesse o que seus soldados faziam, mas não havia tempo para pensar nisso porque a infantaria descia pelo espaço estreito ao lado do cano. Ele pulou para lá, gritando e estocando com a ponta, impelindo-os para trás, consciente de que estava em número muito menor.

Eles pararam, deixaram que Sharpe se aproximasse e contra-atacaram com suas longas baionetas. A espada não era longa o suficiente! Sharpe a brandiu contra os franceses, defletindo as investidas das baionetas, mas uma delas atravessou sua defesa e ele sentiu a lâmina acertar seu sobretudo. Sharpe agarrou o cano do mosquete com a mão esquerda, puxou o sujeito, desequilibrando-o, e baixou o grande punho de latão da espada na cabeça dele. O inimigo recuou com o golpe. Outra baioneta veio em sua direção, fazendo-o se desviar, então ele escorregou, bateu no canhão de cerco e caiu. Sharpe brandiu a espada inutilmente e viu as baionetas acima dele. Sua raiva era inútil porque não podia se defender delas.

O grito foi emitido numa língua que ele não falava, mas era a voz de Harper. O enorme irlandês esmagava o inimigo usando a arma de sete canos como um porrete. Ele ignorou Sharpe, passando por cima dele, riu para os franceses, brandiu a arma e avançou como seus ancestrais haviam feito em batalhas maravilhosas na névoa do amanhecer. Entoou as mesmas palavras que seus antepassados proferiram em combates, e os homens de Connaught estavam ao seu lado. Nenhuma tropa no mundo poderia resistir a sua raiva e seu ataque. Sharpe se abaixou sob o cano. Havia mais inimigos, agora com medo, e ele golpeou com a espada, impelindo-os para trás, estocando-os, desafiando-os. Os franceses correram para a escada de pedra atrás deles, e os homens ensandecidos de casaca vermelha e de jaqueta verde avançaram, passando por cima dos corpos, retalhando-os e cortando-os. Sharpe sentiu a lâmina ficar presa na costela de alguém e a puxou de volta. De repente os únicos inimigos eram os sobreviventes que se encolhiam na base da escada, gritando que se rendiam. Não seriam ouvidos. Os homens do Connaught perderam amigos no combate daquela noite, velhos amigos, e as lâminas foram usadas em golpes curtos e eficientes. As baionetas ignoraram os gritos franceses e terminaram o serviço rapidamente, então o nicho foi tomado pelo fedor de sangue fresco.

— Para cima!

Ainda havia inimigos na muralha, inimigos que podiam disparar contra o nicho do canhão, e Sharpe subiu a escada. A espada era uma faixa de luz refletindo o fogo à frente, e de súbito o ar da noite ficou fresco e limpo, e ele estava em cima da muralha. A infantaria havia recuado descendo das ameias, com medo da carnificina em volta do canhão, e Sharpe ficou de pé no alto da escada, observando-os. Harper se juntou a ele, com um grupo de homens de casaca vermelha do 88º, e eles ofegavam, a respiração se condensando.

Harper gargalhou.

— Eles tiveram o bastante!

Era verdade. Os franceses recuavam, abandonando a brecha, e apenas um homem, um oficial, tentava forçá-los a voltar. Gritava com eles, batia neles com a espada, e então, vendo que não atacariam, avançou sozinho. Era um homem magro de bigode fino e bem-feito sob um nariz adunco. Sharpe conseguia ver o medo do sujeito. O francês não queria realizar um ataque solitário, mas era orgulhoso e esperava que os homens o seguissem. Não o seguiram. Em vez disso, gritaram para ele, disseram que não fosse idiota, mas o oficial continuou avançando, olhando para Sharpe. Sua espada era ridiculamente fina, e ele a baixou para a posição de guarda. Disse algo a Sharpe, que meneou a cabeça, mas o francês insistiu e estocou, obrigando Sharpe a saltar para trás e erguer a espada enorme, defendendo-se do golpe desajeitadamente. A raiva de Sharpe tinha se esvaído no ar frio, a luta havia terminado, e ele estava irritado com a insistência do francês.

— Vá embora! *Vamos!* — Sharpe tentou se lembrar das palavras em francês, mas não conseguiu.

O irlandês gargalhou.

— Ponha-o de castigo, capitão!

O francês mal passava de um garoto, era ridiculamente jovem, mas corajoso. Ele avançou outra vez, com a espada pronta para atacar, e desta vez Sharpe saltou na direção dele e rosnou, e o francês recuou um pouco.

Sharpe baixou a espada.

— Desista!

A resposta foi outra estocada que chegou perto do peito de Sharpe, que se inclinou para trás e bateu na espada do francês. Podia sentir a raiva retornando. Sharpe xingou o sujeito e balançou a cabeça na direção do chão, mas o idiota continuou avançando, irritado com as risadas dos irlandeses, e de novo Sharpe teve de aparar o golpe e forçar o francês a recuar.

Harper acabou com a farsa. Tinha passado por trás do oficial e, enquanto o francês olhava para Sharpe preparando outro ataque, o sargento tossiu.

— Senhor? Messiê? — O oficial se virou para olhá-lo. O gigante irlandês sorriu para ele e avançou, desarmado e bem devagar. — Messiê?

O oficial assentiu para Harper, franziu a testa e disse algo em francês. O sargento enorme assentiu com seriedade.

— Certo, senhor, certo.

Então um punho gigante, vindo de baixo, subiu e acertou em cheio o queixo do francês, que desmoronou. Os homens de Connaught deram um grito irônico de comemoração e Harper deitou o corpo sem sentidos ao lado das ameias.

— Pobre idiota. — Ele riu para Sharpe, imensamente satisfeito consigo mesmo.

O sargento olhou para a brecha. A luta continuava, mas Harper sabia que sua participação no ataque havia acabado, e que tinha sido bem executada, e que nada poderia tocá-lo nessa noite. Ele apontou o polegar para os Connaught Rangers e olhou para Sharpe.

— Rapazes de Connaught, senhor. Bons lutadores.

— São mesmo. — Sharpe abriu um sorriso largo. — Onde fica Connaught? Gales?

Harper fez uma piada à custa de Sharpe, mas em gaélico, então ele foi obrigado a ouvir a risada bem-humorada dos Rangers. Eles estavam animados, felizes como o sargento de Donegal, porque desempenharam um papel importante na luta desta noite, um papel que renderia uma bela história para contar nas longas noites de inverno em algum futuro inimaginável. Harper se ajoelhou para revistar os bolsos do francês inconsciente, e Sharpe se virou para olhar para a brecha na muralha.

O 45°, do lado oposto, estava cuidando do segundo canhão. Os homens tinham encontrado tábuas abandonadas na trincheira e as jogaram por cima da borda do nicho. Sharpe observou, admirado, os homens de Nottinghamshire correrem pelo caminho perigoso e levarem suas longas baionetas até a equipe da peça de artilharia. O rosnado se transformou num grito de vitória, e a fera escura no fosso se estendeu, atravessando a brecha indefesa e passando como um enxame pelos dois canhões silenciosos, em direção às ruas da cidade. Houve disparos vindo de portas e janelas, mas foram poucos, e a horda britânica desceu pelos escombros da antiga muralha medieval. Estava acabado.

Ou quase. Uma segunda mina tinha sido colocada nas ruínas da velha muralha. Pólvora negra havia sido compactada numa antiga portinhola, e os franceses acenderam o pavio e correram de volta para a rua. A mina explodiu. A chama se ergueu na escuridão, e pedras antigas foram lançadas para o alto com uma fumaça agitada e poeira. Com isso veio o fedor de carne queimada, e a frente da coluna vitoriosa foi dizimada sem necessidade. Por um segundo, houve um momento de silêncio provocado pelo espanto, tempo apenas de tomar fôlego, e então o grito não era de vitória, e sim de vingança. As tropas levaram sua raiva para as ruas indefesas.

Harper observou o avanço da turba que gritava enquanto entrava na cidade.

— O senhor acha que fomos convidados?

— Por que não?

O sargento riu.

— Deus sabe que merecemos.

Ele estava balançando um relógio de ouro com uma corrente, e seguiu para a rampa que levava às casas. Sharpe foi atrás e parou de repente. Ficou paralisado.

No local da explosão da segunda mina, iluminado por um pedaço de madeira velha em chamas, havia um corpo mutilado. Um lado parecia lustroso por causa do sangue, um vermelho salpicado pelo marfim de ossos, mas o outro lado era estupendo com debruns amarelos e renda dourada. Uma capa de cavalaria com acabamento em pele cobria as pernas.

— Ah, meu Deus!

Harper escutou Sharpe e viu para onde ele estava olhando. Os dois desceram a rampa correndo, escorregando no gelo e na neve suja, em direção ao corpo de Lawford.

Ciudad Rodrigo estava dominada — mas não a esse preço, pensou Sharpe, meu Deus, não a esse preço.

CAPÍTULO IV

Houve um grito dentro da cidade e disparos enquanto homens arrombavam portas de casas, mas, acima de tudo isso, havia o som de vozes triunfantes. Depois do combate, a recompensa.

Harper chegou ao corpo primeiro, puxou a capa de lado e se curvou
5. sobre o peito ensanguentado.

— Ele está vivo, senhor.

Para Sharpe parecia um arremedo de vida. A explosão havia praticamente arrancado o braço esquerdo de Lawford, além de ter esmagado e aberto as costelas dele, que se projetavam através dos restos de pele e carne.
10. O sangue escorria por baixo do uniforme outrora imaculado. Harper começou a rasgar a capa do coronel, com a boca apertada de raiva e tristeza. Sharpe olhou para a brecha na muralha, de onde homens ainda desciam e seguiam em direção às casas.

— Músicos!

15. As bandas tocaram durante o ataque. Ele se lembrou de ter escutado música e agora, como um idiota, subitamente identificou a melodia que tinha ouvido. "A queda de Paris". A essa altura os músicos estariam fazendo seu outro serviço, que era cuidar dos feridos, mas Sharpe não via nenhum deles por perto!

20. — Músicos!

Milagrosamente o tenente Price surgiu, pálido e inseguro, e com ele um pequeno grupo de homens da Companhia Ligeira.

A COMPANHIA DE SHARPE

— Senhor?

— Uma maca. Rápido! E mande alguém de volta ao batalhão.

Price prestou continência. Ele tinha se esquecido da espada na mão, e, por causa disso, a lâmina, um sabre curvo, quase se cravou no soldado Peters.

— Senhor. — O pequeno grupo correu de volta.

Lawford estava inconsciente. Harper começou a amarrar o peito dele com as tiras da capa, com os dedos enormes espantosamente gentis na carne estraçalhada. Ele olhou para Sharpe.

— Arranque o braço, senhor.

— O quê?

— Melhor agora que mais tarde, senhor. — O sargento apontou para o braço esquerdo do coronel, preso por uma única tira de tecido reluzente. — Ele pode viver, senhor, pode mesmo, mas o braço vai ter que sair...

Um pedaço de osso lascado se projetava do cotoco. O braço estava dobrado para cima numa posição que não era natural, apontando para a cidade, e Harper estava amarrando uma tira de pano no pequeno cotoco para impedir a perda de mais sangue com a pulsação fraca. Sharpe foi para perto da cabeça de Lawford, caminhando com cuidado porque o chão estava escorregadio, embora não desse para saber se era por causa do sangue ou do gelo. A única fonte de luz era a madeira em chamas. Posicionou a ponta da espada sobre a massa retorcida e coberta de sangue, e Harper moveu a lâmina até que ela estivesse no lugar certo.

— Deixe a pele. Ela vai cobrir o buraco.

Não era diferente de matar um porco ou um bezerro, mas a sensação não era a mesma. Ele conseguia ouvir estampidos vindos da cidade, pontuando os gritos.

— Está na posição certa? — Ele sentia Harper manipulando a lâmina.

— Agora, senhor. Baixe a lâmina com força.

Sharpe fez o que Harper disse, segurando o punho da espada com as duas mãos, quase como se estivesse fincando uma estaca na lama. A carne humana é resistente, ela só cede com um golpe violento, e Sharpe sentiu o estômago se revirar quando a espada encontrou resistência. Aplicou mais força, o que fez o corpo de Lawford se virar um pouco na neve suja e escarlate, e os lábios do coronel formaram uma careta. Então estava terminado, o braço arrancado, e Sharpe se inclinou perto dos dedos mortos e tirou um anel de ouro. Iria entregá-lo a Forrest para que fosse enviado para casa com o coronel ou, que Deus não permitisse, para que fosse enviado aos parentes dele.

O tenente Price havia retornado.

— Eles estão vindo, senhor.

— Quem?

— O major, senhor.

— Uma maca?

Price assentiu, parecendo nauseado.

— Ele vai viver, senhor?

— Como diabos eu vou saber? — Não era justo descontar a raiva em Price. — De qualquer forma, o que ele estava fazendo aqui?

Price deu de ombros, arrasado.

— Ele disse que ia encontrá-lo, senhor.

Sharpe olhou para o belo coronel e xingou. Lawford não tinha o que fazer naquele combate. Talvez fosse possível dizer o mesmo de Sharpe e Harper, mas o fuzileiro grandalhão via uma diferença. Lawford tinha futuro, esperanças, uma família para proteger, ambições que estavam ao seu alcance e que não se encaixavam na vida de soldado. Tudo isso poderia ser jogado fora por causa de um momento de loucura num combate pela brecha de uma muralha, um momento para provar algo. Sharpe e Harper não tinham um futuro desses, não tinham esperanças como essas; eles só sabiam que eram soldados, cujo valor seria medido apenas na última batalha de suas vidas, úteis enquanto pudessem lutar. Ambos eram aventureiros que apostavam a própria vida, pensou Sharpe. Ele olhou para o coronel. Era um tremendo desperdício.

Prestou atenção na algazarra que vinha da cidade, um som de violência e vitória. Antigamente, pensou, um aventureiro tinha futuro, no tempo em que o mundo era livre e uma espada era o passaporte para qualquer esperança. Agora, não. Tudo estava mudando de forma muito brusca e com uma velocidade espantosa. Três anos antes, quando o exército havia derrotado os franceses em Vimiero, era um exército pequeno, quase íntimo. O general conseguia inspecionar todas as suas tropas numa única manhã e ter tempo para conhecer os homens, lembrar-se deles. Sharpe conhecia o rosto, ou pelo menos o nome, de todos os oficiais enfileirados, e era bem recebido em suas fogueiras noturnas. Agora, não. Agora havia general disso e general daquilo, de divisão e brigada, e chefes da polícia militar e capelães superiores, e o exército era grande demais para ser visto numa única manhã ou mesmo para marchar numa única estrada. Com isso, Wellington havia se tornado uma figura distante. Havia burocratas no exército, defensores de arquivos, e Sharpe sabia que logo um homem seria menos importante que uma pilha de papéis, como aquela promoção provisória dobrada e esquecida em Whitehall.

— Sharpe! — O major Forrest gritava para ele, acenava, vinha rapidamente por cima do entulho. Trazia um pequeno grupo de homens, alguns dos quais carregavam uma porta, a maca de Lawford. — O que aconteceu?

Sharpe indicou a ruína ao redor.

— Uma mina, senhor. Ele foi pego por ela.

Forrest balançou a cabeça.

— Ah, Deus! O que vamos fazer?

A pergunta não era uma surpresa, vinda do major. Ele era um homem gentil, bondoso, mas não era bom em tomar decisões.

O capitão Leroy, o americano legalista, inclinou-se para acender seu charuto fino e preto nas chamas trêmulas do pedaço de madeira.

— Deve haver um hospital na cidade.

Forrest assentiu.

— Para a cidade. — Ele olhou horrorizado para o coronel. — Meu Deus! Ele perdeu o braço!

— Sim, senhor.

— Ele vai viver?

Sharpe deu de ombros.

BERNARD CORNWELL

— Só Deus sabe, senhor.

De repente fazia um frio de rachar, o vento passava pela abertura na muralha e gelava os homens que rolaram o coronel, ainda misericordiosamente inconsciente, para a maca improvisada. Sharpe limpou a lâmina da espada num pedaço da capa de Lawford e levantou a gola do sobretudo.

Não foi a entrada em Ciudad Rodrigo que ele havia imaginado. Uma coisa era lutar através da brecha, suplantar o último obstáculo e sentir a empolgação da vitória, mas seguir Lawford numa marcha lenta, quase fúnebre, destruía o sentimento de triunfo. Inevitavelmente, também, ainda que Sharpe se odiasse por pensar nisso, havia outras questões que pairavam nesse momento.

Haveria um novo coronel no South Essex, um estranho. O batalhão mudaria, talvez para melhor, mas provavelmente não para o benefício de Sharpe. Lawford, cujo futuro se esvaía nas bandagens grosseiras, tinha aprendido a confiar em Sharpe anos antes — em Seringapatam, Assaye e Gawilghur. No entanto, Sharpe não poderia esperar favores de um novo homem. O substituto de Lawford traria suas próprias dívidas a serem pagas, suas próprias ideias, e as antigas ligações entre os homens, baseadas na lealdade, na amizade e até na gratidão, que mantiveram o batalhão coeso seriam desfeitas. Sharpe pensou na promoção provisória. Se ela fosse recusada, e o pensamento de que poderia ser recusada persistia, Lawford ignoraria a decisão. Manteria Sharpe como capitão da Companhia Ligeira, custasse o que custasse, porém agora não havia mais essa certeza. O novo coronel tomaria suas próprias decisões, e Sharpe sentiu o frio da incerteza.

Penetraram mais para o interior da cidade, passando por grupos de homens decididos a obter recompensas pelo esforço da noite. Um grupo do 88º havia arrombado uma loja de vinhos, despedaçando a porta com baionetas, e agora tinha estabelecido seu próprio negócio de venda do vinho roubado. Alguns oficiais tentavam restaurar a ordem, mas estavam em menor número e eram ignorados. Peças de tecido eram lançadas da janela superior de um prédio formando uma cascata, cobrindo a rua estreita numa paródia grotesca de um dia de festividades enquanto soldados destruíam o que não queriam saquear. Um espanhol estava ao lado de uma porta, com inúmeros filetes de sangue escorrendo do couro cabeludo, enquanto na casa atrás se ouviam gritos e soluços de mulheres.

A praça principal parecia um hospício a céu aberto. Um soldado do 45º passou cambaleando por Sharpe e balançou uma garrafa na cara do fuzileiro. O sujeito estava completamente bêbado.

— A loja! A gente abriu a loja! — E despencou no chão.

A loja de bebidas francesa tinha sido arrombada. Vinham gritos do interior, pancadas quando os barris eram perfurados e tiros de mosquete quando homens enlouquecidos lutavam pelo conteúdo. Uma casa ali perto pegava fogo, e um soldado com a casaca vermelha decorada com debruns verdes do 45º cambaleava agonizando, as costas pegando fogo. Ele tentou apagar as chamas derramando uma garrafa por cima do ombro. A bebida destilada se incendiou, queimou sua mão, e o sujeito caiu, retorcendo-se, para morrer nas pedras. Do outro lado da praça havia outra casa pegando fogo, e das janelas do andar de cima homens gritavam pedindo ajuda. Havia mulheres aos berros na calçada, apontando para seus homens encurralados, mas elas foram arrastadas para um beco enquanto gritavam por soldados de casaca vermelha. Ali perto uma loja era saqueada. Pães e presuntos eram jogados da porta para serem apanhados por baionetas estendidas, e Sharpe viu o tremeluzir de chamas dentro do prédio.

Algumas tropas mantiveram a disciplina e seguiram seus oficiais em tentativas inúteis de interromper o tumulto. Um cavaleiro foi até um grupo de bêbados e, golpeando com a espada embainhada, dispersou os homens e partiu com uma jovem que gritava agarrada a sua sela. O cavaleiro a levou até um grupo cada vez maior de mulheres amontoadas, protegidas por soldados sóbrios, e virou o cavalo de volta para a confusão. Berros e gritos, gargalhadas e lágrimas. O som da vitória.

Observando tudo isso, espantados e em silêncio, os sobreviventes da guarnição francesa se reuniram no centro da praça para se render. A maioria deles ainda estava armada, mas se submeteu pacientemente às tropas britânicas que percorriam sistematicamente as fileiras dos derrotados e os saqueavam. Algumas mulheres se agarravam aos maridos ou amantes franceses e eram deixadas em paz. Ninguém ia se vingar dos franceses. A luta tinha sido breve e não havia animosidades. Sharpe tinha ouvido uma sugestão, que havia sido transmitida como um boato antes do ataque, de que todos os franceses que sobrevivessem deveriam ser massacrados; não como vingança, mas como um aviso para a guarnição de Badajoz quanto ao que esperar se optasse por resistir em sua grande fortaleza. Isso não passava de um boato. Aqueles franceses, silenciosos no meio do tumulto, seriam obrigados a marchar para Portugal, seguindo pelas estradas durante o inverno até o Porto, e depois seriam mandados de navio para os fétidos barcos-prisão ou mesmo para a prisão nova, construída para os prisioneiros de guerra, no ermo de Dartmoor.

— Santo Deus. — O major Forrest ficou de olhos arregalados enquanto observava o tumulto que as tropas causavam. — Eles são animais! São simplesmente animais!

Sharpe não disse nada. Havia poucas recompensas para um soldado. O soldo não deixaria nenhum homem rico, e os campos de batalha que rendiam butins eram poucos e espaçados. Não havia combate mais árduo que um cerco, e os soldados consideravam que vencer uma batalha na travessia da brecha de uma muralha era motivo para esquecer toda a disciplina e apanhar a recompensa na fortaleza conquistada. Se a fortaleza fosse uma cidade, maior o saque, e, se os habitantes da cidade fossem aliados, azar; estavam no lugar errado na hora errada. A vida sempre foi assim, e sempre seria, porque esse era um costume antigo, o costume dos soldados. Na verdade, Ciudad Rodrigo não estava sofrendo muito. Aos olhos de Sharpe, havia um bom número de soldados sóbrios que não se juntaram ao tumulto e que, de manhã, teriam varrido os bêbados e retirado os corpos, e logo o sofrimento da cidade chegaria ao fim com os homens exaustos de tanto beber. Olhou ao redor, tentando identificar um hospital.

— Senhor! Senhor!

Sharpe se virou. Era Robert Knowles, que tinha sido seu tenente até o ano anterior, mas agora também era capitão. O "senhor" era pura força do hábito.

— Como o senhor está?

Knowles sorriu deliciado. Usava o uniforme de seu novo regimento. Sharpe fez um gesto para o corpo de Lawford e o jovem capitão ficou perplexo.

— Como?

— Uma mina.

— Jesus! Ele vai viver?

— Só Deus sabe. Precisamos de um hospital.

— Por aqui. — Knowles havia entrado na cidade pela brecha menor, atacada pela Divisão Ligeira, e conduziu o grupo para o norte, passando pelo meio da multidão e entrando numa rua estreita. — Passei por ele na vinda para cá. Um convento. Crauford está lá.

— Ferido? — Sharpe pensava que Black Bob Crauford era indestrutível. O general da Divisão Ligeira era o homem mais durão de todo o Exército.

Knowles assentiu.

— Um tiro. Foi feio. Acham que ele não vai sobreviver. Ali.

Ele apontou para uma grande construção de pedras encimada por uma cruz e com um claustro em arco iluminado por tochas presas às paredes. Havia homens feridos do lado de fora, recebendo cuidados dos amigos, enquanto gritos vinham das janelas de cima, por trás das quais os cirurgiões já trabalhavam com seus serrotes.

— Para dentro!

Sharpe abriu caminho entre os homens parados junto à porta, ignorou uma freira que tentou impedi-lo e forçou a passagem da maca do coronel. O piso de ladrilhos reluzia com sangue, que parecia preto à luz das velas. Uma segunda freira puxou Sharpe de lado e olhou para Lawford, vendo as rendas douradas, a elegância do uniforme rasgado e sujo de sangue, então ela gritou ordens para as irmãs. O coronel foi levado através de uma passagem em arco para quaisquer que fossem os horrores que os cirurgiões iriam lhe infligir.

O pequeno grupo de homens se entreolhou sem dizer nada, mas em cada rosto tinha profundas rugas de cansaço e tristeza. O South Essex, que havia chegado tão longe sob a liderança de Lawford, ia mudar. Soldados podiam pertencer a um exército, usar o uniforme de um regimento, mas viviam dentro de um batalhão, e o comandante do batalhão fazia ou acabava com sua felicidade. Todos pensavam na mesma coisa.

— E agora? — Forrest estava cansado.

— Durma um pouco, senhor — disse Leroy com brutalidade.

— Formatura de manhã, senhor? — De repente, Sharpe notou que Forrest estava no comando até que o novo homem fosse nomeado. — O major de brigada terá ordens.

Forrest assentiu. Ele indicou com a mão a passagem por onde Lawford havia desaparecido.

— Preciso relatar isso.

Knowles pôs a mão no cotovelo de Forrest.

— Eu sei onde ficará o quartel-general, senhor. Vou levá-lo.

— Sim.

Forrest hesitou. Ele viu uma mão decepada caída nos ladrilhos xadrezes e teve ânsia de vômito. Sharpe chutou a mão para baixo de um baú de madeira escura.

— Vá, senhor.

Forrest, Leroy e Knowles saíram. Sharpe se virou para o tenente Price e o sargento Harper.

— Encontrem a companhia. Certifiquem-se de que os homens tenham onde acantonar.

— Sim, senhor. — Price parecia chocado. Sharpe lhe deu um tapinha no peito.

— Permaneça sóbrio.

O tenente assentiu, depois implorou.

— Meio sóbrio?

— Sóbrio.

— Venha, senhor.

Harper conduziu Price para longe. Não havia dúvida sobre quem estava no comando.

Sharpe observou os homens que vinham para o convento; os cegos, os aleijados, os que sangravam, franceses e britânicos. Tentou bloquear os gritos, mas era impossível, o som penetrava nos sentidos como a fumaça acre que pairava nas ruas da cidade nessa noite. Um oficial do 95º de Fuzileiros desceu a escada principal, chorando, e viu Sharpe.

— Ele está mal. — Não sabia com quem estava falando, só que via em Sharpe outro fuzileiro.

— Crauford?

— Tem uma bala na coluna dele. Não conseguem tirá-la. O desgraçado estava de pé no meio da brecha, bem no maldito meio, enquanto mandava a gente se mexer. Atiraram nele!

O oficial fuzileiro saiu para a noite fria. Crauford jamais pedia aos seus homens que fizessem algo que ele próprio não faria, e estaria lá, xingando e cuspindo, comandando seus soldados, e agora iria morrer. O exército não seria o mesmo. As coisas estavam mudando.

Um relógio marcou as dez horas, e Sharpe pensou em como fazia apenas três horas desde que os homens escorregaram pela neve e foram em direção à brecha. Apenas três horas! A porta por onde Lawford havia sido levado estava aberta, e um soldado arrastou um cadáver para fora. Não era o coronel. O corpo, puxado pelos pés, deixou uma gosma nos ladrilhos que parecia lama misturada com sangue. A porta ficou aberta, e Sharpe foi até lá, encostou-se no portal e olhou para o matadouro iluminado por velas. Ele se lembrou da oração do soldado, dia e noite, que Deus o mantivesse longe da faca do cirurgião. Lawford estava amarrado firmemente à mesa, com o uniforme cortado. Um ordenança estava inclinado sobre o peito do coronel, o que o impedia de ver claramente o rosto do soldado, enquanto um cirurgião, com o avental rígido de sangue cor de ocre queimado, grunhia ao usar sua faca. Sharpe viu os pés de Lawford se sacudirem presos por tiras de couro, ainda calçando as botas com esporas. O cirurgião suava. A chama das velas tremulava com a corrente de ar, e ele virou o rosto sujo de sangue.

— Feche a maldita porta!

Sharpe a fechou, obstruindo a visão dos membros decepados, dos corpos que esperavam. Queria tomar uma bebida. As coisas estavam mudando. Lawford sob a faca, Crauford morrendo lá em cima, o ano-novo zombando deles. Sharpe estava parado no corredor à sombra e se lembrou da iluminação a gás que tinha visto na Pall Mall, em Londres, apenas dois meses antes. Uma maravilha do mundo, disseram-lhe, mas ele não acreditou nisso. Luz a gás, máquinas a vapor e homens idiotas em escritórios com óculos sujos e arquivos arrumadinhos, os novos moradores da Inglaterra que envolveriam o mundo em canos, conduítes, papel e, acima de tudo, ordem. Organização acima de tudo. A Inglaterra não queria saber da guerra. Um herói fascinava a população por uma semana, desde que não fosse cheio de cicatrizes como os mendigos das ruas de Londres. Havia homens que só tinham metade do rosto, cobertos de feridas que supuravam, úlceras apodrecidas, homens com órbitas vazias, bocas tortas, cotocos que não se recuperaram por completo, que clamavam uma moeda para um velho soldado. Sharpe os tinha visto sendo retirados para que não atrapalhassem a luz imaculada que sibilava no Pall Mall. Sharpe havia lutado ao lado de alguns deles, ele os tinha visto cair no campo de batalha, mas seu país não se importava. Havia hospitais militares, é claro, em Chelsea e Kilmainham, mas eram os soldados que pagavam por eles, não o país. O país queria os soldados longe do caminho.

Sharpe queria beber alguma coisa.

A porta da sala do cirurgião se abriu com um estrondo, e Sharpe se virou e viu Lawford ser carregado numa maca de lona até a ampla escadaria. Correu para os ordenanças.

— Como ele está?

— Se ele não for acometido pela putrefação, senhor... — O homem deixou a frase inacabada. Estava com o nariz escorrendo, mas não podia limpá-lo porque carregava a maca com as duas mãos. Ele fungou. — É seu amigo, senhor?

— É.

— Não há nada que o senhor possa fazer esta noite. Volte amanhã. Vamos cuidar dele. — O homem indicou o andar de cima com a cabeça. — Os tenentes-coronéis e os homens de postos superiores ficam no segundo andar, senhor. Bastante luxo. Diferente dos que estão no porão.

Sharpe conseguia imaginar como era, tinha visto isso com bastante frequência — porões úmidos onde os feridos eram apinhados em estrados cheios de insetos, e uma parte da "ala" era sempre reservada como uma sala da morte, onde os sem esperança podiam simplesmente apodrecer. Deixou-os partir e se virou.

Ciudad Rodrigo havia caído, a grande fortaleza do norte. Os livros de história registrariam o fato e, durante anos, a vitória seria lembrada com orgulho. Em apenas doze dias Wellington havia surpreendido, cercado, atacado e tomado uma cidade. Uma vitória. E ninguém lembraria o nome dos homens que morreram na brecha, que lutaram para silenciar os grandes canhões enfiados na muralha espessa. Os ingleses comemorariam. Eles gostavam de vitórias, especialmente das que aconteciam longe de casa e fortaleciam seu sentimento de superioridade sobre os franceses, mas não queriam saber dos gritos dos feridos, do som seco de membros decepados caindo no chão, do sangue espesso escorrendo lentamente pelos corredores.

Sharpe foi para a rua fria e se encolheu dentro da gola do sobretudo por causa de uma súbita lufada de neve. Para ele não havia júbilo nessa vitória; apenas um sentimento de perda, de solidão e de alguma tarefa inacabada que deveria realizar numa brecha. Tudo isso poderia esperar.

Ele foi à procura de uma bebida.

CAPÍTULO V

Tinha começado a nevar outra vez, uma neve fina que salpicava o sobretudo dos bêbados caídos na rua. Fazia frio. Sharpe sabia que precisava encontrar um lugar quente, um lugar onde pudesse limpar adequadamente sua grande espada antes que começassem a surgir pontos
5. de ferrugem, um lugar para dormir, mas primeiro queria uma bebida.

A cidade estava mais silenciosa. Ainda havia gritos ecoando em becos vazios, um ou outro disparo de mosquete, e uma vez, de forma inexplicável, ouviu uma explosão abafada. Sharpe não se importou. Queria beber para afastar o sentimento de autopiedade, o pensamento irritante de
10. que, sem Lawford, ele poderia voltar a ser um tenente sob as ordens de um capitão dez anos mais novo e inexperiente. Ele se sentiu violento enquanto caminhava em direção às luzes que tremeluziam na praça onde a loja de bebidas francesa tinha sido arrombada.

Os prisioneiros ainda estavam no centro da praça, mas sem os
15. oficiais, que receberam liberdade condicional e foram se deitar em camas ou beber com os captores. Os soldados franceses estavam sentados tremendo e desarmados. Os guardas os vigiavam com olhares curiosos, as mãos enfiadas nos bolsos, os mosquetes carregados e com baionetas caladas pendurados no ombro. Outras sentinelas vigiavam as casas, impedindo a
20. ação dos últimos saqueadores que ainda cambaleavam, bêbados, à luz das construções em chamas. Sharpe foi parado perto da loja de bebidas por uma sentinela apreensiva.

A COMPANHIA DE SHARPE

— Não pode entrar aí, senhor.

— Por quê?

— Ordens do general, senhor. Ordens.

— O general me mandou. Ele está com sede — retrucou Sharpe rispidamente.

A sentinela riu, mas ainda assim baixou o mosquete, deixando a arma atravessada diante da porta.

— Sinto muito, senhor. São ordens.

— O que está acontecendo? — Um sargento apareceu, um homem grande, andando devagar. — Algum problema?

Sharpe encarou o sargento.

— Vou entrar aí para pegar uma bebida. Quer me impedir?

O sargento deu de ombros.

— Isso é com o senhor, mas eu aconselharia a não fazer isso. É uma porcaria, senhor. Já matou alguns rapazes. — Ele olhou Sharpe de cima a baixo e viu o sangue no uniforme. — O senhor esteve na brecha?

— Estive.

O sargento assentiu e pegou o cantil que estava pendurado no pescoço.

— Aqui está, senhor. Conhaque. Tirei de um prisioneiro. Com os cumprimentos do 83º.

Sharpe aceitou, agradeceu, e o sargento deu um longo e lento suspiro enquanto observava o fuzileiro se afastar.

— Sabe quem era aquele homem, garoto?

— Não, sargento.

— Sharpe. Era ele. Por sorte eu estava aqui.

— Sorte, sargento?

— É, garoto. Caso contrário, talvez você precisasse atirar num maldito herói de guerra. — O sargento meneou a cabeça. — Ora, ora, ora, então ele gosta de tomar um gole, não é?

Sharpe se aproximou de uma casa em chamas onde o calor do fogo havia derretido a neve até deixar uma camada reluzente nas pedras do calçamento. Uma mesa quebrada estava virada de lado, e ele se apoiou nela, olhando para os prisioneiros na neve, e desejou conseguir ficar bêbado. Sabia que não ficaria. Assim que o primeiro gole ardente de conhaque chegou à garganta, Sharpe percebeu que estava sendo indulgente. Precisava encontrar a companhia, limpar a espada, pensar no amanhã; mas, por enquanto, não faria nada disso. Estava quente perto da casa em chamas, a primeira vez que sentia calor em dias, e queria ficar sozinho por um tempo. Maldito seja Lawford por entrar na batalha pela fenda de uma muralha na qual não tinha o que fazer!

Cascos ressoaram nas pedras e um grupo de cavaleiros entrou na praça. Eles usavam capas longas e escuras e chapéus de aba larga. Sharpe viu o contorno de mosquetes e espadas. Guerrilheiros. Sentiu uma raiva sem um motivo claro e injusta. Os guerrilheiros eram homens e mulheres da Espanha que travavam a *guerrilla* e que estavam conseguindo aquilo que os exércitos espanhóis foram incapazes de fazer: estavam derrubando milhares e milhares de soldados de Napoleão, soldados que os britânicos não precisariam enfrentar. Mas por algum motivo a presença dos cavaleiros espanhóis na praça de Ciudad Rodrigo irritava Sharpe. Aqueles guerrilheiros não lutaram para atravessar a brecha na muralha, não enfrentaram os canhões, mas ali estavam, como abutres sobre uma carcaça que não fizeram nada para abater. Os cavaleiros pararam e encararam os prisioneiros franceses com uma ameaça silenciosa.

Sharpe deu as costas para eles. Tomou outro gole e olhou para o fogo intenso da casa que agora havia desmoronado e parecia uma fornalha. Pensou em Badajoz, que esperava ao sul; Badajoz, a inexpugnável. Talvez o funcionário com marcas de varíola em Whitehall pudesse escrever uma carta à guarnição da cidade dizendo que sua presença era "irregular", e Sharpe riu ao pensar nisso. Maldito burocrata.

Houve um grito que o fez se virar. Um cavaleiro havia se afastado do grupo e fazia sua montaria andar diante da fila de prisioneiros. Os franceses se encolheram, temendo a vingança dos espanhóis, e as sentinelas britânicas tentaram em vão fazer o cavalo se afastar. O cavaleiro esporeou o animal, que passou a trotar, então a seguir em meio-galope, e os cascos levantavam neve, ressoando nas pedras da pavimentação. O rosto do cavaleiro se virou para Sharpe, e seus calcanhares instigaram o cavalo, que seguiu em direção ao fuzileiro solitário à luz da casa em chamas.

Sharpe o observou se aproximar. Se ele quisesse beber alguma coisa, poderia encontrar sua própria bebida. Saltaram fagulhas das pedras quando o cavalo foi contido, e Sharpe se pegou com o desejo sinistro de que o animal escorregasse e lançasse o cavaleiro numa queda vergonhosa. O sujeito era habilidoso, mas isso não lhe dava o direito de incomodar um homem que merecia beber em paz. Sharpe se virou, ignorando o espanhol que apeava.

— Você se esqueceu de mim?

Sharpe escutou a voz e a bebida foi deixada de lado. Ele se virou, levantando-se, e o cavaleiro tirou o chapéu de aba larga, balançou a cabeça, e o cabelo longo e escuro emoldurou um rosto que parecia o de um falcão.

Esguio, cruel e lindo. Ela sorriu para ele.

— Vim aqui para encontrar você.

— Teresa? — O vento arrastou a neve de um telhado, fazendo-a rodopiar loucamente acima das fagulhas da casa em chamas. — Teresa? — Sharpe estendeu a mão e ela veio, e ele a abraçou como havia abraçado na primeira vez, dois anos antes, sob as lâminas dos lanceiros franceses. — Teresa? É você?

Ela olhou para Sharpe, zombando.

— Você se esqueceu de mim.

— Meu Deus do céu! Por onde você andou? — Ele começou a rir, não havia mais sofrimento, e tocou o rosto de Teresa como se quisesse provar que era ela mesma. — Teresa?

Ela riu também, com verdadeiro prazer, e encostou um dedo em seu rosto com a cicatriz.

— Achei que você poderia me esquecer.

— Me esquecer de você? Não.

Sharpe balançou a cabeça, subitamente sem conseguir falar nada, apesar de haver muito a dizer. Tinha esperado encontrá-la no ano anterior, quando o exército havia marchado para Fuentes de Oñoro, a apenas alguns quilômetros de Ciudad Rodrigo. Esta era a região de Teresa. Tinha imaginado que talvez ela o procurasse no ano passado, mas não viu sinal de Teresa, e então ele foi para a Inglaterra e conheceu Jane Gibbons. Afastou esse pensamento da cabeça e olhou para Teresa, perguntando-se como poderia ter se esquecido desse rosto, da vida que existia nele, da força de sua presença.

Ela sorriu e balançou a cabeça indicando o fuzil no ombro.

— Ainda tenho a sua arma.

— Quantos você matou com ela?

— Dezenove. — Teresa fez uma careta. — Não é o suficiente. — Seu ódio dos franceses era aterrorizante. Ela se virou nos braços dele e olhou para os prisioneiros. — Quantos você matou esta noite?

Sharpe pensou na luta no nicho do canhão. Deu de ombros.

— Não sei. Talvez dois, três.

Teresa olhou para ele de novo e riu.

— Não é o suficiente. Sentiu saudade?

Sharpe havia esquecido como ela zombava dele. Assentiu, desconcertado.

— Senti.

— Eu senti saudade de você. — A declaração foi tão casual e direta que lhe deu a impressão de ser verdadeira. Ela se afastou. — Escute. — Teresa virou a cabeça na direção dos outros cavaleiros. — Eles estão impacientes. Vocês vão para Badajoz?

Sharpe ficou confuso com a pergunta súbita.

— Badajoz? — Ele assentiu. Era um segredo que todos conheciam. Nada tinha sido dito ao exército, mas todo mundo sabia que a fortaleza precisava ser tomada. — Vamos, acho que sim.

— Bom, então vou ficar. Preciso dizer ao meu pessoal. — Ela se virou para o cavalo.

— Vai o quê?

— Você não quer que eu fique? — Teresa estava zombando de novo, e riu. — Vou explicar mais tarde, Richard. Temos algum lugar para ficar?

— Não.

— Vamos encontrar algum. — Ela montou no cavalo e assentiu de novo para os guerrilheiros. — Eles querem ir embora. Vou dizer que podem ir. Você vai esperar aqui?

Ele prestou continência.

— Sim, senhora.

— Assim está melhor.

Ela sorriu, ofuscando-o com sua beleza, com a alegria no rosto, então esporeou o cavalo e partiu pela neve suja.

Sharpe riu e se virou de novo para o fogo, de frente para o calor, e sentiu um alívio enorme por ela ter vindo. Desejou que Teresa jamais fosse embora. Então pensou nas palavras dela, ouvindo, distante, o leve sobressalto à simples menção do nome. Badajoz. Esta era uma noite de vitória, mas ela só levava a um lugar, ao lugar para onde britânicos, franceses e espanhóis se dirigiam, ao lugar para onde os artilheiros e a infantaria, a cavalaria e os engenheiros marchavam.

E agora parecia que os amantes também iriam marchar. Para Badajoz.

CAPÍTULO VI

Eles encontraram uma casa junto à muralha que tinha sido usada por artilheiros franceses. Havia comida na cozinha, pão duro e língua fria. Sharpe acendeu o fogo e viu Teresa enfiar a baioneta no pão e baixar a lâmina para cortá-lo. Ele gargalhou.

5.   Ela o encarou.

— O que tem de engraçado?

— Não consigo ver você como dona de casa.

Teresa apontou a baioneta para ele.

— Escute, inglês, eu posso cuidar de uma casa, mas não para um
10. homem que ri de mim. — Ela deu de ombros. — O que vai acontecer quando a guerra acabar?

Sharpe riu de novo.

— Você volta para a cozinha, mulher.

Teresa assentiu, triste com a perspectiva. Ela andava armada, como
15. outras espanholas, porque muitos homens recusaram esse papel, mas, quando a paz retornasse, esses homens seriam corajosos de novo e forçariam as mulheres a voltar aos fogões. Sharpe viu a melancolia no rosto dela.

— Então sobre o que devemos falar?

— Mais tarde. — Ela levou o prato para perto da lareira e riu da
20. gororoba desagradável. — Primeiro coma.

Os dois estavam famintos. Ajudaram a comida a descer com conhaque misturado com água, e depois, embaixo de mantas que já cobriram o lombo dos animais da cavalaria francesa, fizeram amor perto da fogueira. Sharpe desejou ser capaz de agarrar aquele momento, fazer com que durasse para sempre. A quietude de uma casinha numa cidade capturada; os únicos sons eram os gritos das sentinelas na muralha, os latidos de um cachorro, os estalos agonizantes do fogo fraco da lareira. Ele sabia que Teresa não iria ficar para ser uma daquelas mulheres que acompanham os exércitos. Ela queria lutar contra os franceses, vingar-se da nação que havia estupra-do e assassinado sua mãe. Talvez, pensou ele, jamais pudesse esperar que essa felicidade durasse para sempre. Toda felicidade é fugaz, e sua mente tentava se afastar do pensamento de Lawford deitado no convento. Teresa voltaria às montanhas, às emboscadas e à tortura, aos franceses acossados na paisagem rochosa. Se não fosse um soldado, pensou Sharpe, se fosse um guarda-caça ou um cocheiro, ou qualquer um dos outros serviços que poderia ter arrumado, talvez tivesse uma vida calma. Mas não assim, jamais como soldado.

Teresa passou a mão pelo seu peito, depois pelas suas costas, e o toque dos dedos dela era leve nas cicatrizes grossas e profundas.

— Você encontrou os homens que o açoitaram?

— Ainda não. — Ele tinha sido açoitado quando era soldado, anos antes.

— Como eles se chamavam?

— Capitão Morris e sargento Hakeswill.

Sharpe pronunciou os nomes sem emoção na voz. Eles estavam nas profundezas de sua mente, esperando vingança.

— Você vai encontrá-los.

— Vou.

Teresa sorriu.

— Vai machucá-los?

— Muito.

— Bom.

Sharpe riu.

— Achei que os cristãos deveriam perdoar os inimigos.

Ela balançou a cabeça, com o cabelo pinicando-o.

— Só quando eles estão mortos. De qualquer modo — ela arrancou um pelo do peito de Sharpe —, você não é cristão.

— Você é.

Teresa deu de ombros.

— Os padres não gostam de mim. Andei aprendendo inglês com um padre, o padre Pedro. Ele é bom, mas os outros... — Teresa cuspiu no fogo. — Não me deixam comungar. Porque sou má. — Ela disse algo rápido em espanhol com uma voz gutural, algo que teria confirmado a opinião dos padres. Sentou-se e olhou ao redor. — Esses porcos devem ter deixado algum vinho.

— Eu não vi nenhum.

— Você não procurou. Você só me queria debaixo da coberta.

Teresa se levantou e o procurou no cômodo. Sharpe a observou, adorando a retidão do corpo, a força de sua magreza. Ela abriu armários e puxou o conteúdo deles, derrubando-o violentamente no chão.

— Aqui. — Teresa jogou para Sharpe uma prateleira de madeira solta de um armário. — Ponha no fogo.

Sharpe salpicou a madeira com pólvora, para ajudar a acender, e, quando se virou de novo, Teresa havia encontrado vinho e o brandiu para ele.

— Está vendo? Os porcos sempre têm vinho. — Ela o viu olhando-a e seu rosto ficou sério. — Estou diferente?

— Não.

— Tem certeza? — Ficou parada diante dele, nua, o rosto preocupado.

— Tenho. Você é linda. — Sharpe estava perplexo. — Deveria haver alguma coisa diferente?

Ela deu de ombros, atravessou o cômodo e se sentou ao lado dele. Metade da rolha estava fora da garrafa e Teresa a puxou e cheirou o vinho.

— Terrível.

Bebeu um pouco e entregou a garrafa a Sharpe.

— Qual é o problema?

Ele sabia que havia chegado o momento em que ela iria falar.

Teresa ficou em silêncio alguns segundos, olhando para o fogo, depois se virou abruptamente para ele, com uma expressão feroz.

— Você vai para Badajoz?

— Vou.

— Tem certeza? — Ela parecia desesperada por sua confirmação. Sharpe deu de ombros.

— Não posso ter certeza. O exército vai para lá, mas podemos ser mandados para Lisboa, ou talvez ficar aqui. Não sei. Por quê?

— Porque eu quero que você esteja lá.

Sharpe esperou que Teresa continuasse, mas ela parou de falar e ficou encarando o fogo. O vinho estava azedo, mas ele bebeu um pouco, depois colocou o cobertor rígido nos ombros dela. Teresa parecia triste.

— Por que você quer que eu esteja lá? — perguntou ele gentilmente.

— Por que eu vou estar lá.

— Você vai estar lá.

Sharpe proferiu as palavras como se elas descrevessem a situação mais normal do mundo, mas por dentro procurava um motivo, qualquer motivo, que levasse Teresa à maior fortaleza francesa na Espanha.

Ela assentiu.

— Dentro. Eu estou lá desde abril, Richard.

— Em Badajoz? Lutando?

— Não. Eles não me conhecem como "La Aguja". Acham que sou Teresa Moreno, sobrinha de Rafael Moreno. É o irmão do meu pai. — Ela deu um sorriso pesaroso. — Os franceses até me deixam andar com um fuzil do lado de fora da cidade, acredita? Para me proteger dos temíveis *guerrilleros*. — Teresa riu. — Nós moramos lá, minha tia, meu tio, eu, e comerciamos pele e couro, e queremos paz para que os lucros sejam altos. — Ela fez uma careta.

— Eu não estou entendendo.

Ela se inclinou para longe dele, cutucou o fogo com a baioneta, depois tomou mais vinho.

— Vai haver encrenca por lá?

— Encrenca?

— Como essa noite? Matança? Roubo? Estupro?

— Se os franceses lutarem, sim.

— Eles vão lutar. — Teresa o encarou. — Você precisa me encontrar na cidade, entendeu?

Sharpe assentiu, perplexo.

— Entendi.

Um cachorro uivou do lado de fora para a neve que caía.

— Mas por que em Badajoz?

— Você vai ficar com raiva.

— Eu não vou ficar com raiva. Por que em Badajoz?

Teresa ficou em silêncio de novo, mordendo o lábio e examinando o rosto de Sharpe, então pegou a mão dele e a colocou, por baixo do cobertor, em sua barriga.

— Está diferente?

— Não. — Sharpe acariciou a pele, sem entender. Ela respirou fundo.

— Eu tive uma bebê.

A mão dele parou na pele quente. Teresa deu de ombros.

— Eu disse que você ia ficar com raiva.

— Uma bebê? — A mente dele pareceu girar como a neve acima das chamas.

— Sua bebê. Nossa filha. — Lágrimas escorreram dos olhos de Teresa, e ela enterrou a cabeça no ombro de Sharpe. — Ela está doente, Richard, e não pode viajar. Ela poderia morrer. É tão pequenininha!

— Nossa filha? Minha? — Sharpe sentiu uma ponta de alegria.

— É.

— Qual é o nome dela?

Teresa o encarou, os olhos brilhando de lágrimas.

— Antonia. Era o nome da minha mãe. Se fosse um menino eu iria chamar de Ricardo.

— Antonia. — Ele disse o nome. — Eu gosto.

— Gosta?

— Gosto.

A COMPANHIA DE SHARPE

— E não está com raiva?

— Por que estaria?

Ela deu de ombros.

— Soldados não precisam de filhos.

Sharpe a puxou para perto, lembrando-se do primeiro beijo, a não muitos quilômetros dali, sob a tempestade, enquanto os lanceiros franceses faziam uma busca no leito do riacho. Tiveram pouquíssimo tempo juntos. Ele se lembrou da separação à sombra da fumaça de Almeida.

— Qual é a idade dela?

— Só sete meses. É muito pequenina.

Ele supôs que sim. Pequenina, vulnerável, doente e dentro de Badajoz, cercada pelos franceses, pelas muralhas que se erguiam escuras sobre o Guadiana. Sua filha.

Teresa balançou a cabeça.

— Achei que você iria ficar com raiva — disse ela baixinho, como a neve suave que caía do lado de fora das janelas fechadas.

— Com raiva? Não. Eu estou...

Mas não conseguia encontrar as palavras. Uma filha? Sua? E essa mulher era a mãe dela? Assimilou a novidade maravilhado e confuso, e não encontrava palavras para se expressar. Mais que uma filha, uma família, e Sharpe pensava que não tinha família, pelo menos desde a morte da mãe, quase trinta anos antes. Abraçou Teresa com força, esmagando-a, porque não queria que ela visse seus olhos. Ele tinha uma família, finalmente, uma família.

Em Badajoz.

CAPÍTULO VII

— **P**ara onde vamos?
      — Badajoz!
      O batalhão achava a piada tremendamente engraçada.
Bastava um homem numa companhia gritar a pergunta que o restante
5. respirava fundo e berrava a resposta. Exageravam na pronúncia espanhola; o som gutural, sufocado, do "j" arrastado até o "z" espanhol. O
nome, gritado pelo South Essex, parecia o som de quatrocentos homens
vomitando e cuspindo simultaneamente, e a diversão os havia levado longe
pelas familiares estradas portuguesas. Eles marchavam perto da fronteira,
10. indo para o sul.
      — Para onde vamos?
      — Badajoz!
      Ainda estava frio. Não havia mais neve, a não ser no topo das mon-
tanhas, e o gelo dos rios tinha derretido, mas o vento permanecia no norte
15. e trazia uma chuva diária que açoitava os homens através dos sobretudos,
encharcava cobertores e enchia os acampamentos noturnos de vapor e
umidade. A maior parte do exército ainda estava no norte, perto de Ciudad
Rodrigo, na tentativa de convencer os franceses de que não havia nenhuma
movimentação em direção à enorme fortaleza ao sul, que guardava a rota
20. de invasão vindo de Lisboa.
      — Para onde vamos?
      — Badajoz!

A COMPANHIA DE SHARPE

Lawford estava vivo, febril e fraco, mas se recuperando no hospital do convento onde Crauford havia morrido. Em cerca de um mês, enquanto seu antigo batalhão estivesse enfrentando Badajoz, o coronel seria mandado de navio para casa e, sem dúvida, levado de carruagem do cais até a propriedade de sua família. Ele havia sorrido e se esforçado para se sentar quando recebeu a visita de Sharpe.

— É só o braço esquerdo, Richard.

— Sim, senhor.

— Ainda posso montar, usar uma espada. Vou voltar.

— Espero que sim, senhor.

Lawford balançou a cabeça.

— Maldita idiotice de se fazer, hein? Mesmo assim, você estava errado com relação a uma coisa.

— O quê?

— Ninguém atirou em mim e eu não usei a capa.

— Então merecia levar um tiro.

Lawford sorriu.

— Da próxima vez eu vou seguir seu conselho.

Se houvesse uma próxima vez, pensou Sharpe. Lawford poderia voltar, como esperava, mas levaria alguns meses, e não seria para o South Essex. Haveria um novo coronel, e os boatos percorreram o regimento como fumaça de mosquete acima de um campo de batalha. Tinha havido uma sugestão, recebida com desalento, de que Sir Henry Simmerson poderia voltar à Espanha, mas Sharpe duvidava de que o velho coronel quisesse abrir mão de seu cargo lucrativo no recém-criado departamento de imposto de renda. Outro pensamento era que Forrest pudesse ser promovido, mas isso logo foi descartado, e outros nomes surgiram e se foram. Cada tenente-coronel cujo caminho o trouxesse para perto do South Essex era cuidadosamente examinado para o caso de ser o novo comandante, mas, enquanto atravessavam o Tejo numa manhã, indo para o sul, Forrest ainda comandava o regimento e não havia notícias do substituto de Lawford.

Teresa cavalgava com o batalhão. A Companhia Ligeira a conhecia — lembrava-se dela da luta ao redor de Almeida —, e, de algum modo, ainda que Sharpe jamais tivesse mencionado o assunto, os homens ficaram sabendo da existência da filha. Harper, marchando com passo firme, sem esforço, sorriu para Sharpe.

— Não se preocupe, senhor. A menininha vai ficar bem, vai sim. Todos os rapazes vão estar atentos a ela.

As esposas do batalhão, marchando na retaguarda com os filhos, trouxeram presentinhos para Sharpe e Teresa. Uma manta, um par de luvinhas tricotadas a partir de uma meia desfeita, um chocalho esculpido. Sharpe ficou surpreso, sensibilizado e sem graça com a comoção que a notícia havia causado.

Os homens estavam confiantes, até mesmo ansiosos para chegar a Badajoz porque as baixas em Ciudad Rodrigo foram poucas. O South Essex, como o restante do exército, acreditava que, se foi possível atravessar a muralha de Ciudad Rodrigo com apenas sessenta mortos, os homens romperiam as defesas de Badajoz com uma perda igualmente pequena. Teresa os ouviu e balançou a cabeça negativamente.

— Eles não conhecem Badajoz.

Talvez fosse bom não conhecerem, pensou Sharpe.

— Para onde vamos?

— Badajoz!

Pararam durante três dias em Portalegre, com uma tempestade torrencial caindo sobre suas cabeças e deixando as estradas traiçoeiras e impossibilitando a travessia de um rio. Eram o único batalhão na cidade, vivendo no conforto, mas na porta das casas Sharpe via a frequência com que a estrada tinha sido usada por exércitos. O comissariado marcava as portas com giz; assim, SE/CL/6 queria dizer que seis homens da Companhia Ligeira do South Essex seriam acantonados naquela casa específica, mas cada casa tinha várias marcas desbotando que rememoravam os anos dessa guerra. As marcas indicavam regimentos ingleses, irlandeses, galeses, escoceses, alemães e portugueses, e até havia marcas estranhas deixadas pelos batalhões franceses. A guerra só se moveria de volta para a Espanha quando Badajoz fosse tomada, deixando Portalegre em sua paz habitual.

Sharpe e Teresa dormiram numa estalagem, o quartel-general do batalhão. Para ele, os três dias foram um período de alegria, talvez o último antes de se encontrarem de novo — se é que isso aconteceria — dentro das altas e escuras muralhas de uma fortaleza. Teresa partiria logo, indo à frente para Badajoz, para a pequena bebê doente. Precisava partir antes que os britânicos chegassem à cidade e os portões fossem fechados.

— Por que Badajoz? — perguntou Sharpe de novo, deitado no sótão em Portalegre enquanto a tarde chuvosa se transformava em uma noite encharcada.

— Eu tenho parentes lá. Eu não queria que ela nascesse na minha casa.

Sharpe sabia por quê! Porque sua filha não era fruto de um casamento, ela havia nascido com a marca da vergonha.

— Mas eles sabem, não é?

Teresa deu de ombros.

— Sabem, mas não veem o que sabem, por isso fingem que não sabem. — Ela deu de ombros de novo. — E o irmão do meu pai é rico, eles não têm filhos, e cuidam bem dela.

Antonia estava doente. Teresa não sabia qual era o problema, nem os médicos, mas a criança era pequena, não segurava a comida no estômago, e as irmãs no convento disseram que ela iria morrer.

Teresa balançou a cabeça.

— Ela não vai morrer. — Isso foi dito com determinação e seriedade; nenhuma filha sua desistiria da vida tão facilmente.

— E tem cabelo preto? — Sharpe ficava fascinado por qualquer migalha de informação.

— Você sabe que sim, já falei cem vezes. Cabelo preto e comprido, e nasceu com ele, depois caiu tudo, e agora está voltando. E tem um nariz pequenininho. Não é como o meu, nem torto como o seu.

— Talvez ela não seja minha.

Teresa lhe deu um tapa, rindo.

— É sua. Ela franze o rosto, assim.

Teresa imitou Sharpe e rosnou para ele, fazendo-o puxá-la para a cama onde ficaram deitados em silêncio, a chuva batendo na janela, e ele se perguntou o que haveria adiante, na estrada escorregadia e pedregosa.

— Talvez nós devêssemos nos casar, não é?

A princípio ela não respondeu. Ficou deitada ao lado dele, ouvindo a chuva, as vozes lá embaixo, e depois o som de cascos no pátio do estábulo.

— Alguém vai viajar.

Sharpe não disse nada.

Ela acompanhou com os dedos a cicatriz em seu rosto.

— Você moraria em Casatejada?

Sharpe continuou deitado em silêncio. Ser um estrangeiro numa terra estrangeira? Ser o homem de Teresa, dependendo dela para sobreviver? Suspirou.

— Talvez. Depois da guerra.

Teresa sorriu, sabendo que a resposta não significava nada. Este era o quarto ano da luta contra os franceses na Espanha e o país continuava ocupado pelo inimigo. Ninguém conseguia se lembrar de um tempo de paz. Antes de lutarem contra a França, os espanhóis combateram os ingleses até que sua frota navegou para a derrota completa em Trafalgar, afundada e capturada junto da frota francesa. Não havia paz do outro lado das fronteiras. Rússia, Áustria, Itália, Prússia, Dinamarca, Egito, Índia, guerra em toda parte. Agora até os americanos falavam de guerra, como se a nova nação quisesse provar que era comparável ao Velho Mundo num jogo que devastava o globo havia duas décadas. Era uma guerra travada em três continentes, em todos os oceanos, e alguns homens acreditavam que era a guerra final, o fim de tudo, a destruição completa prevista na Bíblia. Só Deus sabia quando ela iria terminar. Talvez apenas quando o último francês, ainda sonhando em dominar o mundo, fosse golpeado e esmagado na lama encharcada de sangue.

Teresa o beijou.

— Depois da guerra, Richard.

Teresa pousou a mão em cima da camisa de Sharpe e enfiou os dedos dentro do bolso dela, tirando o medalhão de ouro que continha o retrato de Jane Gibbons. Sharpe havia roubado o medalhão do irmão assassinado da jovem. Teresa o abriu e zombou de Sharpe com um sorriso.

— Você a conheceu na Inglaterra?

— Conheci.

— Ela é bonita.

— Acho que sim.

Sharpe tentou pegar o medalhão de volta, mas Teresa fechou os dedos com força em volta da joia.

— Você acha! Ela é bonita, não é?

— É, muito.

Teresa assentiu, satisfeita.

— Você vai se casar com ela. — Sharpe riu, pensando na impossibilidade da ideia, mas ela balançou a cabeça. — Vai, sim, eu sei. Caso contrário, por que andaria com isso?

Ele deu de ombros.

— Superstição? Isso me mantém vivo.

Teresa franziu a testa e fez o sinal da cruz; testa, barriga, de um mamilo ao outro, uma cruz extravagante para afastar o demônio.

— Como ela é?

Sharpe puxou um cobertor por cima de Teresa — seu único vestido estava secando perto do fogo fraco da lareira.

— É magra e ri muito. É muito rica e vai se casar com um homem muito rico. — Ele sorriu para Teresa. — Tem a pele macia, confortável.

Teresa descartou a crítica implícita; qualquer pessoa que tivesse a chance de viver no conforto seria idiota em recusá-lo.

— Como você a conheceu?

Sharpe estava desconfortável e tentou mudar de assunto, mas ela insistiu.

— Diga, como?

— Ela queria saber como o irmão morreu.

Teresa gargalhou.

— E você contou?

— Não a verdade. Contei que ele foi morto pelos franceses, lutando bravamente.

Ela gargalhou de novo. Teresa conhecia a história; como o tenente Gibbons tinha tentado matar Sharpe e como Patrick Harper havia cravado uma baioneta no tenente. Sharpe pensou na igrejinha escura em Essex, na jovem loira que ouvia sua história canhestra, e na placa de mármore branco que zombava da verdade sobre seu irmão mau, egoísta e sádico.

Em memória ao tenente Christian Gibbons, natural desta paróquia, que se voluntariou em 4 de fevereiro de 1809, partindo da milícia deste condado para o Regimento de South Essex, e depois se uniu ao Exército britânico nas guerras contra a tirania na Espanha. Ele se destacou no campo de Talavera, onde, dia e noite, os ataques inimigos foram rechaçados. Tamanha foi sua intrepidez que, tendo suportado a investida do inimigo em superioridade numérica, ele e sua companhia atacaram e capturaram um estandarte francês, a primeira glória deste tipo obtida por nossos exércitos na Espanha. Enquanto isto confirmava sua coragem e seu espírito, ele teve uma morte digna de um herói, no dia 8 de julho de 1809, no vigésimo quinto ano de sua vida. Este monumento é erigido como tributo a tanto heroísmo e valor por Sir Henry Simmerson, comandante do regimento vitorioso, e por seus irmãos paroquianos. 1810 d.C.

Sharpe tinha rido por dentro, não só porque Sir Henry havia conseguido reivindicar algum crédito em mármore pela captura da águia, o que tinha acontecido depois de ele ter sido tirado do comando, mas porque toda a pedra era uma mentira. Gibbons jamais estivera perto da águia quando Sharpe e Harper lutaram para atravessar o batalhão inimigo, mas o mármore continuaria ali, encimado pela pilha de armas esculpidas, quando a verdade já tivesse sido esquecida havia muito tempo.

Houve uma batida à porta.

— Quem é?

— Price, senhor.

— O que foi?

— Tem alguém querendo vê-lo, senhor. Lá embaixo.

Sharpe xingou.

— Quem?

— O major Hogan, senhor? — Price falou em tom de pergunta, como se Sharpe pudesse não reconhecer o nome.

— Santo Deus! Eu já vou descer!

Teresa o observou calçar as botas de cano longo e afivelar o cinto da espada.

— É o Hogan para quem nós mandamos papéis?

— É. Você vai gostar dele. — Sharpe tateou o vestido dela. Ainda estava úmido. — Você vai descer?

Teresa assentiu.

— Daqui a pouco.

O salão da estalagem estava barulhento, animado e cheio de gargalhadas. Sharpe abriu caminho entre os oficiais e viu Hogan, pingando, perto do balcão. O major irlandês estendeu a mão dando as boas-vindas, mas primeiro fez um gesto na direção dos oficiais.

— Eles estão animados.

— Eles acham que Badajoz vai ser fácil.

— Ah. — Hogan ergueu as sobrancelhas, depois abriu espaço para Sharpe no banco. — Ouvi dizer que você é pai.

— Alguém não sabe?

— Não fique envergonhado. Isso é ótimo, é, sim. Vinho?

Sharpe fez que sim com a cabeça.

— Como você está?

— Com frio, molhado, ocupado. E você?

— Seco, quente e com preguiça. Quais são as novidades?

Hogan serviu vinho e pegou sua caixinha de rapé.

— Os franceses estão agitados como galinhas chocas. Não estão tentando retomar Ciudad Rodrigo e não estão mandando tropas para o sul. Em vez disso, estão enviando cartas uns aos outros, culpando-se mutuamente. — Hogan levantou sua taça. — À sua saúde, Richard, à saúde da sua família.

Sharpe ficou ruborizado, sem jeito, mas ergueu a taça. Observou Hogan cheirar uma enorme pitada de rapé.

— O que você está fazendo aqui?

Os olhos do major lacrimejaram, sua boca se abriu e ele deu um espirro capaz de apagar um lustre.

— Meu Deus do céu, que negócio forte! Badajoz, Richard, sempre Badajoz. Vou dar uma olhadinha e depois informar ao par. — Ele limpou o bigode. — Veja bem, não espero que o lugar tenha mudado muito desde o ano passado.

— E? — Sharpe sabia que Hogan tinha estado nas duas tentativas fracassadas de tomar Badajoz em 1811.

Hogan deu de ombros.

— É um lugar desgraçado, Richard, realmente desgraçado. As muralhas são como a Torre de Londres, são sim, e você pode acrescentar o Castelo de Windsor naquele morro acima do rio. Eles têm fossos capazes de engolir um exército. — O irlandês balançou a cabeça. — Eu não teria muitas esperanças.

— É tão ruim assim?

— Quem sabe? — Hogan tomou um gole de vinho. — É um lugar grande, é sim, e eles não podem defender cada centímetro daquelas muralhas. Acho que o par vai fazer vários ataques ao mesmo tempo, não sei.

Provavelmente Wellington atacaria vários locais diferentes das muralhas, como foram os três ataques contra Ciudad Rodrigo numa noite, mas vários ataques ao mesmo tempo não garantiam o sucesso. Soldados antigos, homens que lutaram ao lado de Wellington na Índia, sabiam que ele não gostava de batalhas de cerco. O par era contido ao enviar seus homens a batalhas e lutava pelo bem-estar deles entre as campanhas, mas era capaz de lançá-los como metralha contra as muralhas de uma fortaleza para encurtar a duração de um cerco. Sharpe encolheu os ombros.

— Já passou da hora de alguém resolver isso.

— Disse a virgem. — Hogan deu uma risada. — Quais são as novidades?

— Não tem muita coisa. — Sharpe traçou a letra "A" no vinho derramado sobre a mesa, depois apagou. — Os recrutas vão se juntar a nós em Elvas. Duzentos soldados e oficiais, pelo que disseram, mas nenhuma notícia de um coronel. Você ouviu alguma coisa?

Hogan cuspiu um caroço de azeitona.

— Absolutamente nada. Aposto duas caixas de vinho contra uma que você vai receber a notícia antes do cerco.

— Que começa quando?

Hogan pensou nisso, jogando uma azeitona para o alto e pegando-a de volta.

— Três semanas? Os canhões estão vindo por mar. Tudo está em movimento.

Sharpe olhou através da janelinha na porta dos fundos, para a chuva que caía forte.

— Você vai precisar de um tempo melhor.

Hogan deu de ombros.

— Não pode chover para sempre.

— Disse o irmão de Noé.

Hogan sorriu.

— É, mas pelo menos ele não precisou de uma pá para limpar bosta de elefante por quarenta dias.

Sharpe deu uma risada. Logo o batalhão estaria usando pás para tirar lama, cavando o caminho para a grande fortaleza. E, enquanto pensava em Badajoz, sua expressão mudou. Hogan notou a preocupação.

— Qual é o problema?

Sharpe balançou a cabeça.

— Nada.

— Seria a promoção provisória?

Sharpe encolheu ligeiramente os ombros.

— Acho que sim.

— Elas são ouro de tolo, sem dúvida, mas não podem tirá-la de você, pelo menos não agora.

— Quer apostar vinho?

Hogan não disse nada. Não havia resposta. A Guarda Montada tinha promovido oficiais totalmente cegos, outros que só estavam fora de um hospício por causa do dinheiro e dos contatos, e certamente não tinham o hábito de sancionar promoções provisórias só porque um homem era bom no serviço. Hogan balançou a cabeça e ergueu a taça outra vez.

— Que os burocratas tenham sífilis.

— Que apodreçam em agonia.

Houve uma agitação perto do balcão, um sorriso de boas-vindas no rosto de Hogan, e o major Forrest se juntou a eles. Sharpe ouviu por alto Hogan repetir as notícias, mas seus pensamentos estavam longe, de volta à maldita promoção provisória. Se ao menos a sancionassem, ele poderia relaxar. Tentou imaginar o que aconteceria se isso não acontecesse, caso se visse como tenente outra vez. Teria de prestar continência a Knowles, chamá-lo de "senhor", e outra pessoa comandaria a companhia que Sharpe havia treinado, erguido e comandado em dois anos de guerra. Lembrou-se de quando a tinha visto pela primeira vez; homens acovardados e impotentes, mas agora estavam entre os melhores soldados do exército. Não podia se imaginar perdendo-os. Perdendo Harper? Santo Deus! Perdendo Harper!

— Santo Deus!

Por um momento, Sharpe imaginou que Hogan estivesse lendo seus pensamentos, então viu o major olhando para o outro lado do salão. Hogan balançou a cabeça.

— Se algum dia vi uma beldade que desejei e obtive, era apenas um sonho comparada a ela.

Teresa havia chegado ao salão e vinha na direção deles. Hogan se virou para Forrest.

— Seria a sua dama, major? Não pode ser a de Sharpe. O homem não tem bom gosto! Ele nunca ouviu falar em John Donne, muito menos reconhece uma citação malfeita. Não. Algo tão lindo assim só iria se apaixonar por um homem de bom gosto. Um homem como você, major, ou como eu.

Ele torceu o colarinho enquanto Forrest ruborizava de prazer.

O tenente Price havia se ajoelhado diante de Teresa, bloqueando o caminho dela, e lhe ofereceu seu amor eterno na forma de um pimentão vermelho erguido como uma rosa. Os outros tenentes o encorajavam e gritavam para Teresa que Harold Price tinha um futuro brilhante pela frente, mas ela apenas jogou um beijo para ele e seguiu seu caminho. Sharpe sentia um imenso orgulho dela. Em qualquer lugar do mundo, em qualquer sala de estar, em qualquer teatro, em qualquer palácio, quanto mais numa estalagem úmida e enfumaçada em Portalegre, Teresa seria considerada linda. A mãe de sua filha. Sua mulher. Ele se levantou para Teresa, sem graça por seu prazer ser tão óbvio para tantos, e ofereceu-lhe uma cadeira. Apresentou Hogan, que usou seu espanhol fluente e a fez rir. Ela olhou para Sharpe, os olhos carinhosos sob os cílios longos e escuros, ouviu as bobagens do irlandês e riu de novo. O engenheiro fez um brinde a Teresa, flertou com ela e olhou para Sharpe.

— Você é um homem de sorte, Richard.

— Eu sei, senhor, eu sei.

O tenente Price ficou com o pimentão. Jogou-o do outro lado do salão, perguntando em voz alta:

— Para onde vamos?

— Badajoz!

E o salão explodiu em gargalhadas.

SEGUNDA PARTE

Fevereiro e março de 1812

CAPÍTULO VIII

— Alto! — Botas ressoaram na estrada. — Fiquem parados, seus filhos da mãe!

O sargento deu uma risadinha casquinada, trincou os poucos dentes que restavam, virou-se para o outro lado e imediatamente girou de volta.

— Eu disse parados! Se quiser que sua bunda suja seja coçada, Gutteridge, eu faço isso com minha baioneta! Parados!

Ele se virou para o jovem oficial e fez uma saudação perfeita.

— Senhor!

O alferes, visivelmente nervoso diante do sargento alto, retribuiu a saudação.

— Obrigado, sargento.

— Não agradeça, senhor. É o meu trabalho, senhor.

O sargento soltou sua risada habitual, um som selvagem, que desconcertava qualquer um, e seus olhos se voltaram para a esquerda e para a direita. Os olhos do sargento eram azuis, quase um azul-bebê, decidiu o alferes, ao passo que o resto do homem era amarelo, amarelo-febre, um tom doentio que cobria o cabelo, os dentes e a pele. Os olhos azul-bebê se viraram para o alferes.

— O senhor vai encontrar o capitão, vai? Diga que chegamos, está bem, senhor?

— Sim, claro.

A COMPANHIA DE SHARPE

— Dê a ele minhas saudações, senhor. Minhas saudações.

O sargento casquinou outra vez, e a risada se transformou numa tosse áspera. A cabeça dele se sacudiu no pescoço comprido e magro com a cicatriz terrível.

O alferes entrou no pátio onde estava escrito SE/CL a giz no mourão do portão. Sentia-se aliviado por estar longe do sargento, que tinha sido um incômodo constante na longa jornada desde o posto de treinamento do South Essex, e porque os outros oficiais da Companhia Ligeira do South Essex agora podiam compartilhar a loucura do homem. Não, não era bem isso. O sargento não era louco, decidiu o alferes, mas havia algo nele que transparecia a possibilidade de haver um horror extremo espreitando logo abaixo da superfície amarela. O sargento era tão aterrorizante para o alferes quanto para os recrutas.

Os soldados que estavam no pátio eram quase igualmente aterrorizantes. Tinham a mesma aparência que os veteranos em Portugal, um aspecto que não combinava com a vida de soldado na Inglaterra. Seus uniformes deixaram de ser escarlate e adquiriram um tom rosa desbotado, esbranquiçado, ou então um roxo-escuro, virulento. A cor mais comum era marrom, nos pontos em que as casacas e as calças foram repetidamente remendadas com tecidos rústicos. As peles, mesmo no inverno, eram marrom-escuras. Acima de tudo, o alferes notou, havia o ar de confiança. Eles se portavam casualmente, à vontade com suas armas polidas e surradas, e o alferes se sentiu pouco à vontade em sua casaca escarlate nova com debruns de um amarelo vivo. Um alferes era o mais baixo de todos os oficiais, e William Matthews, um rapaz de 16 anos que fingia fazer a barba, estava apavorado com a primeira visão desses homens que ele deveria comandar.

Um homem estava encurvado debaixo da bomba de água no pátio enquanto outro a bombeava, fazendo a água pulsar na cabeça e nas costas nuas do primeiro. Quando o homem se levantou, Matthews viu uma treliça de cicatrizes grossas causadas por um açoitamento e se virou, nauseado com a visão. Seu pai o havia alertado de que o Exército atraía a escória da sociedade, os encrenqueiros, e Matthews soube que tinha visto uma dessas ruínas humanas. Outro soldado, que por algum motivo estava usando o verde dos fuzileiros, viu sua expressão e riu. Matthews percebeu que estava sendo observado e avaliado, mas então apareceu um oficial, vestido decentemente, e foi com alívio que ele se aproximou do recém-chegado, um tenente, e o saudou.

— Alferes Matthews, senhor, apresentando-se com os recrutas.

O tenente deu um sorriso vago, virou-se e vomitou.

— Ai, Cristo! — O tenente parecia estar com dificuldade para respirar, mas se empertigou de novo, dolorosamente, e se virou de volta para o alferes. — Caro colega, lamento terrivelmente. Os malditos portugueses põem alho em tudo. Sou Harold Price. — Price tirou sua barretina e coçou a cabeça. — Não entendi seu nome. Lamento terrivelmente.

— Matthews, senhor.

— Matthews. Matthews. — Price pronunciou o nome como se ele pudesse significar alguma coisa, depois prendeu a respiração quando teve ânsia de vômito, e, após o espasmo, expirou lentamente. — Desculpe, caro Matthews. Acho que meu estômago está delicado nesta manhã. Será que você poderia me fazer a honra de me emprestar 5 libras? Só por um ou dois dias. Guinéus seria melhor.

Seu pai o havia alertado sobre isso também, mas Matthews sentiu que não seria sensato começar seu relacionamento com a nova companhia com uma recusa grosseira. Ele percebeu que os soldados no pátio estavam prestando atenção na interação e se perguntou se era uma vítima inocente de algum tipo de piada interna, mas o que mais poderia fazer?

— Claro, senhor.

O tenente Price pareceu admirado.

— Meu caro colega, que gentileza! Esplêndido! Vou lhe dar uma promissória, é claro.

— E esperar que o alferes seja morto em Badajoz?

Matthews se virou. O soldado alto, cujas costas tinham cicatrizes horríveis, havia falado. O rosto do sujeito também tinha uma cicatriz, e ela lhe dava uma expressão de quem sabia das coisas, até mesmo uma expressão zombeteira, que era desmentida pela voz. Ele sorriu para Matthews.

— Ele está fazendo isso com todo mundo. Pegando dinheiro emprestado com a esperança de que a pessoa morra. Deve conseguir um excelente lucro.

Matthews não sabia o que dizer. O soldado havia falado com gentileza, mas não tinha se referido a ele como "senhor", o que era desconcertante, e Matthews tinha a sensação de que a pouca autoridade que seu posto inferior garantia já estava sendo dissipada. Esperava que o tenente interviesse, mas Price parecia envergonhado enquanto colocava a barretina na cabeça e ria para o sujeito das cicatrizes.

— Este é o alferes Matthews, senhor. Ele trouxe os substitutos.

O homem alto com cicatrizes assentiu para o alferes.

— Que bom que você chegou, Matthews. Sou Sharpe, capitão Sharpe. Como você se chama?

— Matthews, senhor. — O alferes olhou boquiaberto para Sharpe. Um oficial que havia sido açoitado? Percebeu que sua resposta tinha sido inadequada. — William, senhor.

— Bom dia e seja bem-vindo.

Sharpe estava se esforçando para ser agradável. Odiava manhãs, e esta, em particular, era desagradável. Hoje Teresa ia sair de Elvas e cavalgar os poucos quilômetros atravessando a fronteira até Badajoz. Outra separação.

— Onde você deixou os homens?

Matthews não os tinha deixado em lugar nenhum; o sargento havia tomado todas as decisões, mas ele apontou para o portão.

— Lá fora, senhor.

— Traga-os, traga-os. — Sharpe secou o cabelo com um pedaço de aniagem. — Sargento Harper! Sargento Read! — Harper podia acomodar os recrutas, e Read, o abstêmio metodista, podia cuidar dos livros da companhia. Seria um dia cheio.

Sharpe se vestiu às pressas. A chuva havia parado ao menos por enquanto, mas o vento ainda vinha frio do norte, trazendo nuvens finas e altas que prometiam mais tempo ruim em março. Pelo menos, como faziam parte das primeiras tropas a chegar, os homens poderiam escolher os alojamentos em Elvas, vivendo em relativo conforto mesmo enquanto olhavam para Badajoz do outro lado da fronteira. As duas fortalezas eram separadas por menos de vinte quilômetros, cada uma de um lado de um vale raso, mas, apesar da proximidade, eram completamente diferentes. Badajoz era uma cidade, capital de uma província, e Elvas era uma pequena cidade comercial que se encontrava no centro de grandes defesas que se espalhavam pela região. Por mais que as muralhas portuguesas fossem impressionantes, eram pequenas comparadas com as fortificações espanholas que barravam a estrada para Madri. Sharpe sabia que não era real, mas parecia haver algo sinistro na enorme fortaleza a leste, e odiava pensar que Teresa ia para trás dos muros altíssimos e dos fossos largos. Mas ela precisava retornar para a criança, sua filha, e ele teria de encontrá-la e protegê-la quando a hora chegasse.

Seus pensamentos em Teresa e Antonia se dissiparam de repente, arrancados com violência, substituídos por um ódio denso como vômito. Seu passado estava ali, em Elvas, um passado odioso. O mesmo rosto amarelo, com o mesmo tique e a mesma risadinha! Meu Deus! Ali, em sua companhia? O olhar dos dois se encontrou, e Sharpe viu o sorriso insolente que parecia beirar a insanidade completa.

— Alto! — O sargento olhou com irritação para os reforços. — Virar à esquerda! Parados, seus filhos da mãe! Feche sua maldita boca, Smithers, ou vou usá-la para limpar os estábulos!

O sargento se virou com um gesto preciso, marchou até Sharpe e parou batendo os calcanhares.

— Senhor!

O alferes Matthews olhou para os dois homens altos.

— Senhor? Este é o sargento...

— Eu conheço o sargento Hakeswill.

O sargento deu uma risadinha, mostrando os poucos dentes amarelos. Escorria cuspe por sua barba curta. Sharpe tentou descobrir a idade do sargento. Hakeswill devia ter pelo menos 40 anos, talvez 45, mas os olhos ainda eram os de uma criança esperta. Olhavam para Sharpe sem piscar, com diversão e escárnio. Sharpe notou que Hakeswill o estava encarando para deixá-lo desconcertado, por isso se virou e viu Harper afivelando o cinto enquanto chegava ao pátio. Assentiu para o irlandês.

— Coloque-os à vontade, sargento. Eles precisam de um lugar para dormir e de comida.

— Senhor.

Sharpe se virou de volta para Hakeswill.

— Você está entrando para esta companhia?

— Senhor!

Ele gritou a resposta, e Sharpe se lembrou de como Hakeswill sempre havia sido meticuloso com a etiqueta do Exército. Nenhum soldado fazia ordem-unida com mais exatidão ou respondia com mais formalidade, mas cada ação parecia imbuída de uma espécie de desprezo. Era impossível identificar o motivo exato, mas tinha algo a ver com a expressão daqueles olhos infantis, como se houvesse uma aberração dentro do soldado rigorosamente correto, que observava e gargalhava enquanto enganava o Exército. O rosto de Hakeswill se retorceu num sorriso.

— Surpreso, senhor?

Sharpe desejou matar o sujeito ali mesmo, apagar aqueles olhos ofensivos, imobilizar para sempre o tique e o rilhar de dentes, o casquinar e o sorriso. Muitos homens tentaram matar Obadiah Hakeswill. Ele havia ganhado a cicatriz no pescoço, com suas marcas profundas e vermelhas, quando tinha apenas 12 anos. Fora condenado à morte na forca por roubar um cordeiro. Hakeswill era inocente dessa acusação. Seu verdadeiro crime havia sido ter obrigado a filha do vigário a se despir para ele enquanto segurava uma víbora perto do pescoço dela, a língua da serpente vibrando, e ela havia tirado as roupas e gritado enquanto o garoto a atacava. O pai dela a salvou, e fora mais simples acusá-lo de roubar um cordeiro, com mais certeza de terminar em morte, e o acordo havia sido feito com os juízes. Ninguém, nem mesmo na época, queria que Obadiah Hakeswill permanecesse vivo, a não ser, talvez, sua mãe. E, se conseguisse pensar numa maneira, o vigário teria o maior prazer em pendurá-la junto com o filho abominável.

De algum modo ele havia sobrevivido. Tinham-no pendurado, mas Hakeswill permaneceu vivo, com o pescoço esticado e fino e a cicatriz lívida como prova que já tinha sido enforcado. Havia entrado para o Exército, para uma vida que lhe servia bem. Ergueu a mão e coçou a cicatriz abaixo da orelha esquerda.

— Vai ficar tudo bem, senhor, agora que estou aqui.

Sharpe sabia o que ele queria dizer. Havia uma lenda que dizia que Hakeswill, o homem indestrutível, o sobrevivente de uma execução judicial, não podia ser morto, e a lenda não diminuiu com o tempo. Sharpe tinha visto duas filas de homens serem mortas por metralha, mas Hakeswill, parado à frente delas, não havia sofrido um arranhão.

O rosto do sargento se retorceu com um espasmo, escondendo o sorriso provocado pelo ódio não expresso de Sharpe. O tremor parou.

— Fico feliz por estar aqui, senhor. Sinto orgulho do senhor, sinto mesmo. É o meu melhor recruta.

Ele havia falado alto, para que o pátio soubesse que os dois tinham uma história juntos; e também havia um desafio nisso, tão tácito quanto o ódio dos dois, que anunciava que Hakeswill não se submeteria facilmente à disciplina de um homem que ele já havia comandado e tiranizado.

— Como vai o capitão Morris, Hakeswill?

O sargento riu, depois deu sua risadinha na cara de Sharpe para que o oficial sentisse seu hálito horrível.

— Lembra-se dele, senhor? Agora ele é major, pelo que ouvi dizer. Em Dublin. Veja bem, o senhor era um garoto mau, e vai perdoar um velho soldado por dizer isso.

Houve silêncio no pátio. Todos os homens estavam escutando a conversa, cientes da hostilidade entre os dois. Sharpe baixou a voz, para que apenas Hakeswill o escutasse.

— Se você colocar um dedo em qualquer homem desta companhia, sargento, vou matá-lo. — Hakeswill deu uma risada. Ele estava prestes a responder, porém Sharpe foi mais rápido. — Sentido! — Hakeswill se empertigou bruscamente, o rosto subitamente enevoado pela raiva porque a resposta lhe tinha sido negada. — Meia-volta, volver!

Sharpe o deixou ali, virado para uma parede. Maldição! Hakeswill! Havia cicatrizes nas costas de Sharpe por causa de Hakeswill e Morris, e naquele dia longínquo Sharpe tinha jurado que infligiria tanta dor neles quanto eles lhe causaram. Hakeswill havia espancado um soldado até que ele ficasse inconsciente; o homem recuperou a consciência, mas jamais os sentidos, e Sharpe tinha sido testemunha. Ele havia tentado impedir a surra, e em troca dos esforços Morris e Hakeswill o acusaram de ser o responsável pela agressão. Sharpe foi amarrado a uma roda de carroça e açoitado.

Agora, subitamente cara a cara com o inimigo depois de todos esses anos, Sharpe sentiu uma sensação incômoda de impotência. Hakeswill parecia intocável. Tinha a confiança de alguém que simplesmente não se importava com o que lhe acontecesse, porque sabia que era indestrutível. A vida do sargento era permeada pelo ódio profundo que sentia dos outros homens, e, por trás de sua máscara de conformidade militar, espalhava veneno e medo pelas companhias pelas quais passava. Sharpe sabia que Hakeswill havia mudado tanto quanto sua aparência. A mesma barriga grande, talvez um pouco maior, algumas rugas a mais no rosto, mais um ou dois dentes faltando, no entanto ainda tinha a mesma pele amarelada e o mesmo olhar insano. Com algum desconforto, Sharpe se lembrou de que um dia Hakeswill comentara que os dois eram parecidos. Ambos fugitivos, ambos sem família, e o único modo de sobreviver, dissera o sargento, era bater primeiro.

Olhou para os recrutas. Estavam com reservas, e não era para menos, cautelosos com a nova companhia. Ainda que eles não tivessem como saber, Sharpe compartilhava sua inquietação. Logo Hakeswill em sua companhia? Depois se lembrou da promoção provisória e percebeu que a companhia poderia não ser mais sua, e sentiu os pensamentos começando uma descida sem lucro para a melancolia, por isso os afastou imediatamente.

— Sargento Harper?

— Senhor?

— O que vai acontecer hoje?

— Futebol, senhor. A Companhia de Granadeiros joga contra os portugueses. Esperam-se baixas pesadas.

Sharpe sabia que Harper estava tentando animar os recém-chegados, por isso fez questão de sorrir.

— O dia de vocês vai ser leve, então. Aproveitem. Amanhã trabalharemos.

Amanhã ele estaria sem Teresa, amanhã seria um dia mais perto de Badajoz e amanhã talvez ele fosse um tenente. Percebeu que os recrutas, alguns dos quais ele próprio havia encontrado, estavam esperando que continuasse. Forçou outro sorriso.

— Bem-vindos ao South Essex. Fico feliz por estarem aqui. Esta é uma boa companhia e tenho certeza de que permanecera assim. — As palavras pareciam incrivelmente bobas, até mesmo para Sharpe, como se ele soubesse que não eram sinceras.

Gesticulou com a cabeça para Harper.

— Continue, sargento.

O olhar do irlandês se virou para Hakeswill, ainda virado para a parede, e Sharpe fingiu não perceber. Que Hakeswill se dane, ele podia ficar ali, mas depois Sharpe cedeu.

— Sargento Hakeswill!

— Senhor!

— Dispensado!

Sharpe foi para a rua, querendo ficar sozinho, mas Leroy estava encostado no mourão do portão, e o americano ergueu uma sobrancelha com ar divertido.

— É assim que o herói do campo de Talavera recebe os recrutas? Sem chamados à glória? Sem cornetas?

— Eles têm sorte de receber boas-vindas.

Leroy tragou o charuto e começou a andar ao lado de Sharpe.

— Imagino que essa infelicidade se deva à partida de sua dama, não é? Sharpe deu de ombros.

— Acho que sim.

— Então posso dar a outra notícia?

Leroy havia parado e seus olhos escuros pareciam cheios de divertimento.

— Napoleão morreu?

— Infelizmente, não. Nosso coronel chega hoje. Você não parece surpreso?

Sharpe esperou que um padre montado numa mula derreada passasse.

— Eu deveria estar?

— Não. — Leroy riu para ele. — Mas a reação normal seria dizer: "Quem? Por quê? Como você sabe?" Então eu daria todas as respostas. Isso se chama "conversa".

A depressão de Sharpe foi dissipada por Leroy.

— Então me diga.

O americano magro e lacônico ficou surpreso.

— Jamais pensei que você iria perguntar. Quem é ele? O nome é Brian Windham. Jamais gostei do nome Brian, é o tipo de nome que uma mulher dá a um menino na esperança de que ele cresça honesto. — Leroy bateu a cinza na estrada. — Por quê? Acho que não existe resposta para isso. O que ele é? Um tremendo caçador de raposas. Você caça, Sharpe?

— Você sabe que não.

— Então seu futuro poderá ser sombrio, assim como o meu. E como eu sei?

Ele fez uma pausa.

— Como você sabe?

— Porque nosso coronel, o honesto Brian Windham, tem um arauto, um mensageiro, um João Batista para a sua vinda, nada menos que um Paul Revere.

— Quem?

Leroy suspirou. Ele estava especialmente loquaz hoje.

— Nunca ouviu falar de Paul Revere?

— Não.

— Você é um homem de sorte, Sharpe. Ele chamava meu pai de traidor, e nossa família chamava Revere de traidor, e prefiro achar que nós perdemos a discussão. O fato, meu caro Sharpe, é que ele foi um arauto, um emissário, e nosso bom coronel mandou um aviso sobre sua chegada na forma de um novo major.

Sharpe olhou para Leroy. A expressão do americano não havia mudado.

— Sinto muito, Leroy. Sinto muito.

BERNARD CORNWELL

Leroy deu de ombros. Como capitão mais antigo, ele esperava pela vaga de major no batalhão.

— Não se deve esperar nada neste exército. O nome dele é Collett, Jack Collett, outro nome honesto e outro caçador de raposas.

— Sinto muito.

Leroy começou a andar outra vez.

— Há outra coisa.

— O quê?

Leroy apontou com o charuto para o pátio da casa onde os oficiais estavam acantonados. Sharpe olhou através do arco e, pela segunda vez naquela manhã, teve um choque súbito e desagradável. Um rapaz de 20 e poucos anos estava parado perto de uma pilha de bagagens que seu serviçal desamarrava. Sharpe nunca tinha visto aquele oficial, mas o uniforme era bastante familiar. Era o uniforme completo do South Essex, ostentando até mesmo a insígnia prateada da águia que Sharpe havia capturado, mas era o uniforme que apenas um homem poderia usar. Tinha um sabre curvo, pendurado em correntes, e um apito de prata no cinturão diagonal. As insígnias do posto, indicando que era capitão, não eram dragonas, e sim asas feitas de correntes e decoradas com uma corneta. Sharpe estava olhando para um homem vestido como capitão da Companhia Ligeira do South Essex. Xingou.

Leroy deu uma gargalhada.

— Junte-se aos rebaixados.

Ninguém tinha tido coragem de contar a ele, a não ser Leroy! Os filhos da mãe trouxeram um novo homem pelas suas costas e ele não havia sido informado! Sentiu uma raiva profunda, uma depressão e uma impotência diante da pesada máquina do Exército. Não podia acreditar. Hakeswill, Teresa indo embora, e agora isso?

O major Forrest apareceu na entrada em arco, viu Sharpe e foi até ele.

— Sharpe?

— Senhor.

— Não tire conclusões precipitadas. — O major parecia arrasado

— Conclusões, senhor?

— Sobre o capitão Rymer. — Forrest indicou com a cabeça o novo capitão que, nesse momento, virou-se e viu Sharpe. Ele inclinou a cabeça brevemente, num cumprimento educado, e Sharpe se forçou a responder. Olhou de volta para Forrest.

— O que aconteceu?

Forrest deu de ombros.

— Ele comprou a patente de Lennox.

Lennox? O predecessor de Sharpe havia morrido dois anos e meio antes.

— Mas isso foi...

— Eu sei, Sharpe. O testamento dele estava no tribunal. Só agora o espólio liberou a patente para venda.

— Eu nem sabia que ela estava à venda! — Não que pudesse pagar as 1.500 libras, pensou Sharpe.

Leroy acendeu um novo charuto na guimba do velho.

— Duvido que alguém soubesse que ela estava à venda, certo, major?

Forrest assentiu, arrasado. Uma venda aberta implicava que o preço legal tinha de ser pago. Era muito mais provável que o capitão Rymer fosse amigo de um dos advogados que havia eliminado a concorrência, vendendo-a a Rymer e recebendo em troca um preço mais alto. O major abriu os braços.

— Sinto muito, Sharpe.

— E o que acontece agora? — A voz de Sharpe saiu dura.

— Nada. — Forrest tentou parecer esperançoso. — O major Collett, você não o conhece, Sharpe, concorda comigo. É uma situação complicada. Você fica no comando até a chegada do coronel Windham.

— Hoje à tarde, senhor.

Forrest assentiu.

— Vai ficar tudo bem, Sharpe. Você vai ver. Tudo.

Sharpe viu Teresa atravessar o pátio carregando a sela do cavalo, mas ela não o percebeu. Ele se virou e olhou por cima dos telhados de Elvas, rosados ao sol, e notou que uma nuvem cavalgando o vento norte havia secionado a paisagem com sua sombra. A Espanha estava na sombra, e Badajoz era uma cidadela escura a distância. Xingou de novo, violenta e longamente, como se os palavrões pudessem lutar por ele contra o infortúnio. Sabia que era coisa da sua imaginação, até mesmo idiotice, mas parecia que a fortaleza que barrava a estrada para o leste com suas muralhas altas acima do Guadiana estava no centro do mal, espalhando um destino soturno sobre todos que se aproximavam. Hakeswill, Rymer, Teresa indo embora, tudo mudando... O que mais daria errado antes que eles lancetassem o mal em Badajoz?

CAPÍTULO IX

Tudo em Obadiah Hakeswill era tão desprovido de graça e repulsivo que causava uma espécie de fascínio. O corpo dele era enorme, mas qualquer homem que confundisse sua barriga com um sinal de fraqueza seria apanhado por braços e pernas extremamente fortes. Ele
5. era desajeitado, a não ser quando fazia algum movimento de ordem-unida, e, mesmo enquanto marchava, havia uma sugestão de que, a qualquer momento, poderia se tornar uma fera raivosa rosnando trôpega; meio animal selvagem, meio homem. Sua pele era amarelada, legado das Ilhas da Febre. O cabelo era loiro, ficando grisalho, ralo no couro cabeludo
10. cheio de cicatrizes, estendendo-se sobre o pescoço esticado, tenso, com suas marcas obscenas.

Em algum momento no passado, antes mesmo do enforcamento, Hakeswill soube que jamais gostariam dele, e, assim, em vez de tentar ser apreciado, decidiu ser temido. Ele tinha uma vantagem: Obadiah Hakeswill
15. não sentia medo de nada. Quando outros homens reclamavam de fome ou frio, umidade ou doença, o sargento simplesmente dava uma risada e sabia que aquilo iria passar. Ele não se importava com o quanto saísse ferido de uma batalha; ferimentos se curavam, hematomas desapareciam, e ele não podia morrer. Havia descoberto isso quando tinha pendido na ponta da
20. corda; não podia morrer porque era protegido por uma magia, a magia de sua mãe, e sentia orgulho da cicatriz medonha no pescoço, símbolo de sua invulnerabilidade, e sabia que ela amedrontava outros homens. Os oficiais

A COMPANHIA DE SHARPE

não ficavam no caminho de Obadiah Hakeswill. Temiam a consequência de sua raiva, sua aparência horrível, por isso faziam sua vontade, sabendo que em troca ele iria se ater ao regulamento e apoiaria a autoridade deles frente aos soldados. Nesses limites Hakeswill era livre para se vingar de um mundo que o fizera feio, pobre e sem amigos, um mundo que tinha tentado matá-lo e que agora, acima de tudo, o temia.

Odiava Sharpe. Para Hakeswill, oficiais eram oficiais, nascidos para seu posto elevado e provedores de recompensas e privilégios, como John Morris. Mas Sharpe era um carreirista. Vinha da mesma sarjeta que Hakeswill, e uma vez o sargento havia tentado dobrá-lo e tinha fracassado. Não fracassaria de novo. Agora, sentado no estábulo atrás da casa dos oficiais, raspando com as unhas a carne de um osso de pernil e enfiando as migalhas na boca que mastigava aberta, sentia prazer em se lembrar do encontro dos dois. Hakeswill tinha percebido o embaraço do oficial e considerado isso uma pequena vitória a ser explorada. Também havia o sargento, o irlandês que valeria a pena atormentar, e ele deu uma risada enquanto enfiava comida na boca e coçava as picadas de pulgas na axila. Havia lucro no medo, e nenhum na harmonia. Hakeswill tinha se habituado a reduzir as companhias a campos divididos — os homens a favor dele e os contrários. Aqueles de que não gostava eram forçados a lhe dar dinheiro ou prestar serviços, tornando a vida do sargento suportável. Hakeswill imaginava que Patrick Harper não permitiria que isso acontecesse com facilidade, nem Sharpe, mas gargalhou. Ele não havia se realistado para um batalhão ativo, um batalhão que levaria aos belos ganhos de uma guerra, para que aqueles dois o atrapalhassem.

Remexeu a bolsa de munição e pegou um punhado de moedas. Não era muito, uns poucos xelins, mas era tudo o que havia conseguido roubar no caos da chegada. Tinha vindo ao estábulo para contar os ganhos e escondê-los no fundo da mochila. Preferia serviços a dinheiro. Logo descobriria quais soldados da Companhia Ligeira eram casados e quais tinham as esposas mais bonitas. Ele iria atrás desses, tornando-os miseráveis com um sofrimento atroz após sua bateria de ataques até que lhe oferecessem qualquer coisa para se verem livres do tormento. O preço costumava ser a esposa. Hakeswill sabia que, em média, dois ou três iriam ceder; eles levariam suas esposas aos prantos para algum estábulo coberto de palha como este e, depois de algum tempo, as mulheres se entregariam. Algumas vinham bêbadas, mas Hakeswill não se importava com isso. Uma tinha tentado rasgá-lo com uma baioneta, então ele a matou e culpou o marido pela morte, e agora gargalhava ao se lembrar da execução do sujeito, enforcado numa árvore alta. Levaria algum tempo até se sentir confortável neste batalhão, para se sentir à vontade como uma fera se acomodando em sua toca, mas faria isso. E, como um animal se preparando para descansar, primeiro arrancaria as pedras que ficassem desconfortáveis embaixo de seu pelo amarelo, pedras como Sharpe e Harper.

Estava sozinho no estábulo. Um cavalo se mexeu na baia atrás dele, a luz entrava por frestas entre as telhas grossas e curvas, e o sargento estava satisfeito em ter aquele tempo sozinho para pensar. Roubar equipamento era um bom começo. Escolha seus homens, roube-os, depois denuncie a perda e faça com que sejam cobrados, torcendo para que o novo coronel gostasse de açoitar. Era extraordinário o que um homem faria para evitar o açoitamento e o que uma mulher daria para salvar o marido do chicote! Era fácil demais, e Hakeswill gargalhou outra vez. Dois ou três açoitamentos brutais e a companhia estaria comendo em sua mão! Havia até mesmo um boato, que tinha se espalhado pelo batalhão como fogo, de que Sharpe havia perdido a companhia. Era uma boa notícia, pois removia um obstáculo. E Hakeswill havia julgado que Price não representaria um grande problema. O novo alferes, Matthews, era só um garoto, então o único problema era Patrick Harper. A falha dele provavelmente era a honestidade excessiva, e Hakeswill deu uma risada. Era fácil demais!

A porta do estábulo se abriu, e Hakeswill ficou imóvel. Gostava de permanecer sem ser visto; observar sem ser observado. Uma pessoa entrou, dava para saber pelos passos, e caminhou até a fileira de baias atrás de Hakeswill enquanto a grande porta de madeira se fechava sob o próprio peso enorme. O recém-chegado estava oculto, e o sargento se moveu incrivelmente devagar, ajustando os movimentos de modo que o farfalhar da palha parecesse a agitação causada por uma corrente de ar.

A COMPANHIA DE SHARPE

E então, felizmente, um cavalo mijou ruidosamente, e o barulho cobriu o som que ele fez ao se ajoelhar para olhar através de uma fresta nas tábuas.

Quase exultou de prazer. Era uma jovem; uma jovem com o tipo de beleza com que um homem podia sonhar, mas sabia que jamais poderia possuir. E era nativa, dava para ver pelas roupas, pela pele morena e pelos cabelos escuros. As jovens nativas eram sempre uma presa fácil. Ele se retesou. Queria essa garota. Esqueceu tudo — Sharpe, Harper, seus planos —, porque de repente estava dominado pela luxúria por essa jovem, e começou a tirar a baioneta da bainha.

Teresa pôs a sela no cavalo, esticou a manta por baixo do couro e puxou a barrigueira pela fivela. Falava com o cavalo em espanhol, murmurando, e não ouviu nada estranho no estábulo. Não queria ficar longe de Sharpe, voltar para os *afrancesados*, os amantes dos franceses na cidade, mas Antonia estava lá e doente. Precisava retornar para proteger a filha durante o cerco. Depois disso, se Deus quisesse, a criança ficaria suficientemente bem para ser transportada.

E casamento? Ela suspirou e olhou para o teto. Não era certo Antonia não ser fruto de um casamento, mas Teresa não conseguia se ver acompanhando esse exército como um filhote atrás da matilha e sabia que Richard Sharpe não sairia dele para morar em Casatejada. Casar-se de qualquer modo? Pelo menos a bebê teria um sobrenome, um bom sobrenome, e não havia vergonha em uma criança carregar o nome de um pai desconhecido, ausente. Suspirou outra vez. Tudo precisaria esperar até o fim do cerco, ou até a criança melhorar, e de repente, como uma nuvem negra, Teresa se perguntou o que aconteceria se Sharpe morresse no cerco. Deu de ombros. Ela contaria a todo mundo que havia se casado antes do cerco e ninguém ficaria sabendo a verdade.

Hakeswill esperou até que as mãos dela estivessem ocupadas, colocando os arreios, e então rolou por cima da divisória empunhando a baioneta reluzente, agarrou o cabelo da mulher e a derrubou com seu peso. Ela tentou lhe dar um tapa, mas não conseguiu, e então ele estava com a ponta fina da baioneta em sua garganta, ajoelhado acima da cabeça de Teresa.

— Olá, mocinha.

Teresa não disse nada. Estava deitada de costas, ao lado do cavalo, e o rosto dele estava de cabeça para baixo, acima dela. Hakeswill passou a língua pelos próprios lábios.

— Portuguesa, é?

O sargento gargalhou. Era uma dádiva dos deuses, um presente neste primeiro dia com essa nova companhia. Hakeswill manteve a baioneta perto do pescoço dela e se virou calmamente, para ter uma visão melhor. O cavalo se agitou, mas ele não tinha medo de cavalos. Então seus joelhos estavam ao lado da cintura dela, e Hakeswill gargalhou. Era linda, mais bonita do que parecia através do vão das baias. Iria se lembrar dela para sempre.

— Fala inglês?

A garota não disse nada. Ele pressionou a baioneta delicadamente, sem ferir a pele.

— Você fala inglês, mocinha?

Provavelmente, não, mas isso não importava, porque não havia chance de que ela vivesse para falar disso em qualquer idioma. Os prebostes enfocariam um homem acusado de estupro, por isso a jovem teria de morrer, a não ser que gostasse dele, claro, o que Hakeswill admitiu ser pouco provável. Não era impossível. Houvera aquela puta nas Ilhas da Febre, a garota cega, mas não havia sinal de que esta pequena beldade estivesse gostando de suas atenções.

Ela tampouco parecia com medo, o que era espantoso e perturbador. Hakeswill esperava que as mulheres gritassem, e geralmente gritavam, mas ela o olhava calmamente, com olhos grandes, escuros, de cílios compridos. O grito poderia vir depois, mas ele estava preparado. Logo seguraria o pescoço dela e enfiaria a baioneta dentro de sua boca. Desceria a lâmina até que a jovem quase engasgasse, de modo que tudo que ela pudesse ver fossem os mais de quarenta centímetros de metal afiado se projetando da boca, empunhados por ele. Hakeswill sabia que, nessa posição, elas jamais se mexiam nem gritavam, e era fácil matá-las no fim, bastava uma breve pressão para baixo. O corpo poderia ser empurrado para baixo da palha no fundo do estábulo e, mesmo que fosse encontrado, ninguém saberia que tinha sido ele. Hakeswill deu um risinho.

— Obadiah Hakeswill, mocinha, ao seu dispor.

Ela sorriu para ele de um modo hipnotizante, inesperado.

— Oba-daia?

Ele fez uma pausa. Já ia colocar a baioneta na boca da jovem. Estava desconfiado, mas assentiu.

— Sargento Obadiah Hakeswill, mocinha, e com pressa, se não se importa.

Os olhos dela, já grandes, se arregalaram como se estivessem impressionados.

— Sar-gento? *Si?* — Ela sorriu de novo. — Sar-gento Oba-daia Raque-suil? *Si?* — Ela acariciou as palavras, demorou-se nelas.

Hakeswill ficou perplexo. Estava bastante escuro no estábulo, sem dúvida, mas não a ponto de ela não conseguir ver seu rosto. No entanto, parecia gostar dele. Não era impossível, supôs, mas, mesmo que gostasse dele, não era motivo para demorar. Na verdade, era motivo para agir mais rápido.

— Isso mesmo, querida, sargento. *Mucha importante.*

Ele estava com pouco espaço, o maldito cavalo estava perto demais, mas então a jovem sorriu de novo e deu um tapinha na palha do outro lado do corpo.

— *Importante?*

Hakeswill riu para ela, feliz porque estava impressionada, e recuou a baioneta um pouquinho.

— Chegue para lá, então.

Teresa assentiu, sorriu de novo e colocou as mãos na nuca dele. Ela lambeu os lábios de Hakeswill, cujos olhos se moveram para vê-la se erguer com aquelas pernas longas, esguias, vestidas com calças, sem perceber a faca que ela tirou da bainha presa no alto das costas. Ele estava remexendo os botões quando a faca cortou seu rosto, tirando sangue, e em seguida levou uma joelhada que o jogou contra as patas traseiras do cavalo. Ele berrou e tentou atacar com a baioneta, mas a faca foi mais rápida e desferiu um corte em seu pulso, fazendo com que ele largasse a lâmina enquanto gritava com ela, e Teresa a chutou ao passar, rápida feito uma lebre, por baixo da barriga do cavalo.

— Puta!

Hakeswill enfiou a mão por baixo do cavalo para tentar agarrá-la, mas a cadela havia pegado sua baioneta e tentou perfurá-lo, forçando-o a recuar. Teresa o xingou em inglês, falando rápido, e Hakeswill limpou o sangue do rosto e cuspiu nela.

Teresa gargalhou, agachada do outro lado do cavalo, e apontou a lâmina para ele.

— Venha pegar, Obadiah.

Ele se levantou e recuou para a passagem entre as baias. Ainda estava entre ela e a porta, e havia mais de um modo de esfolar um gato. Tateou o rosto. O ferimento era bem pequeno e o pulso estava em condições de ser usado. Sorriu para ela.

— Vou pegar você, mocinha, depois vou picá-la em pedacinhos. — Ele deu uma risada, sentindo um espasmo na cabeça. — Putinha portuguesa desgraçada!

Teresa estava entre o cavalo e a divisória de madeira. Hakeswill avançou enquanto ela se levantava, ainda empunhando a baioneta dele e sorrindo.

Hakeswill parou ao ver a baioneta. Ela a empunhava baixo, pronta para subir rasgando-o, e sua mão não tremia. Ele pensou em partir para cima, mas a cadela parecia capaz de causar um estrago real, por isso recuou, mantendo-se entre ela e a porta, e olhou ao redor em busca de um forcado, algo que devia haver num estábulo. Hakeswill queria essa garota. Ela era linda. Ele a desejava e iria tê-la. Seu rosto estremeceu e as palavras martelaram na cabeça. Iria possuí-la, possuí-la, possuí-la, e então viu o forcado e recuou depressa, virou-se e o agarrou.

A garota estava perto dele. Tinha coragem, para uma puta portuguesa, e ele se virou de lado para evitar o golpe de baioneta. Maldita! Ela havia passado por ele, estava perto da porta, mas, em vez de abri-la, parou, girou e o provocou. Falou com ele em espanhol, uma língua com belos insultos, e riu das próprias palavras.

A COMPANHIA DE SHARPE

Hakeswill presumiu que fosse português, uma língua que desconhecia tanto quanto espanhol, mas uma coisa era certa: ele não estava sendo elogiado. Posicionou o forcado à frente do corpo e avançou lentamente em direção à jovem. Não havia como ela vencer esse ataque, e ele riu.

— Facilite as coisas para você, mocinha, e larga o espeto. Anda, larga!

Teresa queria matá-lo e não deixar isso para Sharpe, por isso passou a falar em inglês para provocar um ataque furioso e impensado. Precisava formular a frase com cuidado, garantir que ela estivesse certa na cabeça, e então riu para ele.

— Sua mãe era uma porca, vendida para um sapo.

Ele berrou, a raiva explodindo feito pólvora.

— Mãe!

Hakeswill correu na direção dela, empunhando o forcado. Teresa teria enfiado a baioneta nele com a precisão de um bispo identificando um pecado mortal se a porta do estábulo não tivesse sido aberta. A madeira se prendeu nas pontas do forcado, e o sargento feio se desequilibrou, caiu, e a baioneta atravessou o ar.

Hakeswill se virou ao cair, momentaneamente ofuscado pelo sol que entrava pela porta, e achou ter visto uma sombra gigantesca. Uma bota o acertou; ele foi chutado como nunca havia sido chutado antes. Chegou a ser erguido do chão com a pancada e foi jogado para trás, mas continuou segurando o forcado e rosnou para o agressor. O desgraçado do sargento irlandês! Hakeswill se levantou e atacou o irlandês, mas Harper simplesmente agarrou o forcado por dois dentes e os dobrou para fora. Hakeswill empurrou, usando toda a sua força, mas Harper era sólido feito uma rocha e o forcado não se mexeu, a não ser pelo metal que foi dobrado como se fosse feito de galhos de salgueiro molhado.

— Que diabo está acontecendo? — Sharpe estava parado junto à porta, mantendo-a aberta.

Teresa sorriu para ele por cima da baioneta.

— O sargento Obadiah queria me possuir, depois me picar em pedacinhos.

Harper arrancou o forcado de Hakeswill e o jogou no chão.

BERNARD CORNWELL

— Permissão para cometer assassinato, senhor?

— Negada. — Sharpe avançou, deixando a porta se fechar. — Tranque essa porta.

Hakeswill observou enquanto Harper enrolava a corda no pino. Então essa era a maldita mulher de Sharpe? Era o que parecia, pelo modo como sorria para ele, como tocava o braço dele. Hakeswill pensou que deveria ter cravado a baioneta na garganta da vagabunda quando havia tido a oportunidade. Meu Deus, ela era linda! Ele sentiu que ainda a desejava e iria possuí-la, por Deus, iria possuí-la! Então olhou para o rosto de Sharpe, tenso de raiva, e deu de ombros. Então eles iriam espancá-lo? Já havia sido espancado antes, e um espancamento significava que não haveria acusações de estupro, embora, de qualquer modo, a jovem fosse a única testemunha e obviamente estivesse incólume. Sentiu um espasmo violento no rosto que não conseguiu impedir. Então se lembrou de como a garota o havia enfurecido, feito com que ele atacasse impulsivamente, e decidiu que a mesma tática funcionaria contra o colérico Sharpe.

— Ela trabalha de puta para os oficiais, é, capitão? Quanto custa? Posso pagar pela imundície dela.

Harper rosnou, Teresa avançou, mas Sharpe conteve os dois. Ele só olhou para Hakeswill, deu dois passos até ele e pareceu não ter ouvido o que o sargento dissera. Pigarreou e falou afavelmente:

— Sargento Hakeswill, você e eu, ainda que não por minha escolha, estamos na mesma companhia, entende? — Hakeswill assentiu. Então o sacaninha ia fazer sua performance de oficial! Sharpe falou com calma: — Temos três regras nesta companhia, sargento. Está ouvindo?

— Sim, senhor! — Hakeswill gostava daquela puta. Iria possuí-la, quando chegasse a hora.

— As regras são as seguintes, sargento. — Sharpe falava com uma voz agradável e razoável, como um capitão se dirigindo a um valoroso oficial sem patente, ainda sem saber se era capitão ou não. — Primeira, você deve lutar bem, deve lutar para vencer. Sei que pode fazer isso, sargento, já observei.

— Sim, senhor! — gritou Hakeswill.

A COMPANHIA DE SHARPE

— Segunda, nenhum homem se embebeda sem minha permissão. — Sharpe se perguntou se sua permissão valeria uma bala de mosquete usada dentro de algumas horas, mas que Rymer cuidasse do tenente Price. — Entendeu?

— Sim, senhor!

— Bom. E terceira, sargento. — Agora Sharpe estava a dois passos de Hakeswill, ignorando as ameaças abafadas de Teresa em espanhol. — Terceira, sargento, você não deve roubar nada, a não ser do inimigo e a não ser quando estiver passando fome, entendeu?

— Senhor! — Hakeswill gargalhava por dentro. Sharpe havia ficado mole feito uma maldita manteiga.

— Fico feliz que entenda, sargento. Sentido!

Hakeswill saltou em posição de sentido e Sharpe deu um chute no meio das pernas dele. O sargento se curvou para a frente e o punho direito do oficial acertou seu rosto. O golpe foi alto demais, mas teve força suficiente para mandá-lo cambaleando para trás.

— Sentido! Eu digo quando se mexer, seu filho da mãe!

O hábito imobilizou o sargento, como Sharpe sabia que iria acontecer. A sobrevivência de Hakeswill no Exército dependia da obediência absoluta às ordens. Para além disso, tudo podia ser feito, mas desobedecer às ordens era se arriscar a perder as divisas, os privilégios e a posição para atormentar os outros. Hakeswill sentia uma dor tremenda, mas se manteve imóvel. Talvez, pensou o sargento, Sharpe não tivesse ficado tão mole quanto ele imaginava, mas nenhum homem havia se aproveitado de Obadiah Hakeswill e vivido para se vangloriar disso. Sharpe o encarou de novo.

— Fico feliz que entenda, sargento, porque isso vai tornar nossa vida mais fácil, não concorda?

— Senhor! — A palavra saiu como um grunhido de dor.

— Bom. O que você estava fazendo com minha mulher?

— Senhor?

— Você ouviu, sargento.

— Conhecendo-a, senhor.

Sharpe lhe deu outro soco forte, desta vez na barriga, e de novo Hakeswill se curvou para a frente e de novo Sharpe ergueu o punho contra o rosto, acertando desta vez o nariz dele, fazendo-o sangrar.

— Parado!

Hakeswill tremia de raiva, os anos de disciplina lutando contra o desejo de contra-atacar, mas se conteve e ficou em posição de sentido. O espasmo involuntário o fez mexer a cabeça, e Sharpe gritou de novo:

— Parado! Não lhe dei permissão para se mexer! — Sharpe chegou mais perto, quase convidando Hakeswill a bater nele. — O que vai acontecer em seguida, Hakeswill? Acho que a companhia vai começar a perder coisas. Botas de reserva, chaleiras de acampamento, argila para cachimbo, escovas, cintos, e o bom sargento Hakeswill irá informar sobre o sumiço, estou certo? — Hakeswill não se mexeu. — E então será sabotagem nas armas. Fios enrolados nos parafusos das pederneiras, básculas de gatilhos desaparecidas, lama enfiada nos canos. Conheço seus truques. Quantos açoitamentos você quer antes que todos estejam lhe dando dinheiro? Três, quatro?

Houve silêncio no estábulo. Cachorros latiam agitados do lado de fora, mas Sharpe os ignorou. Teresa deu um passo adiante.

— Por que não o mata? Deixe que eu mato.

— Não sei. — Sharpe olhou para o rosto devastado e malévolo. — Porque ele diz que não pode ser morto, e quando eu o matar quero que seja em público. Quero que as vítimas dele saibam que ele morreu, que alguém se vingou delas, e se fizermos isso agora terá de ser em segredo. Não quero isso. Quero mil olhos observando, e então vou matá-lo. — Ele deu as costas para o sargento e olhou para Harper. — Abra a porta.

Sharpe ficou de lado e se virou de volta para Hakeswill.

— Saia e continue andando. Apenas saia daqui, sargento, e continue andando. Daqui a menos de vinte quilômetros você pode vestir um uniforme azul. Faça algo por seu país, Hakeswill, deserte.

Os olhos azuis olharam para Sharpe.

— Permissão para ir, senhor! — Ele ainda estava sentindo dor.

— Vá.

Harper escancarou a porta. Estava desapontado. Queria esmagar Hakeswill, obliterá-lo, e, enquanto o sargento passava, ele cuspiu. Hakeswill começou a cantar muito baixinho:

— O pai dele era irlandês, a mãe era uma porca...

Harper deu um soco. Hakeswill se defendeu do ataque e se virou para o enorme irlandês. Os dois eram grandes, mas Hakeswill ainda estava sentindo dor. Deu um chute, errou e sentiu os golpes acertarem seus antebraços e sua cabeça. Meu Deus, esse irlandês era um brutamontes!

— Parem com isso! — gritou Sharpe.

Eles já estavam longe demais. Harper bateu e bateu de novo, deu uma cabeçada, e então uma mão segurou seu ombro e o puxou.

— Eu mandei parar!

Depois da cabeçada Hakeswill não conseguia enxergar mais. Mandou um punho contra um uniforme vagamente verde e Sharpe recuou, levantou uma perna e com ela empurrou Hakeswill pela barriga. O sargento caiu de costas, ao sol, numa poça amarela de urina de cavalo. Sharpe olhou para Harper. Ele não estava machucado, mas observava o pátio, por cima da cabeça de Hakeswill, e o rosto do irlandês estava atônito, perplexo.

Sharpe olhou para a luz do sol. O pátio parecia cheio de cachorros, caçadores de raposa, alguns dos quais, com o rabo se agitando em êxtase, exploravam o homem caído na poça de cheiro maravilhoso. No centro dos cães havia um cavalo — um animal preto, grande e com belos ornamentos —, e, em cima do animal, estava um tenente-coronel que tinha, por baixo do chapéu bicorne, uma expressão de extrema repugnância. O tenente-coronel olhou para o sargento com o pulso, o nariz e a bochecha sangrando, e então seus olhos ferozes retornaram a Sharpe. As mãos do cavaleiro seguravam um chicote de montaria, suas botas tinham borlas elaboradas, e o rosto, acima da dragona com coroa, era do tipo que Sharpe esperava ver acima da bancada do tribunal de um condado. Era um rosto astuto, marcado pela experiência, e Sharpe supôs que aquele homem poderia ajustar uma lâmina de arado com a mesma habilidade com que conteria um tumulto.

— Presumo que o senhor seja o Sr. Sharpe.

— Sim, senhor.

— Apresente-se a mim às doze e trinta, Sr. Sharpe.

O olhar dele percorreu o grupo, de Sharpe ao sargento irlandês, depois foi até a jovem com a baioneta. O chicote do tenente-coronel bateu no cavalo, que se afastou obedientemente. Os cães abandonaram Hakeswill e seguiram a montaria. O cavaleiro não havia se apresentado, nem precisava. Do outro lado de uma poça de urina, no meio de uma briga por causa de uma mulher, Sharpe havia acabado de conhecer seu novo coronel.

CAPÍTULO X

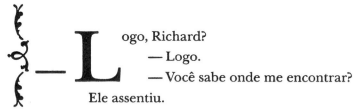

— Logo, Richard?
— Logo.
— Você sabe onde me encontrar?
Ele assentiu.
— Na casa de Moreno, numa rua estreita atrás da catedral.
Teresa sorriu e se curvou para dar um tapinha no pescoço do cavalo.
— E há duas laranjeiras no pátio na frente da casa. É fácil de achar.
— Você vai ficar bem?
— Claro. — Ela olhou para as sentinelas portuguesas que mantinham aberto o portão principal. — Preciso ir, Richard. Seja feliz.
— Serei. E você também. — Ele achou difícil sorrir, e as palavras seguintes soaram desajeitadas. — Diga à bebê que eu a amo.
Teresa sorriu para ele.
— Vou dizer. Você vai vê-la em breve.
— Eu sei.
E então Teresa se foi, os cascos do cavalo ecoando no túnel escuro e curvo da guarita, e Sharpe observou os soldados portugueses baixarem a grade levadiça e o portão interno. Ele estava sozinho; não, na verdade não estava sozinho, porque Harper esperava mais adiante na rua, mas se sentia sozinho. Pelo menos acreditava que Teresa estaria em segurança. Mercadores ainda faziam comércio partindo de Badajoz, seus comboios ainda iam para

o norte, para o leste e para o sul. Teresa daria a volta na cidade, encontraria um desses comboios e voltaria em segurança à casa com as duas laranjeiras. Eram menos de vinte quilômetros, uma caminhada fácil, mas ele sentia como se estivesse do outro lado do mundo.

Harper caminhou ao seu lado, com uma expressão triste no rosto.

— Sinto muito, senhor.

— Não importa.

O sargento suspirou.

— Sei que o senhor queria causar uma boa impressão ao coronel. Sinto muito.

— A culpa não é sua. Eu devia ter matado o filho da mãe no estábulo.

Harper sorriu.

— É, devia. Quer que eu faça isso?

— Não. Ele é meu. E vai ser em público.

Passaram por carros de boi carregados de pás, gabiões e grandes traves de madeira que iriam se transformar em plataformas para canhões. Elvas se enchia de material para o cerco; só faltavam os canhões, que ainda estavam sendo arrastados pelas estradas desde o rio Tejo, trazendo com eles a promessa de abrir outra brecha na muralha, outra Esperança Vã.

— Senhor? — Harper estava sem graça.

— Sim?

— É verdade, senhor?

— O quê?

O irlandês teve de olhar para baixo para encarar Sharpe por causa de sua enorme altura.

— Que o senhor vai perder a companhia. Ouvi dizer que há um novo capitão, um novato do 51º.

— Eu não sei.

— Os rapazes não vão gostar, senhor, não mesmo.

— Os rapazes terão de aceitar isso.

— Que Deus salve a Irlanda. — Os dois subiram alguns passos em silêncio, em direção ao centro da cidade. — Então é verdade?

— Provavelmente.

BERNARD CORNWELL

Harper balançou a cabeça num movimento pesado e vagaroso.

— Que Deus salve a Irlanda. Eu nunca iria acreditar. O senhor vai conversar com o general?

Sharpe meneou a cabeça. Havia pensado nisso, mas descartou a ideia imediatamente. Tinha salvado a vida de Wellington numa ocasião, mas a dívida havia sido paga muito tempo atrás e o general já o havia promovido a capitão uma vez. Não era culpa de Wellington a promoção provisória ter sido recusada, se é que tinha sido recusada, ou que um advogado tivesse vendido uma patente de modo ilegal. Isso acontecia o tempo todo.

— Não posso correr para ele sempre que houver um problema. — Sharpe deu de ombros. — Alguma coisa vai acontecer, Patrick, sempre acontece.

Insatisfeito, Harper deu um soco numa parede, espantando um cão adormecido.

— Eu não acredito! Eles não podem fazer isso!

— Eles podem.

— Então são idiotas. — Harper pensou por um segundo. — O senhor estaria pensando em se mudar?

— Para onde?

— De volta para os fuzileiros.

— Eu não sei. Por enquanto nada é certo. De qualquer modo, os fuzileiros já têm mais oficiais do que precisam.

— Então o senhor pensou nisso. — Harper assentiu consigo mesmo. — O senhor me prometeria uma coisa?

Sharpe sorriu.

— Eu sei, e a resposta é sim.

— Por Deus, não vou ficar aqui sem o senhor. Eu vou voltar para os fuzileiros com o senhor. O senhor precisa de alguém sensato por perto.

Eles se separaram diante da casa dos oficiais, ao mesmo tempo que uma grande nuvem lançou sobre Elvas uma enorme sombra e promessa de chuva. Sharpe parou na arcada.

— Vejo você às quatro.

— Sim, senhor, espero que seja o senhor.

A Companhia de Sharpe

Haveria uma revista de tropas às quatro, quando o coronel Windham inspecionaria o novo batalhão.

Sharpe assentiu.

— Eu também. Faça uma boa apresentação.

Ele não sabia onde Windham estava, por isso parou no corredor e viu uma fileira de barretinas limpas e novas na mesa. Não se sentia capaz de enfrentar o salão, o refeitório, os olhares de pena de seus colegas oficiais e o inevitável confronto com Rymer, por isso ficou no corredor observando a pintura enorme e sombria de um padre de batina branca sendo queimado num poste. O rosto dos soldados que atiçavam o fogo era maligno, astuto, e obviamente a intenção do artista era de que fossem ingleses, ao passo que o padre sofredor tinha uma expressão etérea de perdão e martírio. Sharpe torceu para que o filho da mãe tivesse sofrido bastante.

— Capitão Sharpe?

Ele se virou. Um pequeno major com bigode bem aparado olhava para ele de uma porta.

— Senhor?

— Collett. Major Collett. É um prazer conhecê-lo, Sharpe. Ouvi falar de você, claro. Por aqui.

Sharpe se arrependeu de não sentir piedade do padre queimado muito tempo atrás, imaginando se o desejo maligno poderia lhe trazer má sorte, por isso olhou para o quadro e piscou para o sujeito.

— Desculpe.

— O que foi, Sharpe?

— Nada, senhor, nada.

Acompanhou Collett até o salão da casa dos oficiais, um cômodo com mais pinturas religiosas sombrias e vastas cortinas marrons que pareciam lançá-lo numa noite prematura. O coronel Windham estava sentado a uma mesa baixa, dando pedaços de carne aos seus cães, e não ergueu o olhar quando Collett conduziu Sharpe para dentro.

— Senhor! Este é Sharpe, senhor!

Collett poderia ser irmão gêmeo de Windham; as mesmas pernas arqueadas de cavaleiro, a mesma pele coriácea e o mesmo cabelo curto e grisalho, mas, quando o coronel ergueu o olhar, Sharpe viu linhas no rosto de Windham que não existiam no major e que lhe davam um ar esperto. O coronel assentiu afavelmente.

— O senhor gosta de cães, Sr. Sharpe?

— Sim, senhor.

— São animais fiéis, Sr. Sharpe. Se os alimentar regularmente e chutá-los com frequência, eles farão tudo por você. Como soldados, certo?

— Sim, senhor. — Sharpe estava de pé, sem jeito, segurando a barretina, e Windham lhe indicou uma cadeira.

— Eu trouxe os animais comigo. Ouvi dizer que é possível conseguir uma boa caçada por aqui. Você caça, Sr. Sharpe?

— Não, senhor.

— É um belo esporte! Um belo esporte!

Ele segurava um pedaço de carne no alto, atiçando um cachorro, que saltava inutilmente cada vez mais alto, até que Windham largou a comida e o cão a pegou no ar e a levou, rosnando, para baixo da mesa.

— Não se deve mimá-los, é claro. É ruim para eles. Essa é Jessica, minha mulher. — O coronel Windham apontava para a mesa.

— Sua o quê?

— Mulher, Sr. Sharpe, mulher. Minha mulher se chama Jessica. A senhora do coronel, esse tipo de coisa. A Sra. Windham.

Falando rápido, ele ofereceu as várias categorias de sua esposa, e Sharpe percebeu que o coronel não se referia ao cachorro embaixo da mesa, e sim a um retrato oval, com cerca de quinze centímetros de altura, acima do animal. O retrato estava numa bela moldura de prata com filigranas e mostrava uma mulher com cabelo escuro e sério, queixo recuado e uma expressão de desaprovação terrível. Sharpe teve a nítida sensação de que o cachorro mastigando a carne seria melhor companhia, mas o rosto do coronel se suavizou quando ele olhou para a pintura.

— É uma boa mulher, Sr. Sharpe, uma boa mulher. Uma força para o bem da sociedade.

— Sim, senhor.

Sharpe estava começando a ficar ligeiramente confuso. Tinha vindo à reunião esperando que lhe falassem da companhia, de Rymer, até mesmo para ser repreendido pela confusão no pátio do estábulo, mas, em vez disso, o novo coronel do batalhão exaltava as virtudes de uma boa esposa.

— Ela tem um grande interesse no Exército, Sr. Sharpe, muito grande. Sabe sobre o senhor. Escreveu para mim quando falei que ia assumir o batalhão e me mandou um recorte de jornal. Ela acha que o senhor se saiu bem, Sr. Sharpe.

— Sim, senhor.

— Ela gosta de ver as pessoas progredindo. Não é verdade, Jack?

— De fato, senhor.

Collett respondeu com tanta vivacidade que fez Sharpe se perguntar se o papel do major na vida seria concordar com tudo que o coronel dizia. Windham, que segurava o retrato, aninhando-o com as duas mãos, colocou-o de volta na mesa.

— Que negócio foi aquele de manhã, Sr. Sharpe?

— Uma discussão particular, senhor. Foi resolvida. — Ele sentiu uma pontada de satisfação com a lembrança de ter batido em Hakeswill.

Windham não ficou satisfeito.

— Sobre o que era a discussão?

— A jovem foi insultada, senhor.

— Sei. — A expressão era de profunda desaprovação. — Jovem local?

— Espanhola, senhor.

— Seguindo as tropas, sem dúvida. Quero que as mulheres sejam afastadas, Sr. Sharpe. As esposas de verdade podem ficar, mas há prostitutas demais. Isso não é bom. Mande-as embora!

— Perdão, senhor?

— As prostitutas, Sr. Sharpe. Você deve mandá-las embora.

Windham assentiu como se, com a ordem dada, ela já estivesse realizada. Sharpe o viu olhar de relance para o retrato da séria Jessica, e o fuzileiro suspeitou de que o interesse aguçado da Sra. Windham pelo batalhão se estendesse, por carta, ao bem-estar moral dos soldados.

— Para onde devo mandá-las, senhor?

— Como assim?

— Ao próximo batalhão, senhor?

Collett se enrijeceu, mas Windham não ficou ofendido.

— Entendo seu argumento, Sr. Sharpe, mas quero que elas sejam desencorajadas, entendeu? Os homens que forem apanhados brigando por causa de mulheres serão transformados em exemplo.

— Sim, senhor.

O coronel obviamente pretendia se manter ocupado.

— Número dois, Sr. Sharpe: as esposas do batalhão devem passar por uma revista todo domingo. Às dez da manhã. O senhor as coloca em formação, eu as inspeciono.

— Uma revista de esposas, senhor. Sim, senhor.

Sharpe manteve seus pensamentos para si mesmo. Esse tipo de revista não era incomum na Inglaterra, mas era rara na Espanha. Oficialmente, as esposas eram sujeitas à disciplina militar, mas pouquíssimas aceitavam isso. Sharpe suspeitou de que os próximos domingos seriam divertidos, no mínimo. Mas por que ele? Por que não um dos majores ou mesmo o sargento-mor?

— Às dez horas, Sr. Sharpe. E não quero mulheres solteiras na revista. Diga isso a elas. Vou exigir documentos. Eu não quero ninguém como aquela jovem de hoje de manhã.

— Aquela era a minha esposa, senhor. — Sharpe não fazia ideia de por que tinha dito isso, a não ser que fosse para acabar com as certezas de Windham, e deu certo. O coronel ficou boquiaberto. Ele olhou para Collett em busca de ajuda, mas não recebeu nenhuma, então olhou de volta para Sharpe.

— O quê?

— É a minha esposa, senhor. A Sra. Sharpe.

— Santo Deus. — O coronel folheou os documentos ao lado do retrato da esposa. — Não há nenhuma anotação aqui sobre seu casamento.

— Foi uma cerimônia particular, senhor.

— Quando? Quem deu permissão?

— Há dezesseis meses, senhor. — Ele sorriu para o coronel. — Temos uma filha com quase 8 meses.

Sharpe podia ver o coronel fazendo as contas, recebendo a resposta errada, e eventualmente a discrepância o impediu de fazer mais perguntas. Windham estava sem graça.

— Eu lhe devo um pedido de desculpas, Sr. Sharpe. Espero que não tenha se ofendido.

— Não me ofendi, senhor. — Sharpe deu um sorriso beatífico.

— Ela mora com o batalhão? A Sra. Sharpe.

— Não, senhor. Mora na Espanha. Ela tem um trabalho por lá.

— Um trabalho! — Windham pareceu cheio de suspeitas. — O que ela faz?

— Mata franceses, senhor. Ela é guerrilheira, conhecida como "La Aguja". A agulha.

— Meu Deus do céu!

Windham desistiu. Tinha ouvido falar de Sharpe, por Lawford e por várias outras pessoas, e havia reunido as informações como uma espécie de alerta. Pelo que lhe disseram, Sharpe era um homem independente, eficaz na batalha, mas capaz de usar meios irregulares para ter sucesso. O coronel sabia que ele havia subido de baixo, o que certamente era um ponto negativo. Windham jamais conhecera um homem vindo de baixo que se tornasse um oficial bem-sucedido. Ou o poder lhes subia à cabeça ou a bebida fazia isso, e, qualquer que fosse o caso, os homens se ressentiam deles. Mas eram bons para uma coisa: administração. Conheciam o sistema de trás para a frente, muito melhor que os outros oficiais, e eram os melhores treinadores de ordem-unida do Exército. Era verdade que Lawford tinha dito que Sharpe era uma exceção, mas Windham era quinze anos mais velho que Lawford e achava que conhecia melhor o Exército. Admitia que a ficha de Sharpe era magnífica mas também era inegavelmente verdadeiro que o sujeito havia recebido uma liberdade incomum, e Windham sabia que a liberdade podia ser perigosa. Podia dar ao homem ideias sobre sua posição, mas mesmo assim se sentia relutante em cortá-lo, mesmo que esse fosse seu dever. Windham gostava de encarar seus obstáculos de frente e saltá-los, mas ali estava ele, confuso feito uma velha num pangaré procurando uma passagem na cerca viva!

— Eu tive sorte, Sr. Sharpe.

— Sorte, senhor?

— Com o meu efetivo.

— Sim, senhor. — Sharpe se sentia como alguém que soubesse que a execução ia chegar, mas não acreditava, e agora os canos do pelotão de fuzilamento estavam sendo apontados.

— Onze capitães, é demais!

— Sim, senhor.

Windham olhou de relance para Collett, mas o major estava com o olhar voltado para baixo, sem ajudar nem um pouco. Maldição, então! Direto para o obstáculo!

— Rymer ficará com a companhia, Sr. Sharpe. Ele a comprou, usou o próprio dinheiro. O senhor entende os direitos dele, tenho certeza.

Sharpe não disse nada. Manteve o rosto impassível. Esperava que fosse acontecer, mas isso não diminuía a amargura. Então Rymer ganhava o prêmio porque tinha dinheiro? O fato de Sharpe ter capturado uma águia, ter sido descrito por Wellington como o melhor líder de tropas ligeiras do Exército, não significava nada. Esse tipo de coisa não era importante comparado ao sistema de compras. Se Napoleão Bonaparte tivesse entrado para o Exército britânico, iria se considerar sortudo se alcançasse um posto de capitão, em vez de ser o imperador de meio mundo no Exército francês! Maldito Rymer, maldito Windham e maldito Exército! Sharpe sentiu vontade de ir embora e se afastar de todo aquele sistema injusto. De repente a chuva bateu forte na janela. Windham inclinou a cabeça, exatamente como os cães aos seus pés fizeram.

— Chuva! — O coronel se virou para Collett. — Minhas mantas estão pegando um ar, Jack. Você poderia chamar meu serviçal?

Collett saiu obsequiosamente, e Windham se recostou outra vez.

— Sinto muito, Sr. Sharpe.

— Sim, senhor. E a promoção provisória?

— Recusada.

Então aí estava. O pelotão de fuzilamento puxou os gatilhos e o tenente Richard Sharpe deu uma risada zombeteira, irônica, que fez Windham franzir a testa. Outra vez um tenente!

— E o que devo fazer, senhor? — Sharpe deixou a amargura transparecer na voz. — Devo me apresentar ao capitão Rymer?

— Não, Sr. Sharpe, não. O capitão Rymer consideraria sua presença um embaraço. Tenho certeza de que entende. Ele deve ter tempo para se estabelecer. Vou manter o senhor ocupado.

— Eu esqueci, senhor. Agora estou encarregado das mulheres.

— Não seja impertinente, Sr. Sharpe! — Windham se lançou para a frente na cadeira, espantando os cães. — O senhor não entende, não é? Existem regras, ordens, regulamentos, Sr. Sharpe, segundo os quais nossa vida é conduzida. Se ignorarmos essas regras, por mais que sejam um fardo, abrimos os portões para a anarquia, para a tirania, justamente as coisas contra as quais lutamos! O senhor entende?

— Sim, senhor.

Sharpe sabia que seria inútil apontar que as regras, as ordens e os regulamentos eram feitos pelos privilegiados para proteger os privilegiados. Sempre foi assim e sempre seria. A única coisa que poderia fazer agora era sair com seu fiapo de dignidade e encher a cara. Mostrar ao colega tenente Price como um especialista despenca de verdade.

Windham se recostou.

— Vamos a Badajoz.

— Sim, senhor.

— O senhor é o tenente mais antigo.

— Sim, senhor. — As respostas de Sharpe eram apáticas.

— Haverá vagas, homem, se atacarmos! — Era verdade, e Sharpe assentiu.

— Sim, senhor.

— O senhor pode fazer uma troca.

Windham olhou com expectativa para Sharpe.

— Não, senhor.

Sempre havia oficiais que descobriam que seus regimentos iam para locais pouco populares, como as Ilhas da Febre, e se ofereciam para trocar de posição com alguém num batalhão mais perto de locais mais estratégicos e longe de doenças estranhas. Em geral, ofereciam algum suborno para facilitar a troca, mas Sharpe não ousaria deixar a Espanha, pelo menos enquanto Teresa e Antonia estivessem trancadas em Badajoz. Ouviu a chuva na janela e pensou na jovem viajando a cavalo.

— Vou ficar, senhor.

— Bom! — Windham não pareceu nada satisfeito. — Há trabalho suficiente. As parelhas de mulas precisam ser organizadas, já percebi isso, e, Deus sabe, vamos ficar atulhados de picaretas e pás. Todas precisam ser contadas.

— Estou encarregado de mulas, picaretas e mulheres, senhor?

O olhar de Windham enfrentou o desafio.

— Sim, Sr. Sharpe, se insiste.

— É um serviço adequado para um tenente idoso, senhor.

— Talvez o serviço possa gerar alguma humildade, tenente.

— Sim, senhor.

A humildade era uma importante qualidade para um soldado, e Sharpe deu outra risada irônica. A humildade não havia capturado o canhão em Ciudad Rodrigo nem tinha aberto caminho através das ruas apertadas de Fuentes de Oñoro, nem havia tirado o ouro da Espanha, nem tinha capturado uma águia do inimigo, nem tinha resgatado um general, nem havia retirado um grupo de fuzileiros esfomeados de uma derrota certa nem havia matado o sultão Tipu, e a risada irônica de Sharpe se tornou real. Estava sendo arrogante, e talvez Windham estivesse certo. Precisava de humildade. Agora iria colocar mulheres em formação e contar pás, atividades que não exigiam muita iniciativa ou liderança, e todo mundo sabia que as mulas não aceitavam decisões rápidas e confiantes com facilidade. Era melhor ser humilde. Ele seria humilde.

— Senhor?

— Sim?

— Um pedido.

— Prossiga, homem.

— Quero comandar uma Esperança Vã em Badajoz, senhor. Gostaria que o senhor apresentasse meu nome agora. Sei que é cedo, mas eu agradeceria se o senhor fizesse isso.

A COMPANHIA DE SHARPE

Windham o encarou.

— O senhor está desequilibrado, homem.

Sharpe meneou a cabeça. Não iria explicar ao coronel que desejava uma promoção que nenhum homem pudesse tirar dele e que queria se testar na travessia de uma muralha porque nunca havia feito isso. E, se morresse, como certamente aconteceria, e nunca visse a filha? Então ela saberia que seu pai havia morrido tentando chegar até ela e poderia sentir orgulho disso.

— Eu quero isso, senhor.

— O senhor não precisa, Sr. Sharpe. Haverá promoções em Badajoz.

— O senhor vai apresentar meu nome?

Windham se levantou.

— Vou pensar, Sr. Sharpe, vou pensar. — Ele fez um gesto em direção à porta. — Apresente-se ao major Collett de manhã. — A conversa tinha sido muito pior do que ele havia temido, e o coronel balançou a cabeça. — O senhor não precisa disso, Sr. Sharpe, não precisa. Agora, bom dia para o senhor.

Sharpe não notou a chuva. Ele ficou parado encarando a fortaleza do outro lado do vale. Pensou em Teresa se aproximando das enormes muralhas e soube que precisava entrar na brecha, independentemente do que acontecesse. A restituição de sua patente e, torcia, o comando de sua companhia exigiam isso. Porém, acima de tudo, estava o orgulho, porque ele era um soldado.

Disseram-lhe que os mansos herdariam a terra, mas isso só aconteceria quando o último soldado a deixasse para eles em seu testamento.

CAPÍTULO XI

— Sargento Hakeswill, senhor, apresentando-se ao tenente Sharpe, senhor, como foi ordenado, senhor! — A bota direita bateu na posição de sentido, o braço tremeu ao prestar continência, o rosto se repuxou, mas ele estava se divertindo.

Sharpe devolveu a continência. Fazia mais de três semanas desde seu rebaixamento, mas ainda doía. O batalhão, envergonhado, chamava-o de "senhor" ou de "Sr. Sharpe". Só Hakeswill torcia a faca. Sharpe apontou para a bagunça no chão.

— É isso. Dê um jeito.

— Senhor! — Hakeswill se virou para a equipe de trabalho da Companhia Ligeira. — Vocês ouviram o tenente! Limpem isso, e rápido, maldição! O capitão nos quer de volta.

Hagman, o velho fuzileiro, o melhor atirador da companhia, que tinha servido com Sharpe durante sete anos, deu um sorriso triste ao seu antigo capitão.

— Dia ruim, senhor.

Sharpe assentiu. A chuva havia parado, mas pelo jeito recomeçaria a qualquer momento.

— Como vão as coisas, Dan?

O fuzileiro riu, deu de ombros e olhou ao redor para ver se Hakeswill estava escutando.

— Terríveis, senhor.

— Hagman! — berrou Hakeswill. — Só porque você é um velho maldito não significa que não pode trabalhar. Traga esse rabo para cá, depressa! — O sargento riu para Sharpe. — Desculpe, tenente, senhor. Não podemos parar para bater papo, não é? Temos trabalho a fazer. — Os dentes trincaram, e os olhos azuis piscaram rapidamente. — Como vai sua senhora, senhor? Bem? Eu esperava encontrá-la de novo. Ela está em Badi-joss, não é? — Hakeswill deu uma risada e se virou de novo para a equipe de trabalho que tirava as pás caídas da carroça com eixo quebrado.

Sharpe ignorou a provocação, porque reagir era dar a Hakeswill a satisfação de tê-lo irritado, e desviou o olhar da carroça, virando-se para o rio cinzento e cheio por causa das chuvas. Badajoz. A apenas uns seis quilômetros e meio, uma cidade construída numa porção de terra localizada no encontro do rio Guadiana com o riacho Rivillas. A cidade era dominada por um enorme castelo que ficava no alto de um morro rochoso. O exército havia marchado desde Elvas naquela manhã e agora esperava os engenheiros darem os últimos retoques na ponte flutuante que levaria os britânicos à margem sul, onde ficava a fortaleza. Cada pontão de metal, reforçado com traves de madeira, pesava duas toneladas, e os barcos oblongos e desajeitados, arrastados até ali por bois, foram postos para flutuar numa linha que atravessava o Guadiana. Agora todos estavam ancorados, firmes no rio agitado. Os engenheiros colocaram enormes cabos de 30 centímetros de espessura na superfície. A água formava uma espuma suja entre os barcos de metal enquanto, em cima dos cabos, tábuas eram posicionadas com uma velocidade que revelava a prática que os engenheiros adquiriram ao atravessar os rios da Espanha. As primeiras carroças já percorriam a ponte quase antes de as últimas tábuas estarem posicionadas, e os homens jogavam pás de areia e terra nas pranchas para formar uma estrada improvisada.

— Avante!

As primeiras tropas começaram a travessia, homens a pé da recém-chegada Brigada de Cavalaria Pesada puxando suas montarias. Os animais ficaram nervosos na ponte que estalava e rangia, mas a atravessaram, e Badajoz estava prestes a ser cercada.

Na outra margem, os homens da cavalaria montaram, separaram-se em esquadrões e, enquanto os primeiros soldados da infantaria começavam a cruzar a ponte, esporearam as montarias e trotaram em direção à cidade. Havia pouco que pudessem fazer contra as enormes muralhas — eram uma demonstração de força, uma exibição de intenções e uma forma de desencorajar os poucos cavaleiros franceses dentro de Badajoz, que podiam se sentir tentados a atacar a cabeça de ponte.

A chuva voltou a cair, agitando a água escura e revolta e encharcando as tropas já molhadas que atravessavam o rio e viravam para a esquerda em direção à cidade. Houve gritos de satisfação da infantaria quando um tiro de canhão foi ouvido, disparado de Badajoz. Um esquadrão da Cavalaria Pesada havia cavalgado até muito perto da muralha, um canhão francês disparou e os cavaleiros britânicos galoparam, humilhados, para fora do alcance. Foram gritos de zombaria. A infantaria poderia morrer logo, vítima dos canhões, mas mesmo assim era bom ver a elegante cavalaria aprender uma lição. Nenhum cavaleiro precisaria atravessar a muralha de Badajoz.

Os homens do South Essex haviam se transformado em mulas de carga. Os engenheiros tinham mais de cem carroças esperando para atravessar o rio e duas quebraram os eixos. O South Essex teria de levar a carga para o outro lado. Windham puxou as rédeas ao lado de Sharpe.

— Tudo pronto, Sr. Sharpe?

— Sim, senhor.

— Mantenha a bagagem perto quando atravessarmos!

— Sim, senhor. — Não, senhor. Mais alguma coisa, senhor? — Senhor?

— Sr. Sharpe? — Windham estava ansioso para se afastar.

— O senhor apresentou meu pedido?

— Não, Sr. Sharpe, é cedo demais. Meus cumprimentos!

O coronel tocou a borla de seu chapéu bicorne e virou o cavalo para longe.

Sharpe ajeitou a espada, inútil para contar pás e picaretas, e caminhou pela lama em direção à bagagem do batalhão. Cada companhia mantinha uma mula que carregava os livros, a papelada interminável que acompanhava o serviço de capitão, alguns parcos suprimentos e, de forma ilegal, algumas bagagens de oficiais. Outras mulas carregavam os suprimentos do batalhão — o baú com armas sobressalentes, uniformes, mais papelada e a carga sinistra do cirurgião. Os empregados dos oficiais ficavam em meio às mulas, puxando cavalos reservas e de carga e, misturadas no meio de todos eles, as crianças. Elas gritavam e brincavam em volta das pernas dos animais, vigiadas pelas mães, que se agachavam sob abrigos improvisados à espera da ordem de marchar. Segundo o regulamento, deveria haver apenas sessenta esposas com o batalhão, mas era inevitável que, depois de três anos de guerra, o South Essex fosse acompanhado por um número muito maior. Havia quase trezentas mulheres marchando junto e o mesmo número de crianças, e elas eram uma mistura de inglesas, irlandesas, escocesas, galesas, espanholas e portuguesas; havia até uma francesa, deixada para trás na luta de Fuentes de Oñoro, que tinha optado por ficar com os captores e havia se casado com um sargento da companhia de Sterritt. Algumas eram prostitutas, em busca das poucas moedas da companhia, algumas eram esposas de verdade, com documentos para prová-lo, e algumas se diziam esposas sem precisar de uma cerimônia. Todas eram resistentes. Muitas se casaram duas ou três vezes na guerra, por ter perdido os maridos para uma bala francesa ou uma febre espanhola.

Na manhã anterior, Windham havia cancelado a revista das esposas. Nos quartéis isso fazia algum sentido — mantinha o coronel em contato com as famílias e dava a um bom oficial a chance de detectar qualquer brutalidade cometida por seus homens —, mas as mulheres do South Essex não gostavam de entrar em formação, não estavam acostumadas a isso e demonstraram seu descontentamento. Na primeira vez em que Sharpe as havia enfileirado para a inspeção de Windham, a mulher do soldado Clayton, uma bela jovem, estava amamentando o bebê. O coronel parou, olhou para baixo e franziu a testa para ela.

— Isso não é hora, mulher!

Ela riu e levantou os seios para o coronel.

— Quando ele tá com fome, ele tá com fome, igualzinho ao pai.

Houve um coro de gargalhadas das esposas e zombaria dos homens, e Windham se afastou. Jessica saberia o que fazer, mas ele não.

Agora, enquanto Sharpe se aproximava da bagagem molhada de chuva, as mulheres riram para ele por baixo dos cobertores. Lily Grimes, uma mulher minúscula com uma alegria infinita e uma voz afiada como uma boa baioneta, saudou-o com escárnio.

— Desistiram de mandar a gente entrar em formação, capitão? — As mulheres sempre o chamavam de capitão.

— Isso mesmo, Lily.

Ela fungou.

— Ele é maluco.

— Quem?

— O maldito coronel. Por que ele queria que a gente entrasse em formação, afinal?

Sharpe riu.

— Ele se preocupa com vocês, Lily. Gosta de ficar de olho em vocês.

Ela fez que não com a cabeça.

— Eu acho que ele quer é ver os peitos da Sally Clayton. — Lily gargalhou e espiou Sharpe. — O senhor também não desviou o olhar, capitão. Eu vi.

— Eu só estava desejando que fosse você, Lily.

Ela deu uma gargalhada ruidosa.

— Quando quiser, capitão, é só pedir.

Sharpe riu e continuou andando. Ele admirava as esposas e gostava delas. Elas suportavam todos os desconfortos da campanha — as noites sob a chuva torrencial, as parcas rações, as longas marchas — e nunca desistiam. Viam seus homens indo para a batalha e depois vasculhavam o campo em busca de um cadáver ou de um marido ferido, e o tempo todo criavam os filhos e cuidavam dos homens. Sharpe tinha visto Lily carregando dois filhos por uma estrada difícil, além do mosquete do marido e os poucos pertences da família. Elas eram fortes.

E não eram damas; três anos na península garantiram isso. Algumas vestiam uniformes velhos, a maioria usava saias imundas e volumosas com xales e cachecóis puídos em volta da cabeça. Eram bronzeadas, tinham mãos e pés calejados, e a maioria era capaz de despir um cadáver em dez segundos, uma casa em trinta. Eram bocas sujas, barulhentas e nem um pouco modestas. Nenhuma mulher conseguia viver num batalhão e ser diferente. Frequentemente dormiam com seus homens em campos abertos que tinham apenas uma árvore ou uma cerca viva para dar uma ilusão de privacidade. As mulheres se lavavam, aliviavam-se, faziam amor e davam à luz, tudo isso à vista de milhares de olhos. Para um observador fastidioso, eram uma visão temível, mas Sharpe gostava delas. Eram fortes, leais, gentis e não reclamavam.

O major Collett gritou uma ordem para o batalhão se preparar, e Sharpe se virou para seu comando: a bagagem. Era o caos. Duas crianças conseguiram cortar o cesto de uma das mulas do vivandeiro, e o vivandeiro, uma espécie de merceeiro espanhol que viajava com o batalhão, gritava com elas, mas não ousava soltar a peia de palha que prendia suas outras mulas.

Sharpe gritou para eles.

— Preparem-se!

Eles não lhe deram a menor atenção. Os ajudantes do vivandeiro pegaram as crianças e recuperaram as garrafas, mas então as mães, sentindo a possibilidade de um saque, atacaram os ajudantes por terem batido nas crianças. Era um pandemônio esse seu novo comando.

— Richard!

Sharpe se virou. O major Hogan estava ali.

— Senhor.

Hogan riu de cima do cavalo.

— Estamos muito formais hoje.

— Somos muito responsáveis. Olhe. — Sharpe acenou para as carroças com bagagem. — Minha nova companhia.

— Ouvi dizer.

Hogan desceu do cavalo, espreguiçou-se e depois se virou quando de repente vieram gritos da ponte. O cavalo de um oficial havia se amedrontado por causa da água cinzenta e que corria rápido. O animal recuava nervoso com passos curtos e espasmódicos na direção da companhia de infantaria que vinha atrás. O capitão, entrando em pânico, chicoteava o animal, aumentando o terror da montaria, e o cavalo começou a empinar.

— Apeie! — gritou Hogan. Ele tinha uma voz surpreendentemente alta. — Idiota! Apeie! Desça do cavalo!

O oficial chicoteou o cavalo, puxou as rédeas, e o animal se esforçou ao máximo para se livrar do cavaleiro. E conseguiu. O cavalo saltou, relinchando, e o oficial caiu da sela, bateu na beira da ponte e desapareceu rio abaixo.

— Filho da mãe idiota! — Hogan estava com raiva.

Um sargento jogou um pedaço de madeira na água, que caiu perto da ponte, e Sharpe viu o capitão se debatendo no rio, lutando contra a corrente gélida que o levou para longe.

— Ele teve o que mereceu.

Ninguém mergulhou para salvar o oficial. Quando alguém tivesse se livrado da mochila, da sacola, da bolsa de munição, das armas e das botas, o capitão já teria desaparecido. O cavalo, livre do fardo, ficou tremendo na ponte, e um soldado o tranquilizou, depois o levou calmamente para a margem sul. O capitão havia desaparecido.

— Há uma vaga. — Sharpe gargalhou.

— Você está insatisfeito?

— Insatisfeito, senhor? Não, senhor. Ser tenente é muito satisfatório.

Hogan deu um sorriso triste.

— Ouvi dizer que você se embebedou.

— Não. — Sharpe tinha ficado bêbado três vezes desde o dia em que Teresa havia partido, o dia em que tinha perdido a companhia. Deu de ombros. — O senhor sabe que a promoção provisória foi recusada em janeiro? Ninguém teve coragem de me contar. Então chega o sujeito novo e alguém precisa me dizer. Por isso eu cuido da bagagem enquanto um garoto metido a besta destrói minha companhia.

— Ele é tão ruim assim?

— Não sei. Desculpe. — Sua própria raiva o havia tomado de surpresa.

— Quer que eu fale com o general?

— Não! — O orgulho impediria Sharpe de choramingar pedindo ajuda, mas então se virou de volta. — Sim, o senhor pode falar com o general, e lhe diga que vou liderar a Esperança Vã para ele em Badajoz.

A COMPANHIA DE SHARPE

Hogan parou com uma pitada de rapé a meio caminho das narinas. Recolocou-a na caixa, cuidadosamente, e fechou a tampa com um estalo.

— Você está falando sério?

— Sim.

Hogan meneou a cabeça.

— Você não precisa disso, Richard. Meu Deus! Haverá promoção junto com os enterros! Você não entende? Você vai ser capitão daqui a um mês.

Sharpe balançou a cabeça. Ele entendia isso, mas seu orgulho estava ferido.

— Eu quero a Esperança, senhor. Quero. Peça para mim.

Hogan segurou o cotovelo de Sharpe e o virou, fazendo com que ambos olhassem para o leste, ao longo do rio, na direção da cidade.

— Você sabe como é, Richard? É impossível! — Ele apontou para a grande ponte de pedra que levava a estrada até a cidade. — Não podemos atacar ali. Qualquer um que tente atravessar essa ponte será feito em pedaços. Então experimente a muralha leste. Eles represaram o riacho e agora é um maldito lago enorme. Precisaríamos da Marinha para atravessá-lo, a não ser que possamos explodir a represa, e eles construíram um forte para impedir isso. Há o castelo, é claro. — Hogan falava com urgência, quase com amargura. — Se você quiser escalar trinta metros de rocha e depois uma muralha de doze metros, o tempo todo desviando de disparos de metralha, esteja à vontade. — Apontou de novo. — E há a muralha oeste. Parece bem fácil, não é? — Não parecia fácil. Mesmo a mais de seis quilômetros de distância, Sharpe via os enormes bastiões, projetando-se como castelos em miniatura, que protegiam a muralha. O sotaque de Hogan estava ficando mais acentuado, como sempre acontecia quando o engenheiro falava de forma passional. — Parece fácil demais! Eles querem que ataquemos por lá. Por quê? Acho que é porque a área está minada. Há mais pólvora por baixo daquele *glacis* do que Guy Fawkes jamais sonhou. Se atacarmos por lá, daremos a são Pedro o dia mais movimentado desde Azincourt! — Agora ele estava mesmo com raiva, vendo os problemas com seu olhar de engenheiro, transformando-os em sangue. — Com isso, resta a muralha sul. Precisamos tomar pelo menos um forte externo, talvez dois, e atravessar a muralha. Sabe qual é a espessura dela? Qual era a distância da borda do fosso até o fundo da muralha em Ciudad Rodrigo?

Sharpe pensou.

— Uns trinta metros? Quase cinquenta em alguns lugares.

— Isso. — Hogan apontou de novo para Badajoz. — Quase cem metros, pelo menos, e mais que isso em alguns trechos. E aquele fosso é um desgraçado, Richard, um verdadeiro desgraçado. Vai levar um minuto para atravessá-lo, no mínimo, e eles têm todo o fogo de flanco de que precisam e muito mais. Aquela muralha, Richard, é grande. Grande! Você poderia colocar a muralha de Ciudad Rodrigo naquele fosso e nem iria vê-la. Você não entende? Não há como sobreviver. — Hogan disse as palavras com clareza, tentando convencer Sharpe. Ele suspirou. — Meu Deus! Nós podemos fazer com que eles passem fome, podemos esperar que morram de rir, podemos esperar que contraiam peste, mas vou lhe dizer, Richard: não sei se podemos atravessar aquela muralha.

Sharpe olhou para a grande fortaleza sob a chuva que vinha inclinada, sibilando.

— Vamos ter de fazer isso.

— E você sabe como? Jogando tantos pobres-diabos na luta que os franceses simplesmente não possam matar todos. É o único jeito, e eu não gosto disso.

Sharpe se virou de volta.

— Os pobres-diabos ainda vão precisar de uma Esperança Vã.

— E tem de haver um maldito idiota para comandá-la, acho, e você está se mostrando um idiota! Pelo amor de Deus, Richard, por que você quer a Esperança?

A raiva de Sharpe explodiu.

— Porque é melhor que essa humilhação! Eu sou um soldado, não um maldito funcionário administrativo! Eu recolho a maldita forragem, conto as malditas pás e recebo exercícios como castigo. O dia todo é: sim, senhor; não, senhor; posso cavar sua latrina, senhor? E isso não é serviço de um soldado!

Hogan o encarou, irritado.

A COMPANHIA DE SHARPE

— Isso é serviço de um soldado! O que diabo você acha que um soldado faz? — Os dois estavam se encarando no meio da lama. — Acha que podemos vencer uma guerra sem forragem? Ou sem pás? Ou, que Deus nos ajude, sem latrinas? Isso é serviço de um soldado! Só porque você teve permissão de flanar por aí feito um maldito pirata durante anos não quer dizer que não deva ter sua vez de fazer um serviço de verdade.

— Escute, senhor. — Sharpe estava quase gritando. — Quando nos mandarem escalar a porcaria das muralhas, o senhor vai ficar feliz porque há alguns malditos piratas no fosso, e não só os malditos funcionários administrativos!

— E o que você vai fazer quando não houver mais guerras para lutar?

— Começar outra. — Sharpe gargalhou. — Senhor.

— Se você sobreviver a essa. — Hogan balançou a cabeça, a raiva morrendo tão rapidamente quanto havia explodido. — Santo Deus, homem! Sua mulher está lá dentro. E sua filha.

— Eu sei. — Sharpe deu de ombros. — Mas eu quero a Esperança.

— Você vai morrer.

— Peça a Wellington por mim.

O irlandês franziu a testa.

— Você só está com o orgulho ferido, só isso. Em dois meses tudo isso vai parecer só um sonho ruim, eu garanto.

— Talvez. Mesmo assim quero a Esperança.

— Você é um maldito de um idiota teimoso.

Sharpe riu de novo.

— Eu sei. O coronel Windham diz que eu preciso de humildade.

— Ele está certo. É espantoso que algum de nós goste de você, mas gostamos. — Hogan deu de ombros. — Vou falar com o general por você, mas não prometo nada. — Ele juntou as rédeas na mão. — Pode me dar apoio para subir, se isso não estiver abaixo de sua dignidade?

Sharpe riu e ajudou o major a montar no cavalo.

— Vai pedir a ele por mim?

— Eu disse que vou falar com ele, não disse? A decisão não é dele, você sabe. É do general da divisão que fará o ataque.

— Mas eles ouvem Wellington.

— Sim, isso é verdade. — Hogan puxou as rédeas e se conteve. — Sabe que dia é amanhã?

— Não.

— Terça-feira, 17 de março.

— E daí? — Sharpe deu de ombros.

Hogan deu uma gargalhada.

— Você é pagão, um pagão condenado e que não se arrepende, é mesmo. É o Dia de São Patrício. O dia da Irlanda. Dê uma garrafa de rum ao sargento Harper por ser um bom católico.

Sharpe riu.

— Vou dar.

Hogan observou o South Essex interromper a marcha e andar a passo descombinado enquanto atravessava a ponte, seguido por Sharpe e sua confusão de mulheres, crianças, serviçais e mulas. Hogan estava triste. Considerava o fuzileiro grandalhão um amigo. Talvez Sharpe fosse arrogante, mas Hogan mantinha na cabeça, junto com toda a engenharia, uma quantidade razoável de Shakespeare. *Na paz não há nada tão atraente para o homem quanto a calma modesta e a humildade.* Mas não eram tempos de paz, eram tempos de uma campanha horrenda, e amanhã, no Dia de São Patrício, o exército começaria a cavar na direção de Badajoz. Hogan sabia que a calma e a humildade não capturariam a fortaleza. O tempo poderia fazer isso, mas Wellington não lhes daria tempo. O general estava preocupado com a possibilidade de os exércitos franceses em campo, maiores que o britânico, poderem marchar para salvar a cidade. Precisavam tomar Badajoz rapidamente, o que custaria o sangue dos homens, e o ataque viria logo, cedo demais, talvez até antes do fim da quaresma. Hogan não gostava dessa perspectiva. A muralha poderia ser fechada com os mortos ingleses.

Ele havia prometido que falaria com Wellington, e falaria, mas não como Sharpe esperava. Hogan cumpriria o papel de amigo. Ele pediria ao general, se fosse possível, que a requisição de Sharpe fosse recusada. Salvaria a vida de Sharpe. Afinal de contas, era o mínimo que poderia fazer por um amigo.

A COMPANHIA DE SHARPE

TERCEIRA PARTE

Do Dia de São Patrício, 17 de março,
ao Domingo de Páscoa,
29 de março de 1812

CAPÍTULO XII

Se um homem arranjasse um dos novos balões de ar quente para flutuar sobre Badajoz, veria uma cidade no formato de um quarto de uma roda de engrenagem. O castelo, pedra antiga sobre rocha, era o enorme cubo do eixo. As muralhas norte e leste eram raios que partiam
5. do eixo em ângulo reto um com relação ao outro, e as muralhas sul e oeste se encontravam numa curva tosca e longa, cravejada com sete dentes de engrenagem gigantescos.

Era impossível atacar pelo norte. A cidade era construída na margem do rio Guadiana, mais largo em Badajoz do que o Tâmisa em Westmins-
10. ter, e a única maneira de se aproximar dela era pela longa e antiga ponte de pedra. Cada metro da ponte estava sob alcance dos canhões montados na muralha norte da cidade e, do outro lado do rio, a entrada da ponte era guardada por três fortes externos. O maior, San Cristóbal, podia abrigar mais de dois regimentos. Os franceses tinham certeza de que nenhum ata-
15. que poderia vir do norte.

A muralha leste, o outro raio da roda, era mais vulnerável. Na extremidade norte ficava o castelo, alto e enorme, uma fortaleza que havia dominado a paisagem durante séculos, mas ao sul do castelo a muralha da cidade ficava em terreno mais baixo, virada para o morro. Os franceses
20. conheciam o perigo e por isso, justamente onde havia uma descida íngreme do morro do castelo até a cidade baixa, eles represaram o riacho Rivillas. Agora a vulnerável face leste era protegida por um lago de água represada,

A COMPANHIA DE SHARPE

141

largo como o rio ao norte, que corria até o sul da cidade. Como Hogan tinha dito a Sharpe, apenas a Marinha poderia realizar um ataque pelo lago recém-criado, a não ser que a represa fosse explodida, e o lago, esvaziado.

Com isso restava a curva das muralhas sul e oeste, uma curva com mais de um quilômetro e meio de comprimento que não tinha um rio ou um riacho conveniente para oferecer proteção. Em vez disso, havia os dentes da engrenagem, os sete enormes bastiões que se projetavam da muralha da cidade, cada bastião do tamanho de um pequeno castelo. San Vincente era o que ficava mais ao norte, construído junto ao rio no ângulo formado no encontro das muralhas norte e oeste, e a partir do San Vincente os bastiões seguiam para o sul e depois para o oeste até encontrar a corrente do Rivillas. San Jose, Santiago, San Juan, San Roque, Santa Maria e assim por diante até o Trinidad. Os santos, a mãe de Cristo e a Santíssima Trindade, cada qual com mais de vinte canhões para proteger uma cidade.

Os bastiões não eram a única proteção na grande curva da muralha. Primeiro havia o *glacis*, a encosta de terra que desviava as balas sólidas, fazendo com que passassem por cima das defesas, e depois o enorme fosso. A queda do *glacis* até o fundo do fosso não tinha menos de seis metros em nenhum ponto e, assim que se chegasse ao fosso, começavam os verdadeiros problemas. Os bastiões flanqueariam qualquer ataque, derramando seu fogo sobre o inimigo, e havia revelins na grande vala seca. Os revelins eram como grandes muralhas falsas, triangulares, que dividiam um ataque e, no escuro, podiam enganar os homens, fazendo-os acreditar que tinham chegado à muralha verdadeira. Qualquer homem que escalasse um revelim seria varrido por canhões cuidadosamente apontados. As muralhas tinham quinze metros de altura a partir do fosso, e nos amplos parapeitos havia canhões posicionados a cada cinco metros.

Badajoz não era uma fortaleza medieval convertida apressadamente para a guerra moderna. Ela já havia sido o orgulho da Espanha, uma construção maciça, uma armadilha mortal criada com o brilhantismo da engenharia, agora guarnecida com as melhores tropas francesas na península. Duas vezes os britânicos fracassaram em tomar a cidade, e não parecia existir algum motivo, um ano mais tarde, para supor que uma terceira tentativa seria bem-sucedida.

A fortaleza tinha apenas um ponto vulnerável. A sudeste, de frente para o bastião Trinidad e do outro lado da área alagada, erguia-se a baixa colina de San Miguel. De seu topo chato um atacante podia disparar contra o canto sudeste da cidade. Essa era a única fraqueza. Os franceses sabiam disso e se protegeram contra ela. Dois fortes foram construídos no sul e no leste da cidade. Um deles, o Picurina, tinha sido construído do outro lado do novo lago, nas encostas mais baixas da colina de San Miguel. O segundo forte, o enorme Pardaleras, ficava ao sul e guardava qualquer brecha que pudesse ser aberta por canhões posicionados na colina. Não era exatamente uma fraqueza, mas os britânicos só tinham esse ponto para explorar. E assim, no Dia de São Patrício, eles marcharam para trás da colina de San Miguel. Eles sabiam, assim como os franceses, que o foco do ataque seria o canto sudeste da cidade, contra os bastiões Santa Maria e Trinidad, e não importava o fato de esse mesmo plano ter fracassado duas vezes antes. Do alto da colina, onde homens curiosos se juntavam para olhar para a cidade, a brecha aberta no cerco anterior podia ser vista claramente entre os dois bastiões. Tinha sido consertada com pedras de cor mais clara, e a nova alvenaria parecia zombar dos próximos esforços britânicos.

Sharpe ficou parado perto de Patrick Harper, olhando para a muralha.

— Jesus, elas são grandes! — O sargento não disse nada. Sharpe tirou a garrafa de dentro do sobretudo e a estendeu. — Aqui. Presente pelo Dia de São Patrício.

O rosto largo de Harper se abriu de prazer.

— O senhor é um homem incrível para um inglês. Vai ordenar que eu guarde metade para o senhor para o Dia de São Jorge?

Sharpe bateu os pés por causa do frio.

— Acho que vou aceitar essa metade agora.

— Achei que aceitaria.

Harper estava feliz em ver Sharpe, algo que havia acontecido pouco no último mês, mas também tinha certo embaraço nesse encontro. O irlandês sabia que Sharpe precisava da confirmação de que a Companhia Ligeira sentia sua falta, e Harper o achava tolo por precisar ouvir essas palavras. Claro que os homens sentiam sua falta. A Companhia Ligeira não era diferente do restante do Exército. Eram fracassados, praticamente todos, homens cujos erros os levaram a tribunais e cadeias. Eram ladrões, bêbados, endividados e assassinos, homens que a Grã-Bretanha não queria ver nem lembrar. Era mais fácil esvaziar uma cadeia municipal enchendo um grupo de recrutamento do que passar pelo tedioso processo de julgar, sentenciar e castigar.

Nem todos eram criminosos. Alguns foram enganados pelos sargentos recrutadores, que ofereceram uma fuga do tédio e dos horizontes limitados das aldeias. Alguns se apaixonaram e entraram para o Exército por desespero, jurando que preferiam morrer em batalha a ver sua amada se casar com outro homem. Muitos eram bêbados aterrorizados com a ideia de morrer sozinhos, tremendo de frio e vício numa sarjeta durante o inverno, então entravam para o Exército, que lhes oferecia roupas, botas e uma caneca de rum por dia. Alguns, poucos, pouquíssimos, entravam por patriotismo. Outros, como Harper, entravam porque não havia nada além de fome em casa e o Exército oferecia comida e fuga. Quase todos eram fracassados e párias, e para eles o Exército era uma grande Esperança Vã.

Mas formavam a melhor infantaria do mundo. Nem sempre foi assim e, sem os líderes certos, não voltaria a ser. Harper sabia instintivamente que esse exército diante de Badajoz era um instrumento admirável, melhor que qualquer coisa que o grande Napoleão pudesse reunir, e sabia por quê. Havia um número suficiente de oficiais como Sharpe, que confiavam nos fracassados. Isso começava pelo topo, é claro, com o próprio Wellington, e descia pelas fileiras até os oficiais inferiores e os sargentos. O truque era muito simples: pegue um homem que fracassou em tudo, dê a ele uma última chance, demonstre confiança e o leve ao sucesso que assim surge uma súbita confiança que o levará ao próximo êxito. Logo eles vão acreditar que são indestrutíveis e se tornarão indestrutíveis, mas o truque era ainda ter oficiais como Sharpe, que continuavam oferecendo confiança. É claro que a Companhia Ligeira sentia falta dele! Sharpe havia esperado grandes feitos dos homens e confiado na vitória. Talvez algum dia o novo comandante aprendesse o truque, mas até lá, se é que isso aconteceria, os homens sentiriam falta de Sharpe. Diabos, pensou Harper, os homens até gostavam dele. E o idiota não percebia isso. Harper balançou a cabeça e ofereceu a garrafa a Sharpe.

— À Irlanda, senhor, e morte a Hakeswill.

— Vou beber a isso. Como está o filho da mãe?

— Vou matá-lo um dia desses.

Sharpe deu um riso desanimado.

— Não vai. Eu vou.

— Como diabos ele ainda está vivo?

Sharpe deu de ombros.

— Ele diz que não pode ser morto. — Estava frio na colina, e Sharpe encolheu os ombros embaixo do sobretudo. — E ele nunca dá as costas a ninguém. Vigie sua retaguarda.

— Já estão brotando olhos na minha bunda com aquele desgraçado por perto.

— O que o capitão Rymer acha dele?

Harper fez uma pausa, pegou a garrafa com Sharpe, bebeu e a devolveu.

— Só Deus sabe. Acho que ele tem medo de Hakeswill, mas a maioria dos homens tem. — Ele deu de ombros. — O capitão não é mau sujeito, mas não é exatamente confiante. — O sargento estava sem jeito. Não gostava de parecer que criticava um oficial diante de outro. — Ele é jovem.

— Nenhum de nós é velho. E aquele novo alferes?

— Matthews? É bom, senhor. Fica grudado com o tenente Price como um irmão mais novo.

— E o Sr. Price?

Harper riu.

— Ele mantém todo mundo alegre, senhor. Bêbado feito um sapo vesgo, mas vai sobreviver.

Começou a chover, pequenas gotas esparsas que pinicavam o rosto. Atrás, na estrada de Sevilha, as cornetas chamaram os batalhões para as fileiras da tarde. Sharpe levantou a gola do sobretudo.

— É melhor voltarmos. — Ele olhou para as pequenas figuras de uniforme azul nos parapeitos da cidade, a pouco mais de um quilômetro de distância. — Aqueles canalhas vão estar quentes esta noite.

De súbito ele pensou em Teresa e Antonia dentro das muralhas e olhou para a grande torre quadrada da catedral com suas ameias. Era estranho pensar que estavam tão perto dela. A chuva ficou mais pesada e ele virou as costas, retornando ao enorme acampamento improvisado.

— Senhor?

— O quê?

O sargento pareceu sem graça.

— O major Hogan passou lá um dia desses.

— E?

— E falou com a gente sobre a Srta. Teresa, senhor.

Sharpe franziu a testa.

— O que é que tem?

— Ele só falou que ela pediu ao senhor que cuidasse dela, senhor. Na cidade. Para o caso de os rapazes ficarem meio descontrolados.

— E?

— Bom, os homens estão querendo ajudar, estão sim.

— Quer dizer que eles acham que eu não consigo fazer isso sozinho?

Harper se sentiu tentado a dizer a Sharpe que não fosse tão idiota, mas decidiu que isso seria ir um pouco longe demais nas fronteiras sutis de posto e amizade. Suspirou.

— Não, senhor. Só que eles querem ajudar. Eles gostam dela, senhor, gostam sim. — E do senhor, poderia ter acrescentado.

Sharpe balançou a cabeça, ingrato. Teresa e Antonia eram um problema seu, não da companhia, e ele não queria uma horda de homens dando risadinhas enquanto testemunhavam sua emoção ao ver a filha pela primeira vez.

— Diga a eles que não façam nada.

Harper deu de ombros.

— Eles podem tentar ajudar de qualquer forma.

— Eles vão ter dificuldade para encontrá-la na cidade.

Bernard Cornwell

O sargento riu.

— Não vai ser difícil. Vamos procurar a casa com duas laranjeiras, logo atrás da catedral.

— Vá para o inferno, sargento.

— Eu sigo o senhor a qualquer lugar, senhor.

Algumas horas depois, o exército parecia estar no inferno, ou numa versão molhada do inferno. O céu parecia desabar. O barulho dos trovões nas nuvens de tempestade era como o ruído de canhões de campanha sobre tábuas de madeira. Raios cortavam o céu, penetrantes e azuis, e desciam até uma terra encharcada pela chuva que a açoitava. O ruído dos homens era abafado pelo barulho da chuva, um aguaceiro constante, violento, numa escuridão que era rasgada pela luz entrecortada dos relâmpagos. Mil e oitocentos homens estavam no alto da colina cavando a primeira paralela — uma trincheira com quase seiscentos metros de comprimento que protegeria os sitiadores e a partir da qual eles escavariam as primeiras baterias de canhões. Os trabalhadores estavam totalmente encharcados, tremendo, cansados simplesmente por ter de aguentar o peso da água, e às vezes espiavam a cidade escura através do dilúvio, nítida à luz dos raios.

O vento agitava a chuva, fazendo-a dar voltas no ar e descer, cortante; ele a suspendia, e então ela descia numa pancada ainda mais forte. Enfunava os sobretudos, criando fantásticas formas de morcego, e impelia a água em riachos que eram impossíveis de serem contidos, que enchiam a trincheira, atravessavam o cano das botas e afundavam o ânimo dos homens na terra fria e encharcada que cedia a cada investida da pá com enorme relutância.

Passaram a noite cavando e choveu a noite inteira. Na manhã fria continuava chovendo, e os artilheiros franceses saíram de seus abrigos quentes para ver a cicatriz de terra fresca na colina baixa. Os artilheiros abriram fogo, lançando balas sólidas por cima do fosso largo, do *glacis*, da água acumulada da chuva, até a terra molhada do parapeito da trincheira. O trabalho parou. A primeira paralela estava rasa demais para oferecer abrigo, e durante o dia inteiro a chuva enfraqueceu a trincheira e os canhões dispararam contra ela incessantemente. A escavação ficou cheia de uma lama líquida que teria de ser tirada à noite.

Cavaram a noite inteira. Continuou chovendo, uma chuva igual à anterior ao dilúvio de Noé. Os uniformes dobravam de peso com a água, as botas eram arrancadas pela sucção da lama pegajosa e os ombros ficavam em carne viva e sangrando com o esforço de tornar a trincheira mais funda. Nessa noite os artilheiros franceses continuaram realizando disparos incômodos e esporádicos que deixavam trechos da lama escarlate até que a chuva interminável diluía o sangue; porém, de forma lenta, infinitamente lenta, as pás cavaram mais fundo e o parapeito ficou mais alto.

O alvorecer se esgueirou mostrando uma trincheira profunda o suficiente para ser trabalhada à luz do dia. Os batalhões exaustos voltaram pela trincheira em zigue-zague que levava à segurança da parte de trás da colina e novos batalhões os substituíram. O South Essex, deixando mochilas e armas para trás, desceu pelo caminho sinuoso em direção à lama, aos tiros de canhão e às pás.

Sharpe foi deixado para trás. Havia vinte e quatro homens com ele, a guarda da bagagem, e eles fizeram abrigos improvisados com as mochilas empilhadas e se agacharam, os mosquetes entre os joelhos, observando uma paisagem molhada, cinzenta e que pingava. Sharpe ouvia os canhões franceses, abafados pela chuva e pela distância, e odiou pensar que não conseguia ver o que ouvia. Deixou um velho sargento encarregado da guarda e caminhou pela trincheira até a encosta da colina.

Badajoz era uma rocha escura num mar de água e lama. As muralhas eram ornamentadas por fios de fumaça de canhão que eram lançados pelas chamas de cada disparo. Os artilheiros franceses concentravam o fogo à esquerda de Sharpe, onde as duas primeiras baterias britânicas eram escavadas. Todo um batalhão trabalhava nos fossos dos canhões. As balas sólidas atingiam os parapeitos, destruíam os gabiões de vime cheios de terra e às vezes abriam um caminho sangrento entre os homens. Os franceses até experimentaram morteiros, cujos canos curtos e atarracados lançavam obuses para o alto, fazendo a minúscula trilha de fumaça do pavio em chamas desaparecer nas nuvens baixas antes de cair na colina molhada. A maioria dos obuses simplesmente caía inerte, com o pavio apagado pela lama ou pela chuva, mas uns poucos causavam uma explosão de fumaça

BERNARD CORNWELL

148

preta e fragmentos de ferro serrilhado. Não causavam dano; a distância era grande demais, e depois de um tempo os franceses interromperam os disparos de obuses e guardaram os morteiros para a escavação da segunda paralela, mais abaixo na colina e muito mais perto da muralha.

Sharpe caminhou pelo topo da colina à procura do South Essex. Encontrou o regimento na extremidade norte da paralela, onde o morro descia até a planície encharcada junto ao rio cinzento e cheio com as águas da chuva. Qualquer bateria escavada ali dispararia contra o castelo que parecia vasto e inexpugnável em sua colina de rocha. Sharpe também conseguia ver o forte San Roque, a pequena fortaleza que Hogan havia mencionado, que defendia a represa no riacho Rivillas. Se os britânicos pudessem explodir a represa, o lago se esvaziaria ao norte, tornando muito mais fácil se aproximar de uma possível brecha na muralha. Mas seria difícil explodir a represa. Ela parecia ficar a menos de cinquenta metros da muralha da cidade e era construída logo abaixo do San Pedro, o único bastião do lado leste.

Uma figura saltou da trincheira à frente de Sharpe. Era o sargento Hakeswill. Ele caminhou pela borda da escavação e xingou os homens.

— Cavem, seus filhos da mãe! Seus porcos sifilíticos! Cavem! — Ele se virou depois de alguns passos para ver se alguém estava reagindo e viu Sharpe. Logo prestou continência, com o rosto se retorcendo ensandecidamente. — Senhor! Tenente, senhor! Veio ajudar, senhor? — Deu sua risada característica e se virou de volta para a Companhia Ligeira. — Andem logo, suas porcas grávidas! Cavem! — Ele estava inclinado sobre a trincheira, gritando com os homens, o cuspe voando da boca.

Era irresistível. Ele sabia que não devia fazer isso, sabia que o gesto não combinava com a suposta dignidade de um oficial, mas Hakeswill estava curvado na beirada da trincheira, gritando palavrões, e Sharpe se encontrava logo atrás. No segundo em que a tentação chegou, Sharpe agiu e empurrou o sargento. Os braços de Hakeswill se agitaram no ar, ele se torceu, berrou e despencou na lama líquida do fundo da trincheira. A Companhia Ligeira comemorou. O sargento virou o rosto furioso para Sharpe enquanto se levantava.

Sharpe estendeu a mão.

A COMPANHIA DE SHARPE

149

— Desculpe, sargento, eu escorreguei.

Ele sabia que tinha sido uma atitude infantil e pouco sensata, mas era um pequeno gesto que dizia aos homens que Sharpe ainda estava do lado deles. Continuou caminhando, deixando Hakeswill com seus tiques, e viu o capitão Rymer subindo da trincheira para encontrá-lo.

Se Rymer tinha visto o incidente, não disse nada. Ele assentiu com educação.

— Dia horrível.

Sharpe ficou paralisado, como sempre se sentia diante de conversa fiada. Ele fez um gesto na direção dos homens na trincheira.

— Cavar mantém a pessoa aquecida. — De repente, notou que tinha parecido que ele estava dizendo a Rymer que ele devia pegar uma pá, então revirou a cabeça em busca de uma frase para corrigir essa impressão. — É uma das vantagens de ser soldado raso, hein? — Ele não conseguia chamar Rymer de "senhor". O capitão não pareceu perceber.

— Eles odeiam cavar.

— Você não odiaria?

O capitão Rymer nunca tinha pensado nisso. Nascer na família Rymer de Waltham Cross não encorajava um homem a pensar em trabalho braçal. Ele era bonito, de cabelos claros, tinha cerca de 25 anos e sentia um nervosismo desesperador diante de Sharpe. Ele não havia criado aquela situação, não gostava disso, e se sentia aterrorizado com o momento — que, segundo o coronel Windham, estava chegando — em que Sharpe seria devolvido à companhia como tenente. O coronel tinha dito a Rymer que não se preocupasse. "Isso não vai acontecer por enquanto. Vou dar um tempo para você se acomodar, para assumir o controle. Mas você pode querer a presença dele numa batalha, não é, Rymer?" Rymer não estava ansioso por isso.

Olhou para o fuzileiro grandalhão com uma cicatriz no rosto e respirou fundo.

— Sharpe?

— Senhor? — A palavra teria de ser dita cedo ou tarde, por mais que doesse.

— Eu queria dizer que...

O que quer que ele fosse dizer, teria de esperar. Uma bala sólida francesa mergulhou na terra ali perto, levantando lama, e depois veio uma segunda e uma terceira. Rymer ficou boquiaberto, atônito, e imóvel, então Sharpe segurou o cotovelo dele e o empurrou para a trincheira. Sharpe foi atrás, pulando o metro e meio e escorregando no fundo da trincheira.

O estrondo das balas de canhão dominou o ar, e os homens pararam de cavar e se entreolharam, como se um deles pudesse ter a resposta para o canhoneio súbito. Sharpe olhou por cima do parapeito e viu os piquetes armados correndo de volta para se abrigar. Todos os canhões na muralha leste de Badajoz — desde o castelo alto, passando pelo forte San Pedro e indo até o bastião Trinidad no canto sudeste — pareciam estar disparando contra os cem metros da parte norte da paralela.

Rymer ficou ao lado dele.

— O que está acontecendo?

Um piquete saltou por cima deles, xingando o inimigo. Sharpe olhou para Rymer.

— Vocês têm armas?

— Não! Ordenei que ficassem para trás.

— Deve haver uma companhia aqui.

Rymer assentiu e apontou para a direita.

— A Companhia de Granadeiros. Eles estão armados. Por quê?

Sharpe apontou através da fumaça e da chuva para as sombras escuras ao pé da fortaleza. Vindo do forte que guardava a represa do Rivillas havia linhas de homens, em formação de fileiras azuis que marchavam mescladas às sombras, tornando-as difíceis de serem enxergadas. Rymer balançou a cabeça.

— O que é isso?

— Os malditos franceses!

Havia uma grande força francesa marchando para atacar e destruir a paralela, e de repente eles estavam visíveis porque desembainharam as baionetas, e as fileiras de aço reluziram através da chuva que caía inclinada.

Os artilheiros franceses, com medo de acertar seus próprios homens, pararam de atirar. Uma corneta soou e, ao ouvi-la, as centenas de baionetas baixaram para a posição de ataque, e os franceses comemoraram e partiram para o ataque.

CAPÍTULO XIII

Foi uma infelicidade para o capitão Rymer. Ele estivera antecipando, resoluto e empolgado, a primeira vez que comandaria sua companhia em ação. Não tinha imaginado que seria assim. Ele havia se enxergado numa colina ampla, sob um céu cintilante, com os estandartes
5. estalando ao vento e ele próprio, com o sabre empunhado, conduzindo uma linha de escaramuça contra o centro do exército inimigo. Às vezes pensava num ferimento, nada muito grave, mas o suficiente para torná-lo herói em casa, e sua imaginação, saltando enormes distâncias, via-o contando com modéstia a história a um grupo de damas que o admiravam,
10. enquanto outros homens, que não haviam passado por uma batalha, só podiam olhar com inveja.

Em vez disso, estava no fundo de uma trincheira lamacenta, encharcado até a alma, no comando de homens armados apenas com pás e diante de mil franceses totalmente armados. Rymer ficou paralisado. A
15. companhia olhou para ele e para além dele, para Sharpe. O fuzileiro hesitou um segundo, viu a indecisão de Rymer e balançou o braço.

— Recuar!

Não fazia sentido tentar lutar. Não por enquanto; pelo menos até que as companhias armadas pudessem se juntar e fazer um contra-ataque
20. de verdade. As equipes de trabalho saíram atabalhoadamente da trincheira, correram de volta pelo capim molhado, depois se viraram para ver o inimigo pular na obra abandonada. Os franceses os ignoraram; estavam interessados

A COMPANHIA DE SHARPE

em apenas duas coisas: capturar e destruir a maior parte da paralela que pudessem e, mais importante, levar para a cidade cada pá e picareta que encontrassem. Por cada um desses troféus mundanos iam receber a promessa de um dólar como recompensa.

Sharpe começou a caminhar para o topo da colina, paralelo à trincheira, acompanhando o passo dos franceses que jogavam pás e picaretas para seus colegas do outro lado do parapeito. Na frente do inimigo, como coelhos espantados, outras equipes de trabalho saltavam da terra e corriam para a segurança. Ninguém havia sido ferido no ataque. Sharpe duvidava de que algum homem tivesse tentado disparar um mosquete ou estocar com uma baioneta. Era quase cômico.

Acima do inimigo era o caos. Os britânicos, na maioria desarmados, moviam-se como um rebanho, enquanto o inimigo, a apenas alguns metros de distância, despia sistematicamente a paralela. Alguns franceses tentaram derrubar o parapeito, mas a terra estava tão encharcada que isso era impossível. Os britânicos, satisfeitos com uma distração da escavação interminável, zombavam dos inimigos. Um ou dois franceses apontaram os mosquetes, mas os britânicos estavam a cinquenta metros, um alcance impreciso para as armas, e a chuva continuava pesada. Os franceses não estavam dispostos a desenrolar o fecho das armas se não fosse acontecer um combate de verdade.

— Um tremendo caos, senhor. — O sargento Harper havia alcançado Sharpe e veio caminhando com facilidade, carregando uma pá. Ria, animado.

O sargento Hakeswill, com a frente do uniforme ainda suja de lama, passou correndo por eles. Lançou-lhes um olhar malévolo e continuou correndo para a parte de trás da colina. Sharpe se perguntou o que o sujeito estaria fazendo, depois se esqueceu dele, quando o capitão Rymer o alcançou.

— Não deveríamos fazer alguma coisa?

Sharpe deu de ombros.

— Ver se alguém está sumido?

Não havia muito mais a fazer, pelo menos até que as companhias de guarda que receberam a ordem de carregar as armas pudessem organizar um ataque contra os ocupados franceses.

Um engenheiro com casaca azul e usando um ornamentado chapéu tricorne correu para os franceses. Ele gritava com as equipes de trabalho que continuavam fugindo para a segurança.

— Levem as pás! Levem as pás!

Foram necessárias dezenas de carros de bois para trazer as preciosas ferramentas de Lisboa, e agora elas estavam sendo abandonadas casualmente para os franceses. Sharpe reconheceu o sujeito de casaca azul como o coronel Fletcher, o engenheiro-chefe.

Alguns homens se viraram para pegar as pás abandonadas, e as primeiras tropas francesas tiraram o trapo do mosquete, apontaram e puxaram o gatilho. Foi um milagre algum ter disparado, mas três estavam suficientemente secos, a fumaça foi lançada e o coronel Fletcher caiu para trás, as mãos no meio das pernas. Os franceses comemoravam enquanto o coronel era carregado para a segurança.

A Companhia de Granadeiros do South Essex passou correndo por Sharpe, com mosquetes preparados e o capitão Leroy à frente. Ele estava com seu inevitável charuto na boca, encharcado e apagado, e, enquanto passava correndo, ergueu uma sobrancelha para Sharpe, num reconhecimento irônico do caos. Havia outra companhia armada logo adiante, e Leroy enfileirou seus homens ao lado dela. O americano olhou para Sharpe, atrás dele.

— Quer participar?

Os franceses haviam capturado metade da primeira paralela, quase trezentos metros de trincheira, e continuavam subindo a colina. As duas companhias de infantaria britânica, em menor número, numa proporção de dez para um, sacaram as baionetas e fixaram as lâminas nos mosquetes. Leroy olhou para seus homens.

— Não se incomodem em puxar os gatilhos. Só rasguem os filhos da mãe.

Ele desembainhou a espada e talhou a chuva com a lâmina fina. Uma terceira companhia, ofegante e apressada, juntou-se à pequena linha. Os capitães assentiram uns para os outros e ordenaram o avanço.

Outras companhias estavam se posicionando atabalhoadamente, mas o primeiro perigo para os franceses vinha das três que avançavam pelo flanco. Elas se alinharam diante da trincheira, desenrolaram os trapos dos fechos dos mosquetes e esperaram. Sharpe de duvidou que um mosquete em cada dez funcionasse. Desembainhou sua espada, subitamente feliz em sentir o peso na mão depois de semanas de tédio, e então a linha britânica começou uma corrida aos tropeços, como se quisesse chegar à trincheira antes que os franceses pudessem disparar seus mosquetes.

A espada de um oficial francês baixou rapidamente.

— *Tirez!*

Sharpe viu o rosto dos homens se franzir quando eles puxaram os gatilhos, mas a chuva havia feito o serviço para os britânicos. Alguns disparos espocaram, mas a maioria das pederneiras bateu na pólvora molhada que parecia uma pasta grossa, e os franceses xingaram e esperaram com suas baionetas.

Os britânicos comemoraram. A frustração de dias e noites de chuva, da escavação interminável, seria liberada subitamente sobre o inimigo; e homens que não tinham nada além de pás, ou mesmo mãos vazias, vieram atrás das companhias armadas e gritaram em desafio aos franceses. Sharpe brandiu a espada, escorregou e meio caiu, meio pulou na trincheira. Uma baioneta veio em sua direção. Ele a desviou para o lado e chutou o sujeito que a empunhava. Outros franceses tentavam subir pelo lado oposto da paralela, ajudados por colegas no parapeito. As baionetas britânicas se lançaram na direção deles e corpos com uniformes azuis tombaram.

— Cuidado à direita! — gritou alguém.

Um grupo de franceses vinha pela trincheira, resgatando os homens dominados onde os britânicos haviam atacado, e então eles próprios subitamente estavam lutando para sobreviver. Um bando heterogêneo de soldados, a maioria armada com pás, vadeou até os franceses, e Sharpe viu Harper brandindo sua arma improvisada com uma fúria assassina. O sargento saltou dentro da trincheira, empurrou uma baioneta para o lado e mandou a lâmina de sua pá no peito do sujeito. Ele gritava uma provocação em gaélico, liberando a trincheira com golpes amplos, e nenhum francês ficou para lutar.

Os inimigos ainda dominavam o parapeito. Davam pancadas nos britânicos dentro da trincheira, estocavam com as baionetas longas e, de vez em quando, conseguiam fazer um mosquete disparar dentro da paralela. Sharpe sabia que eles precisavam ser forçados para longe. Golpeou os pés do homem mais próximo, agarrou-se na lateral da trincheira e uma bota o chutou de volta para o fundo.

Os franceses estavam se recuperando, juntando as forças, e a paralela era um lugar pouco saudável. Houve uma saraivada entrecortada enquanto o inimigo descobria o fecho das armas. Homens caíam na água que jorrava como um pequeno riacho pela trincheira. Sharpe atacou de novo as pernas de um inimigo, desviou-se de uma baioneta e soube que o mais sensato a fazer era recuar. Ele correu pela trincheira, com a lama imunda e escorregadia sob as botas, e então uma mão enorme o conteve. O sargento Harper sorriu para ele.

— Isso é melhor que cavar, senhor.

Ele segurava um mosquete capturado, a baioneta ensanguentada e torta.

Sharpe se virou. Os franceses ainda dominavam uma parte da trincheira no centro da paralela, mas os britânicos atacavam a partir da colina. Só ao norte, onde Sharpe e Harper recuperavam o fôlego na trincheira ensanguentada, os franceses não eram incomodados. Eles não iam ficar por muito tempo. Seus oficiais já estavam mandando de volta meias companhias, cheias de ferramentas capturadas, e a visão fez Sharpe subir no parapeito do lado francês da trincheira. Cerca de metade de sua antiga companhia estava com Harper, alguns com mosquetes capturados, a maioria com pás. Ele riu para os homens, feliz por estar de volta.

— Venham, rapazes. Para cá.

Uma companhia de franceses formou uma guarda virada para o norte, e o oficial olhou com nervosismo enquanto o bando maltrapilho de Sharpe, com uniformes cheios de lama, ia na direção deles. Eles não iriam atacar. Os britânicos não estavam decentemente armados e eram minoria, afinal de contas; mas de súbito uma espada se ergueu, e o pequeno grupo partiu para cima deles, e foram baionetas contra pás, e dois demônios altos retalhavam seus homens. Ninguém gosta de combate corpo a corpo, mas Sharpe e Harper se lançaram contra a companhia e o South Essex foi com eles. Os britânicos rosnavam para os franceses, batiam neles com pás, e Harper usava o mosquete que havia capturado como uma maça. Os franceses recuaram, escorregando na lama, cegados pela chuva, e os loucos não paravam. Sharpe abria caminho com a espada, à procura de rostos e pescoços, e uma vez precisou aparar a baioneta eficiente de um sargento. Ele empurrou a lâmina para o lado, o francês escorregou, e a espada subiu e desceu como um machado sobre a cabeça do sujeito. Sharpe tentou interromper o golpe — o sargento estava indefeso —, e a espada se desviou e atingiu a terra molhada do parapeito. Os franceses corriam de volta para o corpo principal, e a meia companhia do South Essex foi deixada com doze prisioneiros que caíram no terreno escorregadio. O sargento francês, com a divisa única no braço ensanguentada durante a luta, observou seus mortos ao redor e depois a espada que quase o havia matado. Tinha visto o alto oficial mudar a trajetória do golpe mortal, desviar a espada, e assentiu para ele.

— *Merci, Monsieur.*

Harper olhou para os doze homens.

— O que vamos fazer com eles, senhor?

— Deixe-os ir.

Não era um lugar para fazer prisioneiros. Pegaram as armas deles e jogaram por cima da paralela, fora do alcance, e revistaram cada francês em busca de vinho ou conhaque. À frente de Sharpe a batalha ainda era feroz. O corpo principal dos franceses havia chegado a cinquenta metros da primeira bateria, mas tinha sido contido. Grupos esparsos de homens, alguns armados, alguns apenas com pedaços de madeira, atacavam os franceses e iniciavam lutas violentas na lama. Oficiais a cavalo galopavam até a borda do combate, tentando restaurar a ordem no caos, mas os soldados britânicos não queriam ordem. Eles queriam uma folga do tédio de cavar e do aguaceiro, e queriam uma luta. Era como uma briga de rua. Não havia fumaça porque os mosquetes não disparavam; o barulho era de metal batendo em metal, madeira em metal, os gritos dos feridos e os soluços dos agonizantes. Vistos de lado, onde Sharpe e sua meia companhia compartilhavam conhaque com os prisioneiros, pareciam centenas de monstros se agarrando em movimentos grotescos e vagarosos.

Sharpe apontou a cidade para o sargento.

— Vá!

O francês riu, fez uma saudação amigável a Sharpe e levou seu pequeno grupo embora. A vinte metros da trincheira, eles pararam e pegaram seis pás. Harper gritou:

— Tragam os franceses de volta.

O sargento francês fez um sinal grosseiro e começou a correr para Badajoz.

— Deixe-os ir! — Sharpe se virou de volta para o combate. — Venham.

Foram andando ao lado do parapeito, com a chuva passando por eles e caindo nos mortos na trincheira. Pás quebradas e mosquetes despedaçados cobriam a encosta. O barulho do combate, o som de homens lutando até a morte na lama, soava abafado pela chuva. Um oficial francês havia organizado um pequeno grupo com pás e estava tentando entrar na paralela. Sharpe começou a se apressar. O terreno era traiçoeiro, e ele se virou, vendo seus homens enfileirados o seguindo, mas Harper estava ao seu lado. Os franceses se viraram e os viram chegando. Era a vez de os franceses usarem pás. Um homem enorme brandiu a sua contra eles, forçando-os a recuar, então aparou a estocada de Harper. Sharpe brandiu a espada contra o brutamontes, cortando o cabo da pá, mas o francês continuou investindo contra eles. Harper o acertou com a baioneta, e ele continuou avançando, e Sharpe cortou a nuca do sujeito até que ele finalmente desmoronou.

— Venham!

Ele sentiu uma dor ardente nas costas, se virou e viu o oficial francês, de rosto pálido, recuando a espada.

— Seu filho da mãe!

Sharpe avançou com a espada apontada para o adversário, e o francês investiu na direção dele. As lâminas ressoaram. Sharpe girou o pulso, fazendo a espada pesada atravessar da esquerda para a direita do francês, por baixo da guarda dele, e avançou com o pé direito, ignorando a lâmina do oponente e acertando as costelas do sujeito. O oficial francês tentou recuar e escorregou em sangue e lama, porém Sharpe continuou avançando, sentindo o aço raspar em costelas. Seus homens passaram por ele com as baionetas estendidas, as baionetas capturadas, e Sharpe os viu impelir o inimigo para trás.

A COMPANHIA DE SHARPE

Cornetas chamaram os franceses de volta para a cidade, e em segundos a colina era uma massa de inimigos em retirada, carregando seus feridos e feixes de pás e picaretas capturadas. Iam direto para Badajoz, como se tivessem medo de que uma cavalaria os perseguisse. Sharpe ficou olhando os homens vadearem a água da área inundada em vez de dar a volta pela represa. Por dez, vinte metros, tudo correu bem, a água chegava às coxas. E então, de repente, de forma assustadora, o fundo sumiu. Oficiais franceses gritaram para seus homens, ordenaram a eles que saíssem da água, arrebanharam-nos para a represa do Rivillas. A investida havia terminado.

Os canhões franceses abriram fogo, balas sólidas mergulhando no vermelho enlameado, e os britânicos saltaram para a trincheira danificada. Harper olhou para a espada coberta de sangue de Sharpe.

— Como nos velhos tempos, senhor.

Sharpe olhou ao redor para seu pequeno grupo. Todos os seus fuzileiros estavam ali, rindo para ele, e um bom número do que restou da Companhia Ligeira. Riu para eles, depois pegou um pedaço de pano molhado e limpou a lâmina da espada.

— É melhor voltarem à companhia.

— Prefiro ficar aqui, senhor. — Sharpe não viu quem havia falado. Olhou para Harper.

— Leve-os de volta, sargento.

— Senhor! — Harper riu para ele. — E obrigado, senhor.

— De nada.

Ele foi deixado sozinho. Pequenos grupos andavam pela área onde tinha ocorrido o combate, carregando os feridos e empilhando os mortos. Havia muitos corpos, mais do que na batalha pela muralha de Ciudad Rodrigo, supôs. Uma pá baixada sobre a cabeça de um homem é um instrumento mortal, e as tropas britânicas estavam frustradas e prontas para lutar, para uma briga selvagem na lama. O corpo de um francês morto estava encolhido aos pés de Sharpe, e o fuzileiro se agachou e tateou os bolsos e as bolsas do cadáver. Não havia nada que valesse a pena pegar. Uma carta dobrada em quatro que ficou manchada assim que Sharpe a expôs à chuva, uma moeda de cobre e uma bala de mosquete, que devia ser o talismã do morto. Pendurado no pescoço, coberto de sangue, havia um crucifixo de metal barato. O homem havia tentado cultivar um bigode para parecer mais velho, mas os pelos eram ralos e finos. Mal passava de um garoto. A sola de uma das botas dele havia se soltado, pendendo e balançando com as gotas de chuva. Será que isso o havia matado? Será que a sola tinha se soltado durante a luta e, enquanto seus companheiros corriam, ele havia mancado ou tropeçado, e uma baioneta britânica tinha cortado seu pescoço? A tinta da carta escorreu, foi para a lama, mas Sharpe conseguiu ler a última palavra na página, escrita maior do que as outras. *"Maman."*

Ele olhou para a cidade, agora outra vez ornamentada com chamas longas enquanto os canhões martelavam a trenodia que não iria cessar até o fim do cerco. Teresa estava lá. Sharpe olhou para a torre da catedral, atarracada e com janelas para os sinos, e pensou em como o sino devia soar próximo para ela. A catedral parecia ter apenas um sino, um sino com um som desagradável cuja nota morria quase assim que era tocada, na hora cheia e nos quartos de hora. Perguntou-se, de repente, se ela cantava para a menina. E como era mamãe em espanhol? *Maman?* Como em francês?

— Senhor! Senhor! — Era o alferes Matthews, piscando no meio da chuva. — Senhor! É o senhor? Capitão Sharpe?

— Sou eu. — Sharpe não corrigiu o posto para "tenente".

— É melhor o senhor vir.

— O que foi?

— A bagagem dos oficiais, senhor. Foi roubada.

— Roubada? — Sharpe estava saindo da trincheira.

— O coronel perdeu alguma prata, senhor. Todo mundo perdeu alguma coisa.

Sharpe xingou. Ele era o encarregado da bagagem e, em vez de vigiá-la, estivera brigando na lama. Xingou de novo e começou a correr.

CAPÍTULO XIV

—Maldição!

O coronel Windham andava de um lado para o outro no minúsculo aprisco. Segurava um chicote de montaria e golpeava com fúria a pilha de bagagens. Quando inclinou a cabeça para olhar para a bagagem revirada, a água escorreu de seu chapéu bicorne.

— Maldição!

— Quando isso aconteceu? — perguntou Sharpe ao major Forrest.

— Não sabemos. — Forrest deu um sorriso nervoso para o fuzileiro. Windham se virou.

— Aconteceu? Quando? Nessa maldita tarde, Sharpe, quando você deveria estar no maldito comando!

Havia alguns oficiais apinhados contra as paredes do aprisco e todos olharam para Sharpe com uma expressão acusadora. Todos tinham medo da raiva do coronel.

— Sabemos que foi esta tarde? — insistiu Sharpe.

Windham pareceu a ponto de golpear Sharpe com seu chicote. Mas, em vez disso, xingou de novo e virou as costas. Não foi a bagagem cotidiana dos oficiais que tinha sido roubada, e sim os bens valiosos, guardados nas bolsas de couro das mulas. Nada na bagagem havia sido tocado durante três dias, pelo que Sharpe sabia. Continha o tipo de coisa em que os homens só mexeriam se estivessem em alojamentos confortáveis por um longo período — prataria, cristais, os luxos que os lembravam dos confortos de casa. Windham vociferou para o major Collett:

A COMPANHIA DE SHARPE

163

— O que está faltando?

Não era uma lista longa. Forrest tinha perdido uma ordem de pagamento, mas ela havia sido encontrada amassada e jogada na lama. Quem quer que tivesse cortado as bolsas não soubera o que fazer com aquele papel. Sumiram duas caixas de rapé e uma corrente de ouro que Sharpe suspeitou que tivesse sido saqueada em Ciudad Rodrigo — certamente o oficial que informou essa perda tinha falado muito de sua pobreza antes do cerco e havia sido notavelmente silencioso depois. Havia um conjunto de ornamentos de bainha feitos de ouro, valioso demais para ser usado em batalha, um par de esporas de prata e um par de brincos com pedras que um tenente sem graça afirmou que era presente para sua mãe. O major Collett havia perdido um espelho de barbear com tampa de prata e um relógio que, segundo ele, valia uma pequena fortuna. O mais importante de tudo era a perda do coronel: o retrato de sua esposa na moldura com filigrana de prata, a séria e sem queixo Jessica. Segundo boatos, o coronel gostava muito da esposa — ela havia lhe trazido uma pequena fortuna e os direitos de caça em metade de Leicestershire, e o coronel Windham estava furioso com a perda. Sharpe se lembrou do retrato na mesa baixa em Elvas.

Windham apontou o chicote para Sharpe.

— Você perdeu alguma coisa?

Sharpe balançou a cabeça.

— Não tenho nada aqui, senhor. — Ele carregava às costas tudo o que possuía, a não ser a espada do Fundo Patriótico e o ouro roubado em Almeida, que estavam com seus agentes em Londres.

— Onde está sua mochila?

— Junto com as outras, senhor.

— Está marcada?

Sharpe balançou a cabeça.

— Não, senhor.

— Pegue-a, Sharpe.

Não fazia sentido. Será que o coronel o estava acusando de ser o ladrão? Nesse caso, por que pedir a Sharpe que pegasse a mochila e, ao fazer isso, dar-lhe a oportunidade de esconder os bens roubados? Ele encontrou a mochila e a trouxe de volta ao aprisco.

— Quer revistá-la, senhor?

— Não seja idiota, Sharpe. Você é um oficial. — E, portanto, revelavam as palavras não ditas e apesar de todas as evidências do contrário, um cavalheiro. — Quero ver até onde foi lançada a rede do nosso ladrão. Veja se falta alguma coisa, homem!

Sharpe desafivelou as tiras. A mochila francesa estava atulhada de roupas sujas, dois fechos reserva para o fuzil e meia garrafa de rum. Ele só mantinha uma coisa de valor na mochila e não precisava procurá-la; havia sumido. Sharpe olhou para Windham.

— Está faltando uma luneta.

— Luneta? Há algo de especial nela?

Algo muito especial: a placa de latão engastada, com a inscrição "Em gratidão. AW. 23 de setembro de 1803." Havia sumido. Sharpe enfiou a mão desesperadamente no meio das roupas, mas tinha sumido. Maldito ladrão! A luneta era presente de Wellington, um presente valioso, e Sharpe se xingou por ter deixado a mochila com as outras. No entanto, elas foram vigiadas. Assim como os bens valiosos dos oficiais. Windham ouviu a descrição de Sharpe e assentiu, satisfeito.

— Isso prova uma coisa.

— Prova? O que, senhor?

Windham sorriu.

— Acho que sabemos de onde vem nosso ladrão. Só uma companhia conheceria essa mochila! — Ele apontou para as roupas cada vez mais encharcadas de Sharpe em sua mochila francesa de couro de porco. O coronel se virou para o major Collett. — Ponha a Companhia Ligeira em formação, Jack, reviste cada homem.

Sharpe tentou protestar.

— Senhor?

Windham se virou bruscamente para ele e estendeu o chicote de forma acusatória.

— Se você tivesse ficado tomando conta, Sharpe, em vez de saracotear pela colina, isso não teria acontecido. Fique fora disso!

Hakeswill! Tinha de ser Hakeswill! Sharpe sabia, e sabia com certeza absoluta que a acusação jamais seria provada. O roubo da luneta, pelo menos, sem dúvida tinha sido feito à tarde, porque Sharpe a vira na mochila ao meio-dia. A Companhia Ligeira, ou a maior parte dela, havia estado com Sharpe lutando contra os franceses, mas de repente ele se lembrou da figura desajeitada e trôpega do sargento de rosto amarelo correndo na direção da bagagem. Agora o saque devia estar escondido. E os guardas que Sharpe havia deixado para vigiar a bagagem deviam ter ido para o topo da colina assistir à luta. Ele prendeu as fivelas da mochila. O major Forrest esperou até que os outros oficiais tivessem saído pelo portão.

— Sinto muito, Sharpe.

— Não creio que seja a Companhia Ligeira, senhor.

— Estou falando da luneta.

Sharpe grunhiu. Forrest era um homem decente, sempre querendo que os outros estivessem bem. O fuzileiro deu de ombros.

— Ele se foi, senhor. Não vai voltar.

Hakeswill era inteligente demais para ser descoberto.

Forrest balançou a cabeça, frustrado.

— Não acredito nisso. E nós éramos um batalhão tão feliz!

A expressão de seu rosto mudou subitamente, ficou curioso.

— Sharpe?

— Senhor?

— O coronel Windham disse que você se casou. Eu não queria contradizê-lo.

— O senhor o contradisse?

— Santo Deus, não! Você se casou?

Sharpe balançou a cabeça.

— Não, senhor.

— Mas ele disse que você contou a ele que se casou.

Sharpe se agachou e sorriu para o major.

— Contei.

— Pelo amor de Deus, por quê?

— Não sei, senhor. Simplesmente saiu.

— Santo Deus, Sharpe. Isso vai para os seus documentos, isso... — Forrest desistiu. — Por que não disse a verdade a ele?

— Eu gosto da ideia, senhor.

Forrest gargalhou.

— Ora, eu jamais imaginaria isso. Achei estranho quando ele mencionou, mas achei que podia ser verdade. Você é um sujeito muito retraído, Sharpe.

— Pelo jeito como as coisas andam, senhor, logo poderei dizer o mesmo da minha carreira militar.

— Não seja ridículo. — Forrest franziu a testa. — Vai haver uma vaga de capitão em breve. Quase houve, esta tarde. O pobre Sterritt tropeçou e enfiaram uma baioneta no casaco dele.

Sharpe não disse nada. Tinha dado uma olhada nos sobreviventes de modo desavergonhado para ver se faltava algum capitão, mas todos pareciam ter corpo fechado e estar completamente livres de doenças no tempo ruim. Ele se levantou e pendurou a mochila no ombro. Acima da colina vinham os estrondos dos canhões franceses, um som tão comum que os homens mal o notavam. Como o chiado contínuo da chuva.

Forrest olhou para trás, para a Companhia Ligeira que entrava em formação.

— Isso é triste, Sharpe. Muito triste.

Windham passou os homens em revista e o sargento-mor chamou cada um deles para que bolsas, sacolas e mochilas fossem esvaziadas num pano no chão. Outro sargento revistava os pacotes. Sharpe virou as costas. Também achava isso triste. E desnecessário. Ele os teria colocado em formação e lhes dado dez minutos para apresentar o ladrão ou sofrer as consequências; isto é, se realmente acreditasse que alguém da companhia fosse o ladrão. Forrest balançou a cabeça.

— Ele é muito meticuloso, Sharpe.

— Na verdade, não.

— Como assim?

Sharpe deu um sorriso cansado.

— Quando eu era soldado raso, senhor, tínhamos mochilas com fundo falso. Ele não está olhando dentro das barretinas. De qualquer modo, um ladrão de verdade não vai estar mais com o material.

— Ele não teve tempo para se livrar de tudo.

— Senhor, uma das mulheres já pode estar com o fruto do roubo, ele pode ter vendido ao vivandeiro por alguns xelins e uma ou duas garrafas. As coisas poderiam ser escondidas. Não vão ser encontradas. Só estamos perdendo tempo.

Um cavaleiro parou do lado de fora do aprisco e fez continência para Forrest.

— Senhor?

O major Forrest espiou através da chuva.

— Santo Deus! É o jovem Knowles! Você tem um cavalo novo!

— Sim, senhor. — Robert Knowles deslizou da sela e fez uma careta para Sharpe. — Agora que não estou na sua companhia, tenho permissão de andar a cavalo. Gosta dele?

Sharpe olhou para o animal com ar triste.

— Muito bonito, senhor.

Knowles se enrijeceu ao ouvir o "senhor". Ele olhou de Sharpe para Forrest. Seu sorriso desapareceu.

— Sua promoção provisória? — gaguejou para Sharpe.

— Foi recusada, senhor.

— Não acredito! — Knowles estava sem graça. Tinha aprendido o serviço com Sharpe, havia sido moldado por seu antigo capitão; e, agora que tinha sua própria Companhia Ligeira, tentava pensar o tempo todo em como Sharpe poderia comandá-la. — Isso é ridículo!

Forrest assentiu.

— O mundo enlouqueceu.

Knowles franziu a testa e balançou a cabeça.

— Não acredito nisso!

Sharpe deu de ombros.

— É verdade. — Ele lamentava ter deixado Knowles sem graça. — Como está a companhia?

— Molhada. Os homens querem continuar a lutar. — Knowles balançou a cabeça outra vez. — E quem está com sua companhia?

Forrest suspirou.

— Um sujeito chamado Rymer.

Knowles deu de ombros.

— Eles enlouqueceram. — Em seguida, olhou para Sharpe. — Parece maluquice. Você está abaixo de algum capitão?

Forrest estalou a língua.

— Ah, não. O Sr. Sharpe tem deveres especiais.

Sharpe riu.

— Sou o tenente encarregado das mulheres, das picaretas, das mulas e de vigiar a bagagem.

Knowles gargalhou.

— Não acredito! — De repente, notou a estranha revista perto do pequeno aprisco circular. — O que está acontecendo?

— Um ladrão. — Forrest pareceu triste. — O coronel acha que pode ter sido alguém da Companhia Ligeira.

— Ele está louco! — Knowles se mantinha ferozmente leal para com sua antiga companhia. — Eles são espertos demais para serem apanhados!

— Eu sei.

Sharpe observava a revista. Todos os soldados foram revistados e não encontraram nada, e agora os sargentos se adiantaram. Hakeswill estava ereto feito um aríete, o rosto tendo espasmos, enquanto sua mochila era virada de cabeça para baixo. Nada seria encontrado, é claro. O sargento prestou continência de forma impecável para Windham.

Harper avançou, rindo por alguém imaginar que ele seria capaz de tal ato. Primeiro Hakeswill, depois Harper, e Sharpe começou a correr morro acima porque, claro, Hakeswill queria Harper fora do caminho. Patrick Harper viu Sharpe se aproximando e ergueu as sobrancelhas, recebendo o insulto da revista com a mesma calma e tolerância com que enfrentava a maioria das indignidades da vida, e então seu rosto registrou o choque.

— Senhor? — O sargento-mor estava se levantando.

Sharpe havia percebido o que estava acontecendo, mas era tarde demais. Deveria ter ido até Harper antes. Antes da revista.

— Oficial do dia! — A voz de Windham soou áspera. — Prenda o sargento.

Só encontraram uma coisa, mas bastava. Na parte de cima da mochila, nem mesmo escondida, estava a moldura de prata do retrato da esposa de Windham. O vidro tinha sido quebrado e o retrato não estava lá, cortado da filigrana amassada. Windham segurou a moldura, pareceu tremer de fúria e olhou para o sargento enorme.

— Onde está o retrato?

— Não sei nada sobre isso, senhor. Nada. Acredite, senhor, eu não o peguei.

— Vou açoitá-lo! Por Deus! Vou açoitá-lo! — Ele girou nos calcanhares.

A Companhia Ligeira ficou paralisada, a chuva pingando das abas das barretinas, os uniformes encharcados. Todos pareciam em choque. O restante do batalhão, agachado em seus abrigos improvisados, observou enquanto o oficial do dia montava uma guarda e Harper era levado embora. Sharpe não se mexeu.

A companhia foi dispensada. Fogueiras foram acesas embaixo dos abrigos numa tentativa inútil de afastar a umidade. Bezerros foram abatidos para a refeição da noite, a fumaça dos mosquetes se demorando sobre os sobreviventes do rebanho, em pânico, e Sharpe deixou a chuva esfriar sua pele enquanto sentia uma impotência terrível. Knowles tentou movê-lo.

— Venha comer conosco. Seja meu convidado. Por favor.

Sharpe balançou a cabeça.

— Não. Eu preciso estar aqui para a corte marcial.

Knowles pareceu preocupado.

— O que está acontecendo com o batalhão, senhor?

— Acontecendo, Robert? Nada.

Um dia ele mataria Hakeswill, mas agora precisava de prova, caso contrário Harper jamais seria inocentado. Sharpe não sabia como descobrir a verdade. Hakeswill era esperto, e Sharpe sabia que a verdade não poderia ser arrancada dele nem com uma surra. Ele riria durante o espancamento. Mas um dia Sharpe iria enterrar a espada na barriga de Hakeswill e deixar escorrer a podridão que havia dentro dele. Iria matar o desgraçado.

As cornetas deram o toque do crepúsculo, o fim do dia regulamentar, o quarto dia de Badajoz.

CAPÍTULO XV

Choveu a noite toda; Sharpe sabia porque ficou acordado durante a maior parte dela, ouvindo a água incessante, o vento e os disparos esporádicos do canhão francês que tentava incomodar a escavação das baterias. Não havia fogo por parte dos britânicos; os canhões de
5. cerco, ainda enrolados em palha e sacos de aniagem, estavam esperando que o tempo melhorasse para poderem ser levados em carroças morro acima e os canhões enormes serem colocados nas plataformas.

Sharpe se sentou com Harper no alto do morro e olhou para as luzes fracas dentro da cidade. Pareciam distantes, embaçadas pelo clima.
10. Sharpe tentou distinguir a catedral e pensou na menina doente lá perto.

Harper não deveria estar com ele. Estava sob guarda, condenado ao açoitamento e rebaixado a soldado raso, mas Sharpe simplesmente tinha dito para as sentinelas que desviassem o olhar enquanto ele e Harper subiam ao topo do morro. Sharpe olhou para o irlandês.
15. — Sinto muito.

— Não há o que lamentar, senhor. O senhor fez o que pôde.

O que tinha sido muito pouco. Sharpe havia pedido, quase implorado, mas a moldura com filigranas era prova suficiente para a corte marcial do regimento. Testemunhou que Harper havia passado a tarde toda
20. com ele, lutando contra o ataque francês, e que sua própria luneta havia desaparecido nesse período, logo o sargento não poderia ser o responsável. Windham tinha sido implacável. Ele disse que a luneta devia ter

A COMPANHIA DE SHARPE

sido furtada por outro ladrão. Harper era culpado, havia sido rebaixado a soldado raso e condenado ao açoitamento.

Harper estava pensando na manhã. A voz com sotaque de Donegal saía baixa.

— Cem chicotadas, hein? Podia ser pior.

Duzentas chicotadas era a sentença máxima.

Sharpe lhe entregou uma garrafa. Os dois estavam enrolados em pedaços de lona alcatroada sobre os quais a chuva tamborilava.

— Eu recebi duzentas.

— O exército está ficando mole, está sim. — Harper gargalhou. — E de volta à posição de um maldito soldado raso ainda por cima! Eles nem me chamam de fuzileiro nesse maldito regimento. Sou a bosta do soldado Harper. — Ele tomou um gole. — E eles acham que eu roubei essas porcarias quando?

— Na terça.

— Que Deus salve a Irlanda. No Dia de São Patrício?

— Você não estava nas fileiras.

— Meu Deus! Eu estava com o senhor. Bebendo.

— Eu sei. Eu contei a eles.

Houve silêncio entre os dois, um sofrimento dividido. Da encosta abaixo vinha o tinir das picaretas enquanto as baterias eram escavadas sob a camada superior do solo. Pelo menos, refletiu Sharpe, os dois tinham o suficiente para beber. A Companhia Ligeira havia juntado os recursos, furtado ainda mais, e, embaixo dos abrigos de lona, havia pelo menos doze cantis com rum ou vinho.

— Sinto muito, Patrick.

— Guarde o fôlego, senhor. Não vai doer. — Ele sabia que estava mentindo. — Vou matar aquele filho da mãe.

— Depois de mim.

Os dois ficaram sentados pensando na ideia reconfortante de matar Hakeswill. O sargento estava tomando precauções. Ele havia montado seu abrigo a metros das toscas barracas de lona dos oficiais, e Sharpe sabia que não havia esperança, nesta noite, de levarem Hakeswill para algum local silencioso e solitário.

O irlandês deu uma risadinha e Sharpe olhou para ele.

— O que foi?

— Eu estava pensando no coronel. O que havia no maldito retrato?

— A mulher dele.

— Ela deve ser uma beldade rara.

— Não. — Sharpe desarrolhou outro cantil. — Ela parecia uma cadela azeda, mas com as pinturas nunca se sabe direito. De qualquer modo, nosso coronel aprova o casamento. Ele acha que o casamento mantém o homem longe de encrenca.

— Provavelmente é verdade. — Harper não pareceu convencido. — Ouvi um boato de que o senhor e a senhorita Teresa se casaram. Como diabos isso começou?

— Eu contei ao coronel.

— Contou! — Harper gargalhou. — Veja bem, o senhor deveria se casar com ela. Fazer dela uma mulher honesta.

— E Jane Gibbons?

Harper deu uma risada. Tinha conhecido a jovem loira, irmã do homem que ele havia matado, e balançou a cabeça.

— Ela não vai aceitar o senhor. O senhor teria de ter nascido numa casa grande para se casar com alguém desse tipo; um monte de dinheiro e coisa e tal. O senhor é apenas um soldado de infantaria, como o restante de nós. Uma faixa vermelha e chique não vai colocar o senhor na cama dela. Pelo menos não definitivamente.

Sharpe deu um risinho.

— Você acha que eu deveria me casar com Teresa?

— Por que não? Ela é uma coisinha magra, é mesmo, mas o senhor poderia colocar um pouco de carne nos ossos dela. — Harper desaprovava profundamente o gosto de Sharpe por mulheres magras.

Voltaram a ficar em silêncio, escutando a chuva batendo na lona e compartilhando uma amizade que raramente tinha chance de ser expressa ou definida. Sharpe tinha uma reputação, entre as pessoas que não o conheciam bem, de ser um sujeito de poucas palavras, e era verdade, pensou, a não ser com um punhado de amigos. Harper e Hogan; Lossow, o cavalariano alemão, e praticamente só. Todos exilados, isolados de seus países e lutando num exército estranho. Sharpe também era exilado, um estranho no refeitório dos oficiais.

— Sabe o que o general diz?

Harper meneou a cabeça.

— Diga o que o general diz.

— Que ninguém que tenha sido promovido desde soldado raso dá em coisa que preste.

— Ele diz, é?

— Ele diz que todos caem na bebida.

— Neste exército, quem não cairia? — Harper empurrou um cantil para Sharpe. — Aqui, enche a cara.

Algum idiota abriu a janelinha de uma lanterna na paralela e os artilheiros franceses, sempre alertas, viram a luz e subitamente surgiram fogo e balas nas ameias de Badajoz. Os trabalhadores gritaram, a luz desapareceu, mas então vieram as pancadas surdas das balas certeiras e os gritos na trincheira. Harper cuspiu.

— Nunca vamos tomar essa maldita cidade.

— Não podemos ficar aqui para sempre.

— Foi o que vocês disseram quando foram à Irlanda pela primeira vez.

Sharpe riu.

— São as boas-vindas que vocês nos dão. Não sentimos vontade de ir embora. De qualquer modo, nós gostamos do clima.

— Podem ficar com ele. — Harper estreitou os olhos para a escuridão. — Meu Deus! Eu gostaria que a chuva parasse!

— Achei que irlandeses gostassem de chuva.

— Nós adoramos chuva, de verdade, mas isso aqui não é chuva.

— O que é?

— É uma enchente, o dilúvio, o mundo se acabando em água.

Sharpe se encostou num gabião de vime, abandonado por uma equipe de trabalho, e olhou para cima.

— Não vejo as estrelas há uma semana. Mais que isso.

— Verdade.

— Eu gosto das estrelas.

— Bom para elas.

Harper se divertia; não costumava ouvir a língua de Sharpe solta pela bebida.

— Não, verdade. Você gosta de pássaros, eu gosto de estrelas.

— Pássaros fazem coisas. Voam, fazem ninhos. A gente pode espiar.

Sharpe não disse nada. Ele se lembrou das noites que passou deitado nos campos, a cabeça apoiada na mochila, o corpo dentro da colcha de retalhos e as pernas enfiadas nos braços da jaqueta abotoada de cabeça para baixo na barriga. Era como um soldado dormia, mas em algumas noites ele simplesmente ficava deitado olhando para a grande mancha no céu, que se parecia com fogueiras de acampamento de um exército inimaginavelmente gigantesco. Legião após legião incompreensível, lá em cima no céu, e Sharpe sabia que estavam se aproximando a cada noite, e a imagem se confundia em sua cabeça pelos pregadores estranhos e bêbados que vinham ao orfanato quando ele era criança. As estrelas eram misturadas aos cavaleiros do apocalipse, a última trombeta, o segundo advento, a ressurreição dos mortos, e as luzes na noite eram o exército do fim do mundo.

— O mundo não vai terminar num dilúvio. Vai ser com baionetas e batalhões. Uma maldita batalha enorme.

— Enquanto estivermos na linha de escaramuça, senhor, não me importo. — Harper tomou mais rum. — Preciso guardar um pouco para amanhã de manhã.

Sharpe se sentou empertigado.

— Hagman vai subornar os garotos dos tambores.

— Isso nunca funciona.

Harper estava certo. Os garotos dos tambores é que açoitavam e geralmente eram subornados pelos amigos das vítimas, mas sob o olhar dos oficiais eram obrigados a bater com toda a força.

Sharpe olhou para a massa escura que era Badajoz, aliviado por algumas luzes nevoentas. Havia uma fogueira acesa num dos muitos pátios do castelo. O sino seco e breve da catedral soou a meia hora.

— Se ao menos ela não estivesse lá... — Sharpe parou.

— O quê?

— Não sei.

— Se ela não estivesse lá — o sotaque de Harper soou lento, como se ele estivesse pisando com muito cuidado —, o senhor ficaria tentado a dar o fora, não é? Para as montanhas? Para lutar com os guerrilheiros?

— Não sei.

— Sabe, sim. O senhor acha que mais ninguém pensou nisso? — Harper estava falando de si mesmo. — O senhor não é soldado só no tempo bom.

— Logo vamos ter deserções.

— É, se Hakeswill não for enterrado logo.

Ninguém desertava do batalhão havia meses. Outros batalhões estavam perdendo homens, um punhado a cada dia, que fugiam para Badajoz. Existia movimento no outro sentido também, inclusive, segundo Hogan tinha dito a Sharpe, um sargento engenheiro francês que trouxe as plantas das defesas. Elas tinham poucas revelações, a não ser a confirmação de que o lado oeste do *glacis* estava densamente minado.

Sharpe mudou de assunto.

— Sabe quantos homens morreram hoje?

— Foi hoje? — Harper pareceu surpreso. — Parece que foi na semana passada.

— Uma centena dos nossos. Contaram quase trezentos franceses. E alguns se afogaram, também. Pobres-diabos.

— Eles sempre enxergam dobrado quando contam os franceses. — Harper falava com escárnio. — E os franceses provavelmente estão alardeando que mataram mil dos nossos.

— Eles não causaram muito dano.

— Não.

Os franceses tinham esperado atrasar o cerco em pelo menos uma semana, forçando os britânicos a ter de cavar a paralela novamente. Seria uma semana extra em que um exército francês no campo poderia marchar para ajudar a guarnição. Harper abriu outro cantil.

— O ataque vai ser feio.

— Vai.

A chuva chiava, agitando a água no chão encharcado, tamborilando monotonamente na lona. Fazia um frio de rachar. Harper ofereceu o novo cantil a Sharpe.

— Tenho uma ideia.

— Diga. — Sharpe bocejou.

— Estou mantendo o senhor acordado?

— Qual é a ideia?

— Vou me oferecer para a Esperança Vã.

Sharpe fungou.

— Não seja um maldito idiota. Você quer viver, não quer?

— Não estou sendo idiota e quero ser sargento de novo. O senhor vai pedir para mim?

Sharpe deu de ombros.

— Eles não me ouvem mais.

— Eu perguntei se o senhor vai pedir. — A voz de Harper saiu teimosa.

Sharpe não conseguia imaginar Harper morto. Ele balançou a cabeça.

— Não.

— Vai querer isso só para o senhor?

As palavras foram ditas com aspereza. Sharpe se virou e olhou para o grandalhão. Não havia sentido em negar.

— Como você soube?

Harper gargalhou.

— Há quanto tempo eu estou com o senhor? Maria, mãe de Deus, o senhor acha que sou idiota? O senhor perdeu o posto de capitão, e o que vai fazer? Vai subir gritando por uma maldita brecha na muralha brandindo a espada porque prefere morrer a perder o maldito orgulho.

Sharpe sabia que era verdade.

— E você?

— Eu gostaria de ter as divisas de volta.

— Orgulho?

— Por que não? Vivem dizendo que os irlandeses são idiotas, mas eu noto pouquíssima gente rindo de mim.

— Deve ser por causa do seu tamanho, e não das suas divisas.

— É, talvez, mas não vou admitir que digam que eu fracassei. Então o senhor se ofereceu como voluntário?

Sharpe assentiu.

— É, mas eles não vão escolher ninguém por enquanto, pelo menos até o ataque.

— E, se escolherem o senhor, o senhor me leva?

— Levo — respondeu ele com relutância.

O irlandês assentiu.

— Vamos esperar que escolham o senhor, então.

— Reze por um milagre.

Harper gargalhou.

— O senhor não vai querer um milagre. Eles sempre acabam mal. — Harper tomou um gole de rum. — São Patrício expulsou todas as cobras da Irlanda, e o que aconteceu? Nós ficamos tão entediados que deixamos os ingleses ocuparem o lugar delas. O coitado deve estar se revirando no túmulo. As cobras eram melhores.

Sharpe balançou a cabeça.

— Se a Irlanda fosse cinco vezes maior, e a Inglaterra, cinco vezes menor, vocês fariam o mesmo com a gente.

Harper gargalhou de novo.

— Ora, esse seria um milagre pelo qual valeria rezar.

Canhões ribombaram à direita, do outro lado do rio, disparando do forte San Cristóbal por cima do Guadiana, na direção da paralela. A longa linha de fogo se refletiu na água escura. Os artilheiros na muralha da cidade, não querendo ficar para trás, dispararam suas peças, e o barulho dominou a noite.

Harper tremeu de frio.

— Vou rezar por outro milagre.

— Qual?

— Uma chance de pegar Hakeswill. — Ele assentiu na direção da cidade. — Num daqueles becos pequenos. Vou arrancar a cabeça dele.

— O que faz você pensar que nós vamos atravessar a muralha?

Harper deu um riso sem humor.

— O senhor não acha mesmo que podemos fracassar, acha?

— Não.

Mas ele também não havia pensado que poderia perder o posto de capitão, não havia pensado que poderia perder a companhia, e nem nos piores pesadelos havia pensado que teria de assistir ao açoitamento de Patrick Harper. A noite fria e molhada continuou tamborilando, transformando os pesadelos em realidade.

CAPÍTULO XVI

Chuva e mais chuva, cada vez mais intensa, e assim, ao amanhecer, o rio havia transbordado, formando uma espuma branca ao passar pelos arcos de pedra da velha ponte, e, o que era mais preocupante, tinha levado a ponte flutuante.

— Companhia! — A última sílaba foi arrastada, misturando-se aos gritos dos outros sargentos. — Sentido!

— Alto! Olhar à frente!

Um tilintar de arreios e freios trouxe os oficiais de maior patente do batalhão para o espaço no centro das companhias em formação. Dois lados do retângulo eram formados por três companhias, cada; quatro companhias estavam em formação num dos lados mais compridos, viradas para o triângulo de madeira solitário.

— Descansar armas! — De novo e de novo. Mãos bateram na madeira molhada, as coronhas de madeira bateram na lama. A chuva caía inclinada sobre as fileiras.

Sargentos marcharam rigidamente no lamaçal, ficaram em posição de sentido e prestaram continência.

— Companhia em formação, senhor!

Os capitães a cavalo, sofrendo sob suas capas, assentiram.

— Batalhão em formação para assistir ao castigo, senhor!

— Muito bem, major. Descansar.

— Batalhão! — A voz de Collett era mais alta que o som do vento e da chuva. — Deeeees... can.... sar!

A COMPANHIA DE SHARPE

181

Houve uma grande agitação de pés se arrastando na lama.

Com a cabeça doendo por causa da bebedeira noturna, Sharpe havia entrado em formação com a Companhia Ligeira. Rymer estava sem graça, mas era o lugar de Sharpe, e o rosto amarelo de Hakeswill estava inexpressivo. A pulsação latejava por baixo da cicatriz lívida no pescoço do sargento. Daniel Hagman, o velho fuzileiro, tinha procurado Sharpe antes que os homens entrassem em formação e dito a ele que a companhia estava amotinada. Sem dúvida era exagero, mas Sharpe podia ver que os homens pareciam carrancudos, com raiva e, acima de tudo, chocados. A única boa notícia era que Windham havia reduzido o castigo para sessenta chicotadas. O major Hogan tinha feito uma visita ao coronel e, ainda que o engenheiro tivesse fracassado em convencer Windham da inocência de Harper, impressionara-o ao descrever a ficha do ex-sargento. O batalhão esperava sob a chuva, sofrendo com o frio.

— Batalhão! Sentido!

Outro arrastar de pés, e Harper surgiu entre dois guardas. O irlandês estava despido da cintura para cima, mostrando os músculos fortes dos braços e do peito. Andava com tranquilidade, ignorando a chuva e a lama, e riu para a Companhia Ligeira. Parecia o homem menos preocupado na formação.

Amarraram seus pulsos no alto do triângulo, abriram suas pernas e as amarraram na base, e então um sargento enfiou um pedaço de couro dobrado entre os dentes de Harper para que ele não mordesse a língua com a dor. O médico do batalhão, um homem doente com nariz escorrendo, fez uma inspeção superficial das costas de Harper. Ele obviamente estava saudável. Uma tira de couro foi amarrada em volta dos rins, o médico assentiu arrasado para Collett, o major falou com Windham e o coronel assentiu.

— Prossigam!

As baquetas dos tambores baixaram sobre as peles encharcadas. O sargento assentiu para os dois garotos.

— Um!

Sharpe se lembrava disso. Seu açoitamento havia acontecido na praça de uma aldeia na Índia. Ele tinha sido amarrado a um carro de boi, não a um triângulo, mas se lembrava do primeiro corte causado pelas tiras de couro, do arqueamento involuntário das costas, dos dentes trincando no couro e da surpresa por não ter sido tão ruim quanto imaginava. Quase tinha se acostumado aos golpes, sentia-se confiante e se ressentiu quando o médico interrompeu as chicotadas para verificar se ele era capaz de continuar sendo castigado. Depois, a dor se espalhou. Começou a doer, doer de verdade, enquanto as tiras cortavam a pele, e os golpes alternados, dos lados opostos, rasgavam e esgarçavam a pele até que o batalhão viu o brilho do osso à mostra enquanto o sangue pingava na poeira da aldeia.

Meu Deus! Como tinha doído!

O South Essex observava em silêncio. Os tambores com as peles frouxas por causa da chuva mal podiam ser ouvidos; eram como as pancadas abafadas de um enterro. As tiras do chicote pareciam encharcadas enquanto arrancavam sangue, o sargento encarregado do açoitamento contava as chicotadas, e ao fundo os canhões franceses disparavam.

Os garotos dos tambores pararam. O médico chegou perto das costas de Harper, espirrou e assentiu para o sargento.

— Vinte e cinco!

A chuva diluía o sangue.

— Vinte e seis!

Sharpe olhou para Hakeswill. Havia um brilho de triunfo no rosto dele? Era impossível dizer. O rosto se retorceu num espasmo.

— Vinte e sete!

Harper virou a cabeça para a Companhia Ligeira. Ele não se movia ao receber os golpes. Cuspiu a mordaça de couro e riu para os homens.

— Vinte e oito! Mais forte!

Um garoto usou toda a força. Harper riu mais ainda.

— Pare! — Collett avançou com seu cavalo. — Ponham a mordaça!

Enfiaram o couro de volta na boca de Harper, mas ele o cuspiu de novo e riu através do castigo. Houve um murmúrio de apreciação por parte da Companhia Ligeira, quase uma gargalhada, ao verem que Harper conversava com os garotos dos tambores. O desgraçado havia derrotado o castigo! Sharpe sabia que aquilo estava doendo mas também sabia que o orgulho de Harper não o permitiria transparecer, só fingir total falta de preocupação.

A Companhia de Sharpe

O castigo terminou, transformado quase numa farsa pela coragem inacreditável de Harper.

— Soltem-no!

Sharpe já havia visto homens desmoronarem no chão depois de pouco mais de vinte golpes, mas Harper se afastou das tiras cortadas, ainda rindo, e não fez nada além de massagear os pulsos. O médico lhe fez uma pergunta e o irlandês gargalhou, recusou a oferta de um cobertor para ser posto sobre as costas ensanguentadas e se virou para acompanhar sua escolta para longe dos homens em formação.

— Soldado Harper! — Windham havia esporeado seu cavalo para perto dele.

— Senhor? — Havia quase desprezo na voz de Harper.

— Você é um homem corajoso. Aqui.

Windham jogou uma moeda de ouro para o irlandês. Por uma breve fração de segundo pareceu que Harper iria ignorar a moeda, então uma mão enorme se ergueu, pegou-a no ar e ele deu seu grande riso contagiante ao coronel.

— Obrigado, senhor.

O batalhão deu um suspiro de alívio coletivo. Windham devia ter percebido, enquanto o açoitamento acontecia, que estava castigando o homem mais popular do batalhão. Tinha havido hostilidade durante a formação dos soldados, uma hostilidade incomum. Os homens não eram contrários a um açoitamento, por que seriam? Se um homem merecesse o castigo, o batalhão entraria em formação e assistiria à punição. Mas os soldados também tinham um sentimento aguçado para injustiça, e Sharpe, observando Windham, notou que o coronel havia sentido o ultraje do batalhão. Um erro havia sido cometido. Não poderia ser admitido ou revertido, pelo menos não sem provas, mas a moeda de ouro tinha sido um toque inteligente. Apesar de todo o fingimento de ser um simples proprietário rural, ele era um homem inteligente.

E Hakeswill era um homem ardiloso. Ele manteve o rosto inexpressivo enquanto os homens eram dispensados. Hakeswill estava triunfante. Harper tinha sido derrotado, rebaixado, e a companhia estava à mercê de

Hakeswill. Agora ele queria mais uma coisa e iria conseguir: o sofrimento de Sharpe; e, graças aos boatos da companhia, o sargento sabia onde conseguiria esse sofrimento — na casa atrás da catedral com duas laranjeiras.

Sharpe encontrou Harper num abrigo, com duas esposas da companhia colocando gordura em suas costas e fazendo curativos nos ferimentos.

— E então?

Harper deu um sorriso.

— Dói feito o diabo, senhor. Eu não aguentaria muito mais.

Ele levantou o guinéu de ouro.

— O que eu faço com isso?

— Gasta?

— Não. — O irlandês olhou para além de Sharpe, para o mar de lama varrido por grandes cortinas de chuva cinzenta. — Vou guardar, senhor, até matar o filho da mãe.

— Ou até eu matá-lo?

— Um de nós, senhor. Mas que seja logo. Antes de sairmos desse lugar.

Se é que algum dia sairiam de Badajoz, pensou Sharpe. Naquela tarde ele levou uma equipe de trabalho para o leste, em direção à fronteira com Portugal. Eles encontraram os preciosos pontões encalhados na enchente e se despiram para conduzir os grandes botes até onde bois pudessem puxá-los de volta. O cerco estava atolado em chuva, lama e sofrimento. Badajoz parecia um grande castelo no meio do oceano. A chuva havia alagado os campos ao sul, a oeste e ao norte, e o vento continuava fustigando-os, trazendo mais água, e, apesar de ser hora de trabalhar, a tarefa não podia ser feita. As trincheiras estavam inundadas, as laterais haviam desmoronado, e, quando eram usados gabiões para firmar as baterias, a água transformava a terra em um líquido gosmento que escorria, deixando uma casca de vime oca e inútil.

Tudo estava sujo de lama. Carroças, suprimentos, forragem, comida, uniformes, armas e homens. O acampamento estava imundo, o único movimento era a lona molhada estalando lentamente ao vento, e a febre matava tantos homens quanto os incessantes canhões franceses. O tempo que os franceses tinham esperado ganhar com o ataque contra a paralela foi dado a eles pelo clima. O moral afundou. A primeira segunda-feira do cerco foi o pior dia. Tinha chovido durante uma semana e continuava chovendo, e a escuridão baixou sobre um exército que mal conseguia acender uma fogueira. Nada estava seco, nada estava quente, e um homem de um regimento galês, um fuzileiro, enlouqueceu. Houve gritos na noite, um berro aterrorizante enquanto ele cravava uma baioneta na esposa, e então centenas de homens se agitaram na escuridão, pensando que era um ataque francês, enquanto o louco corria pelo acampamento, cortando tudo o que via pela frente com sua arma. Ele gritava dizendo que a ressurreição dos mortos iria acontecer ali e agora, que ele era o novo messias. Por fim, seu sargento o encurralou e, sabendo que ninguém desejava uma corte marcial e uma execução, matou o sujeito com um golpe bem dado.

Sharpe encontrou Hogan naquela noite de domingo. O major estava ocupado. O ferimento do coronel Fletcher mantinha o engenheiro-chefe em sua tenda, então Hogan havia assumido a maior parte do serviço dele. O irlandês estava carrancudo.

— Vamos ser derrotados pela chuva, Richard.

Sharpe não disse nada. O espírito do exército estava sendo esmagado pela água. Os homens queriam contra-atacar, ouvir seus canhões disparando contra os franceses, mas a artilharia, como o exército, estava atolada. Hogan olhou para a noite encharcada pela chuva que tamborilava.

— Se ao menos ela parasse!

— E se não parar?

— Vamos desistir. Perdemos.

Lá fora, na noite gélida, a chuva caía forte. Gotas pesadas pingavam da borda da barraca de Hogan, e, para Sharpe, as gotas lentas pareciam um rufar de tambores anunciando a derrota. A impensável derrota.

CAPÍTULO XVII

Parou de chover na terça-feira à tarde.

De repente havia retalhos de céu azul entre as nuvens esgarçadas e, como um animal salvo de um afogamento iminente, o exército se levantou da lama e atacou as trincheiras com energia renovada.

Naquela noite, eles arrastaram os canhões colina acima. O terreno ainda estava coberto por uma lama quase impenetrável, mas os homens usaram cordas e enfiaram junco sob as rodas relutantes, e, com um entusiasmo que surgiu com o alívio da melhora do clima, as tropas levaram as enormes peças de vinte e quatro libras até as baterias recém-cavadas.

De manhã, num alvorecer milagrosamente claro, houve gritos de comemoração no acampamento britânico. O primeiro disparo tinha sido dado e eles estavam contra-atacando! Vinte e oito canhões de cerco estavam posicionados, protegidos por gabiões, e os engenheiros direcionaram os oficiais da artilharia, fazendo com que as balas de ferro atacassem a base do bastião Trinidad incessantemente. Os canhões franceses tentaram destruir os canhões de cerco, e o vale acima das águas cinzentas e plácidas do Rivillas transbordado ficou amortalhado por uma fumaça que se agitava quando as balas de canhão rasgavam a névoa.

No fim do primeiro dia, quando uma brisa da tarde levou a fumaça para o sul, havia um buraco visível na alvenaria do bastião. Não era exatamente um buraco, estava mais para uma mossa lascada, cercada por cicatrizes menores causadas pelos disparos. Sharpe observou o dano através da luneta do major Forrest e deu um riso desanimado.

A COMPANHIA DE SHARPE

— Mais três meses, senhor, e talvez eles notem que estamos aqui.

Forrest não respondeu. Tinha medo do humor de Sharpe, da depressão que acompanhava a falta do que fazer. O fuzileiro mal tinha obrigações. Windham parecia ter abandonado a revista das esposas, as mulas estavam no pasto, e o tempo era um peso enorme para Sharpe. Forrest havia falado com Windham, mas o coronel tinha balançado a cabeça.

— Estamos todos entediados, Forrest. O ataque vai curar o batalhão.

Então o coronel levou seus cães para uma caçada no sul, e com ele metade dos oficiais. Forrest havia tentado, sem sucesso, animar Sharpe. Agora olhou para o perfil taciturno do amigo.

— Como está o sargento Harper?

— O soldado Harper está melhorando, senhor. Mais três ou quatro dias e ele vai voltar ao serviço.

Forrest suspirou.

— Não consigo me acostumar a chamá-lo de "soldado". Não parece certo. — Então ele ruborizou. — Ah, acho que pus o dedo na ferida.

Sharpe deu uma gargalhada.

— Não, senhor. Estou me acostumando a ser tenente. — Não era verdade, mas Forrest precisava ser tranquilizado. — Está confortável, senhor?

— Muito. É uma vista esplêndida.

Eles estavam observando o vale e a cidade, esperando o ataque que seria feito logo depois do escurecer. Metade do exército estava no alto do morro, na trincheira ou nas novas baterias inacabadas, e os franceses deviam saber que algo iria acontecer. Não era difícil supor o que se pretendia. Os canhões britânicos estavam a quase um quilômetro do bastião Trinidad, longe demais para serem realmente eficientes, e os engenheiros precisavam diminuir essa distância à metade. Isso implicava construir uma segunda paralela, com novas baterias, bem na beira da área alagada, onde os franceses construíram o forte Picurina. O forte seria atacado esta noite. Sharpe havia esperado desesperadamente que a Quarta Divisão, a sua, fosse escolhida, mas, em vez disso, a Terceira e a Ligeira avançariam no escuro, e ele seria meramente um espectador. Forrest olhou encosta abaixo.

— Não deve ser difícil.

— Não, senhor.

E era verdade, pensou Sharpe, mas isso significava apenas metade da batalha. O forte Picurina era quase improvisado; um obstáculo em forma de cunha virado para a maré britânica com a única intenção de diminuir a velocidade dela. Tinha um fosso que protegia uma pequena muralha de pedras, e na muralha havia paliçadas e troncos rachados com aberturas para que os mosquetes fossem disparados. Além disso, o forte ficava suficientemente longe da cidade para que os canhões franceses não pudessem lançar a metralha sobre o ataque. O forte deveria cair, mas com isso ainda restava o lago formado pelo maldito Rivillas. A água impedia que houvesse uma aproximação direta à cidade. A não ser que o lago pudesse ser esvaziado, qualquer ataque precisaria vir do sul, espremido entre a água e a muralha, passando pelo enorme forte Pardaleras; e as colunas britânicas estariam sob o fogo de dezenas de canhões franceses e seriam rasgadas pela metralha. Sharpe pegou a luneta de Forrest outra vez e a apontou para a represa. Era notavelmente bem construída para uma estrutura temporária, e Sharpe viu uma passarela de pedra com balaustrada ao longo do topo, levando ao forte, muito mais resistente do que o Picurina, que defendia a represa. O forte e a represa ficavam perto das muralhas da cidade. Um homem com um mosquete no bastião San Pedro poderia disparar com facilidade contra a passarela de pedra. Forrest viu para onde ele estava olhando.

— O que você está pensando, Sharpe?

— Que não vai ser fácil atacar a represa, senhor.

— Você acha que alguém pretende atacar a represa?

Sharpe sabia que o ataque era pretendido, Hogan tinha lhe dito isso, mas ele encolheu os ombros.

— Eu não saberia, senhor.

Forrest olhou ao redor com ar de conspiração.

— Não diga a ninguém, Sharpe, mas nós vamos atacar!

— Nós, senhor? — Sharpe revelou um tremor de empolgação na voz. — O batalhão, senhor?

— Estou falando sem autorização, Sharpe. — Forrest ficou satisfeito ao ouvir a voz de Sharpe se acelerar. — O coronel ofereceu nossos serviços. O general de divisão esteve falando com ele. Talvez nós sejamos os sortudos!

A COMPANHIA DE SHARPE

— Quando, senhor?

— Não sei, Sharpe! Eles não me contam essas coisas. Olhe! A cortina está subindo!

Forrest apontou para a enorme bateria número um. Um artilheiro havia tirado o último gabião da troneira e um dos canhões lançou chamas e fumaça morro abaixo. A bala, mirada baixo demais, acertou o chão na frente do Picurina, espalhou terra enquanto quicava, depois caiu espirrando água no lago. O grito de zombaria dos franceses dentro do pequeno forte foi audível a quatrocentos metros de distância.

Os artilheiros ergueram o cano pouco mais de um centímetro girando o enorme parafuso embaixo da culatra. O cano chiou e foi limpo com uma esponja. A troneira havia sido fechada de novo como defesa contra os inevitáveis disparos vindos das muralhas da cidade. Os sacos de pólvora foram enfiados fundo no canhão, socados, e a bala foi jogada no cano. Um sargento se inclinou por cima do ouvido da arma, enfiou um espeto para perfurar os sacos de pólvora, depois inseriu o tubo cheio de pólvora fina que disparava a carga. Sua mão subiu, um oficial gritou ordens e os gabiões foram tirados da frente da bateria. Os homens se agacharam tapando os ouvidos enquanto o sargento encostava no tubo de escorva uma mecha acesa na ponta de uma vara comprida, e o canhão deu um coice forte na plataforma de madeira inclinada. A bala acertou a paliçada de madeira do Picurina, estilhaçando os troncos de árvores e lançando as lascas de madeira verde numa chuva maligna sobre os defensores, e foi a vez de os britânicos comemorarem.

Forrest estava olhando para o forte através da luneta e estalou a língua.

— Coitados. — Ele se virou para Sharpe. — Isso não pode ser muito bom para eles.

Sharpe sentiu vontade de rir.

— Não, senhor.

— Eu sei o que você está pensando, Sharpe. Que sou bondoso demais com o inimigo. Provavelmente você está certo, mas não consigo deixar de imaginar que meu filho poderia estar lá.

— Achei que seu filho fosse um gravador, senhor.

— É sim, Sharpe, é, mas, se ele fosse um soldado francês, poderia estar ali, e isso seria muito inquietante.

Sharpe desistiu de tentar acompanhar a imaginação bondosa de Forrest e se virou de novo para o Picurina. Os outros canhões britânicos ajustaram o alcance, e as balas pesadas destruíam sistematicamente as defesas frágeis. Os franceses dentro do forte estavam encurralados. Não podiam recuar, porque o lago ficava em sua retaguarda, e deviam saber que o canhoneio terminaria num ataque de infantaria assim que o crepúsculo desse lugar à noite. Forrest franziu a testa ao ver aquilo.

— Por que eles não se rendem?

— O senhor se renderia?

Forrest ficou ofendido.

— É claro que não, Sharpe. Eu sou inglês!

— Eles são franceses, senhor. Também não gostam de se render.

— Acho que você está certo.

Forrest não entendia de fato por que os franceses, uma nação que ele considerava basicamente civilizada, lutava com tanto empenho por uma causa tão maligna. Ele conseguia entender os americanos lutando pelo republicanismo — não se podia esperar que uma nação jovem tivesse o bom senso para reconhecer os perigos de um sistema político tão imundo, mas os franceses? Forrest não entendia isso. A situação ficava ainda pior porque os franceses formavam a nação militarmente mais poderosa do mundo, e com isso colocaram seus mosquetes e seus cavalarianos para espalhar o mal republicano, e o dever da Grã-Bretanha era conter essa doença. Forrest via a guerra como uma cruzada moral, uma luta pela decência e pela ordem, e a vitória dos britânicos significaria que o Todo-Poderoso, de quem não seria possível suspeitar que tivesse sentimentos republicanos, havia abençoado o esforço britânico.

Uma vez ele havia explicado suas crenças ao major Hogan e tinha ficado profundamente chocado quando o engenheiro descartou suas ideias. "Meu caro Forrest, você está lutando puramente pelo comércio! Se Bonaparte não tivesse fechado os portos de Portugal, você estaria bem aconchegado na sua cama em Chelmsford."

Forrest se lembrou da conversa e olhou para Sharpe.

— Sharpe? Por que nós estamos lutando?

— Senhor? — Por um momento Sharpe se perguntou se Forrest estaria propondo que eles se rendessem ao forte Picurina. — Por que estamos lutando?

— É, Sharpe. Por que você luta? Você é contra o republicanismo?

— Eu, senhor? Eu nem consigo soletrar isso! — Ele riu para Forrest, mas viu que o major estava sério. — Santo Deus, senhor. Nós sempre lutamos contra os franceses. A cada vinte anos, mais ou menos. Se não fizéssemos isso, eles iriam nos invadir. Então todos seríamos obrigados a comer lesma e falar francês. — Ele gargalhou. — Não sei, senhor. Nós lutamos porque eles são uns filhos da mãe intrometidos e alguém precisa pisoteá-los.

Forrest suspirou. Foi poupado da tentativa de explicar as forças políticas do mundo a Sharpe porque o coronel Windham e um grupo de oficiais do batalhão os tinham visto e se juntaram a eles junto ao parapeito. Windham estava de bom humor. Ele observou os disparos britânicos atingindo os restos do parapeito francês e bateu na palma da mão com o punho fechado em comemoração.

— Muito bem, rapazes! Vamos levar o inferno aos desgraçados! — O coronel assentiu educadamente para Sharpe e riu para Forrest. — Excelente dia, Forrest, excelente. Duas raposas!

Uma vez Hogan havia mencionado a Sharpe que nada deixava um oficial britânico tão animado quanto uma raposa morta. Além desse motivo duplo para satisfação, Windham tinha mais boas notícias. Ele puxou uma carta do bolso e a brandiu na direção de Forrest.

— Carta da Sra. Windham, Forrest. Notícias esplêndidas!

— Que bom, senhor.

Como Sharpe, Forrest estava se perguntando se Jessica sem queixo tinha dado à luz outro jovem Windham, mas não era isso. O coronel abriu a carta, cantarolou e murmurou olhando para as primeiras linhas, e, pelas expressões de Leroy e dos outros recém-chegados, Sharpe soube que Windham já estivera espalhando quais eram as boas notícias.

BERNARD CORNWELL

— Aqui está! Nós tivemos um problema com um caçador ilegal, Forrest, um tremendo problema. Algum patife andou no meio dos faisões. Minha boa senhora o pegou!

— Esplêndido, senhor. — Forrest tentou parecer entusiasmado.

— Mais do que pegou! Ela comprou um novo tipo de armadilha humana. O negócio causou um dano tão grande que ele morreu de gangrena. Aqui estamos. Como escreve a Sra. Windham: "Isso inspirou tanto o pastor que ele incorporou a história no sermão do domingo passado, indubitavelmente para a edificação dos paroquianos que não sabem qual é seu lugar de direito!"

Windham abriu um enorme sorriso para os oficiais reunidos. Sharpe duvidou que alguém da paróquia do coronel não soubesse qual era seu lugar de direito enquanto a Sra. Windham sabia muito bem o dela, mas achou que não seria o momento certo para dizer isso. Windham olhou de novo para a carta.

— Esplêndido homem, o nosso pastor. Monta como um cavalariano. Sabe qual foi o texto que ele usou?

Sharpe esperou que um canhão disparasse.

— Números, capítulo 32, versículo 23, senhor? — respondeu humildemente.

O coronel olhou para ele.

— Como diabos você sabe? — Windham parecia suspeitar de que o fuzileiro pudesse ter lido sua correspondência. Leroy estava rindo.

Sharpe decidiu não dizer que dormia num dormitório num orfanato para crianças abandonadas que tinha o texto pintado em letras de um metro de altura na parede.

— Pareceu adequado, senhor.

— Certo, Sharpe, é tremendamente adequado. "E, se não fizerdes assim, eis que pecastes contra o Senhor; e sabei que o vosso pecado vos há de achar." Ele o encontrou, hein? Morreu de gangrena! — Windham gargalhou e se virou para cumprimentar o major Collett, que estava trazendo o serviçal do coronel carregado de garrafas de vinho. O coronel sorriu para os oficiais. — Pensei em comemorarmos. Vamos beber ao ataque desta noite.

Os canhões dispararam durante o crepúsculo e não pararam até que, na escuridão, as cornetas levaram uma força avassaladora de infantaria britânica contra o pequeno reduto. Os artilheiros na muralha da cidade, ao ouvir o canhoneio britânico parar, baixaram o cano de suas peças e dispararam por cima do Picurina, contra a encosta do morro. As balas sólidas acertavam fileiras e mais fileiras de britânicos, mas eles se reorganizavam para ocupar o espaço deixado pelos soldados caídos e continuavam em frente. Em seguida, ouviram-se explosões mais baixas na cidade, e os observadores na colina viram o risco vermelho-escuro do pavio de obuses descrevendo um arco por cima do lago quando os morteiros começaram a disparar. A explosão dos obuses parecia uma flor escarlate. Os fuzileiros do 95º formaram uma linha de escaramuça e deram a volta no forte. Sharpe viu as chamas finas cintilando na linha, em busca das aberturas para o disparo de mosquetes. Os franceses no forte sustentavam o fogo, ouvindo ordens no escuro, as balas de fuzil passando acima deles, que esperavam o ataque de verdade.

Na colina, os oficiais não conseguiam ver muito além das chamas dos canhões e das explosões. Sharpe estava fascinado pelos canhões nos parapeitos da cidade. Cada disparo lançava chamas que, por alguns segundos, brilhavam enquanto a bala acelerava, mas depois, por um breve instante, a chama se contraía numa forma estranha, retorcida, que existia independentemente do canhão; uma coisa bela que se esvaía, retorcendo-se, como um fogo fantasma, como dobras intricadas de uma cortina de chamas que se agitava e desaparecia. A visão era de uma beleza hipnotizante, que nada tinha a ver com a guerra, e ele ficou de pé observando, bebendo o vinho do coronel, até que um grito de comemoração vindo do escuro lhe disse que os batalhões em ataque baixaram as baionetas para a carga. E pararam.

Algo tinha dado errado. A comemoração morreu. O fosso, que corria nítido em volta do pequeno forte, era mais fundo do que todos esperavam e, sem que ninguém visse do alto da colina baixa, estava cheio por causa da água da chuva. O plano dos britânicos era saltar no fosso e, usando as escadas curtas que carregavam, subir com facilidade no forte e levar as baionetas a um inimigo em menor número. Em vez disso, as forças de ataque foram contidas. Os defensores franceses se arrastaram até a paliçada estilhaçada e abriram fogo. Mosquetes estalavam acima do fosso. O fogo britânico atingia incessante e inutilmente as pedras do forte e despedaçavam paliçadas enquanto os franceses derrubavam homens na água ou os impeliam para as fileiras de trás. Sentindo a vitória, os franceses socavam as balas e atiravam, socavam e atiravam, e então, para iluminar seus alvos impotentes, acenderam estruturas encharcadas de óleo que vinham guardando para o assalto final e as lançaram pela face do forte, iluminando o local por onde passavam.

Foi um erro fatal. Do alto do morro, Sharpe viu os atacantes se juntarem impotentes na beira do fosso. À luz súbita das chamas, os britânicos eram alvos fáceis para os artilheiros franceses na muralha da cidade, que disparavam contra as laterais do forte, enviando fileiras inteiras para a eternidade com disparos simples e obrigando seus inimigos a procurar abrigo na extremidade do forte. Mas a luz também revelou uma estranha fraqueza. Sharpe pegou emprestada a luneta de Forrest, e, através das lentes embaçadas, pôde ver que os defensores haviam cravado pontas de madeira na face interna do fosso para impedir que alguém tentasse escalá-la. Na verdade, os espetos reduziam a largura do fosso a menos de dez metros e, enquanto a luneta era arrancada impacientemente pelo major Collett, ele viu as primeiras escadas serem postas como uma ponte em cima dos espetos convenientemente localizados. Era o 88º, o regimento ao lado do qual Sharpe havia lutado em Ciudad Rodrigo, os homens de Connaught. Três escadas ficaram firmes, apesar da madeira verde e molhada, e os irlandeses conseguiram atravessar aos trancos e barrancos, entrando no olho de uma tempestade de mosquetes. Alguns caíram no fosso para se afogar, mas outros atravessaram, e os uniformes escuros, iluminados pelo fogo, subiram pela escarpa do forte enquanto outros vinham atrás.

A luz das estruturas encharcadas de óleo apagou, o campo de batalha ficou escuro, e apenas os sons contavam a história da batalha para o alto da colina. Os gritos chegavam com clareza, mas os disparos eram poucos, o que revelava que as baionetas estavam trabalhando. Em seguida houve uma comemoração que se espalhou entre os atacantes, e Sharpe soube que os britânicos tinham vencido. Os Connaught Rangers caçariam os sobreviventes franceses no forte destruído por balas sólidas, as lâminas compridas e finas procurando no meio da madeira partida, e ele riu na noite ao pensar numa luta bem travada. Patrick Harper estaria com ciúme. Os homens de Connaught teriam algumas histórias para contar, sobre como atravessaram a ponte precária e venceram. A voz de Windham atrapalhou seus pensamentos.

— É isso, senhores. Em seguida será a nossa vez.

Houve um breve silêncio, e depois a voz de Leroy.

— Nossa vez?

— Vamos explodir a represa! — Windham soava entusiasmado.

Houve várias perguntas, todas feitas ao mesmo tempo, e Windham escolheu uma para responder.

— Quando? Não sei quando. Daqui a três dias, provavelmente. Mantenham segredo, senhores, não quero que todo pé-rapado fique sabendo. Deve haver alguma surpresa no nosso ataque. — Windham gargalhou, seu bom humor havia durado.

— Senhor? — A voz de Sharpe soou baixa.

— Sharpe? É você? — Era difícil distinguir formas no escuro.

— Sim, senhor. Permissão para me juntar de novo à companhia para o ataque.

— Você é um filho da mãe sedento de sangue, Sharpe. — A voz de Windham saiu animada. — Você deveria ser meu guarda-caça. Vou pensar nisso!

O coronel foi andando pela trincheira, deixando Sharpe sem saber se era considerado guarda-caça ou soldado.

Percebeu uma claridade súbita na trincheira ao lado dele e o cheiro forte de tabaco. A voz de Leroy, profunda e com ar de diversão, veio junto com a fumaça.

— Com um pouco de sorte, Sharpe, um de nós vai morrer. Você vai receber seu posto de capitão de volta.

— Isso havia me ocorrido.

O americano riu.

— Você acha que algum de nós pensa em outra coisa? Você é um maldito fantasma, Sharpe! — Seu tom ficou mórbido. — Você nos lembra da nossa mortalidade. Qual de nós você vai substituir?

— Alguma oferta?

Leroy gargalhou.

— Eu, não, Sr. Sharpe, eu, não. Se você acha que eu saí de Boston só para que você pudesse ocupar meu lugar, está errado.

— Por que você saiu de Boston?

— Eu sou um americano com nome francês, de uma família defensora da monarquia, lutando pelos ingleses, para um rei alemão que é louco. Pronto, o que isso diz a você?

Sharpe deu de ombros no escuro. Não conseguia pensar em nada para responder.

— Não sei.

— Nem eu, Sharpe, nem eu. — A luz do charuto reluziu e depois enfraqueceu. A voz de Leroy saiu baixa, para que só Sharpe ouvisse. — Às vezes me pergunto se não escolhi o lado errado.

— Escolheu?

Leroy ficou em silêncio por um momento. Sharpe via sua silhueta olhando para a cidade escura.

— Acho que sim, Sharpe. Meu pai jurou defender a majestade do rei e eu meio que herdei esse fardo. — Ele riu. — E aqui estou, defendendo-a.

Era raro Sharpe ouvir Leroy falar tanto. O americano era um homem silencioso que se divertia ao observar o mundo de forma irônica.

— Você sabe que os Estados Unidos estão loucos para entrar em guerra?

— Ouvi dizer.

— Eles querem invadir o Canadá. Provavelmente vão fazer isso. Eu poderia ser um general naquele exército, Sharpe. Teria ruas com o meu nome. Diabos! Até cidades inteiras!

Leroy ficou em silêncio de novo, e Sharpe soube que ele estava pensando em seu destino provável: uma sepultura sem identificação na Espanha. Sharpe conhecia alguns homens como Leroy; homens cujas famílias permaneceram leais depois da Revolução Americana e que agora lutavam, como exilados, pelo rei Jorge. Leroy riu de novo, uma risada amarga.

— Eu invejo você, Sharpe.

— Me inveja? Por quê?

— Eu sou apenas um americano bêbado com nome francês lutando por um alemão lunático e não sei por quê. Você sabe aonde está indo.

— Sei?

— Sim, Sr. Sharpe, sabe. Para o topo, onde quer que isso seja. E é por isso que nosso alegre bando de capitães tem tanto medo de você. Qual de nós terá de morrer para que você dê seu próximo passo? — Ele parou para acender outro charuto na guimba do primeiro. — E eu posso dizer do modo mais amigável possível, Sharpe, que eles prefeririam ver você morto.

Sharpe olhou para aquela silhueta escura.

— Isso é um aviso?

— Diabos, não! Só estou espalhando um pouco de mau humor na noite!

Houve o som de passos na trincheira e os dois oficiais precisaram se espremer para deixar os maqueiros passarem carregando os feridos do Picurina. Os homens gemiam nas macas; um deles soluçava de chorar. Leroy os observou passando e deu um tapa no ombro de Sharpe.

— A próxima é nossa, Sharpe, a próxima é nossa.

CAPÍTULO XVIII

— O que você acha? — Hogan parecia preocupado.

— É complicado demais. — Sharpe deu de ombros. — Cinquenta homens poderiam fazer o serviço. Não é preciso um batalhão inteiro.

Hogan assentiu, mas era impossível saber se isso significava concordância. Ele olhou para as nuvens densas.

— Pelo menos o clima está do nosso lado.

— Se não chover.

— Não vai chover. — Hogan fez essa declaração como se controlasse o clima. — Mas vai estar escuro. — Ele olhou por cima do parapeito, para o forte que protegia a represa. — Você está certo. É complicado demais, mas o coronel insiste. Eu gostaria que você fosse.

— Eu também gostaria, mas o coronel insiste. — Windham havia recusado o pedido de Sharpe. O fuzileiro não iria com a Companhia Ligeira. Em vez disso, ficaria com o coronel Windham. Sharpe riu para Hogan. — Sou o ajudante de campo dele.

— Ajudante de campo? — Hogan deu uma gargalhada. — Acho que é uma espécie de promoção. O que você deve fazer? Levar mensagens para ele?

— Algo assim. Ele não quer que eu fique com a Companhia Ligeira. O coronel disse que minha presença iria embaraçar o capitão Rymer.

Hogan balançou a cabeça.

— Só espero que o seu capitão Rymer esteja à altura. Espero mesmo. — Ele olhou para o relógio e fechou a tampa. — Faltam duas horas para escurecer.

O plano parecia bastante simples. Uma companhia, a Companhia Ligeira, escoltaria vinte sapadores até a represa. O restante do batalhão deveria criar uma distração simulando um ataque contra o forte e, sob a cobertura do barulho, os sapadores empilhariam seus vinte barriletes de pólvora na base da represa. Parecia simples, mas Sharpe não confiava nisso. Os ataques noturnos, como o exército tinha descoberto apenas quatro noites antes, poderiam levar à confusão, e todo o plano de Windham dependia de a Companhia Ligeira chegar ao pé da represa exatamente às onze horas. Caso se atrasasse, e o coronel não teria como saber de seu progresso, esse ataque apenas acordaria a guarnição e colocaria as sentinelas em alerta. Sharpe havia sugerido a Windham que esse ataque era desnecessário, que a Companhia Ligeira deveria ir sozinha, mas o coronel balançou a cabeça. Ele queria levar o batalhão para a ação, estava ansioso pelos acontecimentos da noite e parecia despreocupado com as dúvidas de Sharpe.

— É claro que eles vão chegar a tempo!

Parecia haver pouco motivo para não chegarem. A Companhia Ligeira e seus sapadores não precisariam ir longe. No escuro, deixariam a primeira paralela e iriam para o norte em direção ao rio. Assim que chegassem à margem do Guadiana, virariam à esquerda e seguiriam um caminho que levava ao riacho Rivillas, abaixo da muralha do castelo. Seus rostos estariam pintados de preto, o equipamento abafado para não fazer barulho, e eles iriam descer em silêncio a ravina do Rivillas e virar à esquerda. O momento mais difícil seria a aproximação da represa, rio acima, uma jornada de quase cento e cinquenta metros, podendo ser ouvidos nas muralhas de Badajoz, até que os homens estivessem entre o bastião San Pedro e o forte da represa. Não era uma longa jornada, eles tinham tempo suficiente para chegar, mas seria lenta por causa da necessidade de silêncio absoluto. Hogan ficou mexendo na tampa do relógio. Tinha sido ele quem havia convencido Wellington de que a represa poderia ser explodida, mas seu plano estava à mercê da implementação por parte de Windham. Hogan trocou o relógio pela caixa de rapé e forçou um sorriso.

— Pelo menos todo o resto está indo bem!

A segunda paralela estava sendo cavada. Ficava muito mais perto da muralha de Badajoz, e sob sua cobertura eram montadas novas baterias que colocariam os canhões de cerco a menos de quatrocentos metros do canto sudeste da cidade onde, no bastião Trinidad, a mossa lascada havia se tornado um buraco expondo o núcleo de entulho da muralha. Os franceses estavam mandando equipes à noite para consertar os danos, enquanto os britânicos continuavam disparando na esperança de matar os trabalhadores. Dia e noite os canhões disparavam.

No crepúsculo Sharpe observou a Companhia Ligeira se afastar. Harper ia com eles, como soldado raso, insistindo que suas costas estavam boas o suficiente. Hakeswill os comandava. Estava se fazendo indispensável ao capitão Rymer, antecipando seus desejos, bajulando-o, tirando o fardo da disciplina de seus ombros. Era uma performance clássica — o sargento confiável, incansável e eficiente, e isso disfarçava a vitória de Hakeswill sobre a companhia. Ele havia dividido os homens, deixando-os cheios de suspeitas, e Sharpe não podia fazer nada. O coronel Windham inspecionou a companhia antes de ela partir. Ele parou na frente de Harper e apontou para a enorme arma de sete canos pendurada no ombro do irlandês.

— O que é isso?

— Uma arma de sete canos, senhor.

— É um armamento regulamentar?

— Não, senhor.

— Então tire-a.

Hakeswill se adiantou, com a boca retorcida num sorriso.

— Entregue-a a mim, soldado!

A arma tinha sido presente de Sharpe a Harper, mas não havia nada que Harper pudesse fazer. Ele tirou a arma do ombro, lentamente, e Hakeswill a pegou. O sargento a colocou no próprio ombro e olhou para o coronel.

— Castigo, senhor?

Windham pareceu perplexo.

— Castigo?

— Por carregar uma arma não regulamentar, senhor.

Windham balançou a cabeça. Ele já havia castigado Harper.

— Não, sargento. Não.

— Muito bem, senhor!

Hakeswill coçou a cicatriz e acompanhou Windham e Rymer pela fileira. Depois da inspeção, quando o coronel disse para a companhia ficar à vontade, Hakeswill tirou sua barretina e olhou para o interior gorduroso. Havia um sorriso curioso em seu rosto, e Sharpe ficou intrigado. Ele encontrou o tenente Price, pálido por baixo da pintura feita na pele com uma rolha queimada, e balançou a cabeça na direção do sargento.

— O que ele está fazendo?

— Só Deus sabe, senhor. — Price ainda pensava em Sharpe como capitão. — Ultimamente ele faz isso o tempo todo. Tira o chapéu, olha para dentro, sorri e o coloca de novo na cabeça. Ele está louco, senhor.

— Ele tira o chapéu? E olha dentro?

— Isso mesmo, senhor. Ele deveria estar num maldito manicômio, senhor, e não aqui. — Price riu. — Talvez o exército seja um hospício, senhor, não sei.

Sharpe já ia exigir que Hakeswill lhe entregasse a arma de sete canos quando Windham, agora montado em seu cavalo, chamou a atenção da Companhia Ligeira. Hakeswill colocou a barretina na cabeça, bateu os calcanhares e olhou para o coronel. Windham lhes desejou sorte, disse que o serviço era proteger os sapadores caso fossem descobertos e que, se não fossem detectados, não deveriam fazer nada.

— Vão! E boa caçada!

A Companhia Ligeira entrou na trincheira, Hakeswill ainda carregando a arma de sete canos, e Sharpe desejou que estivesse com eles. Sabia como Hogan queria que a represa fosse demolida, como o ataque à abertura na muralha seria muito mais fácil se o lago não existisse mais, e se sentia irritado por ficar ausente da tentativa de explodi-la. Em vez disso, enquanto o relógio da catedral marcava as dez e meia, ele se encontrava ao lado de Windham enquanto as nove companhias restantes do batalhão saíam da paralela para o capim escuro. Windham estava nervoso.

— Eles já devem estar quase lá.

— Sim, senhor.

O coronel desembainhou parte da espada, pensou melhor e a enfiou de novo na bainha. Ele olhou em volta procurando Collett.

— Jack?

— Senhor?

— Pronto?

— Sim, senhor.

— Vá! Espere o relógio!

Collett avançou para a escuridão. Estava levando quatro companhias em direção à cidade, em direção ao forte que protegia a represa, e, quando o relógio marcasse as onze horas, deveria abrir fogo contra a face do forte para que os franceses acreditassem que aconteceria um ataque. As outras companhias, sob o comando de Windham, ficaram na reserva. Sharpe sabia que o coronel esperava que o falso ataque revelasse alguma fraqueza no forte e se transformasse num ataque de verdade. Ele esperava poder levar o South Essex por cima do fosso, subindo a muralha de pedra e penetrando as defesas. Sharpe se perguntou como a Companhia Ligeira estaria se saindo. Pelo menos não houve tiros do castelo, nenhuma interpelação gritada do forte da represa, de modo que presumivelmente os homens não tinham sido descobertos. O fuzileiro se sentia inquieto. Se tudo corresse bem, segundo a programação de Windham, a represa seria explodida alguns minutos depois das onze horas, mas os instintos de Sharpe estavam sombrios. Ele pensou em Teresa dentro da cidade, na criança, e se perguntou se a explosão, caso acontecesse, acordaria a bebê. Sua bebê! Ainda parecia um milagre que ele tivesse uma filha.

— A pólvora deve estar no lugar, Sharpe!

— Sim, senhor.

Ele mal ouvia as palavras do coronel, mas sabia que Windham só falava para abafar o nervosismo. Eles não tinham como saber onde a pólvora estava. Sharpe tentou imaginar os sapadores, carregados como traficantes de conhaque do litoral sul, esgueirando-se pela ravina em direção à represa, mas Windham interrompeu seus pensamentos.

— Conte os clarões dos mosquetes, Sharpe!

— Sim, senhor.

Ele sabia que o coronel esperava que o forte, por algum milagre, estivesse pouco defendido e que o South Essex pudesse dominá-lo pela simples força dos números. Sharpe sabia que era uma esperança inútil.

À esquerda, quase um quilômetro morro acima, as chamas dos canhões de cerco eram lançadas, e cada clarão iluminava as nuvens de fumaça que enchiam o ar acima das águas do riacho transbordado. Os canhões franceses respondiam, disparando contra os clarões, mas o fogo inimigo havia sido reduzido nos últimos dois dias. Eles estavam guardando a munição para as novas baterias da segunda paralela.

— Agora não falta muito — comentou o coronel para si mesmo. Depois, mais alto: — Major Forrest?

— Senhor? — Forrest surgiu da escuridão.

— Tudo bem, Forrest?

— Sim, senhor. — Como Sharpe, Forrest não tinha o que fazer.

Houve um estalar súbito de mosquetes, abafado pela distância e vindo do norte, e Windham se virou.

— Não somos nós, acho. — O som era distante demais para ter a ver com o ataque da Companhia Ligeira. Muito ao norte, do outro lado do rio, homens da Quinta Divisão mantinham os fortes franceses ocupados. Windham relaxou. — Deve ser logo, senhores.

Um grito veio da escuridão à frente. Os três oficiais se imobilizaram, ouviram, e o som veio de novo.

— *Qui vive?* — Uma sentinela francesa havia interpelado.

Sharpe ouviu Windham respirar fundo.

— *Qui vive?* — Mais alto. — *Gardez-vous!* — Um mosquete disparou do forte contra o campo escuro.

— Maldição. — Windham cuspiu a palavra. — Maldição, maldição, maldição!

Houve mais gritos vindos do forte, seguidos por uma claridade que aumentou e se revelou como fogo, então uma estrutura em chamas foi lançada na escuridão, do outro lado do fosso, e Sharpe viu as companhias de Collett delineadas pela luz.

— *Tirez!* — O grito chegou com clareza. O fogo dos mosquetes surgiu das aberturas para armas no pequeno forte, e as companhias britânicas responderam.

— Maldição! — gritou Windham. — Foi antes da hora!

As companhias de Collett atiravam fogo de pelotão, as saraivadas disparadas pela frente das companhias, as balas atingindo as pedras do forte incessantemente. Os oficiais gritavam na tentativa de parecer que faziam parte de uma força maior, os mosquetes atirando com a regularidade de um relógio. Sharpe observava as defesas. Os tiros de mosquetes franceses eram constantes, e ele supôs que cada homem numa abertura ou numa ameia estivesse acompanhado de pelo menos outros dois que carregavam mosquetes reserva.

— Não creio que eles estejam com poucos defensores, senhor.

— Maldição! — Windham ignorou Sharpe.

O relógio da catedral enviou suas notas baixas para se misturar ao som dos disparos. Mais amontoados de palha foram acesos no forte e jogados para fora, e Sharpe ouviu Collett ordenando a seus homens que recuassem para a escuridão. Windham estava andando de um lado para o outro com óbvia frustração.

— Onde está a Companhia Ligeira? Onde está a Companhia Ligeira?

Os artilheiros na muralha da cidade fizeram força nas conteiras, viraram seus canhões e os carregaram com metralha. Eles dispararam, as chamas apontadas para baixo, em direção ao campo aberto, e Sharpe ouviu o assobio do projétil.

— Abrir fileiras! — A voz de Collett chegou a Sharpe. — Abrir fileiras!

Era uma precaução sensata contra os disparos de metralha, que reduziria as baixas, mas não ajudaria a convencer os franceses de que ocorria um ataque de verdade. Windham desembainhou a espada.

— Capitão Leroy!

— Senhor? — A voz veio da escuridão.

— Avance com sua companhia! À direita dos homens do major Collett!

— Sim, senhor.

A COMPANHIA DE SHARPE

A Companhia de Granadeiros recebeu ordem de avançar, aumentando a confusão.

Windham se virou para Sharpe.

— As horas, Sharpe?

Sharpe se lembrou de ter ouvido o sino da catedral.

— Onze e dois, senhor.

— Onde eles estão?

— Dê tempo a eles, senhor.

Windham o ignorou. O coronel olhou para o forte, para as estruturas em chamas que iluminavam todo o fosso e a frente do campo. Pequenos grupos de homens corriam para a frente, ajoelhando-se, disparando e correndo de volta para a escuridão. Sharpe viu um homem cair sob uma chuva de metralha, o corpo imóvel à luz das chamas. Dois homens correram, agarraram as pernas dele e puxaram o corpo de volta para a companhia.

— Preparar! Apontar! Fogo! — As ordens familiares ressoavam no campo, os mosquetes disparavam contra o forte, e a metralha mortal chovia das muralhas altas.

— Capitão Sterritt? — berrou Windham.

— Senhor?

— Apresente-se ao major Collett! Sua companhia vai reforçá-lo!

— Sim, senhor!

Outra companhia avançou, e Sharpe, sentindo-se culpado, pensou que outro capitão havia sido enviado para a linha de tiro. Perguntou-se o que teria acontecido a Rymer. Não soavam disparos na retaguarda do forte mas também não tinha havido nenhuma explosão. Ele não desviava o olhar, à espera da erupção de chamas e fumaça, mas só havia silêncio na represa.

— Onde eles estão? — Windham bateu com o punho na coxa e cortou o ar com a espada. — Malditos! Onde eles estão?

Alguns homens retornavam da luta cambaleando, feridos pela metralha, e Collett recuava cada vez mais as companhias. Não fazia sentido perder homens num ataque que não passava de um ardil. O fogo que vinha do forte foi reduzido. Ainda não havia nenhuma explosão.

— Maldição! Precisamos saber o que está acontecendo!

— Eu vou, senhor.

Sharpe pôde ver o cuidadoso plano de Windham desmoronando. Os franceses já deviam saber que não era um ataque de verdade e não era preciso ser muito inteligente para perceber que o verdadeiro alvo era a represa. Ele tentou imaginar os sapadores de novo, sob o peso dos barris.

— Eles podem ter sido capturados, senhor. Talvez nem tenham chegado à represa.

Windham hesitou e, enquanto ele fazia uma pausa, o major Collett gritou ali perto.

— Coronel? Senhor?

— Jack! Aqui!

Collett se aproximou e prestou continência.

— Não podemos continuar muito mais tempo, senhor. Estamos perdendo homens demais para a maldita metralha.

Windham se virou de novo para Sharpe.

— Quanto tempo você vai demorar para chegar lá?

Sharpe pensou rápido. Não precisava ir se esgueirando nem tomar o caminho mais longo. Havia barulho e caos suficientes no campo para encobrir seus movimentos, e ele poderia se aproximar do forte tanto quanto ousasse.

— Cinco minutos, senhor.

— Então vá. Escute! — Windham conteve o movimento de Sharpe. — Quero um relatório. Só isso, entendeu? Veja onde eles estão. Descubra se foram descobertos. Quanto tempo falta para realizarem o serviço. Entendeu?

— Sim, senhor.

— Quero você de volta em dez minutos. Dez minutos, Sharpe. — Ele se virou para o major Collett. — Você pode me dar dez minutos?

— Sim, senhor.

— Bom. Vá, Sharpe! Depressa!

Sharpe começou a correr, com o uniforme escuro imperceptível na noite, em direção ao forte e à represa. Ele virou à direita, evitando a luz da palha em chamas, seguindo para a ravina rio abaixo. Tropeçou em touceiras de capim e escorregou na terra úmida, mas estava livre — sozinho e livre. A metralha zunia acima de Sharpe, disparada do castelo, mas ele permanecia muito abaixo dela, escondido na escuridão, e as chamas lançadas pelos mosquetes no forte estavam à sua esquerda. Reduziu a velocidade, sabendo que o riacho devia estar perto, cauteloso para o caso de haver patrulhas francesas espreitando na ravina. Tirou o fuzil do ombro, pegou a pederneira e o engatilhou. A mola era firme, o que dava uma sensação agradável, e ele sentiu a trava se encaixar. Estava armado — como era mesmo que Hogan dizia? — até os dentes. Isso era bom, e ele riu para a noite enquanto avançava, agora devagar, os olhos procurando a borda da ravina. Tinha baixado um pouco a barretina sobre os olhos para que a aba impedisse que ele visse as chamas dos canhões, preservando a visão no escuro. Então viu uma faixa de sombra mais escura, com arbustos em volta, e soube que havia chegado à margem do riacho. Deitou-se, arrastou-se para a frente e olhou por cima da borda.

A ravina era mais funda do que ele tinha imaginado. Uma descida íngreme até o brilho fraco da água, cerca de cinco ou seis metros abaixo. Nenhum som vinha de dentro, a não ser o murmúrio do riacho, e não havia sinal da Companhia Ligeira nem dos sapadores. Olhou para a esquerda. A represa era uma forma preta perto do forte, a apenas quarenta metros dele, e parecia vazia, silenciosa, contendo o enorme volume de água.

Ele atravessou a borda, ainda se arrastando no chão, e deixou que o peso o levasse para baixo entre arbustos de espinhos compridos, com o fuzil à frente, e de súbito alguém o interpelou.

— Quem vem lá? — Era um sussurro rouco, amedrontado.

— Sharpe! Quem é?

— Peters, senhor. Graças a Deus o senhor está aqui.

Sharpe viu a silhueta do sujeito, agachado atrás de um arbusto perto da água. Ele se aproximou.

— O que está acontecendo?

— Não sei, senhor. O capitão avançou, senhor. — Peter apontou para a represa. — Isso foi há dez minutos. Me deixou aqui. O senhor acha que eles foram embora, senhor?

— Não. Fique aqui. — Sharpe deu um tapinha no ombro do sujeito. — Eles vão voltar por aqui. Você vai ficar bem.

Rymer e os sapadores não podiam estar longe, permanecendo num silêncio extraordinário. Sharpe vadeou riacho acima, com a água nos joelhos, e esperou que alguém o interpelasse. Fizeram-no a uns vinte metros da represa, logo abaixo do forte, onde pequenas árvores se arqueavam sobre o Rivillas.

— Quem vem lá?

— Sharpe! — sussurrou ele. — Quem é?

— Hakeswill. — Houve uma sugestão de um risinho. — Veio ajudar? Sharpe o ignorou.

— Onde está o capitão Rymer?

— Aqui!

Uma voz veio de trás de Hakeswill, e Sharpe passou pelo sargento, sentindo o hálito do sujeito, e viu o brilho do ouro do uniforme de Rymer.

— O coronel me mandou. Ele está preocupado.

— Eu também. — Rymer não ofereceu mais explicações.

— O que está acontecendo?

— A pólvora foi posicionada, os sapadores voltaram e Fitchett está lá em cima. Ele deveria estar colocando o pavio!

Rymer parecia nervoso, e Sharpe conseguia entender o motivo. Se a represa explodisse agora, por engano, a companhia seria apanhada por uma coluna de água.

Soaram passos no alto da muralha do forte, pouco menos de dez metros acima deles, e Sharpe ouviu Rymer prender a respiração. Os passos pareciam casuais. Rymer começou a soltar o ar.

— Ah, meu Deus! Não!

Uma chama tremeluziu, do tamanho de uma vela, e pareceu oscilar, apagar, depois surgiu feroz e brilhante. Na claridade dela, Sharpe viu dois homens, de uniformes azuis, que seguravam uma estrutura oleada. Em seguida, eles a jogaram na ravina, assim ela caiu lançando fagulhas e correu até o leito do córrego. Fragmentos de palha pegando fogo saltaram da estrutura, que rolou pela lateral da ravina, fazendo as chamas girarem, e mergulhou no riacho. Ela sibilou. As chamas tremeluziram, tentaram se agarrar à parte superior do amontoado e depois morreram. Rymer deu um longo suspiro. Sharpe aproximou a boca do ouvido de Rymer.

— Onde estão os seus homens?

— Alguns aqui. A maioria foi embora.

A resposta não ajudou muito. Outra chama surgiu no topo da muralha e aumentou como a primeira, mas desta vez os franceses a seguraram por mais tempo, e assim o fogo pegou ferozmente na palha encharcada de óleo, até resplandecer como um farol. Os franceses fizeram com que ela rolasse pela borda da ravina. O amontoado de palha quicou uma vez, espalhando fagulhas, depois ficou preso num arbusto de espinheiro. Os espinhos estalaram e pegaram fogo, e, à luz súbita, Sharpe viu o tenente engenheiro, Fitchett, agachado e imóvel perto de uma pilha de barris. Os franceses iriam vê-lo!

Mas os franceses não sabiam muito bem o que estavam procurando. Chegaram ordens de que olhassem dentro da ravina, e por isso eles espiaram por cima da borda e viram estranhas formas escuras, exatamente o que seria de esperar à noite, e não notaram nenhum movimento, por isso relaxaram. Sharpe conseguiu ver os dois homens claramente. Eles pareciam felizes em estar longe da frente do forte, conversavam e riam, e então se empertigaram bruscamente, sumindo de vista. Em seguida, alguém gritou uma ordem, e ele supôs que um oficial havia chegado ao topo da muralha.

Fitchett se moveu. Começou a se arrastar na direção de Rymer e Sharpe, tentando não fazer barulho, mas estava em pânico por causa do amontoado de palha em chamas e escorregou, caindo no riacho. Um grito veio da muralha, a cabeça de um oficial se inclinou sobre a pedra. Fitchett teve o bom senso de ficar parado, e Sharpe viu o oficial se virar e gritar uma ordem. Chamas surgiram de novo no topo da muralha, um terceiro amontoado de palha, e Sharpe soube que eles teriam de lutar. Rymer olhou para o forte, boquiaberto.

Sharpe o cutucou.

— Atire no oficial.

— O quê?

— Atire no filho da mãe! Você tem fuzileiros, não tem?

Rymer continuou imóvel, e Sharpe pegou seu fuzil Baker, levantou o rastilho para verificar com o dedo se a pólvora ainda estava na caçoleta e mirou para cima, através dos nítidos galhos dos espinheiros, em direção ao topo da muralha. Rymer pareceu acordar.

— Não atire!

O terceiro amontoado de palha foi jogado por cima da muralha, voou longe, quicando no outro lado da ravina, e ficou preso numa pedra. Fitchett o viu, aparentemente caindo na direção dele, deu um grito e correu na direção da companhia escondida. O oficial francês gritou.

— Não atire!

Rymer bateu no ombro de Sharpe, atrapalhando sua mira, por isso ele manteve o dedo no gatilho. Fitchett caiu nos espinheiros, ralando as costelas. Ele havia se lembrado do pavio e o estava puxando, mas Sharpe se perguntou se o pavio teria caído na água com o tenente. Fitchett olhou ao redor, agitado.

— A lanterna!

Havia uma lanterna fechada, escondida no meio das árvores. Rymer e Fitchett começaram a procurar por ela, trombando um no outro, e o primeiro mosquete francês disparou da muralha, a bala acertou o tronco de uma árvore e Fitchett xingou de novo.

— Meu Deus! Depressa!

O oficial francês se inclinou por cima da ravina, examinando as sombras. A mira de Sharpe ficou desimpedida, então ele puxou o gatilho e o sujeito caiu para trás, o rosto dilacerado pela bala. Rymer olhou para Sharpe.

— Por que você fez isso?

Sharpe não se deu ao trabalho de responder. Fitchett havia encontrado a lanterna e destrancou a portinhola, lançando o facho de luz nos espinheiros.

— Rápido! Rápido! — Fitchett estava falando consigo mesmo. Ele encontrou o pavio, enfiou a ponta na chama e esperou até que estivesse soltando fagulhas. — Para trás! Para trás!

Rymer não esperou para ver o pavio aceso.

— Para trás! — gritava. — Para trás!

Sharpe agarrou Fitchett.

— Quanto tempo?

— Trinta segundos! Vamos!

Um segundo mosquete espocou na muralha, a bala acertou a terra, e o grupo de homens correu pelo leito do riacho, com Rymer à frente, todos imaginando as chamas da explosão da pólvora, a onda de choque e a água esmagadora, assassina.

Subitamente privados de seu oficial, os franceses gritaram pedindo ajuda. Não conseguiam ver nada à luz das carcaças, não eram capazes de ouvir nada no eco demorado de seus tiros de mosquete. Sharpe esperou, observando a luz tremeluzente do pavio, ouvindo o ruído repentino de passos no alto da muralha. O pavio queimava bem, esgueirando-se na direção da represa, e ele se virou e subiu o barranco, perto das pedras do forte. Uma voz o fez parar.

— Foi um belo tiro.

— Patrick?

— É. — A voz com sotaque de Donegal estava muito baixa. — Pensei em ver se o senhor precisava de alguma ajuda. — Uma mão enorme apertou o pulso de Sharpe e o puxou sem cerimônia para a borda da ravina. — Aquele pessoal correu bem depressa.

— Caso contrário, eles iriam se afogar.

Sharpe se encostou na base de um arbusto de espinheiro. Ele tentou adivinhar há quantos segundos Fitchett havia acendido o pavio; vinte? Vinte e cinco? Pelo menos ele e Harper estariam em segurança. Estavam no alto do barranco, do outro lado do fosso raso que se erguia em ângulo reto da ravina para proteger o pequeno forte. Os franceses gritavam e estavam agitados — Sharpe ouviu o barulho de varetas no cano dos mosquetes e então uma voz incisiva atravessando o caos. Olhou para o corpanzil de Harper agachado na sombra profunda.

— Como estão suas costas?

— Dói feito o diabo, senhor.

Sharpe esperou a explosão, grudando-se à terra, imaginando os barriletes se estilhaçando e as lascas de madeira sendo lançadas longe. Não devia demorar a acontecer! Talvez Fitchett tivesse usado um pavio mais longo do que havia imaginado.

A saraivada disparada da muralha o espantou. Os franceses atiravam contra a ravina, e Sharpe ouviu as balas atravessando os espinheiros como o som de tafetá sendo rasgado. Um pássaro chiou com indignação e bateu asas para a escuridão da noite. Ele ouviu o som de passos em pânico rio abaixo. Harper zombou.

— Parecem umas malditas galinhas molhadas.

— Como foi?

Qualquer relutância que Harper tivesse sentido em criticar Rymer para Sharpe havia desaparecido junto com o açoitamento. Ele cuspiu na ravina.

— Ele não consegue se decidir, senhor.

Era um dos piores crimes no manual do soldado: a indecisão mata.

Não houve explosão. Por isso, Sharpe soube que o pavio tinha ficado encharcado ou havia se partido. Mas, qualquer que fosse a causa, a pólvora estava intacta. Um minuto devia ter se passado. Sharpe ouviu um oficial francês gritando por silêncio. O sujeito devia estar tentando ouvir qualquer barulho que houvesse rio abaixo, mas havia silêncio, e Sharpe escutou mais ordens sendo dadas. Uma luz surgiu no topo da muralha, o que significava que mais amontoados de palha tinham sido acesos. Sharpe levantou a cabeça e viu três fardos com chamas selvagens saltarem para a ravina, e se perguntou se não poderiam inadvertidamente acender o pavio, mas segundos se passaram e não houve explosão, e então vieram gritos do forte. Finalmente a pólvora tinha sido vista.

Sharpe começou a descer a encosta outra vez.

— Venha.

Os franceses estavam gritando, fazendo barulho suficiente para cobrir o movimento deles. Havia pouco tempo. Sharpe pensou no que faria se fosse o oficial francês e se imaginou pegando água para jogar nos barris e no restante do pavio. Ele precisava ver o que restava. Parou bruscamente e olhou rio acima. Os novos amontoados iluminavam intensamente a base da represa; era impossível não ver os barris, assim como o pavio. Uma ponta dele havia caído do buraco da rolha de um barril na fileira mais baixa; a outra, no riacho, que apagou o fogo. Mesmo sem a água, o pavio teria sido inútil. Harper se agachou ao lado dele.

— O que vamos fazer?

— Preciso de dez homens.

— Deixe isso comigo. E depois?

Sharpe virou a cabeça na direção do topo da muralha.

— Seis para cuidar deles e três para empurrar aquelas estruturas dentro d'água.

— E o senhor?

— Deixe um amontoado de palha para mim.

Sharpe começou a carregar o fuzil, apressando-se na escuridão, sem se incomodar com o pedaço de couro que envolvia a bala e se prendia aos sete sulcos do cano do Baker. Ele cuspiu na bala e a socou.

— Estamos prontos?

— Sim, senhor. — Harper estava sorrindo. — Acho que é um trabalho para os fuzileiros.

— Por que não, sargento?

Sharpe sorriu de volta. Maldito Rymer, malditos Hakeswill, Windham, Collett, todo o pessoal novo que havia atrapalhado o batalhão. Sharpe e seus fuzileiros lutaram desde o litoral norte da Espanha até atravessar Portugal, depois de volta, até o Douro, até Talavera, até Almeida e Fuentes de Oñoro. Eles entendiam uns aos outros, confiavam uns nos outros. Sharpe assentiu para Harper.

O sargento, como Sharpe ainda pensava nele, pôs as mãos em concha.

— Fuzileiros! A mim! Fuzileiros!

Gritos vieram da muralha, rostos se inclinaram por cima.

Sharpe pôs as mãos em concha.

— Companhia! Ordem de escaramuça!

Isso deveria espalhá-los, mas será que eles obedeceriam às vozes antigas? Mosquetes dispararam do forte, as balas rasgando os espinheiros, e Harper gritou de novo.

— Fuzileiros!

Passos soaram pela ravina. Um oficial gritou na muralha, e Sharpe ouviu o som das varetas de aço nos canos franceses.

— Eles estão vindo, senhor.

Claro que estavam! Eram seus homens. As primeiras formas surgiram, com uniformes escuros sem o cinturão diagonal dos casacas-vermelhas.

— Diga a eles o que fazer, sargento! — Sharpe entregou seu fuzil carregado a Harper e sorriu para ele. Era como nos velhos tempos, os bons e velhos tempos. — Estou indo.

Podia confiar em Harper para fazer o resto. Saiu da cobertura das árvores e correu riacho acima, em direção à luz. Os franceses o viram, e ele escutou as ordens. O chão estava molhado e escorregadio, repleto de pequenas pedras. Sharpe perdeu completamente o equilíbrio, balançou os braços para se recuperar e sentiu as balas de mosquete na sua direção. Era um tiro difícil para os franceses, quase perpendicular ao chão, e eles estavam se apressando demais. Ouviu Harper atrás, gritando as ordens, e então o som característico dos fuzis Baker. Sharpe correu em direção ao pavio branco. A grande represa de terra se erguia acima dele, contendo os milhares de litros de água, e balas salpicaram a encosta enquanto Sharpe se jogava na base dos barris. O pavio havia se soltado, e ele o colocou no buraco da rolha, sentindo a resistência arenosa da pólvora. A rolha havia sumido! Olhou em volta, tentando não se apressar. Aquela porcaria havia desaparecido. Tentou soltar uma de outro barril, mas ela havia sido martelada com força. Então pensou em usar uma pedra e, cavando com a mão, encontrou uma e a enfiou no buraco. Uma bala de mosquete acertou a manga de sua jaqueta, causando uma ardência na pele. Atrás dele, a luz ficava cada vez mais fraca conforme seus fuzileiros chutavam os amontoados de palha na água. Os franceses ainda atiravam, e Sharpe continuava ouvindo os gritos. Em seguida, ele ajeitou a pedra no barril, deixando o pavio apertado, e recuou, puxando a linha branca margem acima, para longe da água. Precisava de fogo! Sharpe se virou e viu palha em chamas na outra margem. Saltou para lá, e as balas vieram de cima — uma delas acertou o amontoado de palha e o fez se agitar como uma coisa viva. Seus fuzileiros deviam estar recarregando as armas.

— Deem fogo a ele! — A voz de Harper soou nítida.

Havia casacas-vermelhas na ravina, correndo e se ajoelhando, mirando no alto, e Sharpe viu o novo alferes empolgado, empunhando a espada. Então os mosquetes dispararam, as balas alvejaram o topo da muralha e Sharpe teve um vislumbre de seus fuzileiros avançando outra vez, com as armas recarregadas.

Ele iria se queimar; não havia opção. O amontoado de palha ardia em chamas, e Sharpe se abaixou, pegou-o pela base, sentindo o calor. Uma pedra jogada do forte acertou a palha, que lançou fagulhas em seu rosto, queimando, queimando. Sharpe se virou com ele, chamuscado pelo calor terrível, e, com o canto do olho, enquanto se virava, viu uma chama amarela, enorme e compacta, disparar da ravina em sua direção. Balas o pinicaram, acertaram-no, e ele soube que havia levado um tiro, mas não acreditou, e jogou o amontoado de palha em cima do pavio branco.

Tentou correr. Sentiu uma dor lancinante na perna e na lateral do tronco, então tropeçou. Tinha jogado a palha longe demais. Ele estava caindo. Lembrou-se da massa de chamas caindo perto demais da pólvora, e se lembrou da chama amarela que tinha parecido vir da lateral da ravina. Nada fazia sentido, e então a noite virou dia.

Fogo e luz, barulho e calor. Uma explosão ensurdecedora, como um trovão, fez com que os homens nas trincheiras britânicas que cavavam as novas baterias vissem a face do bastião San Pedro se iluminar. Toda a face de Badajoz, desde o castelo até o Trinidad, foi atravessada pela luz, e o forte da represa ficou delineado contra o lençol vermelho que subiu e lançou fumaça e destroços na noite. O estrondo foi apenas um fragmento da explosão que havia destruído Almeida, mas poucos homens a viram e sobreviveram, ao passo que esta era testemunhada por milhares que viram a noite escura ser partida pelo fogo e sentiram o vento quente atingir o céu.

Sharpe foi lançado com violência no riacho, ferido e surdo por causa da explosão, cegado pelo lençol de chamas. O riacho salvou sua vida, e ele lamentou isso, sabendo que num segundo seria esmagado pela água e pelas toneladas de terra e pedras. Não pretendia jogar o amontoado de palha tão longe, mas tinha sido chamuscado pelo fogo, atingido por balas, e doía, como doía. Não veria sua filha. Pensou que a morte vinha devagar e tentou se mover como se pudesse se arrastar para fora do peso da água que caía.

O calor dava voltas na ravina. Destroços em chamas chiavam na água. Não havia nenhum disparo de mosquete da muralha. A explosão havia jogado os franceses longe do parapeito, atordoados pelo som que ecoou na vasta muralha da cidade e atravessou a planície, morrendo na noite.

Harper puxou Sharpe para que ele ficasse de pé.

— Venha, senhor.

Sharpe não conseguia escutar.

— O quê? — Ele estava atordoado.

— Venha! — Harper o puxou rio abaixo, para longe do forte, para longe da represa que ainda se sustentava. — O senhor foi atingido?

Sharpe se movia no automático, tropeçando nas pedras, indo embora. Tentou se virar e olhar para a represa.

— Ela ainda está lá.

— É. Ela aguentou. Venha!

Sharpe se soltou dele.

— Ela aguentou.

— Eu sei! Venha!

A represa continuava de pé! Destroços em chamas iluminavam a parede enorme, chamuscada e arranhada pela explosão, mas intacta.

— Ela aguentou!

Harper deu um puxão em Sharpe.

— Venha! Pelo amor de Deus, ande!

Havia um corpo aos pés de Sharpe e ele olhou para baixo. Era o novo alferes. Como era mesmo o nome dele? Não conseguia se lembrar. O garoto estava morto, e a troco de nada!

Harper o arrastou rio abaixo, para a cobertura das árvores, puxando o corpo de Matthews com a outra mão. Sharpe cambaleou, a dor subindo pela perna, e sentiu lágrimas nos olhos. Era o fracasso, miserável e completo, e o rapaz que não deveria morrer estava morto, e tudo porque Sharpe havia tentado provar que era mais que um garoto de recados ou um vigia de bagagens. Sentiu como se houvesse algum destino maligno que tinha decidido destruí-lo, acabar com seu orgulho, com sua vida, com todas as suas esperanças. E, zombando, para tornar o fracasso mais completo, o destino havia lhe mostrado algo pelo qual valia a pena viver. Teresa teria ouvido a explosão, agora mesmo estaria ninando a filha, que teria um sono inquieto, mas Sharpe, tropeçando na noite, sentiu que jamais veria a criança. Jamais. Badajoz iria matá-lo, como havia matado o garoto e estava matando todas as coisas pelas quais ele havia trabalhado e lutado em dezenove anos como soldado.

— Seus idiotas desgraçados! — Hakeswill surgiu na escuridão, a voz parecendo o coaxar dos milhares de sapos que viviam rio acima. Ele deu um riso de zombaria e um soco em Harper. — Seu irlandês desgraçado com cérebro de porco! Anda!

Ele os cutucou com os canos grossos da arma enorme, e Harper, ainda ajudando Sharpe, sentiu o cheiro de pólvora dos sete canos. A arma havia sido disparada, e Harper tinha uma vaga lembrança, não mais que uma impressão, de balas vindo da ravina, que derrubaram Sharpe. Harper se virou para procurar Hakeswill, mas o sargento havia sumido na noite. Sharpe escorregou, com a perna sangrando, e o irlandês precisou segurá-lo e levá-lo encosta acima.

Suas palavras foram abafadas por um súbito clamor de sinos. Cada sino em Badajoz, de cada igreja, tocava na escuridão, e por um segundo Harper achou que eles estavam comemorando o fracasso da luta noturna. Então se lembrou: já havia passado de meia-noite, era domingo. Domingo de Páscoa, e os sinos se regozijavam pelo maior de todos os milagres. Harper ouviu a cacofonia e fez a si mesmo uma promessa pouquíssimo cristã. Iria fazer seu próprio milagre. Mataria o homem que tinha tentado matar Sharpe. Nem que fosse a última coisa que fizesse na vida, mataria o homem que não podia morrer. Mataria.

CAPÍTULO XIX

— Fique parado! — murmurou o médico, não tanto para Sharpe, que estava rígido, mas porque sempre dizia isso ao operar. Girou a sonda nos dedos, olhando para ela, depois a enxugou no avental antes de enfiá-la delicadamente no ferimento na coxa de Sharpe.

5. — O senhor sofreu um belo ferimento, Sr. Sharpe.

— Sim, senhor. — Sharpe sibilou as palavras. Parecia que uma serpente com presas incandescentes e vermelhas estava rasgando sua perna.

O médico grunhiu e enfiou o instrumento mais fundo.

— Ah! Esplêndido! Esplêndido! — Sangue surgiu do ferimento a
10. bala. — Peguei. — Ele empurrou, sentindo a bala raspar embaixo da ponta da sonda.

— Meu Deus!

— Uma ajuda muito presente nos momentos de apuro. — O médico disse as palavras no automático. Ele se empertigou, deixando a sonda no
15. ferimento. — O senhor é um homem de sorte, Sr. Sharpe.

— Sorte, senhor? — Sua perna estava pegando fogo, a dor irradiando do tornozelo até a virilha.

— Sorte. — O médico pegou um copo de clarete que seu ordenança mantinha sempre cheio e olhou para a sonda. — Deixar ou não deixar, eis
20. a questão. — Ele se virou para Sharpe. — Você é um filho da mãe saudável, não é?

— Sim, senhor. — Isso saiu como um gemido.

A COMPANHIA DE SHARPE

O médico fungou. Seu resfriado não havia melhorado desde o açoitamento de Harper.

— Ela poderia ficar aí, Sr. Sharpe, mas acho melhor não. O senhor tem sorte. Não está muito fundo. A bala deve ter perdido a maior parte da força. — Ele olhou para trás e escolheu uma pinça longa e fina. Inspecionou as pontas com sulcos, viu um pouco de sujeira e cuspiu no instrumento, secando-o com a manga da camisa. — Certo! Fique parado, pense na Inglaterra! — Ele enfiou o fórceps no ferimento, seguindo a sonda, e Sharpe soltou imprecações que o médico ignorou. Sentiu a bala, tirou a sonda, empurrou de novo com o fórceps e depois apertou com força. — Esplêndido! Mais um instante! — Torceu o instrumento. A perna de Sharpe explodiu em agonia, então o médico tirou o fórceps e o largou, com a bala junto, sobre a mesa atrás dele. — Esplêndido! Nelson deveria ter me conhecido. Certo. Costure-o, Harvey.

— Sim, senhor. — O ordenança soltou os tornozelos de Sharpe e procurou uma bandagem limpa embaixo da mesa.

O médico pegou a bala, ainda no fórceps, e a sacudiu num balde de água para limpar o sangue.

— Ah! — Ele ergueu a bala. — Uma bala de pistola! Não é de espantar que não tenha penetrado. A distância devia ser muito grande. O senhor a quer?

Sharpe assentiu e estendeu a mão. Não era bala de mosquete. A bala cinza tinha apenas meia polegada de diâmetro, e Sharpe se lembrou da chama amarela e compacta. A arma de sete canos usava balas de meia polegada.

— Doutor?

— Sharpe?

— O outro ferimento. A bala ainda está nele?

— Não. — O médico estava enxugando as mãos no avental, já endurecido de sangue. Era um sinal de experiência na sua profissão. — Passou direto, Sr. Sharpe, só rompeu a pele. Aqui. — Ele estendeu um copo de conhaque.

Sharpe o bebeu e se recostou na mesa enquanto o ordenança lavava sua perna e a cobria com a bandagem. Não estava com raiva por Hakeswill ter tentado matá-lo, apenas curioso, e se sentia agradecido por ter sobrevivido. Com certeza não estava chocado. Se ele estivesse segurando a arma de sete canos e tivesse visto Hakeswill, teria puxado o gatilho e mandado o sargento para o diabo sem pensar duas vezes. Olhou para o médico.

— Que horas são, senhor?

— Está amanhecendo, Sr. Sharpe, amanhecendo. Um amanhecer de Páscoa, quando todos os homens deveriam se regozijar. — Ele espirrou violentamente. — O senhor deveria ir devagar com as coisas.

— Sim, senhor.

Sharpe colocou as pernas para fora da mesa e vestiu o macacão da cavalaria. Havia um buraco nos reforços de couro na parte interna da coxa direita, por onde a bala havia entrado. O médico olhou para o buraco e riu.

— Sete centímetros acima e o senhor seria o último de sua linhagem.

— Sim, senhor. — Muito engraçado. Ele testou apoiar a perna e descobriu que ela aguentava.

— Obrigado, senhor.

— Por nada, Sr. Sharpe, a não ser por minha pequena habilidade e meu humilde dever. Meia garrafa de rum e você vai estar saltando feito um cordeiro. Crédito ao Departamento Médico e ao general farmacêutico, de quem sou serviçal obediente. — Ele abriu a entrada da barraca. — Venha me ver se precisar remover um membro.

— Não procurarei nenhum outro, senhor.

As tropas interromperam o alerta matinal, empilharam armas e estavam terminando o desjejum escasso. Os canhões trabalhavam arduamente, agora disparando contra o bastião Santa Maria, além do Trinidad, e Sharpe imaginou a fumaça pairando sobre o lago. Maldita pólvora! A quantidade necessária tinha sido grosseiramente subestimada, caso contrário Sharpe, Harper e os fuzileiros seriam heróis nesta manhã. Do jeito que as coisas tinham acontecido, eram párias. A encrenca estava chegando, Sharpe podia sentir o cheiro. O fracasso da noite precisava de bodes expiatórios.

Sinos tocavam na cidade. Páscoa. Sharpe foi mancando até seu abrigo e, à direita, viu um grupo de mulheres portuguesas ou espanholas, seguidoras do exército, pegando florezinhas brancas na margem de uma vala. A primavera estava suavizando a paisagem. Logo ela abriria as estradas e os rios aos exércitos franceses. Sharpe se perguntou se era imaginação sua ou se os canhões hoje estavam atirando num ritmo mais acelerado, atacando uma cidade que os britânicos precisariam tomar se quisessem levar a guerra para o coração da Espanha. Os canhões de Badajoz eram ouvidos pelas tropas mais ao norte, em Alcántara e Cáceres, e ao leste, em Mérida, onde os postos avançados britânicos encaravam estradas vazias à espera de um novo exército francês e escutavam o estrondo dos trovões distantes. Os canhões. Eles dominavam o serviço de Páscoa, afastando o pensamento das pessoas na catedral das celebrações. O altar-mor estava resplandecente, com ornamentos brancos e dourados, e a Virgem, coberta por um manto deslumbrante de pedras preciosas, mas o barulho dos canhões agitava o pó acumulado na cornija pintada de ouro que circulava o interior da catedral, espalhando-o pela via-sacra, enquanto as mulheres rezavam, contando as contas dos rosários, e os canhões preconizavam um ataque sangrento. Badajoz sabia o que estava por vir — a cidade tinha uma longa memória de outros cercos, quando mouros e cristãos se revezavam massacrando os habitantes. Esteja conosco agora e na hora de nossa necessidade.

— Sharpe! — O major Collett, cansado e irascível, gesticulou da barraca de Windham.

— Senhor?

— Como está a perna? — A pergunta era irritante.

— Doendo.

Collett não ofereceu simpatia.

— O coronel quer falar com você.

A luz era amarelada no interior da barraca, a lona dava um tom ictérico ao rosto de Windham. Ele assentiu para Sharpe, não de modo hostil, e indicou um caixote de madeira.

— É melhor você se sentar.

— Obrigado, senhor. — A dor na perna chegava à virilha, e ele estava com fome.

Collett veio logo atrás de Sharpe e fechou a entrada da barraca. O major era baixo o suficiente para conseguir ficar de pé embaixo do pau da cumeeira. Durante alguns segundos houve silêncio, e Sharpe percebeu, de súbito, que Windham estava sem graça. Sentiu simpatia pelo coronel. Não era culpa de Windham que Rymer tivesse comprado a patente, e ele não havia escolhido seguir Lawford. Windham, pelo pouco que Sharpe o conhecia, parecia um homem decente. Ele olhou para o coronel.

— Senhor?

A palavra rompeu o silêncio. Windham fez um gesto irritado.

— Ontem à noite, Sharpe. Uma pena.

— Sim, senhor. — Seja lá o que o coronel considerasse uma pena A represa não ter sido rompida? A morte de Matthews?

— O general está desapontado. Não conosco. Nós fizemos o serviço. Levamos a pólvora à represa e a explodimos, só que não havia pólvora suficiente. A culpa é dos engenheiros, não nossa.

— Sim, senhor. — Sharpe sabia que Windham estava fazendo um esforço enorme. Ele não havia trazido Sharpe à barraca para dizer isso. Collett tossiu, alertando, e o coronel pigarreou.

— Parece que houve caos na represa, Sharpe, correto?

A palavra devia ter vindo do capitão Rymer, pensou Sharpe, por isso deu de ombros.

— Ataques noturnos tendem à confusão, senhor.

— Eu sei disso, Sharpe, eu sei disso. Maldição, homem, eu não passei a usar calças ontem!

O fuzileiro deixava Windham nervoso. O coronel se lembrava do primeiro encontro dos dois, em Elvas, quando havia sentido a mesma relutância em cavalgar direto para a cerca. Olhou irritado para Sharpe.

— Mandei você para me trazer notícias e nada mais, não foi?

— Sim, senhor.

— E, em vez disso, você usurpou a autoridade de Rymer, organizou um ataque, agitou os franceses e fez com que um dos meus oficiais fosse morto.

Sharpe sentia a explosão de sua própria raiva e lutou contra ela. Ignorou a referência a Matthews.

A COMPANHIA DE SHARPE

— Eu agitei os franceses, senhor?

— Maldição, homem, você atirou neles.

— O capitão Rymer lhe disse isso, senhor?

— Não estou aqui para discutir com você! Você atirou ou não?

— Eu devolvi o fogo deles, senhor.

Silêncio. Rymer obviamente havia contado outra história. Windham olhou para Collett, que deu de ombros. Os dois acreditavam em Sharpe, mas a autoridade de Rymer precisava ser apoiada. Windham mudou a abordagem.

— Mas mesmo assim você desobedeceu às minhas ordens?

— Sim, senhor.

Silêncio outra vez. Windham não esperava essa resposta, ou talvez esperasse desculpas, e Sharpe havia simplesmente admitido sua desobediência. Mas perguntar o motivo seria convidar uma crítica a Rymer, algo que o coronel não queria ouvir. Ele olhou para Sharpe. O fuzileiro parecia bastante confiante. Ele estava ali, sentado, aparentemente despreocupado. O rosto forte com a cicatriz transmitia uma competência e uma integridade que desarmava o coronel. Windham meneou a cabeça.

— Maldição, Sharpe, Rymer está numa situação complicada. Ele está tentando estabelecer sua autoridade sobre uma companhia e acha difícil conseguir fazer isso enquanto você fica nos calcanhares dele.

Collett se agitou, talvez desaprovando, mas Sharpe assentiu lentamente.

— Sim, senhor.

— Os fuzis, por exemplo.

Sharpe sentiu um tremor, alarmado.

— Os fuzis?

Collett interveio num tom ríspido.

— A opinião de Rymer é de que eles levaram às nossas baixas na noite de ontem. São lentos demais para carregar, e ontem à noite nos deixaram numa situação ruim. Os mosquetes seriam mais rápidos, mais eficazes.

Sharpe assentiu.

— É verdade, mas isso foi somente ontem à noite.

— E essa é apenas a sua opinião. Rymer discorda. — Collett fez uma pausa. — E Rymer comanda a companhia.

— Que ele deve comandar como achar melhor — continuou Windham. — O que significa que os fuzis precisam ir embora.

Pela primeira vez, Sharpe aumentou o tom de voz.

— Precisamos de mais fuzis, senhor, não de menos.

— E é disso que estou falando! — Windham também subiu o tom de voz. — Você não pode comandar a Companhia Ligeira. Apenas um homem deve fazer isso!

E esse homem era Rymer. A raiva de Sharpe se esvaiu. Ele não estava sendo castigado por seu fracasso, mas pelo de Rymer, e os três homens sabiam disso. Sharpe forçou um sorriso pesaroso.

— Sim, senhor.

Silêncio de novo. Sharpe sentia que havia mais uma coisa a ser dita, algo que o coronel estava evitando, e ele já estava farto. Iria facilitar, acabar com a maldita conversa.

— E o que vai acontecer agora, senhor?

— Acontecer? Nós vamos em frente, Sharpe, vamos em frente! — Windham estava evitando a resposta, mas depois mergulhou de cabeça. — O major Hogan falou conosco. Ele estava incomodado. — O coronel fez uma pausa. Havia mergulhado no lugar errado, mas Sharpe podia adivinhar o que tinha acontecido. Windham queria se livrar de Sharpe, ao menos por enquanto, e Hogan havia engendrado uma resposta que o coronel estava hesitando em mencionar.

— Sim, senhor?

— Ele gostaria da sua ajuda, Sharpe. Pelo menos por alguns dias. Os engenheiros estão com pouca gente, sempre estão, aqueles malditos, e ele pediu sua ajuda. Eu concordei.

— Então vou deixar o batalhão, senhor?

— Por alguns dias, Sharpe, por alguns dias.

Collett se agitou perto do mastro da barraca.

— Maldição, Sharpe, daqui a pouco patentes de capitão vão ser distribuídas como se fossem notas de uma libra num dia de eleição.

Sharpe assentiu.

— Sim, senhor.

Collett havia levantado um argumento. Sharpe era um embaraço, não somente para Rymer, mas para todos os capitães que o viam fungando nos seus calcanhares. Se ele pudesse deixar o batalhão agora, ficar com Hogan, não haveria dificuldade em trazê-lo de volta, depois do ataque, para um posto de capitão. E o ataque não demoraria a acontecer. Wellington não tinha paciência para cercos, o tempo bom trazia a possibilidade de um contra-ataque francês, e Sharpe sentia que a infantaria seria lançada em breve contra a cidade. Talvez acontecesse até cedo demais. Collett estava certo — haveria vagas, muitas vagas, criadas pelos canhões franceses em Badajoz.

Windham pareceu aliviado com a aceitação evidente de Sharpe.

— Então é isso, Sharpe. Boa sorte; boa caçada! — Ele deu uma gargalhada sem graça. — Veremos você de volta!

— Sim, senhor.

Mas não como Windham planejava, pensou Sharpe. O fuzileiro, saindo da barraca mancando, não era contra a solução do coronel, ou, melhor, de Hogan, mas de jeito nenhum ele seria apenas um peão para ser empurrado num tabuleiro e sacrificado. Tinha perdido sua companhia e agora era expulso do batalhão. Sentia uma raiva por dentro. Ele era supérfluo. Então que se danassem todos. Iria na Esperança Vã. Ele viveria e eles iriam aceitá-lo de volta, não como um substituto conveniente para um capitão morto, mas como um soldado que eles não poderiam ignorar. Lutaria! Malditos, ele lutaria, e sabia onde iria começar. Ouviu uma risada zombeteira vindo da área de suprimentos do batalhão. Hakeswill! Maldito Hakeswill, que tinha esvaziado a arma de sete canos contra ele na escuridão. Sharpe se virou para o som, encolheu-se quando sentiu a dor lancinante na perna e marchou para o inimigo.

CAPÍTULO XX

Hakeswill deu uma risada zombeteira:
— Suas fadinhas malditas! Vocês não são soldados, mesmo. Parados!

Os doze fuzileiros estavam imóveis. Cada um deles mataria o sargento com prazer, mas não ali, não na área de suprimentos que era aberta aos olhos de todo o exército. O assassinato precisaria acontecer à noite, em segredo, mas de algum modo Hakeswill parecia estar sempre acordado, ou alerta ao menor ruído. Talvez ele estivesse certo e não pudesse ser morto.

Hakeswill andou lentamente diante da fileira. Os homens estavam em mangas de camisa, as jaquetas verdes caídas no chão à frente. Ele parou perto de Hagman, o velho caçador, e empurrou a jaqueta dele com o pé.

— O que é isso, afinal? — O bico de sua bota apontava para a tira preta costurada na manga.

— Insígnia de fuzileiro sênior, sargento.

— Insígnia de fuzileiro sênior, sargento. — Hakeswill imitou Hagman. O rosto amarelo se retorceu num espasmo. — Você é um maldito decrépito! — Ele empurrou a manga para a lama. — Um maldito fuzileiro sênior! A partir de agora, você é um maldito soldado.

Hakeswill casquinou, fazendo Hagman sentir seu bafo fétido. O fuzileiro não se mexeu nem reagiu; fazer isso era um convite ao castigo. Hakeswill teve um espasmo e foi em frente. Estava satisfeito consigo mesmo. Os fuzileiros o irritaram porque pareciam formar um grupo de elite, um

A COMPANHIA DE SHARPE

grupo unido, e sua vontade era de esmagá-los. Havia sugerido a Rymer, enquanto voltavam da represa, que os fuzis eram um estorvo; também tinha insinuado a Rymer que ele poderia começar a estabelecer sua autoridade sobre a antiga companhia de Sharpe debandando os fuzileiros, e isso tinha dado certo.

— Você! Meia-volta! Seu porco irlandês bexiguento! Volver! — Os perdigotos atingiram Harper.

Harper hesitou por uma fração de segundo e viu um oficial observando. Não queria terminar o dia diante de um esquadrão de fuzilamento. Virou-se.

Hakeswill desembainhou a baioneta.

— Como estão suas costas, soldado?

— Ótimas, sargento.

— Ótimas, ótimas. — Hakeswill imitou o sotaque de Donegal. — Isso é bom, soldado. — Ele colocou a parte chata da baioneta nas costas de Harper e desceu a lâmina, passando sobre os cortes não curados, sobre as cascas de ferida, e o sangue surgiu, manchando a camisa. — Você está com a camisa suja, soldado, uma camisa irlandesa suja.

— Sim, sargento. — Harper escondeu a dor. Tinha prometido que mataria esse homem, e cumpriria a promessa.

— Lave-a! — Hakeswill embainhou a baioneta. — Meia-volta!

Os doze fuzileiros olhavam para o sargento. Hakeswill estava louco, não havia dúvida. Nos últimos dias tinha adquirido um novo hábito: o sargento se sentava sozinho, tirava o chapéu e falava com ele. Conversava com a barretina como se ela fosse uma amiga. Contava seus planos e esperanças, como encontraria Teresa, e seu olhar saltava para a companhia e pegava os homens olhando para ele enquanto ouviam. Então dava uma risada. "Eu vou pegá-la." Seu olhar voltava para o interior sebento da barretina. "Vou pegar a dona bonita, vou sim. Obadiah vai possuir a dona."

Hakeswill continuou andando na frente dos doze.

— Vocês vão usar casacas vermelhas agora, e não o maldito verde. Vão carregar mosquetes, e não esses brinquedos! — Ele indicou os doze fuzis empilhados perto do baú de armas destrancado. E gargalhou. — Vocês vão ser soldados, como o sargento Hakeswill, seu amigo, eu. — Ele deu a risadinha. — Vocês me odeiam, não é? — O rosto estremeceu involuntariamente. — Eu gosto disso. Porque eu odeio vocês! — Hakeswill tirou o chapéu, olhou para o interior dele, e sua voz ficou lamurienta, obsequiosa. — Eu os odeio, odeio mesmo. — Então ergueu os olhos, e sua voz voltou ao normal. — Vocês acham que eu sou louco? — Ele gargalhou. — Não que eu não saiba disso. — Viu que eles olharam para a esquerda e se virou. O desgraçado do Sharpe estava se aproximando. Mancando. Hakeswill pôs o chapéu e prestou continência. — Tenente, senhor.

Sharpe retribuiu a saudação.

— Sargento — seu tom era educado —, ponha os homens em posição de descansar.

— Mas, senhor, tenente, senhor...

— Descansar, sargento.

Hakeswill estremeceu. Não podia lutar contra Sharpe atravessando a hierarquia normal, só nas ruas escuras de seu ódio.

— Senhor! — Ele se virou para os fuzileiros. — Destacamento! Descansar!

Sharpe olhou para os fuzileiros, seus fuzileiros, os homens que ele havia comandado desde Corunha, e viu o sofrimento nos rostos. Eles estavam sendo despidos do orgulho, junto com as jaquetas verdes. Agora deveriam receber outro golpe. Sharpe odiava fazer discursos, ele se sentia desajeitado, inadequado.

— Acabo de vir da barraca do coronel e, bom, vou deixar o batalhão hoje. — Ele viu a expressão dos homens mudar para algo que se aproximava do desespero. — Queria ser eu a dizer a vocês. Sargento!

Empolgado com a notícia, Hakeswill deu um passo à frente, mas viu que Sharpe estava falando com Harper. Hakeswill parou. Sentia o perigo no ar, mas não conseguia identificar a origem.

— Senhor? — A voz de Harper saiu tensa.

— Pegue as jaquetas verdes. Traga-as aqui. — Sharpe falava com calma, quase casualmente, era o único que parecia alheio à tensão.

— Tenente, senhor!

Sharpe se virou.

— Sargento Hakeswill?

— Minhas ordens são de levar as jaquetas, senhor.

— Para onde?

Hakeswill deu uma risada.

— Para os artilheiros, tenente, para serem usadas como bucha.

— Vou lhe poupar o trabalho, sargento. — A voz de Sharpe era quase amigável. Ele se virou e esperou Harper trazer as jaquetas. — Coloque-as ali. — Sharpe apontou para o chão ao seu lado.

Harper se abaixou. Ele se lembrou das palavras loucas de Hakeswill, faladas para a barretina, e Harper tinha certeza do que elas significavam, por isso tentou alertar Sharpe.

— Ele está atrás de Teresa, senhor. Ele sabe onde ela está — murmurou, seguro de que Sharpe tinha ouvido a notícia, mas o rosto do oficial permaneceu calmo e relaxado. Harper se perguntou se teria falado baixo demais. — Senhor?

— Eu ouvi, sargento, e obrigado. Volte à formação. — Sharpe não esboçou nenhuma reação e sorriu para os doze homens. — Nós passamos sete anos juntos, alguns de nós, e não acho que este seja o fim. — A esperança tremeluziu no rosto deles. — Mas, se for, quero agradecer a vocês. Vocês são bons soldados, bons fuzileiros, os melhores. — Agora o rosto deles mostrava algum prazer, mas Sharpe não olhava para os homens nem para Hakeswill. Em vez disso, foi até o baú de armas e pegou um fuzil ao acaso. Levantou-o. — Sinto muito por vocês estarem perdendo suas armas. Faço uma promessa: vocês vão recebê-las de volta, assim como vão receber as jaquetas.

Eles deram um sorriso largo. Hakeswill deu uma risada zombeteira e viu o rosto de Sharpe. Ele olhava, horrorizado, para o fecho do fuzil. Depois olhou para Hakeswill.

— Sargento?

— Tenente, senhor?

— De quem é este fuzil?

— Fuzil, senhor? Não sei, senhor. — Ele estremeceu. Sentia uma ameaça em algum lugar.

— Ele está carregado, sargento.

— Carregado, senhor? Não pode estar.

— Você verificou?

Hakeswill hesitou. Seu poder era preservado por meio da atenção meticulosa aos detalhes militares, mas, na ansiedade de despir as jaquetas verdes, não havia inspecionado os fuzis. Sua mente revirou o problema, e ele sorriu.

— Ainda não, tenente, senhor. Mas eles ainda não estão no baú, senhor, tenente, não estão? Vou inspecioná-los em um minuto. — O tique de Hakeswill o atingiu furiosamente, os olhos azuis piscando enquanto tentava, inutilmente, controlar o rosto.

Sharpe sorriu, ainda cortês.

— Vou lhe poupar o trabalho, sargento.

Em seguida, colocou no chão cuidadosamente o primeiro fuzil e pegou os outros, um a um, e apontou cada um deles para a enorme barriga de Hakeswill. Engatilhou cada pederneira e puxou cada gatilho, e o rosto de Hakeswill se retorceu cada vez que ele fez isso. O olhar de Sharpe não se desviou do rosto do sargento, nem quando se curvava para pegar outro fuzil, observando o espasmo e vendo o alívio toda vez que a fagulha termi-nava numa caçoleta vazia. Os fuzileiros, humilhados pelo sargento, riam do medo que viam em Hakeswill, mas ainda se sentiam nervosos por causa dele. Hakeswill era o homem que não podia ser morto, e Sharpe sabia que o nervosismo dos fuzileiros precisava ser aplacado. Colocou o último fuzil da pilha no baú e, com o mesmo cuidado com que o havia deixado no chão, pegou o primeiro. Hakeswill olhava fixamente enquanto Sharpe puxava a pederneira, para além da posição de meio engatilhada, até que a trava es-talou ao ficar no lugar. O sargento passou a língua pelos lábios, estremeceu e voltou o olhar rapidamente para o rosto de Sharpe, depois de volta para o cano que apontava para sua barriga.

Sharpe caminhou lentamente até Hakeswill.

— Você não pode ser morto, não é? — Hakeswill assentiu com a cabeça, tentou sorrir, mas o enorme cano vinha na sua direção. Sharpe avançava bem devagar. — Tentaram enforcar você e você sobreviveu, não é? — Hakeswill confirmou de novo, a boca num ricto. Sharpe mancava por causa do ferimento a bala na coxa. — Você vai viver para sempre, sargento?

— Um fuzileiro deu um risinho, e Hakeswill lançou um olhar para ver quem era, mas Sharpe apontou o cano bruscamente para cima, e o movimento atraiu os olhos do sargento de volta. — Você vai viver para sempre?

— Não sei, senhor.

— Não é mais "tenente, senhor"? Perdeu a língua, Hakeswill?

— Não, senhor.

Sharpe sorriu. Estava muito perto do sargento, e o fuzil apontava para baixo do queixo de Hakeswill.

— Acho que você vai morrer, sargento. Devo dizer por quê?

Os olhos azuis e infantis foram de um lado para o outro rapidamente, como se procurassem ajuda. Hakeswill esperava ser atacado à noite, nas sombras, mas jamais em plena luz do dia em meio a centenas de potenciais testemunhas. Porém ninguém parecia perceber o que estava acontecendo! O fuzil avançou bruscamente, tocando sua pele suada.

— Senhor!

— Olhe para mim, sargento. Estou lhe contando um segredo.

Hakeswill encarou Sharpe, os olhos dos dois no mesmo nível.

— Senhor?

Os fuzileiros observavam, e Sharpe falou claramente para que eles ouvissem.

— Acho, sargento, que ninguém pode matar você. A não ser... — Ele falava devagar, como se estivesse se dirigindo a uma criança. — A não ser, sargento, alguém que você tentou matar e não conseguiu. — O medo era óbvio no rosto suado, o amarelo empalidecendo. — Você consegue pensar em alguém assim, sargento?

O tique fez seu rosto estremecer, e o fuzil avançou para cima de novo, sobre o queixo.

— Não, senhor!

— Bom! — A pequena mira dianteira do Baker estava fria na pele de Hakeswill. Sharpe baixou a voz de modo que só o sargento ouvisse. — Você é um homem morto, Obadiah. A magia se foi. — E gritou de repente: — Pou!

Hakeswill deu um pulo para trás, aterrorizado, soltou um ganido patético como uma criança chicoteada e tropeçou no capim. Sharpe riu dele, apontou a arma e puxou o gatilho sobre a caçoleta vazia, descarregada. O sargento se esparramou no capim, o rosto com uma expressão assassina, mas Sharpe lhe deu as costas e se virou para seus fuzileiros sorridentes.

— Sentido!

Eles saltaram em posição de sentido. Sharpe falou de novo, agora com um tom resoluto:

— Lembrem-se, eu fiz uma promessa. Vocês terão seus fuzis de volta, suas jaquetas de volta, e eu estarei de volta! — Ele não sabia como fazer isso, mas faria.

Virou-se de novo para o sargento e apontou para a arma de sete canos que estava no ombro de Hakeswill.

— Dê-me isso!

Hakeswill a entregou humildemente, junto com a bolsa de munição, e Sharpe pendurou a arma no ombro, ao lado de seu fuzil. Ele olhou para baixo, para o sargento.

— Eu vou voltar, sargento. Lembre-se.

Em seguida, Sharpe juntou as jaquetas num bolo desajeitado, colocou-as debaixo do braço e saiu mancando. Ele sabia que Hakeswill iria se vingar dos fuzileiros mas também sabia que o sargento havia sido humilhado, revelado como vulnerável, e a companhia, a companhia de Sharpe, precisava saber disso.

Foi uma pequena vitória, até mesmo mesquinha, mas era um começo na longa luta para se recuperar, uma luta que ele sabia que deveria terminar na travessia da muralha de Badajoz.

QUARTA PARTE

De sábado, 4 de abril,
a segunda-feira, 6 de abril de 1812

CAPÍTULO XXI

Chegaram notícias de que os franceses finalmente estavam em movimento; não na direção de Wellington em Badajoz, mas da nova guarnição espanhola em Ciudad Rodrigo. Os relatos vinham dos guerrilheiros e dos despachos que eles interceptaram, alguns ainda sujos do sangue dos mensageiros inimigos, e falavam de discordâncias entre os generais franceses, de atrasos na reunião de suas tropas e das dificuldades em substituir a artilharia de cerco francesa que tinha sido capturada na fortaleza ao norte. As notícias instigaram Wellington a acelerar o trabalho — ele queria acabar com o cerco de Badajoz, e nada o convencia de que eram remotas as chances de os franceses retomarem Ciudad Rodrigo. O general não confiava nos espanhóis que estavam na cidade e queria marchar com o exército para o norte, para reforçar a decisão de seus aliados. Rapidez! Rapidez! Rapidez! Nos seis dias posteriores à Páscoa, ele enfatizou a mensagem para seus generais e oficiais do estado-maior. Deem-me Badajoz! Durante seis dias as novas baterias construídas nas ruínas do forte Picurina dispararam incessantemente contra as brechas na muralha, a princípio sem muito resultado, até que, quase inesperadamente, as pedras soltas formaram uma avalanche em direção ao fosso, seguidas pelo entulho do interior da muralha, o que levantou uma nuvem de poeira. As equipes dos canhões, suadas e sujas de pólvora, comemoraram, enquanto a infantaria, guardando as baterias contra outra investida francesa, olhava para as aberturas incipientes na muralha e pensava na recepção que os franceses estariam preparando para o ataque.

A COMPANHIA DE SHARPE

À noite os franceses tentavam reparar os danos. Os canhões do Picurina cobriam as duas brechas de metralha, mas, mesmo assim, toda manhã as bordas quebradas da alvenaria estavam cobertas com grossos fardos de lã. Por isso, a cada alvorecer, os artilheiros disparavam nos colchões até que, numa explosão de lã coberta de óleo, o estofo caía e as balas de ferro podiam voltar a investir contra a muralha propriamente dita, rompendo-a, desmoronando-a, escavando os dois caminhos para dentro da cidade.

A represa continuava de pé e as águas transbordadas do riacho se estendiam ao sul da cidade, impedindo que qualquer ataque aos bastiões marchasse perpendicularmente às muralhas. As baterias ao norte dispararam contra o forte da represa enquanto a infantaria avançava a escavação das trincheiras, tentando levar as pás e os mosquetes para a borda do pequeno forte. No entanto, esse foi repelido. Todos os canhões na muralha norte de Badajoz, desde o alto castelo ocupado por francelhos até o bastião Trinidad, abriram fogo contra a trincheira que se esgueirava para perto aos poucos, até que os trabalhadores foram esmagados. Ninguém conseguia sobreviver sob a tempestade de ferro. Assim, a tentativa foi abandonada. A represa permaneceria intacta, o avanço seria feito obliquamente à muralha, e os engenheiros não gostaram disso.

— Tempo, eu quero tempo! — O coronel Fletcher, ferido na investida francesa, havia saído da cama. Ele bateu no mapa à frente. — Ele quer um maldito milagre!

— Eu quero mesmo. — O general havia entrado na sala sem ser ouvido, e Fletcher se virou, fazendo uma careta porque o ferimento ainda doía.

— Milorde! Peço desculpas! — O rosnado do escocês estava longe de ter o tom de um pedido de desculpas.

Wellington descartou as desculpas com um gesto, assentiu para os homens que o esperavam e se sentou. O major Hogan sabia que o general tinha apenas 43 anos, no entanto ele parecia mais velho. Talvez todos parecessem mais velhos. O cerco estava acabando com eles assim como fazia com os dois bastiões. Hogan suspirou porque sabia que essa reunião no sábado, 4 de abril, como anotou cuidadosamente no topo da página de seu caderno, seria de novo uma disputa entre o general e os engenheiros. Wellington pegou seu próprio mapa, desenrolou-o e usou tinteiros como peso de papel para firmar os cantos.

— Bom dia, senhores. Como estão os gastos?

O coronel artilheiro puxou um papel.

— Ontem, milorde, mil cento e quatorze balas de vinte e quatro libras, seiscentas e três de dezoito libras.

Ele dizia os números numa voz monótona.

— Um canhão explodiu, senhor.

— Explodiu?

O coronel virou o papel.

— De vinte e quatro libras, na número três, milorde, na parte de cima, na metade do cano. Perdemos três homens, seis ficaram feridos.

Wellington grunhiu. Era espantoso como o general dominava a sala com sua presença, pensava Hogan todas as vezes que estava diante dele. Talvez fossem os olhos azuis que pareciam saber tanto, ou a imobilidade do rosto ao redor do nariz forte e adunco. A maior parte dos oficiais na sala era mais velha que o visconde de Wellington, mas todos, com a possível exceção de Fletcher, pareciam se sentir assombrados e maravilhados por ele. O general anotou os números com o lápis arranhando seu pequeno pedaço de papel. Ele olhou de novo para o artilheiro.

— Pólvora?

— Temos o suficiente, senhor. Oitenta barris chegaram ontem. Podemos continuar disparando por mais um mês.

— E vamos precisar mesmo dessa porcaria! Desculpe, milorde.

Fletcher estava desenhando marcas em seu mapa.

Um pequeno sorriso se insinuou nos cantos da boca de Wellington.

— Coronel?

— Milorde? — Fletcher fingiu surpresa. Desviou o olhar do mapa, mas manteve a pena posicionada, como se estivesse sendo interrompido.

— Vejo que você não está preparado para a reunião. — Wellington assentiu levemente para o escocês e se virou para Hogan. — Major? Algum informe?

Hogan voltou duas páginas de seu caderno.

A COMPANHIA DE SHARPE

— Chegaram dois desertores, milorde, ambos alemães, ambos do Regimento de Hesse-Darmstadt. Eles confirmaram que os alemães estão guarnecendo o castelo. — Hogan ergueu as sobrancelhas. — Também disseram que o moral está elevado, milorde.

— Então por que desertaram?

— O irmão de um deles está na Legião Alemã do Rei, milorde.

— Ah, você vai mandá-los para lá?

— Sim, senhor.

A Legião Alemã do Rei receberia bem os recrutas.

— Mais alguma coisa? — Wellington gostava de manter as conferências matinais breves.

Hogan assentiu.

— Eles confirmaram que os franceses estão com falta de balas sólidas, senhor, mas têm bastante metralha em lata e em sacos. Nós já sabíamos disso. — Hogan continuou rapidamente, impedindo que o general reclamasse que ele estaria se repetindo. — Também disseram que a cidade está aterrorizada com a possibilidade de um massacre.

— Então deveriam pedir uma rendição.

— A cidade é parcialmente a favor dos franceses, milorde. — Era verdade. Civis espanhóis foram vistos nas muralhas, disparando mosquetes contra as trincheiras que eram cavadas em direção ao forte da represa. — Eles têm a esperança de que sejamos derrotados.

— Mas eles esperam evitar represálias caso vençamos, certo? — A voz de Wellington saiu cheia de desprezo.

Hogan encolheu os ombros.

— Sim, senhor.

Era uma esperança inútil, pensou o irlandês. Se a vontade de Wellington fosse cumprida, e seria, o ataque ocorreria logo e o caminho para a cidade seria difícil. Se conseguissem atravessar a muralha, e Hogan considerava a possibilidade de que talvez não conseguissem, as tropas perderiam qualquer vestígio de disciplina. Era sempre assim. Soldados obrigados a lutar através do terror da brecha estreita de uma muralha reivindicavam o direito de tomar posse da fortaleza e de tudo que houvesse dentro dela.

BERNARD CORNWELL

O irlandês se lembrava de Drogheda e de Wexford, cidades saqueadas por Cromwell e suas tropas inglesas. Ainda eram contadas histórias sobre as atrocidades dos vitoriosos. Histórias de mulheres e crianças arrebanhadas para uma igreja que foi incendiada, dos ingleses comemorando enquanto os irlandeses queimavam. Hogan pensou em Teresa e na filha dela, a filha de Sharpe. Seus pensamentos voltaram bruscamente para a reunião enquanto Wellington ditava uma ordem rápida a um ajudante de campo. A ordem proibia qualquer saque dentro da cidade, mas Hogan achou que ela não era dada com muita convicção. Fletcher ouviu a ordem e, de novo, bateu com o punho no mapa.

— Bombardeie-os.

— Ah! O coronel Fletcher está conosco. — Wellington se virou para ele.

Fletcher sorriu.

— Eu disse para bombardeá-los, milorde, colocá-los para fora com a fumaça dos nossos disparos! Eles vão desistir.

— E quanto tempo isso vai demorar para acontecer?

Fletcher deu de ombros. Ele sabia que poderiam ser necessárias semanas para que os atarracados morteiros reduzissem uma parte suficiente de Badajoz a entulho e fumaça, para que ateassem fogo nos suprimentos de comida e com isso forçassem uma rendição.

— Um mês, milorde?

— É mais provável que dois, talvez três. E me deixe adverti-lo, coronel, ainda que isso possa ser imperfeitamente compreendido no interior das muralhas, de que os espanhóis são nossos aliados. Se os bombardearmos indiscriminadamente com obuses, é possível, o senhor deverá admitir, que nossos aliados fiquem insatisfeitos.

Fletcher assentiu.

— Eles não ficarão muito felizes, milorde, se os seus homens estuprarem tudo que se mexer e roubarem tudo que estiver parado.

— Vamos confiar no bom senso dos nossos soldados. — As palavras foram ditas com cinismo. — E agora, coronel, talvez o senhor possa nos falar das brechas. Elas estão práticas?

— Não, senhor, não estão. — O sotaque escocês de Fletcher estava mais forte outra vez. — Posso lhe dizer um bocado de coisas, na maior parte novas, senhor.

Ele girou o mapa de modo que o general estivesse olhando para os dois bastiões do ponto de vista de um atacante. O Santa Maria ficava à esquerda, o Trinidad, à direita. Fletcher havia marcado os buracos na muralha. O Trinidad tinha perdido metade da face, com uma abertura de uns trinta metros de largura, e o engenheiro havia escrito sua estimativa da redução de altura. Sete metros e meio. O flanco do Santa Maria voltado para o Trinidad também tinha sido bastante atingido.

— As brechas, como pode ver, milorde, estão agora a cerca de sete metros e meio da base. É uma escalada infernal! É mais alto, se o senhor me desculpa observar, que a muralha não rompida em Ciudad Rodrigo! — Ele se recostou como se tivesse marcado um ponto vitorioso.

Wellington assentiu.

— Todos sabemos, coronel, que Badajoz é consideravelmente maior que Ciudad Rodrigo. Por favor, continue.

— Milorde — Fletcher se inclinou para a frente outra vez —, deixe-me adverti-lo do seguinte. — Ele riu enquanto usava uma das expressões prediletas de Wellington. Seu dedo grande pousou no fosso diante do Santa Maria. — Eles bloquearam o fosso aqui e aqui. — O dedo se moveu para a direita da brecha do Trinidad. — Estão nos encurralando. — Sua voz saiu séria. Fletcher podia cutucar o general de vez em quando, mas só ousava fazê-lo porque era um bom engenheiro, tinha a confiança de Wellington e considerava que seu serviço era dar sua verdadeira opinião e não ser um puxa-saco. O dedo atingiu o fosso. — Parece que eles colocaram carroças no fosso, carroças emborcadas, e pedaços de madeira. Não é preciso ser um gênio para deduzir que o plano é atear fogo nesses obstáculos. Os senhores podem imaginar o que vai acontecer. Nossas tropas estarão no fosso, tentando subir por uma porcaria de uma rampa enorme, e não haverá como escapar da metralha. Elas não poderão buscar refúgio nem do lado direito nem do esquerdo para se reagrupar. Serão encurraladas e queimadas como ratos num maldito barril.

BERNARD CORNWELL

Wellington ouviu a explosão passional.

— Tem certeza?

— Sim, milorde, e tem mais.

— Prossiga.

O dedo permaneceu à direita da brecha do Trinidad.

— Os franceses cavaram outro fosso aqui, no fundo do fosso, e o encheram de água. Nós iremos pular na água, e parece que eles o estão estendendo. Por aqui. — O dedo traçou uma linha na frente das duas brechas.

Wellington mantinha o olhar fixo no mapa.

— Então, quanto mais esperarmos, mais difícil vai ser?

Fletcher suspirou, mas aceitou o argumento.

— É, é isso.

Wellington levantou o olhar para o engenheiro.

— O que ganhamos com o tempo?

— Eu posso baixar as brechas.

— Quanto?

— Três metros.

— Quanto tempo?

— Uma semana.

Wellington fez uma pausa, então falou:

— Você quer dizer duas semanas.

— Sim, milorde, talvez.

— Não temos duas semanas. Não temos uma semana. Precisamos tomar a cidade. E logo.

A sala foi dominada pelo silêncio. Do lado de fora das janelas os canhões disparavam por cima da água da represa. Wellington voltou a olhar para o mapa, estendeu a mão por cima da mesa e pôs um dedo longo no espaço enorme entre os bastiões.

— Há um revelim aqui?

— Sim, milorde, e ainda está sendo construído.

O revelim estava esboçado no mapa — uma cunha de alvenaria, em forma de losango, que impediria um ataque. Se os franceses tivessem tido tempo de terminá-lo antes que os canhões de cerco começassem a disparar, ele seria como um novo bastião, construído no fosso, flanqueando todos os ataques. Do jeito que estava, ele formava um vasto obstáculo de topo plano, cercado pelo fosso, enfiado entre as duas brechas.

Wellington olhou para Fletcher.

— Você parece muito seguro dessa nova informação, não é?

— Sim, milorde, eu estou. Nós mandamos um rapaz para o *glacis* ontem à noite. Ele fez um bom trabalho. — O elogio era relutante.

— Quem?

Fletcher virou a cabeça para Hogan.

— Um dos rapazes do major Hogan, senhor.

— Quem, major?

Hogan parou de remexer em sua caixa de rapé.

— Richard Sharpe, senhor. Lembra-se dele?

Wellington se recostou na cadeira.

— Santo Deus. Sharpe? — Ele sorriu. — O que ele está fazendo com você? Achei que ele tinha uma companhia.

— Tinha, milorde. A promoção provisória foi recusada.

Wellington fez uma expressão de desagrado.

— Por Deus! Eles não me deixam nem dar o posto de cabo a um homem nesse maldito exército! Então Sharpe esteve no *glacis* ontem à noite?

Hogan assentiu.

— Sim, senhor.

— Onde ele está agora?

— Aí fora, senhor. Achei que talvez o senhor quisesse falar com ele.

— Santo Deus, sim. — O tom de Wellington era seco. — Ele é o único homem no exército que esteve no alto do *glacis*. Chame-o!

Havia generais de divisão, de brigada, artilheiros, engenheiros e oficiais do estado-maior, e todos se viraram para olhar para o homem alto de jaqueta verde. Todos ouviram falar dele, até os generais recém-chegados da Inglaterra, porque esse homem havia capturado uma águia francesa e parecia capaz de repetir o feito. Ele tinha um ar maltratado e severo, como as armas que portava, e a coxeadura e as cicatrizes indicavam um soldado que lutava com seriedade. Wellington sorriu para Sharpe e olhou para os homens ao redor da mesa.

BERNARD CORNWELL

— O capitão Sharpe participou de todas as minhas batalhas, se-nhores. Não é, Sharpe? Desde Seringapatam até hoje?

— Desde Boxtel, senhor.

— Santo Deus. Eu era tenente-coronel.

— E eu era soldado raso, senhor.

Os ajudantes de campo, os jovens aristocratas que Wellington gostava de ter como mensageiros, olharam com curiosidade para o rosto com cicatriz. Não eram muitos os homens que subiam partindo do zero. Hogan observou o general. Ele estava sendo afável com Sharpe, não porque o fuzileiro havia salvado sua vida uma vez, mas porque suspeitava de que em Sharpe havia encontrado um aliado contra a cautela dos engenheiros. Hogan suspirou por dentro. Wellington conhecia esse homem. O general olhou ao redor.

— Uma cadeira para o capitão Sharpe?

— Tenente Sharpe, senhor. — As palavras eram quase um desafio, certamente amargas, mas o general as ignorou.

— Sente-se, sente-se. Agora nos fale das brechas.

Sharpe falou, sem se espantar com os presentes, mas acrescentou pouco ao relato de Fletcher. Não tinha conseguido ver muita coisa, a escuri-dão só era aliviada pelo lampejo de um disparo de canhão muito ocasional nas muralhas da cidade, e boa parte do que contou era baseado nos sons que tinha ouvido deitado no declive, escutando não somente as equipes francesas mas também o barulho da metralha britânica atravessando o mato baixo e atingindo a muralha. Wellington deixou que ele terminasse. Tinha sido um relato conciso. O olhar do general sustentou o de Sharpe.

— Uma pergunta.

— Senhor?

— As brechas estão práticas? — Os olhos de Wellington eram ile-gíveis, frios como aço.

O olhar de Sharpe era igualmente duro, igualmente firme.

— Sim.

Houve um murmúrio ao redor da mesa. O general se recostou. A voz do coronel Fletcher se ergueu acima do barulho.

— Com todo o respeito, milorde, não creio que seja da competência do capitão... do tenente Sharpe fazer uma declaração sobre uma brecha.

— Ele esteve lá.

Fletcher murmurou que mandar um pagão a Roma não o tornava cristão. A pena em sua mão quase se dobrou com a pressão dos dedos, ele a soltou e a ponta partida espirrou tinta sobre os dois bastiões. O engenheiro bateu na pena.

— É cedo demais.

Wellington se afastou da mesa e se levantou.

— Um dia, senhores, um dia. — Em seguida, olhou ao redor da mesa. Ninguém o questionou. Era cedo demais, ele tinha consciência disso, mas talvez qualquer dia fosse cedo demais para tomar essa fortaleza. Talvez, como diziam os franceses, ela fosse inexpugnável. — Amanhã, senhores, domingo, dia 5, atacaremos Badajoz.

— Senhor! — exclamou Sharpe, e o general, que esperava um protesto por parte dos engenheiros, virou-se para ele.

— Sharpe?

— Um pedido, senhor. — Sharpe mal podia acreditar que estava falando, quanto mais num tom tão desafiador e no meio daquele grupo, mas talvez não tivesse outra chance.

— Prossiga.

— A Esperança, senhor. Eu gostaria de comandar a Esperança.

Os olhos de Wellington ficaram frios e brilhantes.

— Por quê?

O que ele diria? Que era um teste? O teste supremo de um soldado, talvez? Ou que queria se vingar de um sistema, um sistema representado por um funcionário bexiguento em Whitehall, que o havia tornado supérfluo, indesejado? Pensou de repente em Antonia, sua filha, em Teresa. Pensou que talvez nunca visse Madri, Paris ou soubesse como a guerra terminaria, mas a sorte estava lançada. Deu de ombros, procurando palavras, inquietado pelos olhos impenetráveis.

— Não sei, senhor. Eu desejo isso.

BERNARD CORNWELL

Sharpe achou que estava parecendo uma criança petulante. Podia sentir o olhar dos oficiais superiores, olhares curiosos, observando seu uniforme maltrapilho, sua espada velha e irregular, e os mandou para o inferno. O orgulho deles era sustentado por dinheiro.

A voz de Wellington saiu suave.

— Você quer sua companhia?

— Sim, senhor. — Ele se sentia idiota, um idiota maltrapilho num cenário reluzente, e soube que todos podiam ver seu orgulho partido.

Wellington assentiu para o coronel Fletcher.

— O coronel vai lhe dizer, Sharpe, e reze a Deus para que ele esteja errado, que na segunda-feira estaremos distribuindo postos de capitão junto com as rações.

Fletcher não disse nada. A sala ficou silenciosa, embaraçada com o pedido de Sharpe. O fuzileiro sentiu que toda a sua vida, tudo o que ela havia sido e tudo o que talvez não viesse a ser se equilibrava nesse silêncio.

Wellington sorriu.

— Deus sabe, Sharpe, que acho você um patife. Um patife útil e, felizmente, um patife que está do meu lado. — Wellington sorriu de novo, e Sharpe soube que o general estava se lembrando das baionetas indianas tentando perfurá-lo em Assaye, mas essa dívida tinha sido paga muito tempo atrás. Wellington pegou seus papéis. — Acho que não quero você morto, Sharpe. De algum modo, o exército ficaria menos interessante. Seu pedido está negado. — E saiu da sala.

Sharpe ficou ali, completamente imóvel, enquanto os outros oficiais se retiravam, e pensou em como, nas últimas semanas miseráveis, havia depositado todas as suas esperanças e ambições nisso. Sua patente de capitão, sua companhia, as jaquetas, os fuzis, a confiança dos homens, a chance de chegar à casa das duas laranjeiras antes da horda ensandecida, antes de Hakeswill — até mesmo porque não achava que seria morto —, tudo estava ligado à Esperança, à Esperança Vã. E isso lhe tinha sido negado.

Devia ter se sentido desapontado, até mesmo com raiva por ter o pedido recusado, mas não conseguia. Em vez disso, inundando-o como água pura limpando um fosso imundo, sentia-se aliviado — um alívio absoluto e abençoado. Estava com vergonha do sentimento.

Hogan voltou para a sala e sorriu para Sharpe.

— Pronto. Você pediu e teve a resposta certa.

— Não. — A expressão de Sharpe era de teimosia. — Ainda há tempo, senhor, ainda há tempo.

Ele não sabia o que queria dizer nem por que o dizia, só pensava que, no dia seguinte, assim que a noite caísse, de algum modo enfrentaria esse teste. E iria vencer.

CAPÍTULO XXII

O sargento Obadiah Hakeswill estava contente. Sentou-se sozinho, depois da formação para o serviço religioso, e olhava para as profundezas de sua barretina. Ele falava com o chapéu.

— Esta noite, é esta noite. Vou ser um bom menino, não vou frustrar você.

Deu uma risada zombeteira, mostrando os poucos dentes, todos podres, e olhou para a companhia ao redor. Eles o estavam observando, sabia disso, mas tomavam cuidado para não atrair seu olhar. Hakeswill olhou de novo para as profundezas sebosas do chapéu.

— Eles estão com medo. De mim. Ah, é mesmo. Com medo de mim. Vão ficar com mais medo esta noite. Um monte deles vai morrer esta noite.

Casquinou de novo e ergueu o olhar depressa, de modo que pudesse pegar algum homem encarando-o. Todos tomavam o cuidado de evitar seus olhos.

— Vocês vão morrer esta noite! Igual a leitõezinhos embaixo da alabarda!

Ele não morreria. Sabia disso, apesar do que Sharpe tinha dito. Olhou de novo para o interior da barretina.

— Maldito Sharpe! Ele está com medo de mim. Ele fugiu! Ele não pode me matar. Ninguém pode me matar!

Hakeswill quase gritou as últimas palavras. Eram verdadeiras. Ele havia sido tocado pela morte e tinha sobrevivido. Levantou a mão e coçou a cicatriz

A COMPANHIA DE SHARPE

lívida, vermelha. Tinha passado uma hora pendurado no cadafalso, um fiapo de garoto, e ninguém havia puxado seus pés para que seu pescoço se partisse. Ele não lembrava muita coisa da experiência — a multidão, os outros prisioneiros que fizeram piadas com ele —, mas seria grato para sempre ao desgraçado sádico que os havia enforcado do modo mais lento, sem que houvesse uma queda brusca, para que a multidão tivesse um espetáculo para assistir. O público havia se alegrado com cada espasmo e cada esforço inútil até que os ajudantes do carrasco, rindo como atores que tentassem agradar a plateia, se aproximavam dos condenados para segurar os tornozelos que pendiam. Eles olhavam para a turba, pedindo permissão para puxar, e provocavam os prisioneiros. Não se incomodaram com Obadiah Hakeswill, de 12 anos. Ele era tão esperto na época quanto agora e havia pendido imóvel, enquanto a dor o fazia perder e voltar à consciência, e assim a multidão achou que já estivesse morto. Não sabia por que se agarrava com tamanha tenacidade à vida — teria sido mais rápido e muito menos doloroso puxarem seus tornozelos até a morte, mas então veio a chuva. As nuvens iniciaram um aguaceiro que esvaziou as ruas em questão de minutos e ninguém se incomodou com o último menino pequeno. Seu tio, furtivo e amedrontado, cortou a corda e levou rapidamente o corpo flácido para um beco. Ele deu um tapa no rosto de Hakeswill.

— Escute, seu filho da mãe! Está ouvindo?

Hakeswill deve ter dito alguma coisa, ou gemido, porque se lembrava do rosto do tio o encarando bem de perto.

— Você está vivo, entendeu? Seu desgraçadinho! Não sei por que me incomodei, mas sua mãe quis que eu fizesse isso. Está me ouvindo?

— Sim. — Seu rosto se retorcia em espasmos e ele não conseguia parar.

— Você precisa fugir, entendeu? Dar no pé. Não pode ir para casa, eles pegam você de novo, escutou?

Ele tinha ouvido, e entendido, e deu no pé, e nunca mais viu a família. Não que sentisse muita falta dela. Havia encontrado o Exército, como tantos homens desesperançados, e este havia lhe servido bem. E ele não podia morrer — sabia disso desde que tinha ficado sozinho no beco, havia testado isso em batalha, e sabia que tinha enganado a morte.

Ele desembainhou a baioneta e se perguntou, por um segundo, se iria entregá-la a um dos soldados para que a afiasse. Gostaria de humilhar o grande filho da mãe irlandês, mas, por outro lado, gostava de fazer o serviço pessoalmente quando havia um massacre iminente. O ataque aconteceria hoje — todos sabiam disso, embora nenhum pronunciamento oficial tivesse sido feito —, e haveria matança suficiente para todo mundo. Olhou para dentro do chapéu.

— Pode me dar licença por um momento? Falo com você daqui a pouco.

Pôs a barretina de lado e pegou sua pedra. Os movimentos de sua mão a transformaram num borrão para quem o observasse afiando o gume da baioneta. Ele não olhava para o que fazia. Em vez disso, encarava a companhia, reconhecendo o medo dos homens e se alimentando disso. Hakeswill estava satisfeito. Tinha dobrado os filhos da mãe de tal forma que agora eles pegavam sua comida, lavavam suas roupas e trocavam a palha de seu abrigo. Havia espancado dois deles até seus rostos virarem uma massa disforme, e agora eles pareciam cachorrinhos ansiosos para agradar. Tinha vencido suas maiores batalhas. Sharpe estava fora do caminho e Harper havia sido rebaixado a soldado raso, um soldado raso com casaca vermelha. O capitão tinha medo de Hakeswill, assim como Price e os sargentos. A vida poderia ser muito pior, ele sabia. Passou o polegar na lâmina e percebeu que o gume poderia estar mais afiado, então a pedra recomeçou os movimentos longos que chiavam.

O soldado Clayton olhou de lado para Hakeswill, gargalhou e disse algo para seu companheiro. Hakeswill viu o riso, porém fingiu não notar. Cuidaria do jovem Clayton, mas depois do cerco, quando tivesse tempo de pensar direito no problema. Clayton tinha uma mulher bonita, a mais bonita do batalhão, e Hakeswill estava de olho em Sally. Ela teria de esperar até que ele terminasse com Teresa.

Pensar na mulher de Sharpe o levou a franzir o cenho. Não tinha certeza de por que a desejava tanto, mas desejava. Ela havia se tornado uma obsessão que perturbava seu sono. Ele possuiria a cadela e depois iria matá-la. Não porque ela havia lutado com ele e vencido — outras já fizeram isso. Ele se lembrava da mulher em Dublin, que tinha cravado uma faca de estripar na sua barriga. Ela havia se livrado e Hakeswill não ficou ressentido, mas Teresa era outra história. Talvez porque não tivesse demonstrado medo, e Hakeswill gostava de ver o medo nelas. Podia se lembrar das que havia matado e das que não tinha precisado matar, recuando até aquela moralista filha de um vigário que se despiu para ele enquanto ele segurava a serpente perto do pescoço dela. Dorcas era o nome da garota, e o pai dela tinha inventado uma acusação de roubo de ovelha que quase o matou. Hakeswill sorriu sozinho. Havia queimado o celeiro do vigário na primeira noite depois do enforcamento. Pensou de novo em Teresa, e o gume da baioneta ficou mais afiado, e ele soube que a desejava muito. Não só pela vingança, não só porque ela era mulher de Sharpe, ainda que isso fosse importante, mas porque a desejava. Ela era linda, tão linda, e ele iria possuí-la, matá-la, e o desgraçado do Sharpe iria perdê-la. A ansiedade agitava seu tique.

Passou a baioneta para a mão direita e, prendendo a pedra entre os joelhos, cuspiu nela e começou a trabalhar na ponta. Ficaria afiada como uma agulha quando ele tivesse terminado, tão afiada que deslizaria docemente para as tripas de um homem como se não houvesse pele para perfurar. Ou de uma mulher! Casquinou alto, ao pensar nisso, alarmando a companhia, e pensou em Teresa. Sharpe saberia quem tinha sido o responsável, mas não poderia fazer nada! Hakeswill não podia ser morto! Olhou para a companhia. Os homens queriam matá-lo, ele sabia, mas o mesmo havia acontecido em diversas outras companhias, e todas tentaram. Podia se lembrar das balas de mosquete passando por ele numa batalha, disparadas por trás, e uma vez tinha visto um homem mirando deliberadamente. Acariciou a baioneta, lembrando-se da vingança, e depois pensou na noite adiante.

Ele tinha planejado seu ataque com cuidado. O South Essex, junto do restante da Quarta Divisão, atacaria a face rompida do bastião Trinidad, mas Hakeswill tomaria cuidado no fosso. Ficaria para trás, deixaria que os outros lutassem, e assim estaria descansado quando os gritos de comemoração viessem do alto da brecha. Então, quando o caos começasse, atravessaria a muralha e subiria pelas ruas escuras que levavam à catedral. Só precisava de dois minutos de dianteira, tudo que teria provavelmente, mas sabia, enquanto testava a lâmina preparada com perfeição, que seria bem-sucedido. Ele sempre era bem-sucedido. Havia sido tocado pela morte, liberado, e sentia na alma que desde então tinha sido inspirado a sobreviver. Levantou o olhar.

— Clayton!

A companhia se imobilizou e olhou para Clayton. O jovem soldado riu, como se não se preocupasse.

— Sargento?

— Óleo, consiga óleo para mim.

— Sim, sargento.

Hakeswill deu uma risada zombeteira enquanto o rapaz se afasta-va. Iria guardá-lo para depois de Badajoz, depois da chacina, para quando tivesse de abordar os outros problemas que tinha adiado. Havia o embrulho de tecido impermeável enterrado embaixo de um marco de fronteira na estrada para Sevilha. Hakeswill tinha visitado o local na noite anterior, onde levantou a pedra do barranco e remexeu nos bens roubados. Tudo estava em segurança. Tinha deixado a maior parte lá porque não fazia sentido tentar vender qualquer coisa nos próximos dias. Badajoz estaria atulhada de saque, os preços iriam despencar. Tudo poderia esperar. Ele só havia pegado a luneta de Sharpe, com sua característica placa de latão, que planejava dei-xar ao lado do corpo de Teresa. Pegou o chapéu e olhou para dentro dele.

— Então a culpa vai ser dele, não é? Ou então daquele irlandês filho da mãe!

— Sargento?

Os olhos se viraram para cima.

— Soldado Clayton?

— O óleo, sargento.

— Não fique aí parado, porcaria! — Hakeswill levantou a baioneta. — Passe o óleo. E tenha cuidado! Não estrague o gume. — Deixou Clayton se afastar e depois olhou para dentro do chapéu. — Garotinho malvado! Talvez ele morra esta noite, e isso vai facilitar as coisas para nós.

Harper olhou para o rosto que se retorcia, malévolo, e se perguntou o que haveria dentro da barretina. A companhia inteira se questionava, mas ninguém ousava perguntar. Harper achava que não havia nada, que aquela performance era uma demonstração de loucura arquitetada para inquietar a companhia. O irlandês afiou sua baioneta, a baioneta de mosquete, pouco familiar, que não tinha o cabo como a dos fuzis, e fez seus próprios planos para a noite. Ainda não havia ordens, mas o exército, com seu estranho instinto coletivo, sabia que o ataque estava planejado. E se, como parecia provável, o South Essex recebesse ordem de penetrar a muralha, Harper pretendia ficar perto de Hakeswill. Se houvesse uma chance de matar o sargento, ele aproveitaria, ou então tentaria garantir que Hakeswill não se esgueirasse sozinho para a cidade. Harper havia decidido não se oferecer para a Esperança, a não ser que Hakeswill se oferecesse, o que achava improvável. O serviço de Harper era proteger Teresa, assim como o de Sharpe, de toda a companhia e até mesmo do capitão Robert Knowles, que tinha visitado sua antiga Companhia Ligeira e ouvido seriamente Harper falar da ameaça de Hakeswill. Rindo, Knowles tranquilizou Harper, mas ainda assim o irlandês temia as consequências do caos numa brecha. Ele se recostou e ouviu os canhões.

Com o mesmo conhecimento instintivo de que o ataque era iminente, os artilheiros realizavam um esforço extra com os canhões, como se cada lasca de pedra arrancada do buraco na muralha fosse salvar a vida de um soldado de infantaria. A fumaça das doze baterias pairava como uma névoa marinha acima das águas paradas do córrego represado, uma fumaça tão densa que mal se podia ver a cidade, e mais fumaça era expelida implacavelmente pelos enormes canhões. Eles eram como monstros dando pinotes, que então sibilavam e lançavam fumaça entre os disparos enquanto os artilheiros cobertos de fuligem passavam a esponja e socavam a carga, depois recolocavam a fera na direção do alvo. Os artilheiros não conseguiam ver as brechas, mas as plataformas de recuo, feitas de madeira, tinham profundas marcas de cortes. Oficiais e sargentos alinhavam as conteiras com elas e verificavam o parafuso de elevação. Com um movimento rápido da mecha acesa, o canhão ribombava de novo e saltava para trás, então uma pesada bola de ferro sumia na névoa agitando a fumaça no caminho e ouvia-se o estampido do impacto.

Talvez fosse o ritmo dos canhões que deixasse os homens com tanta certeza de que o ataque aconteceria naquela noite de domingo, ou então a visão das escadas de cerco recém-construídas no parque dos engenheiros. Dois ataques, um contra o castelo e outro contra o rio, no bastião San Vincente, levariam escadas para tentar uma escalada surpresa. Poderia não dar certo, claro, a muralha era alta demais. A batalha seria vencida ou perdida nas brechas.

— Companhia! — A voz de Hakeswill soou ríspida. — De pé! Anda, anda, anda!

Eles se levantaram, ajeitando os casacos, e o major Collett estava ali com o capitão Rymer. O major fez um sinal para que os homens ficassem à vontade de novo.

— Podem se sentar.

Devia ser o anúncio, pensou Harper, e ficou olhando Collett pegar um pedaço de papel e desdobrá-lo. Houve um murmúrio de agitação na companhia, um grito de Hakeswill ordenando silêncio, e Collett esperou que ela se aquietasse. O major olhou para os homens com hostilidade. Disse que o ataque aconteceria logo, mas eles sabiam disso, e aguardavam ordens. O major parou e olhou para o pedaço de papel.

— Esta ordem chegou, e vou lê-la para vocês. Vocês ouvirão. "Chamo a atenção do exército para os acontecimentos posteriores à captura de Ciudad Rodrigo." — Collett lia em um tom enfadonho, duro. Não conseguia pronunciar Ciudad com o "C" suave, falando "Quidad". — "Os habitantes daquela cidade, cidadãos da Espanha, aliada da Grã-Bretanha, receberam todo tipo de insulto e injúria. Esse comportamento não se repetirá em Badajoz. Qualquer ataque contra propriedades civis será rápida e condignamente castigado com a morte, os perpetradores presos serão enforcados no local de seu crime." — Ele dobrou o papel. — Entenderam? Mantenham as mãos leves junto ao corpo e as calças abotoadas. É isso.

Collett olhou para eles irritado, virou-se e marchou para a próxima companhia. A Companhia Ligeira se entreolhou, deu de ombros e riu da mensagem. Quem faria o enforcamento? Os prebostes não estariam perto da frente de qualquer luta, as ruas estariam um breu, e um soldado merecia algum saque por atravessar uma muralha lutando. Eram eles que lutariam, que morreriam. Não precisavam de uma bebida depois disso? Não que pretendessem fazer qualquer mal aos civis. Os espanhóis, que em Badajoz estavam na maioria do lado do inimigo, podiam escolher como receberiam os visitantes. Poderiam deixar as portas abertas e a bebida na mesa ou poderiam optar por ser pouco amistosos, e nesse caso... Os homens riram e voltaram a afiar as lâminas de quarenta centímetros.

Pouco depois veio outro boato, tão forte quanto o primeiro, que havia anunciado o ataque, e, atravessando o campo, trouxe alívio e frustração. Tudo havia sido adiado. Os homens receberam mais vinte e quatro horas de vida.

— Para onde nós vamos? — gritou alguém.

Eles riram, esquecendo-se da presença malévola de Hakeswill.

— Badajoz!

Amanhã.

CAPÍTULO XXIII

De repente havia otimismo. Hogan, com o rosto há tanto tempo cheio de rugas de preocupação, estreitou os olhos; tinha certa urgência em sua fala, uma nova esperança. Dois espanhóis leais escaparam da cidade, escalando a muralha perto do rio, e chegaram em segurança às linhas britânicas. O dedo de Hogan bateu no mapa familiar.

— Ali, Richard, ali. Amanhã vamos destruí-la.

O dedo apontava para a muralha entre os dois bastiões que foram alvo da artilharia. Os espanhóis disseram que o ponto era vulnerável, que não tinha sido muito bem consertado depois dos cercos anteriores, e juraram que alguns disparos derrubariam a muralha. Isso significaria uma terceira brecha, uma brecha súbita, uma abertura que os franceses não teriam tempo de preencher com defesas cuidadosas. O punho de Hogan acertou o mapa.

— Nós os pegamos!

— Amanhã, então.

— Amanhã!

O dia 6 de abril amanheceu com o céu límpido e a visibilidade tão boa que, antes que as baterias de cerco abrissem fogo, a cidade podia ser vista em detalhes, cada telhado, igreja, torre e bastião delineados delicadamente. Era uma manhã de primavera, cheia de esperança, verde como as novas plantas, uma esperança que nasceu por conta de uma terceira brecha aberta de surpresa. Os artilheiros fizeram seus ajustes mínimos, as conteiras girando nas plataformas, e então foi dada a ordem. A fumaça foi lançada, o trovão ecoou acima do lago, as balas golpearam a alvenaria reparada enquanto os artilheiros faziam força, arrastavam as armas, socavam, passavam esponja e socavam de novo, trabalhando enquanto vislumbravam a vitória. Ao sul, perto da névoa de fumaça no lago, os engenheiros espiavam o trecho de muralha intacto. Uma nuvem de poeira subiu da argamassa atingida pelo disparo de canhão, mas o lugar se manteve de pé durante toda a manhã. Os canhões atacavam incessantemente, atingindo a muralha com uma força esmagadora até que, no início da tarde, o trabalho foi recompensado.

A muralha começou a deslizar, não pedaço por pedaço, como havia acontecido com os bastiões, mas num bloco sólido, espetacular. Hogan pulou de alegria.

— Está desmoronando!

Então não conseguiam ver mais nada. A poeira se agitou como a fumaça de uma explosão, o som atravessou o campo de batalha e as equipes dos canhões comemoraram até ficarem roucas. A poeira foi levada lentamente, e ali, onde antes houvera uma parede aparentemente sólida, estava agora uma terceira brecha, enorme; tão larga quanto as outras, mas nova, sem defesas, e as ordens foram dadas. Hoje, senhores, hoje ao crepúsculo. Bastava penetrar nas brechas e as portas da Espanha pertenceriam à Grã-Bretanha.

Durante toda a tarde, enquanto surgiam nuvens do leste, os canhões dispararam, e dessa forma os franceses não puderam consertar as brechas. Os artilheiros trabalhavam contentes. Seu serviço estava terminado e este era o último dia de esforço, o vigésimo segundo dia do cerco, e no dia seguinte não precisariam mais fazer força e suar, e não haveria mais fogo vindo das baterias inimigas. Badajoz seria deles. Os engenheiros contavam escadas e sacos de feno, empilhavam os enormes machados que as primeiras tropas levariam no ataque e pensavam nas camas confortáveis que esperavam na cidade. Badajoz era deles.

As ordens, apenas vinte e sete parágrafos, foram finalmente emitidas, e os homens ouviram em silêncio seus oficiais contarem as novidades. Baionetas foram polidas outra vez, mosquetes, verificados, e eles ouviram as notas baixas do relógio da catedral. Quando começasse a escurecer, Badajoz seria deles.

O capitão Robert Knowles, agora integrante da Terceira Divisão, olhou para o enorme castelo com seu bando de francelhos. A Terceira Divisão, carregando as escadas mais longas, deveria atravessar o riacho e subir a rocha do castelo. Ninguém esperava que esse ataque desse certo, ele era apenas uma distração para manter tropas presas no castelo, mas os homens de Knowles riam para ele e juravam que poderiam escalar a muralha.

— Vamos mostrar a eles, senhor!

E tentariam, Knowles sabia, assim como ele, e pensou em como seria esplêndido se pudesse chegar primeiro a Teresa, na casa das duas laranjeiras, e entregá-la com o bebê em segurança a Sharpe. Olhou de novo para o enorme castelo em sua rocha alta e íngreme e prometeu que lutaria como Sharpe. Para o inferno o ataque falso! Eles atacariam de verdade.

A Quinta Divisão, trazida de volta do outro lado do rio, usaria suas escadas para avançar sobre o bastião nordeste, o San Vincente, que se erguia acima do rio vagaroso. Como o ataque ao castelo, este se destinava a reter tropas inimigas, impedir que reforços fossem mandados para o lado sudeste, porque era lá, nas três brechas, que Wellington sabia que deveria obter sua vitória.

Os buracos na muralha. A Quarta e a Quinta Divisão Ligeira fariam o verdadeiro ataque: o assalto às três brechas. E os homens, aguardando enquanto as nuvens se espalhavam no céu, imaginavam a agitação das tropas no fosso, o combate que estava por vir, mas eles venceriam. Badajoz seria tomada. E os canhões ainda disparavam.

Sharpe encontrou um armeiro da cavalaria que afiou sua enorme espada numa roda movida por um pedal, fazendo fagulhas voarem do gume. Ele havia verificado seu fuzil e carregado a arma de sete canos. Ainda que suas ordens o proibissem de entrar no fosso, queria estar preparado. Ele era um guia, o único homem que havia subido até a borda do *glacis*, e sua tarefa era conduzir a Esperança Vã da Divisão Ligeira até a beira do fosso diante do bastião Santa Maria. Lá, os homens iriam deixá-lo e prosseguiriam com o ataque ao bastião e à nova brecha, enquanto, à direita, o South Essex e a Quarta Divisão marchariam para o Trinidad. Assim que Sharpe tivesse levado a Esperança Vã até o fosso, deveria retornar e conduzir os outros batalhões encosta acima, mas esperava, contra qualquer esperança, que pudesse encontrar um modo de entrar no combate e atravessar a muralha para encontrar sua filha.

O sino bateu as seis horas, depois de quinze minutos, e, na meia hora, os homens se enfileiraram fora do campo de visão da cidade. Não carregavam mochilas, apenas armas e munição, e seus coronéis os inspecionavam, não para verificar uniformes, mas para sorrir para eles e encorajá-los, porque esta noite o homem comum, o soldado desprezado, escreveria uma página na história e era bom que nessa página constasse uma vitória britânica. A tensão aumentou conforme o sol baixava, a imaginação transformando medos em realidade, e os oficiais distribuíam as rações de rum pelas fileiras e ouviam as velhas piadas de sempre. Havia um repentino sentimento de união no exército, a percepção de que todos compartilhariam das mesmas dificuldades — os oficiais que vinham de grandes casas se sentiam próximos de seus homens. A imaginação não poupava os ricos nem os defensores, e esta noite ricos e pobres precisariam uns dos outros no fosso. As esposas se despediram com a esperança de encontrar seus maridos com vida no dia seguinte, e as crianças ficaram em silêncio, assustadas com a expectativa. E, nas barracas dos médicos, as caixas de instrumentos cirúrgicos foram abertas e os bisturis afiados. E os canhões ainda disparavam.

Sete horas. Só faltava meia hora. Sharpe e os outros guias — eram todos engenheiros, com exceção do fuzileiro — se juntaram aos seus batalhões. Metade da Esperança Vã da Divisão Ligeira era de fuzileiros, aguardando a divisa da coroa de louros. Eles sorriam para Sharpe e faziam piadas com ele. Queriam acabar logo com isso, assim como uma pessoa diante da faca do cirurgião apressava o relógio fatal. Os homens fariam a investida às sete e meia, e às nove e meia a questão estaria decidida. Quem vivesse estaria bêbado às dez e o vinho seria grátis. Esperavam, sentados no chão com seus fuzis entre os joelhos, e rezavam para o relógio avançar. Que acabasse logo, que acabasse logo, e a escuridão chegou e os canhões ribombavam, e as ordens tinham de vir.

Sete e meia, e as ordens ainda não tinham sido dadas. Havia um atraso e ninguém sabia por quê. As tropas se remexiam inquietas, com raiva dos oficiais do estado-maior que não apareciam, xingando o maldito exército e os malditos generais porque na escuridão os franceses estariam guarnecendo as brechas, preparando armadilhas contra os britânicos! Os canhões pararam de disparar, como deveriam fazer, no entanto ainda não havia ordens, e os homens esperavam e imaginavam os franceses preparando suas defesas na nova brecha. Soaram as oito horas, e depois oito e meia, e cavalos galoparam na escuridão. Homens gritaram pedindo informações. Ainda não havia ordens, apenas boatos. As escadas tinham sido perdidas. Os sacos de feno estavam desaparecidos, e os homens xingavam os engenheiros, o maldito exército, e o franceses continuavam trabalhando.

Nove horas, e a morte era preparada nas brechas. Adiem, pensou Sharpe, deixem para amanhã! O ataque deveria acontecer assim que os canhões se calassem, nos minutos de escuridão em que ainda havia um traço de luz, assim os batalhões não se perderiam no *glacis*. O tempo estava passando e eles continuavam à espera, e o inimigo recebia minutos preciosos para trabalhar nas defesas. Então houve uma agitação no escuro. Ordens, enfim, e não haveria adiamento.

Vão, vão, vão, vão, vão. As fileiras avançaram com o tilintar do metal e as pancadas da coronha dos fuzis e dos mosquetes. Havia um sentimento de alívio por estarem se movendo no escuro, num campo aberto na escuridão total, e os seis mil e quinhentos homens — ingleses, irlandeses, escoceses, galeses e portugueses — investiram contra a cidade. Os guias ordenaram que fizessem silêncio e as ordens foram passadas ao batalhão, mas eles estavam em movimento e era impossível silenciar milhares de botas atravessando a estrada entre a área inundada e o forte Pardaleras. Longe, ao norte, a Terceira Divisão passava sobre a ponte que cortava o Rivillas perto do moinho quebrado e o ar se enchia com o coaxar de sapos e os temores dos homens. A cidade aguardava na escuridão. Silêncio em Badajoz.

O tenente que comandava a Esperança Vã tocou o cotovelo de Sharpe.

— Estamos muito à esquerda?

Eles tinham perdido todo o contato com a Quarta Divisão. Estava escuro, completamente escuro, e não vinham sons do forte nem da cidade. Sharpe sussurrou:

— Estamos no caminho certo.

Ainda não havia disparos, nenhum som vindo da cidade nem do Pardaleras, que agora tinha ficado para trás. Silêncio. Sharpe se perguntou se o ataque seria uma surpresa para os franceses, se o inimigo havia sido enganado pelo atraso, se as tropas tinham relaxado, esperando por outro dia, e se o maior presente que os deuses podem oferecer a um soldado, a surpresa, havia sido dado aos britânicos. Agora estavam perto. A sombra indistinta e escura da fortaleza bloqueava metade do céu. Era gigantesca na noite, vasta, inimaginavelmente poderosa. A encosta do *glacis* estava sob os pés de Sharpe e ele parou enquanto os sessenta homens da Esperança Vã se alinhavam e levavam as escadas e os sacos de feno para a frente. O tenente desembainhou a espada.

— Pronto.

Soaram tiros à direita, longe, onde a Terceira Divisão tinha sido vista. Pareciam estar a quilômetros, como se não fosse sua batalha, e era difícil acreditar que o som tivesse algo a ver com o *glacis* escuro que levava à fortaleza à frente. Mas o barulho alertaria todas as sentinelas francesas. Sharpe se apressou para subir a encosta, avançando para a esquerda na diagonal, e ainda não havia nenhum som nas muralhas nem nos bastiões. Tentou entender as sombras, reconhecer as formas que tinha visto apenas três noites antes. Seus passos ressoavam no capim, e ele ouvia os homens que o seguiam ofegantes. Sem dúvida os franceses ouviriam! A qualquer momento — ele quase se encolhia com a iminência daquilo — a metralha seria disparada do alto da muralha. Viu o canto de um bastião e reconheceu o Santa Maria, então foi inundado pelo alívio ao perceber que havia conduzido a Esperança ao lugar certo.

Sharpe se virou para o tenente.

— Chegamos.

Desejou acompanhá-lo, desejou estar liderando a Esperança, mas não eram essas as ordens. A glória pertencia ao tenente que não respondeu. Esta noite ele era um deus, esta noite ele não poderia fazer nada errado, porque esta noite ele estava liderando uma Esperança Vã contra a maior cidadela que o exército britânico jamais havia atacado. Ele se virou para seus homens.

E partiram. Em silêncio. As escadas rasparam a borda de pedra do *glacis*, deslizaram para o fosso, e os homens desceram, escorregando pelos degraus, caindo nos sacos de feno jogados embaixo. Tinha começado.

Sharpe observou a muralha. Estava escura e silenciosa. Atrás dele, ao pé do declive, podia ouvir o som de passos enquanto os batalhões se aproximavam, e então, adiante, ouviu o tenente gritar para seus homens e o primeiro ruído confuso de botas na brecha. Tinha começado. O inferno havia chegado a Badajoz.

CAPÍTULO XXIV

Naquele dia as orações na catedral foram incessantes, murmuradas, às vezes histéricas — as palavras acompanhavam as contas dos rosários enquanto as mulheres de Badajoz temiam pelos mortos que ocupariam suas ruas naquela noite. Assim como o exército britânico sabia que o ataque aconteceria, os defensores e os habitantes de Badajoz já o esperavam. Uma enorme quantidade de velas tremulava diante dos santos como se as minúsculas chamas pudessem manter distante o mal que cercava a cidade e se aproximava conforme a escuridão da noite preenchia a catedral.

Rafael Moreno, mercador, colocou pólvora em suas pistolas e as escondeu, carregadas e escorvadas, sob o tampo de sua escrivaninha. Desejou que sua esposa estivesse com ele, mas ela havia insistido em se juntar às freiras na catedral, mulher tola, e rezar. Orações não fariam os soldados se desviarem — balas poderiam fazer isso, no entanto era mais provável que eles pudessem ser subornados pelo vinho barato que ele tinha colocado no pátio. Moreno deu de ombros. Suas posses mais valiosas estavam escondidas, muito bem escondidas. Sua sobrinha insistiu em dizer que tinha amigos entre os britânicos. Ele ouvia Teresa no andar de cima, falando com a filha, e sem dúvida aquele fuzil pagão dela estava carregado e pronto. Gostava da sobrinha, é claro, mas havia ocasiões em que achava que a família de seu irmão Cesar era um tanto selvagem. Até mesmo irresponsável. Serviu-se de vinho. E aquela criança no andar de cima, que graças a Deus estava melhorando, era uma bastarda! E em sua casa! Moreno bebericou o vinho.

A COMPANHIA DE SHARPE

Os vizinhos não sabiam, ele havia cuidado disso. Pensavam que Teresa era viúva de um soldado do reduzido exército espanhol que tinha morrido nas batalhas do ano anterior contra os franceses. Ouviu o relógio na torre da catedral começar a chiar enquanto se preparava para tocar o sino. Dez horas em Badajoz. Moreno esvaziou sua taça e chamou um empregado para enchê-la de novo.

O sino tocou, e abaixo dele, na catedral, sob o teto abobadado e as lajes douradas, sob o enorme lustre escuro e sob os olhos tristes da Virgem, as mulheres ouviram os estalos dos mosquetes começarem a distância. Elas ergueram os olhares, por cima do brilho das velas, para a Mãe de Deus. Esteja conosco agora e na hora de nossa necessidade.

Sharpe conseguiu ouvir apenas o primeiro toque da hora cheia. Junto do som, veio a primeira bola de fogo das ameias, descrevendo um arco e soltando fagulhas no negrume, então mergulhou no fosso. Era a primeira de uma tempestade de bolas compactas e flamejantes que caíam enquanto os amontoados de palha desciam rolando pela brecha, e subitamente as brechas, o fosso, o revelim, os obstáculos e as figuras minúsculas da Esperança Vã estavam inundados de luz, luz que vinha de cima, por chamas que se espalhavam pelos obstáculos no fosso, e a Esperança começou a subir enquanto o fogo reluzia em suas baionetas.

Os batalhões que vinham atrás comemoraram. O silêncio havia acabado. As fileiras da frente chegaram ao fosso e as escadas rasparam na borda. Homens se jogavam depois dos sacos de feno e desciam escadas atabalhoadamente, um fluxo de soldados desesperados para cruzar o fosso e subir as enormes rampas das brechas. Eles gritavam, instigando-se mutuamente, mesmo enquanto as primeiras línguas de chamas prateadas desciam as brechas do Santa Maria e do Trinidad.

Sharpe se abaixou enquanto as minas explodiam. Não uma ou duas, mas toneladas de pólvora compactada no fosso, nas encostas mais baixas das rampas, foram acesas e explodiram, e a Esperança Vã se foi. Levada num instante, despedaçada, espalhando seu horror pela brecha, todos mortos, enquanto as primeiras fileiras dos primeiros batalhões eram lançadas para trás pelas chamas e por pedras voando.

Os franceses comemoraram. Eles se enfileiraram nos parapeitos, nos bastiões, e os canhões que tinham sido girados para disparar contra o fosso, que tinham recebido carga dupla de metralha, foram revelados. Mosquetes atiravam, engolidos pelas chamas dos canhões. O inimigo comemorou e xingou, e o tempo todo os amontoados de palha eram lançados, iluminando os alvos, e o fosso transbordava com fogo, um recipiente de chamas que só seriam afogadas em sangue, e os homens continuavam descendo as escadas para lá.

A terceira brecha estava em silêncio, a brecha mais recente. Ela ficava entre os dois bastiões, uma enorme cicatriz que poderia levar à cidade, mas Sharpe viu que os franceses tinham feito um bom trabalho. O fosso diante da muralha era enorme, largo como uma praça de armas, mas preenchido com o revelim atarracado e inacabado. A estrutura tinha seis metros de altura, em forma de losango, e o único modo de chegar à nova brecha era dando a volta nela. O caminho estava bloqueado. Carroças foram viradas nos fossos próximos, depois cobertas com madeira, e as bolas de fogo incendiaram os obstáculos, que exibiam chamas enormes e ferozes, e nenhum atacante podia se aproximar. Só as aberturas nas muralhas dos bastiões — do Santa Maria e do Trinidad — podiam ser alcançadas, mas elas estavam dominadas pelos canhões inimigos. Eles disparavam repetidamente, a munição empilhada para esta noite, e os britânicos continuavam tentando, e continuavam morrendo a metros da base das brechas.

Sharpe desceu o *glacis* nas sombras e se virou para olhar para as altas muralhas iluminadas pelo fogo. Chamas eram lançadas das canhoneiras, espalhando fumaça no tumulto abaixo, e, à luz do fogo, ele viu estranhas silhuetas no topo das brechas. Parou e observou melhor, tentando entender o que eram as formas que vislumbrou através do fogo e da fumaça, então percebeu que os franceses coroaram cada buraco na muralha com *chevaux de frise* — um pedaço de madeira, grosso como o mastro principal de um navio de guerra, coberto por mil lâminas de sabre. A barreira de lâminas, densa como as costas de um porco-espinho, era feita para se enganchar e rasgar qualquer homem que chegasse ao alto da muralha, se é que alguém conseguiria chegar.

Ele encontrou o coronel do batalhão seguinte, parado empunhando a espada, observando o declive cercado de fogo. O oficial lançou um olhar irritado para Sharpe.

— O que está acontecendo?

— Canhões, senhor. Venha.

Não que o coronel precisasse que lhe explicassem qualquer coisa — ou que fosse guiado. A face do bastião Santa Maria era um lençol de chamas refletidas, e eles marcharam para lá enquanto, subitamente, a metralha assobiava encosta abaixo e rasgava o batalhão. Os homens cerravam as fileiras, continuavam marchando e chegavam mais perto da borda, então os artilheiros salpicavam o declive com metralha. O coronel brandiu sua espada.

— Venham!

Eles correram, a ordem desaparecendo, e se lançaram no fosso. Corpos cobriam o *glacis* e se retorciam com os novos disparos, e mais homens subiam a encosta e se derramavam no enorme caldeirão de fogo. Soldados saltavam para os sacos de feno e pousavam nos mortos ou feridos. Os vivos avançavam para a brecha, tentando abrir caminho até as pedras despedaçadas, e toda vez os artilheiros franceses, no alto das muralhas aterrorizantes, lançavam-nos de volta, fazendo com que o fundo do fosso ficasse denso de sangue. Sharpe acompanhava, consternado. Suas ordens eram de voltar para onde a reserva esperava e conduzir mais homens à frente, no entanto nenhum soldado precisava ser guiado nesta noite. Ele ficou onde estava.

Nenhum soldado havia chegado a uma brecha. O fosso entre o *glacis* e o revelim estava escuro de homens, homens desorganizados, uma mistura da Quarta Divisão e da Divisão Ligeira. Alguns se encolhiam em busca de segurança, acreditando que a sombra da fortificação iria protegê-los dos canhões que disparavam para baixo. Mas não havia segurança. Os canhões eram capazes de atingir cada centímetro do fosso, com disparos calculados, matando, matando, matando, mas por enquanto só disparavam nos britânicos que se moviam em direção às brechas, e o espaço diante das grandes rampas de pedra estava ficando atulhado de mortos. Os canhões disparavam metralha em latas de estanho que se despedaçavam com as chamas saídas do cano, espalhando balas de mosquete como tiros de espingarda devastadores, ao mesmo tempo que outros canhões eram carregados com metralha em sacos, munição naval, que provocava um som entrecortado contra a parede do fosso.

Não eram só os canhões. Os defensores lançavam do alto da muralha qualquer coisa que pudesse matar. Pedras do tamanho da cabeça de um homem acertavam o fosso com violência; obuses, com pavios cortados, que passavam a medir não mais que cinco milímetros, e acesos à mão, caíam chiando e lançavam seus fragmentos avermelhados por causa do calor que cortavam o inimigo no fundo do fosso; e até mesmo barriletes de pólvora, com pavios acesos, eram rolados pela rampa da brecha. Sharpe viu um barril, quicando e rolando, o pavio vermelho girando loucamente, saltar no fosso e explodir na cara de doze fuzileiros que corriam para a brecha do Santa Maria. Apenas três sobreviveram, cegados e gritando, e um deles caminhou, desorientado por causa da dor, para as madeiras em chamas que bloqueavam o caminho para a nova brecha. Sharpe acreditou ter conseguido ouvir os gritos agonizantes do homem no meio das chamas, mas havia tantos soldados morrendo, e tanto barulho, que ele não tinha certeza.

O barulho dos vivos no fosso era um rosnado que de repente aumentou e se tornou um som de fúria. Sharpe olhou para a direita e viu um grupo de homens — fuzileiros e casacas-vermelhas — avançando. Gemeu. Eles subiram pela face inclinada do revelim, desesperados pela vitória. Essa investida se espalhou pelo topo plano do losango e correu com as baionetas apontadas para a nova brecha. Os franceses estavam à espera. Canhões que não haviam disparado foram tocados pela chama. A metralha partiu de três lados, e o ataque morreu numa dança de horror enquanto homens eram atingidos pelo ferro que vinha da direção oposta. Poucos sobreviveram e continuaram correndo, descobrindo que o revelim levava à outra queda íngreme, outro fosso diante da brecha. Enquanto eles hesitavam, a infantaria francesa os derrubou com disparos de mosquete, e não restou nada além de corpos no topo do revelim, corpos que caíram e deixaram manchas escuras e estranhas na pedra.

Os canhões estavam vencendo a batalha noturna. O fosso estava bloqueado por fogo. As tábuas em chamas atulhavam o fosso principal dos dois lados dos bastiões, impedindo que os homens avançassem pela esquerda ou pela direita, assim como não conseguiam se aproximar da terceira brecha, também inacessível. Os quatro focos de incêndio, alimentados pela madeira que os franceses lançavam das muralhas, limitava o caminho dos britânicos, um espaço terrível por causa dos disparos de canhão. Ainda assim, mais homens atravessavam a borda do fosso e desciam correndo as escadas, como se houvesse alguma segurança na horda confusa que se aglomerava nas beiradas, conforme novos grupos seguiam para uma das brechas. O fosso estava se enchendo de homens, centenas e centenas, soldados gritando, mantendo as baionetas erguidas acima da confusão. A metralha se derramava sobre os britânicos e abria um espaço entre os vivos, que era preenchido de novo enquanto os homens pisoteavam os agonizantes. Os canhões disparavam de novo, e de novo, e os estilhaços de metal transformavam o fosso num matadouro. E os britânicos continuavam avançando, incoerentemente corajosos, tentando alcançar um inimigo que não conseguiam ver nem tocar, e morriam xingando e tentando ir em frente.

Os britânicos avançavam em pequenos grupos. Sharpe, agachado no *glacis*, observava um oficial ou sargento levá-los adiante. A maioria morria no fosso, mas alguns enfim conseguiram chegar à brecha e começaram a subir. Doze homens avançavam, e em segundos havia apenas seis, e três chegavam à pedra e começavam a subir enquanto os soldados na borda do *glacis*, perto de Sharpe, se ajoelhavam e disparavam seus mosquetes contra as muralhas, como se pudessem abrir um caminho para os que tentavam subir. Sharpe se perguntou se os franceses estariam brincando com eles. Às vezes nenhum canhão disparava contra os grupos pequenos e desesperados, ainda que a artilharia varresse as proximidades da brecha. O combate era levado cada vez mais para o alto da muralha, até que, quase casualmente, o inimigo arrancava o exército britânico da pedra, fazendo com que os homens rolassem muralha abaixo, mortos, e uma nova marca de maré alta, feita de sangue, surgia na brecha. Um soldado conseguiu chegar aos *chevaux de frise*, brandiu o mosquete contra as lâminas, berrando em desafio, e foi atingido por um francês que não conseguiu ver e caiu, se retorcendo encosta abaixo como uma boneca de trapos, e os franceses zombaram dele e abriram fogo.

Sharpe foi para a direita, procurando a Quarta Divisão e o South Essex, mas o fosso era um enorme caldeirão da morte, de sombras estranhas lançadas pelos incêndios, e não conseguia identificar rostos na multidão apinhada que preenchia o espaço entre o revelim e o *glacis*. Homens se abrigavam atrás de parapeitos formados por mortos, outros recarregavam os mosquetes desajeitadamente e os disparavam inutilmente contra a enorme estrutura de pedra que os esmagava com o fogo francês. Ele correu por um minuto, bem na beira do *glacis*, tropeçando no piso irregular e ouvindo a metralha acima, à frente, no entanto permanecia incólume. Pequenos grupos estavam na borda do *glacis*, na maior parte companhias ligeiras, que socavam as cargas e atiravam, socavam e atiravam, na esperança de que suas balas ricocheteassem numa ameia e matassem um francês. A metralha os fez recuar encosta abaixo, e, para além dos corpos, na escuridão, mais homens esperavam as ordens que iriam mandá-los correndo para a luz, para o fosso, para as centenas de mortos. Sharpe nunca tinha visto tantos mortos.

Ainda estava a cinquenta metros do Trinidad, mas podia ver que a brecha ali não era melhor que a do Santa Maria. A base do buraco na muralha estava cheia de corpos, as proximidades despidas de vivos, mas pequenos grupos corriam das sombras do revelim e gritavam em desafio enquanto investiam com dificuldade pelas pedras e eram rechaçados. Cornetas soaram à direita, oficiais e sargentos gritaram, e lá estava o South Essex! Sharpe os viu subindo pelo declive em coluna cerrada, e sua companhia, a companhia de Rymer, se enfileirou junto ao fosso e disparou seus mosquetes ineficazes contra o topo da muralha enquanto outros homens desciam pelas escadas e se jogavam nos sacos de feno, frenéticos na pressa. Soldados se acumulavam na beira do fosso, os canhões atacavam incessantemente da muralha, lançando seu bafo quente no declive, e Sharpe viu o batalhão estremecer como uma besta ferida, recuperar-se e ser esmagado sob novos impactos. Mas os soldados haviam atravessado, movendo-se com dificuldade pelo fosso. Viu Windham, sem o chapéu tricorne, brandindo a espada na direção da brecha, e novos canhões disparavam até que o som da cidade era como um longo trovão.

Eles morriam às dezenas, mas continuavam avançando na direção da brecha. Mais homens vinham do fosso, de outros regimentos, e tentavam, e empurravam, e lutavam, e subiam pela pedra até parecer que a vitória era certa, porque não havia balas suficientes no mundo para matar tantos homens. Os artilheiros socavam e disparavam, carregavam e disparavam, e os barriletes de pólvora desciam quicando pela rampa, e os obuses eram lançados, com pavios acesos, rasgando os homens com suas explosões sombrias, e os soldados morriam e tudo estava acabado. Os mortos sufocavam os vivos, a brecha tinha vencido. Poucos homens, pouquíssimos, ainda viviam e lutavam tentando subir, rasgando as mãos nas tábuas cheias de pregos colocadas na parte superior da rampa. Sharpe viu Leroy empunhando a espada, o charuto entre os dentes, é claro, olhar para a noite acima, lento demais, e então ele rolou, caindo no fosso aos berros. Um único homem chegou às lâminas dos *chevaux de frise*, no alto, e tentou avançar com sangue nas mãos, mas então estremeceu ao ser atingido por dezenas de balas, e o soldado que havia chegado mais alto, morto no Trinidad, escorregou e caiu, deixando um rastro de sangue na pedra.

Os sobreviventes estavam atrás do revelim, abrindo caminho no meio dos mortos, e os franceses zombavam.

— Venham a Badajoz, ingleses.

Sharpe não estivera com eles. Ajoelhou-se, atirou uma vez contra a muralha e viu a morte do batalhão — Collett, Jack Collett, o pescoço rasgado por uma bala de canhão sólida, e até mesmo Sterritt, o pobre e preocupado Sterritt, agora herói, morto no fosso de Badajoz.

— Senhor? — Uma voz curiosamente calma no tormento. — Senhor?

Ele ergueu o olhar. Daniel Hagman, estranho numa casaca vermelha, estava ao seu lado. Sharpe se levantou.

— Daniel?

— É melhor vir, senhor.

Sharpe foi na direção da Companhia Ligeira, agora perto dele e ainda no *glacis*, e viu no fosso o lugar onde os homens se afogaram no lago profundo. Os corpos se destacavam na água, interrompendo a ondulação.

Os canhões estavam mais silenciosos agora, guardando a raiva para os idiotas que surgissem de trás do revelim. As brechas estavam vazias, a não ser pelos mortos. As fogueiras enormes rugiam, cobiçosas pela madeira jogada da muralha, e um exército morria entre as chamas.

— Senhor? — O tenente Price, com os olhos expressando horror, correu para Sharpe. — Senhor?

— O quê?

— Sua companhia, senhor.

— Minha?

Price apontou. Rymer estava morto, um ferimento minúsculo, um ferimento insignificante, vermelho na testa pálida. O capitão estava caído de costas no declive, os braços abertos, olhando para o nada, e Sharpe estremeceu ao se lembrar de como quisera esta companhia, e, portanto, a morte desse homem, e agora isso lhe era dado.

Tão fácil. Estava feito? Do horror, do fogo que se alastrava e do ferro que esmagava a face sudeste de Badajoz, a morte tinha devolvido a Sharpe o que já fora seu. Ele podia ficar no *glacis*, disparando contra a noite, a salvo da carnificina, capitão de novo, a companhia era sua, e os homens iriam considerá-lo um herói porque havia sobrevivido a Badajoz.

Uma bala de mosquete passou zunindo perto de sua cabeça, fazendo-o saltar para trás, e ali estava Harper, sem a casaca vermelha, enorme numa camisa coberta de sangue. O rosto irlandês parecia feito de pedra.

— O que vamos fazer, senhor?

Fazer? Só havia uma coisa a fazer. Um homem não entrava numa brecha para lutar por uma companhia, nem mesmo por um posto de capitão. Sharpe olhou por cima do fosso, por cima do revelim devastado, e lá, intocada pelo sangue, estava a terceira brecha, a brecha que não havia sido atacada. Um homem era o primeiro a entrar numa brecha por causa do orgulho, e nada mais, só pelo orgulho. Era um péssimo motivo, até mesmo mesquinho, mas talvez fosse o bastante para conquistar uma cidade. Ele olhou para Harper.

— Sargento. Nós vamos a Badajoz.

CAPÍTULO XXV

O capitão Robert Knowles atravessou a ponte perto do moinho destruído e pensou na calmaria da noite. Abaixo dele, o riacho Rivillas sussurrava; à frente, o castelo enorme bloqueava o céu, e, na escuridão, parecia impossível que qualquer homem ousasse escalar o enorme bastião. As folhas recentes das árvores que cresciam precariamente na colina íngreme que levava ao castelo farfalhavam ao vento. Atrás de Knowles vinha sua companhia, carregando duas escadas, e os homens pararam com ele ao pé da encosta, contendo a empolgação, e observaram a muralha enorme.

— É alto demais! — exclamou alguém na última fileira.

— Quieto!

O oficial engenheiro que conduzia o batalhão estava nervoso, e Knowles ficou irritado com a agitação do sujeito.

— Qual é o problema?

— Estamos longe demais. Precisamos ir para a direita.

Eles não podiam se deslocar para a direita. Havia tropas demais apinhadas na base do morro, e, se os batalhões tentassem se realinhar no escuro, isso provocaria o caos. Knowles balançou a cabeça, irritado.

— Não podemos. Qual é o problema?

— Aquilo.

O engenheiro apontou para a esquerda. Uma sombra enorme surgia da rocha escura, acima deles, uma sombra com uma silhueta encimada por ameias. O bastião San Pedro. O coronel de Knowles veio para o lado dele.

A COMPANHIA DE SHARPE

— Qual é o problema?

Knowles apontou para o bastião, mas o coronel o desconsiderou.

— Precisamos fazer o que pudermos. Você está bem, Robert?

— Sim, senhor.

O coronel se virou para a Companhia Ligeira e ergueu a voz pouco acima de um sussurro.

— Divirtam-se, rapazes!

Houve um rosnado nas fileiras. Os homens foram informados de que esse ataque era uma mera distração, não destinado ao sucesso, mas o general Picton disse que Wellington podia ir se danar porque a Terceira Divisão não fazia ataques simulados. A Terceira Divisão iria até o fim ou sequer se mexeria, e os homens estavam decididos a provar que o general estava certo. Pela primeira vez, Knowles sentiu a semente da dúvida. Eles deveriam escalar trinta metros de rocha quase vertical, depois apoiar as escadas numa muralha que parecia ter doze, e o tempo todo sob os canhões dos defensores. Ele afastou as dúvidas tentando, como sempre, imitar Sharpe. Mas, diante da enormidade do castelo, era difícil se sentir confiante. Suas preocupações foram interrompidas por passos apressados. Um dos ajudantes de Picton estava chamando o coronel.

— Aqui!

— Vá, senhor! E o general deseja boa sorte!

— Eu preferia que me desejasse uma caixa do clarete dele. — O coronel deu um tapa no ombro de Knowles. — Vá.

Knowles não podia desembainhar o sabre. Precisava das duas mãos para se agarrar à encosta rochosa e fazer força para subir enquanto os pés buscavam apoio desesperadamente. Seu posto de capitão pesava nos ombros. Ele se apressava, tentando ficar à frente de seus homens porque sabia que Sharpe seria o líder. Enquanto escalava, imaginou as primeiras balas pesadas de mosquete mergulhando para atingir o alto de seu crânio. Seus homens pareciam barulhentos demais! As escadas raspavam na pedra, em troncos de árvore; os canos dos mosquetes batiam na rocha, os pés faziam pedrinhas se soltarem, mas o castelo continuava em silêncio, a grande sombra não estava animada pelas chamas das armas. Knowles se pegou pensando em Teresa dentro da cidade, e esperando, contra qualquer evidência da enorme muralha, que pudesse alcançá-la primeiro. Queria fazer algo por Sharpe.

— Mais rápido!

O grito era de um dos seus sargentos, e Knowles, com os pensamentos em outro lugar, virou a cabeça bruscamente e olhou para cima. Lá do alto, caindo, caindo, vinha o primeiro amontoado de palha. O fogo rugiu no céu; ele veio rolando, soltando fagulhas, e o capitão, fascinado, o observou mergulhar numa árvore de espinhos que crescia ali perto. A árvore entrou em chamas, e os primeiros mosquetes espocaram na muralha do castelo. Pareciam muito distantes.

— Venham!

Mais bolas de fogo e amontoados de palha caíam das ameias; algumas iam parar no espaço estreito ao pé da muralha, outras deixavam um rastro de fogo pela encosta rochosa e levavam homens junto, que gritavam enquanto as chamas os envolviam, mas Knowles continuou escalando, e seus homens vinham logo atrás.

— Mais rápido! Mais rápido!

Um canhão disparou sua carga do bastião San Pedro, e a metralha atravessou as árvores e estalou na pedra. Houve um grito atrás dele, um grito de desespero, e Knowles soube que um homem se fora, mas não havia tempo para se preocupar com baixas, só para subir atabalhoadamente. O caminho ficava mais fácil conforme se aproximavam do topo, e Knowles sentiu a empolgação da batalha, que iria fazer com que ele atravessasse a barreira do medo e entrasse em ação.

— Continuem! — O coronel, surpreendentemente ágil para a idade, ultrapassou-o e chegou primeiro ao espaço na base da muralha. Ele se inclinou para baixo e ajudou Knowles a subir. — Peguem as escadas!

As balas de mosquete vinham do alto, mas os defensores não podiam mirar com precisão — eles precisavam se inclinar por cima das ameias e atirar na vertical, quase aleatoriamente, contra a luz das chamas na base da muralha. Os canhões eram muito mais perigosos,

A COMPANHIA DE SHARPE

disparando do San Pedro e de um bastião menor à direita de Knowles, uma fortificação que se projetava da muralha do castelo. A metralha atingia o muro, prometendo a morte aos homens nas escadas, mas esse era um medo que precisava ser ignorado.

— Aqui! — A primeira escada passou pela encosta rochosa, e Knowles correu até ela, apoiou-a na muralha, e, com a ajuda de outros homens, ergueu-a até que ela chegou às ameias. O coronel acenou, incitando-os. — Vão, rapazes! O primeiro a passar ganha a melhor puta de Badajoz!

Eles comemoraram, e o coronel caiu, derrubado por uma bala, mas os homens mal notaram.

— Eu primeiro! Eu primeiro!

Knowles abriu caminho, infantil em sua empolgação. Ele sabia que Sharpe iria à frente, por isso também deveria ir. Subiu pelos degraus, pensando em como era idiota, mas suas pernas se moviam no automático, e lhe ocorreu, com um horror súbito, que sequer havia desembainhado o sabre. Ele olhou para cima e viu os braços dos franceses empurrando a escada. Knowles começou a cair de lado. Gritou um alerta, soltou-se e desabou na confusão de homens. Milagrosamente nenhuma baioneta encostou nele. Levantou-se.

— Está ferido, senhor? — Um sargento olhou para ele com preocupação.

— Não! Levantem a escada!

Ela não estava quebrada. Outra lata de metralha acertou a muralha. Os homens ergueram a escada de novo, e desta vez Knowles não estava perto o suficiente para ser o primeiro, então viu seus homens começarem a subir. O soldado da frente levou um tiro de cima, mas caiu sem derrubar o que vinha logo atrás, quase como se tivesse sido puxado. Outros pressionavam atrás, e então toda a escada com sua carga humana se desfez em lascas e carne quando uma carga de metralha disparada do bastião San Pedro atingiu o alvo em cheio. Pedras eram lançadas dos parapeitos do castelo acertando grupos de homens e quicando pela face da rocha. De repente, a companhia de Knowles parecia ter se reduzido à metade.

BERNARD CORNWELL

Ele sentiu a frustração da derrota e procurou freneticamente a segunda escada. Ela havia sumido encosta abaixo, e então alguém gritava para ele.

— Para trás! Para trás!

Knowles reconheceu a voz do major, viu o rosto dele e pulou nas sombras, deixando para trás as escadas quebradas e os corpos do primeiro ataque sob os gritos de triunfo do inimigo.

— Alguma notícia do castelo?

— Não, milorde.

Os generais estavam inquietos. Na frente deles o canto sudeste de Badajoz reluzia com fogo intenso. Os dois grandes bastiões, rasgados pelas brechas não conquistadas, emolduravam as chamas, alimentavam-nas, e a fumaça se agitava escarlate na noite. À direita, e aparentemente distante, mais fogo reluzia acima da silhueta do castelo, e Wellington, com capa e luvas, puxava nervosamente as rédeas.

— Picton não vai fazer isso, vocês sabem. Não vai.

Um ajudante de campo se aproximou.

— Milorde?

— Nada. Nada.

Wellington se sentia irritado, impotente. Sabia o que estava acontecendo no grande poço de fogo adiante. Seus homens estavam marchando para lá e não conseguiam chegar ao lado oposto. Estava consternado. As muralhas eram três vezes mais altas que as de Ciudad Rodrigo, a luta era inimaginavelmente pior, mas ele precisava dominar a cidade. Kemmis, da Quarta Divisão, ficou ao seu lado.

— Milorde?

— General?

— Mandamos reforços, senhor? — Kemmis estava sem chapéu, o rosto sujo como se ele próprio tivesse disparado com um mosquete. — Mandamos mais homens?

Wellington odiava cercos. Ele podia ser paciente quando necessário, quando estava atraindo o inimigo para uma armadilha, mas um cerco não era assim. Era inevitável que esse momento chegasse, quando as tropas precisavam receber a ordem de ir para um ponto pequeno e mortal, e não havia escapatória, a não ser que o inimigo fosse obrigado a se render por causa da fome, e não tinha havido tempo para isso. Ele precisava dominar essa cidade.

Sharpe! Por um segundo o general se sentiu tentado a amaldiçoar Sharpe, que havia lhe garantido que as brechas estavam práticas. Mas logo suprimiu o pensamento. O fuzileiro tinha dito o que ele queria ouvir, e, mesmo que não tivesse dito, Wellington teria mandado as tropas. Sharpe! Se Wellington tivesse mil Sharpes, a cidade poderia ser sua. Ouviu, carrancudo, os sons da batalha. A comemoração dos franceses era ruidosa, e Wellington soube que estava sendo derrotado. Ele poderia se retirar agora e deixar os mortos e feridos para serem recuperados sob uma bandeira de trégua, ou poderia mandar mais homens e esperar que virassem a batalha. Precisava dominar a cidade! Caso contrário não haveria marcha para a Espanha neste verão, nem um avanço até os Pirineus, e Napoleão teria mais um ano de poder.

— Mande-os!

Alimente o monstro que estava aniquilando seu exército, pensou, seu belo exército, mas o monstro precisa ser alimentado até desistir. Ele poderia compensar os batalhões arrasados, os reforços viriam, mas sem Badajoz não existiria vitória. Malditos engenheiros. Havia mineradores na Grã-Bretanha, centenas apenas na Cornualha, mas nenhum no exército, nenhum corpo de sapadores que pudesse ter construído túneis por baixo dos bastiões, atulhado a caverna com pólvora e explodido os franceses de vez. Pegou-se imaginando se deveria ter trucidado a guarnição em Ciudad Rodrigo, se poderia ter enfileirado os inimigos às centenas e atirado neles, depois deixado os corpos para apodrecer no fosso da cidade, de modo que qualquer francês que optasse por contestar outra brecha só pudesse esperar a vingança terrível dos ingleses. Não poderia ter ordenado isso, assim como não ordenaria o mesmo aqui, se vencesse nesta noite. Se...

Wellington se virou, irritado, para os ajudantes. Seu rosto era longo e estava coberto por sombras escuras à luz da tocha que lorde March carregava.

— Alguma notícia da Quinta?

A voz que respondeu era grave, ansiosa para não aumentar as más notícias.

— Eles devem estar atacando agora, milorde, o general Leith pede desculpas.

— Que se danem as desculpas dele. Por que ele não consegue cumprir o horário?

Seu cavalo refugou, atingido por uma bala de mosquete sem força, e o general o acalmou. Não poderia esperar nada das escaladas. Leith estava atrasado e a guarnição no San Vincente seria alertada, enquanto Picton estava com esperanças demais se pensava que conseguiria colocar suas longas escadas no muro do castelo. A vitória, ele sabia, teria de ser obtida aqui, no lado sudeste, onde chamas e fumaça se agitavam sobre o fosso terrível. A distância, como um lembrete de outro mundo ecoando nas profundezas do inferno, o sino da catedral soou marcando as onze horas, e Wellington olhou para a escuridão e depois de volta para as chamas.

— Mais uma hora, senhores, mais uma hora. — E depois o quê?, perguntou-se. O fracasso? O inferno não era lugar para milagres.

Nas muralhas os artilheiros franceses diminuíram os disparos. Eles haviam inundado o fosso com morte, e agora ouviam os gritos e os gemidos que vinham de baixo. Os ataques pareciam ter parado, por isso os artilheiros espreguiçaram, molharam o rosto com a água dos baldes usados para umedecer as esponjas e observaram a nova munição ser trazida pela rampa. Não esperavam que houvesse muito mais esforço por parte dos britânicos. Alguns soldados conseguiram escalar as brechas, um até mesmo estava empalado nas lâminas de um *cheval de frise*, mas era um esforço inútil. Pobres coitados! Não havia mais júbilo em insultar os inimigos. Um sargento, com a pele coriácea e endurecido, encostou-se na roda de um canhão e se encolheu.

— Meu Deus! Eu gostaria que eles parassem de gritar!

Alguns homens acenderam disfarçadamente os charutos que escondiam dos oficiais se inclinando fundo nas troneiras. Um homem caminhou em zigue-zague, passando pela boca acre do canhão para olhar para o fosso. O sargento, cansado, gritou com ele:

— Volte! Aqueles fuzileiros desgraçados vão acertar você.

O homem ficou. Olhou para baixo, lá embaixo, para o horror que se retorcia no fosso. Então se arrastou de volta.

— Se eles entrarem, vão nos trucidar!

O sargento gargalhou.

— Eles não vão entrar, não há chance. Em duas horas você vai estar enfiado na cama com aquela coisa horrenda que chama de mulher.

— O senhor está com ciúme, sargento.

— Eu? Eu preferiria ir para a cama com isso aqui. — O sargento bateu no cano de seu canhão. O "N" envolto por uma guirlanda, símbolo de Napoleão, estava quentíssimo. — Agora, volte para cá, garoto, apague esse maldito charuto e fique atento. Talvez eu precise de você, valha-me Deus.

Um grito soou no ponto de observação.

— Preparar!

O sargento suspirou e se levantou. Outro reduzido grupo de britânicos idiotas corria para a abertura da muralha do Santa Maria e seu canhão cobria a área de aproximação. Olhou para os inimigos pela extensão da arma reluzente, viu-os escorregar em sangue, tropeçar em pedra, e então entraram em sua zona de alvo. Ficou de lado, encostou a mecha no junco cheio de pólvora e os homens de jaqueta verde foram despedaçados. Era fácil demais. O sargento gritou as ordens para recarregar, ouviu o sibilo da esponja penetrando no cano e ficou feliz por estar em Badajoz nesta noite. Os franceses tinham começado a temer esse tal de lorde Wellington, a transformá-lo num bicho-papão que amedrontava o sono, e era bom mostrar que o lorde inglês podia ser derrotado. O sargento riu enquanto a trouxa de lona com metralha era socada no canhão. Nesta noite, Wellington sentiria o gosto da derrota, e todo o império se regozijaria. Esta noite pertencia à França, só à França, e as esperanças britânicas eram enterradas em seu devido lugar: num fosso para os mortos.

CAPÍTULO XXVI

Por aqui! Por aqui!

— Eles seguiam para a direita, para longe do bastião San Pedro, abrindo caminho na lateral inclinada do morro até que fizeram uma curva e conseguiram se abrigar da metralha. O primeiro ataque
5. tinha sido terrivelmente repelido, mas a Terceira Divisão tentaria de novo. Os homens conseguiam ouvir a fúria na brecha principal, ao longe, e ver na superfície da água represada o reflexo fraco das chamas que consumiam a Divisão Ligeira e a Quarta Divisão. Knowles sentia a loucura no ar, batendo suas asas negras sobre a cidade, trazendo uma noite de morte insana e esforço louco.
10. — Companhia Ligeira! Companhia Ligeira!

— Aqui, senhor. — Era um velho sargento, ajudando seu capitão a se equilibrar.

Em seguida um tenente trouxe doze homens. Meu Deus, pensou Knowles, é só isso que nos resta? Mas então viu mais soldados puxando a
15. escada pesada. Outro sargento sorriu para ele.

— Vamos de novo, senhor?

— Esperem a corneta!

Knowles sabia que realizar um ataque disperso não fazia sentido, pois poderia ser destruído aos poucos pelos defensores. A divisão inteira
20. precisaria agir ao mesmo tempo.

De repente, Knowles se sentiu bem. Havia em sua cabeça uma impressão que o vinha incomodando, e agora ele a identificou. Não houve muitos disparos de mosquete do parapeito. A metralha o tinha confundido, mas agora, pensando no caos do primeiro ataque, na escada se despedaçando, lembrou-se de como foram poucos os clarões de mosquetes nas muralhas. Os franceses deviam ter deixado uma guarnição mínima no castelo, e Knowles foi tomado pela confiança! Eles conseguiriam. Sorriu para seus homens e deu tapinhas nas costas deles, e todos ficaram felizes com sua confiança. Knowles estava tentando pensar no que Sharpe faria. O perigo não eram os mosquetes, o perigo vinha dos defensores que podiam derrubar as escadas longas e precárias. Separou doze homens sob o comando do tenente e disse a eles que não deveriam tentar subir. Em vez disso, disparariam contra o topo da escada, impedindo que os franceses ficassem no parapeito. Apenas quando a área estivesse livre e ele tivesse levado os homens para as ameias é que eles deveriam ir atrás.

— Entenderam?

Eles riram e assentiram, e Knowles também sorriu, desembainhando o sabre curvo.

O sargento gargalhou.

— Achei que o senhor iria esquecer de novo, senhor.

Os soldados riram, e ele ficou feliz com a escuridão que escondeu seu rubor. Eram homens bons, seus homens, e Knowles entendeu subitamente, como jamais antes, o sentimento de perda de Sharpe. Perguntou-se como iria subir a escada e segurar a espada, então percebeu que teria de pôr a lâmina entre os dentes. Iria deixá-la cair! Estava nervoso, mas então, em vez de cornetas, houve gritos e o som de pés correndo — havia chegado o momento.

Os sobreviventes da Terceira Divisão irromperam da escuridão. Os amontoados de palha desceram, e o canhão no pequeno bastião do castelo estraçalhou o ataque, mas eles estavam gritando em desafio e as escadas oscilaram nas curvas desajeitadas até baterem no muro do castelo.

— Para cima!

Knowles enfiou a lâmina entre os dentes e segurou os degraus. Balas de mosquete vieram de cima, então ele ouviu os disparos de seus homens, os tenentes gritando as ordens, e começou a subir. Passou pelos grandes blocos de granito irregulares e subiu atabalhoadamente. O medo parecia uma coisa viva atrás dele, e Knowles se concentrou em manter o sabre entre os dentes. Seu maxilar doía. Era algo idiota com que se preocupar, porque se aproximava do topo e queria gargalhar, e estava com medo, medo demais, porque o inimigo estaria à espera. Sentiu os nós dos dedos rasparem no granito enquanto a inclinação da escada o levava para perto da muralha. Tirou o sabre da boca.

— Parem de atirar!

O tenente olhou para cima e prendeu a respiração.

Knowles precisou usar o punho, envolvendo o cabo do sabre, como apoio para subir os últimos degraus. Era mais fácil que subir com a lâmina entre os dentes. Subitamente, sentiu-se idiota, como se alguém tivesse rido dele por subir a escada com um sabre na boca, e se perguntou por que sua mente escolhia esses pensamentos irrelevantes e estúpidos em momentos como esse. Ouvia os canhões, os gritos, outra escada batendo na muralha, e o homem atrás dele o empurrou. Ali estava o topo! Esse era o momento da morte, e seu medo o atormentou, mas ele passou pelo topo e viu uma baioneta vir na sua direção tentando cortá-lo. Inclinou-se para o lado, apoiando-se na escada, equilibrou-se com o braço direito, e, para sua surpresa, viu o sabre que empunhava mergulhar na cabeça do inimigo. Alguém o empurrou por trás enquanto seus pés ainda subiam os degraus, e de repente não havia mais escada! Estava caindo para a frente, sobre o corpo do morto. Outro inimigo investiu contra ele, por isso Knowles rolou e se virou, sabendo que havia chegado. Estava no alto da muralha! Havia um ganido em sua garganta, que ele não ouviu, um som de medo insensato. Knowles atacou com o sabre em um golpe ascendente direto na virilha do sujeito, e o grito do francês ganhou asas na noite e o sangue escorreu, caindo no pulso de Knowles, então seu segundo homem estava ao seu lado.

Eles conseguiram! Eles conseguiram! Os homens subiam a escada, e Knowles era tomado por um júbilo que não sabia existir. Estava de pé, a lâmina ensanguentada até o punho, e o inimigo corria para atacá-los, com os mosquetes erguidos, mas o medo tinha sido dominado. Havia algo estranho nos uniformes dos franceses. Não eram azuis e brancos. Knowles teve um vislumbre de abas de casacas vermelhas e debruns amarelos, mas então já avançava, lembrando-se de que Sharpe sempre atacava, e o sabre defletiu a investida de uma baioneta de lado, subiu, e acertou o pescoço do homem.

— Companhia Ligeira! A mim! Companhia Ligeira!

Uma saraivada de mosquetes soou ao longo do parapeito, mas Knowles ainda estava vivo e mais de seus homens se juntavam a ele. Ouviu o inimigo gritando ordens. Em alemão! Aqueles homens eram alemães! Se tivessem metade da competência dos alemães mais numerosos que lutavam por Wellington... mas ele não sentiria medo, só a vitória. Levou seus homens pelo alto da muralha, com as baionetas estendidas. Os inimigos eram poucos e estavam em menor número, e cada metro de muralha que os homens de Knowles limpavam era outro metro onde as escadas podiam ser usadas em segurança, e o parapeito do castelo ficou cheio de uniformes vermelhos.

Não foi fácil matar os alemães. Eles defendiam cada ameia, cada escada, mas não tinham chance. O castelo havia sido desnudado de tropas, só restava um pequeno batalhão, mas esse batalhão lutou ferozmente. Cada minuto que os alemães ganhavam na muralha era outro minuto para as reservas centrais chegarem ao castelo, por isso lutavam, apesar da pequena chance de vitória, e gritavam ao cair dos parapeitos, derrubados pelos casacas-vermelhas, e lutaram até que a muralha foi perdida.

Knowles sentia o júbilo daquilo. Tinham conseguido uma vitória inacreditável. Eles escalaram uma colina rochosa e venceram! Deu tapinhas nas costas de seus homens, abraçou-os, riu com eles, perdoou todos os seus crimes porque eles conseguiram. Não importava que as enormes construções do castelo ainda precisassem ser liberadas, com seus pátios escuros e traiçoeiros, porque agora ninguém poderia tirar deles o alto dessa muralha. Os britânicos haviam dominado o ponto mais alto da cidade e de lá poderiam atirar morro abaixo, contra as ruas, contra a brecha principal, e Knowles soube que seria o primeiro a alcançar Teresa e veria, em algum momento da noite, a gratidão no rosto de Sharpe. Ele tinha conseguido. Eles tinham conseguido. E, pela primeira vez naquela noite, foram os gritos britânicos que agitaram o ar em Badajoz.

Os gritos não podiam ser ouvidos nas brechas. O castelo ficava muito longe, uma cavalgada de pelo menos um quilômetro e meio depois que o cavaleiro tivesse dado a volta nas águas do riacho represado, e ainda se passariam alguns minutos até que o mensageiro fosse despachado. O general Picton esperou. Tinha ouvido o sino bater as onze horas e viu seus primeiros homens magníficos atravessarem o parapeito, e esperou, ouvindo os sons da batalha, para saber se haviam vencido ou se foram destruídos nos pátios do castelo. Ouviu a comemoração dos homens, levantou-se nos estribos e rugiu, depois se virou para um ajudante de campo.

— Vá, homem, vá! — Ele se virou para outro oficial e deu um tapa fortíssimo nas costas do sujeito. — Provamos que Wellington estava errado! Maldito seja! Nós conseguimos!

Ele deu um risinho, antecipando a reação de Wellington quando a notícia chegasse, à meia-noite.

A raiva levava um homem a atravessar uma brecha, a pura paixão, mas uma pequena esperança ajudava. Não era uma grande esperança, talvez nem mesmo existisse, merecendo o nome de Vã, mas era só isso que Sharpe tinha, e assim olhou para o revelim que se estendia tão convidativamente na direção da terceira brecha, que não tinha sido atacada. Não havia sentido em tentar correr mais rápido que os disparos de metralha que vinham do alto da fortificação. Qualquer homem que tentasse seria simplesmente repelido, sem esperança, carne irrelevante para o fogo dos artilheiros. Mas a terceira brecha era a mais recente, e os franceses tiveram pouco tempo para montar armadilhas nela. Sharpe conseguia ver, através da fumaça que pairava, que o *cheval de frise* no alto do buraco na muralha era curto demais. Havia um espaço do lado direito, uma abertura por onde três homens poderiam passar lado a lado, e o único problema era chegar até lá. Não havia ponto de aproximação pelo fosso. As chamas continuavam ardendo, incandescentes e violentas, e o único caminho era pelo revelim. Eles precisariam subir na fortificação, enfrentar o que houvesse no topo e pular no fosso, o que deveria ser feito pela borda do revelim, perto do fogo, onde a forma de losango se estreitava e a jornada fatal era curta.

A COMPANHIA DE SHARPE

Sharpe não tinha o direito de levar a companhia no ataque. Isso era uma Esperança Vã, nascida do desespero e alimentada pelo orgulho, e pertencia aos voluntários, aos idiotas. Sabia que ele próprio não precisaria ir, mas não queria ganhar o posto de algum capitão morto. Tinha esperado, deixando a violência do último ataque se exaurir no fosso, e agora havia uma espécie de trégua diante das brechas. Enquanto os britânicos permanecessem quietos e inofensivos atrás do revelim, os artilheiros os deixariam em paz. Só quando surgiam à luz do fogo, avançando para as brechas, é que as bocas dos canhões lançavam chamas e a metralha atingia o fundo do fosso. Na escuridão abaixo do *glacis,* Sharpe ouvia ordens sendo gritadas. Outro ataque viria, as últimas reservas da divisão seriam postas no fosso, e esse era o momento, o momento sem esperança, quando a ideia frágil, baseada apenas na largura mais estreita do revelim, deveria ser experimentada. Virou--se para seus homens e desembainhou a espada com a lâmina descrevendo um grande risco na noite, e o aço sibilou enquanto Sharpe o girava para apontar para a luz das chamas.

— Eu vou para lá. Há mais um ataque, apenas um, e então tudo chega ao fim. Ninguém tocou naquela brecha central, e é para lá que eu vou. Por cima do revelim, para dentro do fosso, e provavelmente vou quebrar minhas malditas pernas porque não tem escadas nem sacos de feno, mas é para lá que eu vou. — Os rostos estavam pálidos, encarando-o, enquanto os homens permaneciam agachados na encosta. — Vou porque os franceses estão rindo de nós, porque acham que nos derrotaram, e vou esmagar aqueles filhos da mãe só porque pensam assim. — Sharpe não fazia ideia de quanta raiva tinha por dentro. Ele não era um orador, nunca tinha sido, mas a raiva lhe deu palavras. — Vou fazer com que aqueles filhos da mãe desejem nunca ter nascido. Eles vão morrer. Não posso pedir a vocês que venham comigo, porque não precisam, mas eu vou, e vocês podem ficar aqui e não vou culpá-los. — Sharpe parou, exaurido de palavras, sem sequer saber o que tinha dito. O fogo estalava atrás dele.

Patrick Harper se levantou, estendeu os braços enormes, e numa das mãos, refletindo as chamas da morte, havia um machado gigantesco, um dos muitos distribuídos para cortar os obstáculos no fosso. Ele avançou por cima dos mortos e se virou para olhar para a companhia. À luz do fogo, diante do fosso terrível, Patrick Harper era como um guerreiro vindo de uma era esquecida. Ele sorriu para a companhia.

— Vocês vêm?

Não havia nada que os obrigasse a ir. Com frequência, Sharpe havia pedido o impossível aos homens e eles sempre lhe deram o que era preciso, mas jamais num horror desses, jamais assim. No entanto, eles se levanta-ram — os cafetões e os ladrões, os assassinos e os bêbados —, e riram para Sharpe, olhando para as próprias armas. Harper olhou para seu capitão.

— Foi um belo discurso, senhor, mas o meu foi melhor. Pode me dar isso? — Ele apontou para a arma de sete canos.

Sharpe assentiu e a entregou.

— Está carregada.

Daniel Hagman, o caçador, pegou o fuzil de Sharpe. Nenhum ho-mem atirava melhor. O tenente Price, flexionando nervosamente o sabre, riu para Sharpe.

— Acho que estou louco, senhor.

— Você pode ficar.

— E deixar vocês chegarem primeiro às mulheres? Eu vou.

Roach e Peters, Jenkins e Clayton, Cresacre, que batia na esposa, todos estavam ali, e todos sentiam a empolgação e o nervosismo. Este era um lugar feito para alguém enlouquecer. Sharpe olhou-os, contou-os, amou-os.

— Cadê o Hakeswill?

— Deu o fora, senhor. Eu não o vi. — Peters, um homem enorme, cuspiu no *glacis*.

Abaixo deles, o último batalhão subia a encosta, quase à luz do fogo, e Sharpe soube que a companhia deveria atacar ao mesmo tempo.

— Prontos?

— Senhor.

A um quilômetro e meio dali, sem que o restante do exército sou-besse, a Terceira Divisão liberava os últimos pátios do castelo. Tinha levado quase uma hora em um árduo combate contra os alemães e os franceses que vieram da reserva central na praça da catedral. Um quilômetro e meio na outra direção, também sem conhecimento do exército, a Quinta Divisão de Leith tinha invadido o San Vincente. As escadas se despedaçaram porque a madeira era verde e os homens caíram num fosso cheio de espetos, mas outras escadas foram trazidas, os mosquetes dispararam contra as ameias e eles conseguiram uma segunda vitória impossível. Badajoz havia caído. A Quinta Divisão estava nas ruas da cidade, a Terceira detinha o castelo, porém os homens no fosso e no *glacis* escuro não tinham como saber. As notícias viajavam mais depressa dentro da cidade. Boatos de derrota se espalhavam como uma peste pelas ruas estreitas, até chegar aos bastiões Santa Maria e Trinidad, e os defensores começaram a olhar temerosos para trás. A cidade estava escura, a silhueta do castelo não havia mudado, e eles deram de ombros e disseram uns aos outros que não podia ser verdade. Mas e se fosse? O medo os golpeava com asas sinistras.

— Preparar!

Por Deus! Mais um ataque. Os defensores deram as costas para a cidade e olharam por cima das muralhas. Ali, vindo da escuridão, da encosta atulhada de cadáveres, outro ataque partiu para o fosso. Mais carne para os canhões, e o fogo desceu pelos tubos de escorva, a fumaça foi expelida e o moedor de carne foi acionado.

Sharpe esperou o primeiro canhão, ouviu-o e começou a correr. Para Badajoz.

CAPÍTULO XXVII

O alto da muralha desapareceu sob a fumaça, as chamas atravessando a cortina, e Sharpe saltou com a espada erguida. Os homens no fosso gritaram para eles.

— Abaixem-se! Abaixem-se!

5. Ele não havia contado com isso. O fosso estava atulhado de vivos, de agonizantes e de mortos, e os vivos o agarraram.

— Abaixem-se! Eles vão nos matar.

Ele havia caído esparramado em cima de corpos, mas se levantou e escutou seus homens ao redor. Havia pequenas fortalezas no fosso, corpos
10. empilhados que absorviam os disparos de metralha e abrigavam os homens que se agachavam atrás de outros cadáveres.

As balas passavam rápido na sombra do revelim, os feridos o puxavam, e Sharpe brandiu a espada à frente, abrindo caminho. Gritou com eles.

— Saiam da frente!

15. Os mortos não podiam se mexer, e ele estava vadeando em corpos, escorregando em sangue, e à direita, perto do Trinidad, os artilheiros trucidavam o último ataque.

Mãos agarraram Sharpe e tentaram fazer com que ele abaixasse, e da escuridão tentaram atingi-lo com uma baioneta. Atrás dele, Harper
20. gritava em sua língua, instigando os irlandeses. Um homem se ergueu diante de Sharpe, tentou segurá-lo, e Sharpe o golpeou com o cabo da espada. À frente estava a face inclinada do revelim com a luz intensa acima, e os canhões

esperavam. Sharpe sentiu a tentação de afundar no fedor insuportável do fosso e deixar que a noite o escondesse. Brandiu a espada de novo, usando a parte chata, e um homem caiu. Seus pés estavam na inclinação e ele subiu, contra sua vontade, temendo o esquecimento final, o corpo tentando se afastar da morte que devastava o alto do revelim. Parou.

Havia um som novo no fosso, um som tão louco que ele precisou se virar, empunhando a espada reluzente, e olhou sem acreditar. Os sobreviventes do South Essex, com os debruns amarelos sujos de sangue, se esforçavam para ir em sua direção. Eles viram a Companhia Ligeira abrir caminho até o revelim e agora queriam se juntar à loucura, mas foram suas vozes que fizeram Sharpe parar.

— Sharpe! Sharpe! Sharpe! — entoavam incessantemente, um grito de guerra, e homens que não sabiam o que isso significava repetiram o som, e o fosso se agitou, e o grito reverberou na noite. — Sharpe! Sharpe! Sharpe!

— O que eles estão dizendo, March?

— Parece "charque", milorde...

O general gargalhou porque pouco antes havia desejado ter mil Sharpes, e agora talvez aquele patife estivesse lhe dando a cidade. Ouvindo o tom feroz da risada, seus ajudantes de campo não entenderam e não gostavam de perguntar.

No alto da muralha, os artilheiros franceses ouviram os gritos e não entenderam. Eles estavam massacrando o ataque mais recente ao Trinidad, repelindo-o como repeliram todos os outros, mas então viram o topo do revelim escurecer com homens, e os homens gritavam, e todo o fosso que eles pensaram estar cheio de cadáveres se movia, e os cadáveres tinham voltado à vida e avançavam para eles, para a vingança, e os mortos gritavam:

— Sharpe! Sharpe! Sharpe!

Sharpe sentia a loucura, a glória daquilo, a canção da batalha em seus ouvidos, por isso ele não ouviu os tiros nem sentiu o estrondo dos disparos da artilharia, nem soube que, atrás dele, atravessando o losango, os homens caíam, e os canhões enchiam o ar de morte. Pulou. Tinha atravessado o revelim, correndo, com o calor do fogo perto, à sua direita, e a queda era enorme. O fosso recente estava estranhamente vazio, e ele pulou, vendo uma pedra saltar ao ser atingida por um tiro de mosquete. O pulo o deixou sem fôlego, lançou-o adiante, mas ele estava de pé e correndo.

— Sharpe! Sharpe! Sharpe!

Vou morrer aqui, pensou, nesse fosso vazio com os estranhos fardos brancos que se mexiam na brisa fraca. Lembrou-se do estofo de lã que havia protegido as duas brechas e pensou numa mente capaz de notar essas coisas irrelevantes no momento da morte.

— Sharpe! Sharpe! Sharpe!

Vou morrer aqui, pensou, justo ao pé da rampa, e então odiou os filhos da mãe que iriam matá-lo, e a raiva o impeliu para cima, escorregando no entulho, incapaz de lutar, só de subir, de levar a espada até a carne dos franceses. Havia homens à sua volta, gritando coisas ininteligíveis, e o ar estava denso de fumaça, metralha e chamas. Harper estava passando por ele, empunhando o machado enorme com facilidade, e Sharpe, recusando-se a ser o segundo, impeliu as pernas em direção ao céu escuro atrás da fileira de lâminas brilhantes.

— Sharpe! Sharpe! Sharpe!

O soldado Cresacre estava morrendo, as tripas penduradas no colo, as lágrimas por si próprio e pela esposa, cuja falta de repente percebeu que sentiria, apesar de tê-la espancado com crueldade. E o sargento Read, o metodista, o homem quieto que jamais xingava nem bebia, estava cego e não podia chorar porque os canhões arrancaram seus olhos. E, para além deles, dominados pela empolgação — a loucura da batalha —, vinha a horda que seguia Sharpe e rasgava as mãos na pedra irregular, subindo a encosta, para cima, para onde nunca sonharam ir, e alguns voltavam, derrubados pelos canhões, atulhando esse fosso como os outros já estavam, porém a mais pura loucura estava com eles.

— Sharpe! Sharpe! Sharpe!

Pode-se guardar o fôlego na subida, mas o grito enfraquece o medo, e quem precisa de fôlego quando a morte está à espera? Uma bala retiniu na espada de Sharpe, sacudindo-a na sua mão, mas ela continuou inteira, e as lâminas estavam mais perto. Ele foi para a direita, todo o cérebro cantando com o grito da morte. Uma pedra se mexeu sob sua mão esquerda, derrubando-o, mas uma mão enorme o empurrou e o levantou, e Sharpe agarrou a corrente grossa que ancorava um *cheval de frise*. O topo, o pico da morte.

— Sharpe! Sharpe! Sharpe!

Os franceses dispararam outra vez, os canhões dando coices, e a brecha mais recente foi tomada, dois homens enormes parados no alto dela, intocados pelo fogo, e os franceses correram sem ter para onde ir. Harper gritou para o céu porque tinha conseguido um feito enorme.

Sharpe saltou morro abaixo, para o interior da cidade, e a espada era uma coisa viva em sua mão. Uma brecha tinha sido tomada, a morte havia sido enganada, e a morte queria pagamento. A espada se lançou sobre os uniformes azuis, e ele não via homens, apenas o inimigo, então correu, escorregando, caindo, descendo pela brecha, até que o chão estava firme sob seus pés e ele estava dentro. Dentro! Badajoz. E rosnou para os desgraçados, matou-os, encontrou uma equipe de canhão encolhida perto de um muro e se lembrou da canção da morte; um machado foi brandido para eles, e os franceses abandonaram o muro novo e baixo atrás das brechas, porque a noite estava perdida.

A maré escura fluiu por cima da brecha, por cima das outras brechas, uma maré que agora não fazia um som coerente. Sua incoerência era aterrorizante, o som dos espíritos, o lamento causado por sofrimento demais, morte demais, e a loucura se transformou numa fúria insensata, e eles mataram. Mataram até os braços ficarem cansados, até estarem encharcados de sangue, e não havia homens suficientes para matar. E eles entraram nas ruas da cidade, uma enchente que vasculhava todo canto, escura, penetrando em Badajoz.

Harper pulou o muro construído atrás da brecha na muralha. Um homem estava encolhido ali, suplicando, mas o machado baixou mesmo assim. Harper exibia os dentes de tanta raiva e ele soluçava com a raiva que sentia da cidade. Havia mais homens à frente, de uniforme azul, e o irlandês correu para eles, girando o machado, e Sharpe estava ali; e eles mataram porque muitos estavam mortos, era sangue demais, um exército quase havia morrido, e aqueles eram os filhos da mãe que haviam zombado deles. Sangue e mais sangue. Uma contagem a ser equilibrada com um fosso cheio de sangue. Badajoz.

Sharpe gritava, liberando uma fúria que havia esperado por esse momento. Ele se levantou, a espada vermelho-escuro, e desejou que mais franceses viessem encontrar sua lâmina, e os perseguiu, com os dentes à mostra, gritando na noite, e um corpo se moveu, um braço azul se ergueu, e a lâmina avançou, cortou, foi erguida de novo e desceu cortando outra vez, chegando ao chão com o movimento.

Um francês, um matemático alistado como oficial de artilharia, que havia contado quarenta ataques separados contra o Trinidad enquanto repelia todos eles, estava em silêncio nas sombras. Imóvel, totalmente imóvel, esperando que essa loucura passasse, essa luxúria de sangue, e pensou em sua noiva, longe, e rezou para que ela jamais visse uma coisa tão horrenda. Viu o oficial fuzileiro e rezou por si mesmo para não ser visto, mas o rosto se virou, os olhos duros e brilhantes com lágrimas, e o matemático gritou.

— Não! Monsieur, não!

A espada o pegou e o estripou como Cresacre havia sido estripado. Sharpe soluçou em fúria enquanto rasgava de novo e de novo, perfurando o artilheiro, rasgando-o, mutilando o filho da mãe, e então as mãos gigantes o agarraram.

— Senhor! — Harper o sacudiu. — Senhor!

— Meu Deus!

— Senhor! — As mãos puxaram Sharpe pelos ombros, virando-o.

— Meu Deus.

— Senhor! — Harper lhe deu um tapa. — Senhor.

Sharpe se encostou no muro, a cabeça inclinada para trás, encostando-se na pedra.

— Ah, Jesus. Ah, meu Deus. — Ele estava ofegante, o braço com a espada pendendo frouxo, e o pavimento à frente estava com riscos de sangue. Olhou para o oficial de artilharia, dilacerado, uma morte grotesca. — Ah, meu Deus. Ele estava se rendendo.

— Não importa.

Harper havia se recuperado primeiro, o machado despedaçado num golpe mortal, e tinha observado, pasmo, Sharpe matar o francês.

Agora acalmava Sharpe, tranquilizava-o, e viu que os sentidos retornaram ao capitão enquanto a loucura subia pelas ruas da cidade.

Sharpe levantou os olhos, agora calmo, a voz desprovida de qualquer sentimento.

— Nós conseguimos.

— Sim.

Sharpe inclinou a cabeça para trás de novo, apoiando-a no muro, e seus olhos se fecharam. Estava acabada, a brecha. E para isso ele havia descoberto que era preciso banir o medo como nunca antes, e junto com esse medo precisavam ir embora todas as outras emoções, a não ser a fúria e a raiva; a humanidade precisava sumir, os sentimentos, tudo precisava sumir, menos a fúria. Só assim conquistaria o inconquistável.

— Senhor?

Harper puxou o cotovelo de Sharpe. Ninguém mais poderia ter feito aquilo, pensou Harper, ninguém além de Sharpe poderia levar homens para além do cume da morte.

— Senhor?

Os olhos se abriram, o rosto baixou, e Sharpe olhou para os corpos. Tinha abrandado o orgulho depois de carregá-lo através de uma brecha, e estava feito. Olhou para Patrick Harper.

— Eu gostaria de saber tocar flauta.

— Senhor?

— Patrick?

— Teresa, senhor. Teresa.

Deus do céu. Teresa.

CAPÍTULO XXVIII

Hakeswill não pretendia entrar no fosso, mas, assim que o South Essex realizou o ataque e deixou a Companhia Ligeira dar cobertura a partir da borda do *glacis*, ele percebeu que era mais seguro ficar à sombra do revelim. Lá não havia chance de levar uma machadada de Harper no escuro, por isso ele desceu uma escada, rosnando para os homens amedrontados, e então, no caos, enfiou-se no meio dos corpos no fosso. Viu o ataque chegar, viu-o fracassar e observou Windham e Forrest tentarem incitar outras investidas, mas o sargento Hakeswill estava aconchegado e em segurança. Três corpos o cobriam, ainda quentes, e ele os sentia estremecer de vez em quando ao serem atingidos por fragmentos de metralha, mas estava seguro. Em algum momento da noite, um tenente que ele não conhecia tentou provocá-lo a sair do covil, gritando para o sargento se mexer e atacar, mas foi simples agarrar o tornozelo do homem e derrubá-lo. A baioneta deslizou com facilidade entre as costelas do sujeito, então Hakeswill tinha um quarto corpo, com a surpresa estampada no rosto do tenente, e casquinou enquanto passava as mãos hábeis pelos bolsos e bolsas e contava o saque. Quatro moedas de ouro, um medalhão de prata e, o melhor de tudo, uma pistola incrustada que Hakeswill tirou do cinto do homem. A arma estava carregada, tinha um equilíbrio perfeito, e ele riu ao enfiá-la na jaqueta. Qualquer coisinha ajudava.

Tinha prendido a barretina amarrando os cordões sob o queixo. Remexeu o nó, soltou-o e segurou o chapéu perto do rosto.

A COMPANHIA DE SHARPE

— Agora estamos em segurança, em segurança. — Seu tom era bajulador, e ele soava melancólico. — Eu prometo: Obadiah não vai decepcionar você. — Perto dele, logo depois do parapeito de cadáveres, um homem soluçou, gritou e chamou a mãe. Ele estava demorando muito para morrer. Hakeswill escutou, a cabeça inclinada como a de um animal, e depois olhou de novo para dentro do chapéu. — Ele quer a mãe, quer mesmo. — Lágrimas vieram aos seus olhos. — A mãe dele. — Olhou para a escuridão, por cima das chamas, e uivou para o céu.

Havia períodos de calmaria no fosso, períodos em que a morte não mergulhava das muralhas e quando a massa de homens, vivos e mortos, se mantinha agachada e imóvel sob os canos altos, e então, justamente quando parecia que a luta poderia ter chegado ao fim, havia uma agitação no fosso. Homens tentavam atacar as brechas, eram contidos por outros homens, os canhões disparavam de novo e os gritos recomeçavam. Alguns soldados enlouqueciam, tamanha a agonia — um homem achou que os canhões eram o som de Deus escarrando e cuspindo, então ele se ajoelhou no fosso e rezou até que uma gota do cuspe de Deus arrancou sua cabeça, mas Hakeswill estava em segurança. Ele se sentou com as costas encostadas na escarpa do fosso, a frente protegida pelos mortos, e falou com o chapéu.

— Esta noite, não. Não posso fazer esta noite. A dona bonita vai ter de esperar, vai ter sim. — Ele se lamuriou para o chapéu e depois prestou atenção no combate com o ouvido de um profissional. — Esta noite, não. Esta noite nós perdemos.

Ele não sabia quanto tempo havia passado no fosso, ou quanto tempo os agonizantes demoraram para morrer, nem quantas vezes a carne sem vida ao redor estremeceu com os disparos de metralha. O tempo era medido por gemidos, por canhões, pela passagem de esperanças, e terminou, inesperadamente, com o grito vigoroso. "Sharpe! Sharpe! Sharpe!" O rosto de Hakeswill se retorceu num espasmo acima de seu parapeito e ele espiou os vivos subindo dos espaços entre os mortos, e eles estavam se afastando, passando por cima do revelim, e à sua direita outro ataque subia pelo Trinidad.

— Sharpe! Sharpe! Sharpe! — Os dois homens deviam morrer, pensou, e deu uma risada zombeteira para eles, desejando que a metralha os retalhasse, mas eles ainda subiam e os gritos continuavam. — Sharpe! Sharpe! Sharpe!

Hakeswill viu Sharpe escorregar quase no topo da rampa e seu coração pulou de alegria; ele levou um tiro! Mas não, o desgraçado foi empurrado por Harper, estendeu a mão para uma corrente e lá ficou de pé, no alto da brecha central, iluminado por chamas, e o irlandês estava ao lado dele, ambos com armas nas mãos, então os viu se virarem para fazer um gesto de grande triunfo para os britânicos. Depois sumiram, desceram à cidade, e Hakeswill empurrou dois corpos de lado, enfiou a barretina na cabeça e abriu caminho pela multidão que fluía para o Trinidad.

No topo da brecha, os homens usaram os grandes machados, as correntes foram partidas e o *cheval de frise* foi empurrado para a frente, caindo numa trincheira que os defensores cavaram no alto do entulho acumulado. Os britânicos pulavam as lâminas, com gritos que evocavam morte, e deslizavam pelas pedras quebradas para o interior da cidade. Estavam alucinados de fúria. Hakeswill sentia a loucura, e nada iria pará--los esta noite. Até os feridos subiam as rampas das brechas, alguns se arrastando pelo chão, tentando chegar à cidade e pedindo apenas uma chance de ferir alguém como foram feridos. Queriam bebida, mulheres, morte e mais bebida, e se lembravam de que espanhóis dispararam contra eles dos muros da cidade, e isso tornava cada pessoa viva em Badajoz uma inimiga. Assim eles iam, uma torrente escura, abrindo caminho por cima das brechas e entrando em becos e ruas, pisoteando os feridos na pressa, com outros vindo atrás, mais, as aberturas nas muralhas parecendo vivas com a quantidade de homens que entrava na cidade, espalhando-se no interior de Badajoz, em busca de vingança.

Hakeswill os acompanhou através de uma rua comprida que leva-va a uma pequena praça. Sabia que estava indo mais ou menos na direção certa, morro acima e um pouco para a esquerda, mas avançava confiando no instinto e na sorte. A praça já estava apinhada de soldados. Mosquetes espocavam quando portas eram arrombadas com os disparos, os primeiros gritos das mulheres da cidade eram ouvidos, e algumas, não querendo ficar encurraladas em casa, tentavam correr mais para cima do morro. Hakeswill viu uma ser apanhada. Os brincos dela foram arrancados e o sangue se espalhou pelo vestido, que logo foi rasgado, então ela estava nua, girando entre os soldados que a empurravam, riam e depois saltavam sobre ela. Hakeswill passou ao largo do grupo. Isso não era da sua conta, e ele supôs que a mulher que havia escapado o levaria até a catedral. Foi atrás dela.

O capitão Robert Knowles, empolgado e cansado, apoiou-se brevemente no portão do castelo. Cascos ecoavam nas ruas. Philippon, o general francês, havia partido para longe com um punhado de homens montados, escapando pela ponte que os levaria ao refúgio do forte San Cristóbal. Eles perderam a enorme fortaleza e, enquanto cavalgavam, ouviam a barbárie começa lá atrás. Chicotearam os cavalos, rasgaram-nos com as esporas, passaram ruidosamente pela ponte e, atrás deles, correndo, vinha a infantaria francesa. O rosto de Philippon estava tomado pelo sofrimento, não por causa da cidade, mas devido ao seu fracasso. Tinha feito tudo o que podia, muito mais do que havia esperado, mas mesmo assim havia perdido. Wellington, o maldito Wellington, tinha vencido.

Os homens de Knowles se apinhavam junto ao portão, zombando do inimigo em fuga, e um deles tirou uma tocha do suporte na parede.

— Permissão para ir, senhor? — As chamas iluminavam os rostos ansiosos e famintos que observavam Knowles.

— Vão!

Eles comemoraram e correram vibrando pelas ruas, e Knowles gargalhou por eles, sopesou o sabre e foi atrás de Teresa. Correu pelas ruas escuras, passando pelas portas trancadas, pelas janelas do térreo cobertas por intricadas barras de ferro, e logo estava perdido, sozinho, no emaranhado de ruas. Parou numa encruzilhada, ouvindo os gritos morro acima e abaixo, então supôs que deveria seguir a rua com as casas mais ricas. Um homem passou correndo por ele, e Knowles viu o característico cinturão diagonal de um soldado francês. O sujeito estava armado, a baioneta comprida reluzindo, mas não parou, só continuou correndo, a respiração saindo em haustos ásperos. Knowles correu morro abaixo, as botas ecoando nas casas escuras, e então a rua terminou, abrindo-se numa grande praça. E ali, acima dele, estava a catedral.

Havia pânico na praça. Os últimos franceses foram embora, escapando para o norte, mas o povo de Badajoz não os havia acompanhado. Os que não estavam em casa se reuniam ali, tentando subir a escadaria da catedral, apinhando-se nas portas, esperando obter abrigo. Passaram correndo por Knowles, trombando nele, ignorando-o, e ele olhou ao redor como um louco. Havia ruas demais! Então viu, atrás da catedral, um pequeno beco escuro ladeado por casas com sacadas. Correu, observando as construções, e parou, virou-se e viu duas árvores, uma fachada recuada, e bateu à porta fechada.

— Teresa! Teresa!

Hakeswill havia tomado a rua da direita, que vinha da pequena praça, e de fato as mulheres haviam corrido à frente dele, em direção à catedral. Diminuiu o passo até estar caminhando, rindo sozinho, então ouviu os gritos, muito perto, e seu primeiro instinto foi de pensar que Sharpe havia chegado a casa primeiro.

— Teresa! Teresa!

Essa não era a voz de Sharpe! Era um oficial, pelo jeito, mas não era Sharpe. Hakeswill se esgueirou pela parede do lado oposto e observou a forma escura batendo à porta.

— Teresa! Sou eu! Robert Knowles!

Um postigo se abriu no primeiro andar, deixando passar uma luz fraca de vela, e Hakeswill viu a forma de uma mulher, magra e de cabelo comprido. Devia ser ela! Sentiu a empolgação por dentro, remexendo-se inquieta, desenrolando-se, e então ela gritou para baixo.

— Quem é?

— Robert! Robert Knowles!

— Robert?

— É! Abra!

— Onde está o Richard?

— Não sei. Eu não estava com ele.

Knowles recuou, olhando para a sacada estreita. Os gritos se aproximavam, os tiros de mosquete, e Teresa olhou morro abaixo, para os primeiros clarões de casas pegando fogo.

— Espere! Vou abrir!

Ela fechou os postigos com força, trancou-os, e, do outro lado, na sombra profunda, Hakeswill deu uma risada sozinho. Podia correr para a porta quando ela a abrisse, mas dava para ver que o oficial estava com um sabre desembainhado, e ele se lembrou de que a própria cadela tinha armas. Olhou para a sacada. Não era alta, e, abaixo dela, na janela do andar térreo, havia uma treliça de ferro preto. Esperou.

A porta se abriu, rangendo, e ele viu a silhueta da jovem na abertura pelo breve instante que Knowles demorou para entrar. A porta se fechou, e Hakeswill se moveu, surpreendentemente rápido para um homem do porte dele, direto para a janela gradeada que dava um excelente apoio para os pés, subindo até estender as mãos para a base da sacada. Em seguida, todo o seu esforço estava nos braços. Parou brevemente, o rosto estremecendo de súbito, mas então o espasmo passou e ele se içou, os braços fortes facilitando a subida, mão após mão, até que seus pés se apoiaram na sacada e ele passou por cima do parapeito. O postigo era de madeira e estava com a veneziana aberta para o ar noturno, permitindo que ele visse o quarto vazio. Empurrou o postigo. Estava trancado, então empurrou de novo, aumentando a pressão, e a madeira estalou, envergou e depois quebrou, caindo para dentro do cômodo. Hakeswill ficou imobilizado, mas o som do saque da cidade abafava o barulho que ele fazia, então se moveu de novo, entrando no quarto, e a baioneta sussurrou ao sair da bainha.

Um grito: ele se virou, e ali, num berço de madeira, estava uma bebê. A bastarda de Sharpe. Ele casquinou sozinho, atravessou o quarto e olhou para baixo. A criança havia chorado enquanto dormia. Hakeswill tirou a barretina, segurou-a acima da bebê e falou com o chapéu.

— Está vendo? Aí está. Como eu já fui um dia? É isso, mamãe? Igual a mim.

A criança se mexeu, e Hakeswill arrulhou.

— Nananeném, nananeném. A senhora se lembra de quando falava isso, mamãe, para o seu Obadiah?

Um passo na escada, outro, a madeira rangendo, e vozes do lado de fora. Ele conseguia ouvir a jovem e o oficial. Largou a barretina em cima da bebê e sacou a pistola de dentro da jaqueta. Estava parado, ainda ouvindo a voz dela, a baioneta na mão esquerda, a pistola na direita. A bebê chorou de novo, no sono, e Teresa abriu a porta e falou com ela num espanhol suave.

E parou.

— Olá, mocinha! — O rosto dele se retorceu num espasmo, amarelo à luz da vela, a boca sorrindo, dentes pretos podres surgindo nas gengivas, e a cicatriz lívida no pescoço feio, estremecendo junto com a cabeça. Hakeswill gargalhou.

— Olá! Lembra-se de mim?

Teresa olhou para a filha, a baioneta logo acima do berço de Antonia, e ofegou. Knowles a empurrou para o lado, erguendo o sabre, então a pistola disparou, acordando a criança. A bala jogou o capitão para trás, atravessando a porta, e a risada de Hakeswill foi o último som de sua vida.

O sargento manteve a baioneta acima da bebê e colocou a pistola ainda fumegando dentro da jaqueta. Os olhos azuis se viraram para Teresa enquanto o olhar dela permanecia fixo na baioneta, e Hakeswill riu para ela.

— Não precisávamos dele, não é, mocinha? Só são necessários dois para o que a gente vai fazer. — Ele deu uma risada zombeteira, um som ensandecido, mas seu olhar estava fixo e a baioneta firme. — Feche a porta, mocinha.

Teresa o xingou, e ele gargalhou. Ela era ainda mais linda do que se lembrava, com os cabelos escuros emoldurando o rosto. Hakeswill se abaixou e pôs a mão direita embaixo da bebê, que chorava. Teresa avançou, mas ele brandiu a arma rapidamente, fazendo-a parar. Então pegou a criança, com as roupas de cama emboladas, e a segurou desajeitadamente no braço direito, enquanto a mão esquerda empunhava a baioneta com sua ponta de agulha perto do pescoço minúsculo e macio da criança.

— Eu mandei fechar a porta. — Sua voz estava baixa, muito baixa, e ele viu o medo no rosto de Teresa, e seu desejo era intenso, intenso demais.

A COMPANHIA DE SHARPE

Ela fechou a porta, batendo-a nos pés mortos de Knowles, e Hakeswill indicou com a cabeça.

— Tranque.

O trinco foi fechado com força.

A barretina ainda estava no berço, e Hakeswill lamentou, porque gostaria que sua mãe, cuja imagem estava presa no alto do lado de dentro, visse isso, mas agora não podia fazer nada. Caminhou lentamente até Teresa, que recuou em direção à cama onde seu fuzil estava, e ele riu para ela, estremeceu, e o triunfo estava em sua voz.

— Só você e eu, mocinha. Só você e o Obadiah.

CAPÍTULO XXIX

— Para onde?

— Só Deus sabe!

Sharpe procurou freneticamente uma rua principal. A brecha central ficava diante de um emaranhado de becos. Ele escolheu uma passagem ao acaso e começou a correr.

— Por aqui!

Havia gritos adiante, tiros e corpos caídos no beco. Estava escuro demais para saber se os cadáveres eram franceses ou espanhóis. O beco fedia a sangue, morte e dejetos noturnos, que foram jogados mais cedo das janelas no alto, e os dois homens escorregaram, na pressa. Vinha luz de um beco transversal, e Sharpe se virou instintivamente, ainda correndo, empunhando como uma lança sua enorme espada coberta de sangue.

Uma porta se abriu à frente e lançou homens no beco, bloqueando o caminho, e depois deles viram enormes barris de vinho que receberam coronhadas dos mosquetes dos soldados até que os aros estouraram e o vinho se derramou nas pedras do calçamento. Os homens se abaixaram para beber diretamente do barril que jorrava ou pegavam vinho com as mãos em concha. Sharpe e Harper os chutaram para que saíssem do caminho, passaram e chegaram à pequena praça. Uma casa pegava fogo, produzindo a luz que os havia atraído, e na claridade eles viram uma representação medieval do inferno. As pessoas de Badajoz sofriam os tormentos de demônios de casaca vermelha. Uma mulher nua andava desnorteada no centro da

A COMPANHIA DE SHARPE

praça, soluçando e ensanguentada. Estava ferida demais para sentir alguma coisa, havia sido abusada demais para se importar, e, quando novos homens, recém-chegados da brecha, a agarraram e a jogaram no chão, ela não protestou, apenas continuou soluçando. Por todo lado acontecia a mesma coisa. Algumas mulheres soluçavam, algumas tinham morrido, outras viram os filhos morrerem, e ao redor os vitoriosos saltitavam, seminus, semibêbados, iluminados pelo fogo e ornados com o saque.

Alguns demônios brigavam, disputando mulheres ou vinho. Sharpe viu dois soldados portugueses cravarem baionetas num sargento britânico, pegar a mulher que estava embaixo dele e arrastá-la para uma casa. Seu filho pequenino, gritando histericamente, foi cambaleando atrás, mas os homens bateram a porta e a criança ficou do lado de fora. O rosto de Harper mostrava uma fúria terrível. Ele chutou a porta, arrombando-a, e mergulhou na casa. Um tiro foi disparado, rachando o lintel, e então os portugueses saíram, um depois do outro, jogados com uma força capaz de quebrar os ossos de alguém. O irlandês pegou a criança, colocou-a dentro da casa e trancou a porta do melhor modo que pôde. Deu de ombros para Sharpe.

— Outros vão pegá-la.

Para onde? Duas ruas subiam o morro, a mais larga à esquerda, e Sharpe seguiu por ela, abrindo caminho no tumulto, naquele cenário do inferno. Havia um lugar onde, inexplicavelmente, a calçada parecia estar coberta de moedas de prata que ninguém tocava. Uma a uma as portas foram arrombadas a tiros, as casas, destruídas, toda uma cidade à disposição de um exército, que não tinha a melhor das disposições. Poucos soldados demonstravam decência, protegendo uma mulher ou uma família, mas os homens decentes eram com frequência mortos a tiros. Oficiais que tentavam impedir a carnificina eram mortos, a disciplina estava morta, a turba dominava Badajoz.

Os gritos eram ensurdecedores, e os dois soldados foram empurrados contra uma parede por uma horda de mulheres totalmente nuas que, balbuciando e cuspindo, irromperam de uma porta destrancada. Uma freira gritou da porta para elas, porém mais mulheres saíram do interior, e Sharpe soube que um hospício estava se esvaziando nas ruas. Não fazia sentido trancar as loucas em Badajoz nesta noite, e houve gritos de comemoração enquanto os soldados partiam para cima delas. Um deles puxou a freira e outro saltou nas costas de uma enorme mulher nua e agarrou seus cabelos desgrenhados e grisalhos como se fossem rédeas, então todos os soldados tentaram cavalgar alguma lunática.

— Ali, senhor! — Harper apontou.

Um pouco mais acima e à frente deles estava a torre da catedral, a silhueta quadrada e com ameias se destacando no céu noturno, e de suas aberturas em arco os sinos tocavam uma cacofonia porque homens bêbados estavam se pendurando nas cordas, sinalizando a vitória.

Pararam no fim da rua, diante da catedral. À esquerda ficava uma grande praça, onde ocorriam estupros sob as árvores, iluminados por um enorme incêndio, e, à direita, um beco escuro. Sharpe tentou seguir por ele, mas seu braço foi puxado. Ele se virou e viu uma garota, baixa e chorando, agarrada à manga de sua casaca. Ela havia sido tirada de uma casa e perseguida, e seus perseguidores vinham logo atrás enquanto a garota se agarrava ao homem alto cujo rosto não parecia ter sido tocado pela loucura.

— *Señor! Señor!*

Os homens que a atormentavam, usando os debruns brancos do 43º, estenderam a mão para segurar a jovem, mas Sharpe brandiu a espada e cortou o braço de um deles, então suas baionetas baixaram para atacá-lo. A garota tinha se tornado um estorvo. Mas ele brandiu a espada outra vez, sendo forçado a recuar com a investida das baionetas britânicas, então Harper ficou entre ele e os agressores, empunhando a arma de sete canos como um porrete, e os soldados do 43º recuaram.

— Por aqui! — gritou Sharpe e, com a garota ainda agarrada a ele, entrou no beco.

Harper foi atrás, ameaçando os homens do 43º com a arma gigante até que eles desistiram e foram em busca de algum espólio mais fácil, então o sargento se virou e seguiu Sharpe, descobrindo pouco depois que era um beco sem saída. Sharpe xingou.

Harper segurou a garota, que se encolheu, embora seu toque fosse gentil, e sua voz, ansiosa.

— *Donde esta la Casa Moreno?* — Era tudo o que sabia de espanhol, e a garota balançou a cabeça. Ele tentou de novo, tranquilizando-a com a voz. — Escuta, moça. *Casa Moreno. Comprendo? Donde esta la Casa Moreno?*

Ela falou num espanhol rápido e agitado, então apontou para a catedral. Sharpe xingou de novo, exasperado.

— Ela não sabe. Vamos retornar. — Ele começou a voltar pelo caminho por onde tinham passado, mas Harper estendeu a mão.

— Não, olhe! — Havia degraus levando a uma porta lateral, e o irlandês empurrou Sharpe para lá. — Ela quer dizer para passar através da catedral. É um atalho!

A garota tropeçou no vestido, mas Harper a segurou e ela se agarrou à sua mão enquanto ele empurrava a enorme porta cheia de tachões de ferro. Sharpe ouviu o irlandês prender a respiração.

A catedral tinha sido um refúgio, um abrigo, mas não era mais. Ela havia sido invadida por tropas que perseguiram as mulheres e as apanharam. E agora, sob a miríade de velas votivas, as mulheres estavam sendo estupradas. Uma freira com o hábito rasgado estava de pernas e braços abertos no altar-mor enquanto um irlandês do 88°, vindo do ataque ao castelo, tentava inutilmente subir até ela. Ele estava bêbado demais. A garota ofegou, começou a gritar, mas Harper segurou sua mão.

— *Casa Moreno? Si?*

Ela assentiu, apavorada demais para falar, e os levou pelo grande piso do transepto, entre o altar e a parte de trás do coro, dando a volta no enorme lustre que tinha sido cortado do suporte e havia despencado nas pedras do piso, esmagando um cabo do 7° que ainda estremecia sob o peso. Havia mortos no chão enquanto os feridos, soluçando em seu sofrimento, arrastavam-se para as sombras da nave. Esteja conosco agora e na hora de nossa necessidade.

Um padre, que havia tentado impedir os soldados, estava caído perto da porta norte, e Sharpe e Harper passaram por cima do corpo, chegando à grande praça. A garota apontou de novo para a direita, e eles correram até que ela puxou Harper para a direita outra vez, entrando num beco escuro apinhado de soldados que batiam em portas trancadas e, na frustração, disparavam tiros contra as janelas gradeadas nos andares de cima. Harper protegia a garota, segurava-a perto, enquanto passavam no meio dos homens, com a espada de Sharpe servindo de passaporte. Então a garota gritou com eles e apontou — Sharpe viu a forma escura de duas árvores e soube que haviam chegado.

Soaram gritos de comemoração perto do portão, um estalo, um estrondo enorme, e uma multidão de homens se desfez enquanto eles penetravam no pátio de Moreno. Barris esperavam por eles, barris grossos, barris cheios, e os homens caíram em cima do vinho, esquecendo todo o resto, e em seu escritório, rezando ao lado da esposa, que havia retornado para casa à meia-noite, Rafael Moreno esperava ter fornecido vinho suficiente para os soldados e colocado trancas suficientes na porta do escritório.

Hakeswill xingou. Ele ouviu a agitação lá embaixo, o barulho do portão enorme, e cuspiu na direção de Teresa.

— Depressa!

Uma bala atravessou a janela e se enterrou no teto, e ele se virou, temendo que fosse Sharpe, mas era apenas uma bala perdida vinda da rua. Era incômodo ficar segurando a bebê, mas era sua melhor ameaça e não queria matá-la por enquanto. A baioneta continuava perto da garganta de Antonia, cujos gritos se reduziam a soluços arfantes, sem fôlego. Hakeswill sacudiu a lâmina e trincou os dentes enquanto o espasmo o dominava e gritou de novo:

— Depressa!

Ela ainda estava vestida, maldita, e ele queria acabar logo com isso! Havia ficado descalço, e só. Ele brandiu a baioneta outra vez, tirando um fio de sangue, e viu os braços dela subirem para o fecho do vestido.

— Isso mesmo, mocinha, não queremos que a bebê morra, não é? — Hakeswill casquinou, e seu riso se transformou numa tosse sufocante, e Teresa olhou para a lâmina perto do pescoço da filha. Não ousava atacá-lo, não ousava, e então a tosse parou e os olhos dele se abriram de novo. — Anda logo, mocinha. Precisamos compensar o tempo perdido, não é?

Teresa abriu lentamente o nó no pescoço, fingindo ter dificuldade com o tecido, e viu a excitação no rosto dele. Então Hakeswill começou a engolir em seco rapidamente, fazendo o pomo de adão agitar a cicatriz.

— Depressa, mocinha, depressa! — Hakeswill podia sentir a excitação. Ela o havia humilhado, essa puta, e agora era a vez dela. Iria morrer, assim como a filha bastarda, mas primeiro ele iria se divertir, e começou a pensar no problema que seria segurar a bebê enquanto a possuía, e então viu que ela estava se demorando. — Vou cortar a garganta dela, mocinha, depois a sua. Mas, se você quer que essa bastardinha continue viva, é melhor tirar a roupa, e depressa!

A porta se curvou sob a bota de Harper, e o estrondo fez Hakeswill se virar. Então a tranca foi despedaçada, e a porta se sacudiu nas dobradiças. Hakeswill empunhou a baioneta verticalmente, acima da garganta de Antonia.

— Pare!

Teresa havia estendido a mão para o fuzil. Ela se imobilizou. Harper havia atravessado a porta, e seu movimento o jogou sobre o berço, deixando-o também totalmente imóvel ao cair de quatro, olhando para a baioneta de mais de quarenta centímetros. Sharpe, com a garota atrás dele, parou junto à porta. Sua espada, que antes se lançava na direção de Hakeswill, ficou suspensa no meio do golpe, de modo que a ponta ensanguentada estremeceu no centro do quarto.

Hakeswill gargalhou.

— Chegou meio tarde, hein, Sharpy? Chamavam você assim, não é, Sharpy? Ou Dick. Sharpe sortudo. Eu me lembro. Sharpy esperto, mas isso não o impediu de ser açoitado, impediu?

Sharpe olhou para Harper, para Teresa, depois de volta para Hakeswill. Fez um gesto lento para o corpo de Knowles.

— Você fez isso?

Hakeswill deu uma risada zombeteira e seus ombros se sacudiram.

— Você é um filho da mãe esperto, hein, Sharpy? Claro que fui eu que fiz isso. O filho da mãe veio proteger sua dona. — Ele deu um riso de desprezo para Teresa. — Minha dona, agora.

O vestido dela estava aberto no pescoço, e Hakeswill pôde ver uma fina cruz de ouro contra a pele morena. Ele a desejava, queria aquela pele nas suas mãos e iria possuí-la! E matá-la! E Sharpe podia ficar olhando, porque nenhum deles ousaria tocá-lo enquanto ameaçasse a bebê.

A garota atrás de Sharpe gemeu, e a cabeça de Hakeswill se virou rapidamente para a porta.

— Arranjou uma puta aí, Sharpy? Arranjou, sim! Traga-a!

A garota passou por cima do corpo de Knowles e entrou no quarto. Ela se movia devagar, aterrorizada com o homem de pele amarela e pançudo segurando a bebê que arfava e tremia por causa dos soluços. Ficou perto de Harper, e seu pé chutou a barretina de Hakeswill, que havia caído do berço virado. O chapéu rolou até parar, virado de cabeça para baixo, perto da mão de Harper. Hakeswill olhou para ela.

— Muito bem. Mocinha bonita. — Ele casquinou. — Você gosta do irlandês, é, queridinha? — Ela tremia só de olhar para ele, e Hakeswill gargalhou. — Ele é um porco. Todos eles são, os malditos irlandeses, porcos enormes e sujos. Você ficaria melhor comigo, mocinha. — Os olhos azuis se voltaram para Sharpe. — Feche a porta, Sharpy. Devagar, agora.

Sharpe fechou a porta, com cuidado para não alarmar o sujeito que segurava sua filha. Não conseguia ver o rosto de Antonia, só a grande baioneta com um dos gumes serrilhado, acima do bolo de roupa de cama. Hakeswill gargalhou para ele.

— Muito bem. Você pode assistir, Sharpy. — Ele olhou para Harper, imobilizado grotescamente onde havia tropeçado. — E você, porco. Pode olhar. De pé.

Hakeswill não sabia direito como faria isso, mas daria um jeito porque sabia que, enquanto a criança estivesse sob seu poder, todas aquelas pessoas também estavam. Gostava da garota nova, a garota de Harper, pelo jeito, e poderia levá-la pela cidade, mas primeiro teria de matar Sharpe e Harper porque eles sabiam que ele havia matado Knowles. Balançou a cabeça. Iria matá-los porque os odiava! Gargalhou, depois viu que Harper não tinha se mexido.

— Mandei você se levantar, seu irlandês desgraçado! De pé.

Harper se levantou, o coração batendo forte por causa do risco, e nas mãos segurava a barretina. Tinha visto o retrato dentro do chapéu e não fazia ideia de quem era, mas se levantou, uma das mãos segurando o chapéu, a outra se enfiando nele. Viu o rosto de Hakeswill alarmado. A baioneta estremeceu.

— Me entrega. — A voz tinha se transformado num gemido. — Me entrega!

— Deixe a bebê.

Ninguém mais se mexeu. Teresa não entendeu, nem Sharpe, e Harper tinha apenas uma vaga ideia — uma sugestão, um vestígio que era a única coisa à qual se agarrar nesse redemoinho de loucura. Hakeswill teve um espasmo, o rosto se sacudindo.

— Me entrega! — Ele soluçava. — Minha mãezinha! Minha mãezinha! Me entrega ela!

A voz com sotaque de Ulster saiu baixa, com um rosnado profundo vindo do peito enorme.

— Estou com as unhas nos olhos dela, Hakeswill, olhos suaves, olhos suaves, e vou arrancá-los, Hakeswill, vou arrancá-los, e sua mamãezinha vai gritar.

— Não! Não! Não! — Hakeswill estava balançando, chorando, se encolhendo. A bebê chorava com ele. O rosto amarelo olhou para Harper, a voz implorava. — Não faça isso. Não faça isso. Não faça isso com a minha mãezinha.

— Vou fazer, vou e vou mesmo, a não ser que você deixe a bebê, deixe a bebê. — Seu tom de voz era ritmado, como se falasse com uma criança, e Hakeswill se balançava no mesmo ritmo. A cabeça tinha espasmos violentos e, de repente, o medo se foi e ele olhou para Harper.

— Você acha que eu sou idiota?

— Mamãe está sofrendo.

— Não!

A loucura voltou imediatamente, e Sharpe observava, pasmo, o sujeito trôpego retornar à insanidade que sempre havia parecido tão próxima. Agora ele estava se agachando, os joelhos abaixo da bebê, e se balançando enquanto chorava, mas a baioneta continuava acima da criança e Sharpe ainda não ousava se mexer.

— Sua mãe está falando comigo, Obadiah. — A voz com sotaque irlandês fez a cabeça de Hakeswill se virar de novo para Harper. Ele estava segurando o chapéu perto do ouvido. — Ela quer que você deixe a bebê, deixe a bebê, ela quer que você a ajude porque ela gosta dos olhos dela. São olhos bonitos, Obadiah, os olhos da mamãe.

O sargento estava ofegante, respirando fundo e rápido, e assentiu.

— Eu vou, eu vou. Me entrega a minha mãe!

— Ela vai voltar para você, vai sim, mas deixe a bebê, deixe, deixe.

Harper deu um passo suave na direção do sargento e estendeu a barretina, não o suficiente, e o rosto de Hakeswill era o de uma criança que faria qualquer coisa para não levar uma surra. Ele assentiu, ansioso, as lágrimas escorrendo pelas bochechas.

— Estou colocando a bebê no chão, mamãe, colocando a bebê no chão. Obadiah nunca quis fazer mal à bebê.

E a grande lâmina se afastou da garganta de Antonia, Harper aproximou mais o chapéu do sargento, e então Hakeswill, ainda chorando e sofrendo espasmos, pôs a bebê na colcha da cama e, rápido como uma bala, tentou agarrar a barretina.

— Seu filho da mãe!

Harper puxou o chapéu de volta e deu-lhe um soco violento. Teresa agarrou a criança e a colocou em segurança perto da cabeceira da mesa, depois se virou com o fuzil na mão e já agarrava a pederneira. Sharpe mergulhou com a espada, mas Hakeswill estava desequilibrado por causa do soco e a lâmina não o atingiu. Hakeswill havia caído, ainda sem o chapéu, e tentou pegá-lo de novo. O fuzil disparou a menos de um metro de distância, mas ele ainda estava tentando pegar a barretina e Harper deu um chute nele, jogando-o para trás, e o segundo golpe de Sharpe errou de novo.

— Faça com que ele pare!

Harper jogou a barretina para trás e tentou agarrar Hakeswill. Sem acreditar que tinha errado o tiro, Teresa brandiu a arma vazia para atingir o sargento, e o cano, cortando o ar, acertou o braço de Harper, frustrando a tentativa de agarrar Hakeswill — tudo o que conseguiu foi pegar a mochila dele. Harper a agarrou e a puxou, então Hakeswill gritou com eles, deu um soco e se esforçou para se afastar. As tiras da mochila se arrebentaram e ela ficou na mão de Harper. Hakeswill procurou a barretina. Ela havia sumido, estava atrás de Sharpe e da espada dele. Hakeswill deu um gemido longo e grave, porque tinha encontrado a mãe pouquíssimos dias atrás, e agora ela estava fora de alcance. Sua mãe, a única pessoa que o havia amado, que tinha mandado o irmão dela salvá-lo do cadafalso, e agora ele a havia perdido. Gemeu de novo, dando um golpe com a baioneta, e então pulou para a janela despedaçada, rachou os restos do postigo e passou uma perna por cima da sacada. Três pessoas tentaram agarrá-lo, mas ele brandiu a baioneta, passou a outra perna e pulou.

— Não! — O grito de Harper não foi para Hakeswill, mas para Sharpe e Teresa, que estavam bloqueando sua mira.

Ele os empurrou para o lado, pegou a arma de sete canos que não havia disparado na brecha e a apoiou no ombro. Hakeswill estava esparramado na rua, tentando se levantar — um tiro que Harper não erraria. Sentiu os lábios se curvando num sorriso, puxou o gatilho e a arma deu uma pancada em seu ombro como o coice de uma mula. A visão da janela foi bloqueada pela fumaça.

— Peguei o filho da mãe!

A risada zombeteira veio da rua, o riso de desprezo, e Harper abanou a fumaça, inclinou-se na sacada, e lá, nas sombras, a figura sinistra se afastava, sem barretina e imunda, os passos perdidos nos gritos da cidade. Estava vivo. Harper balançou a cabeça.

— Não é possível matar esse filho da mãe.

— É o que ele sempre diz.

Sharpe largou a espada e se virou. Teresa sorria para ele, oferecendo-lhe a bebê enrolada, e ele começou a chorar sem saber por quê. Pegou a filha no colo e a segurou, beijou-a, sentindo o gosto do sangue no pescoço da menina. Ela era sua. Uma bebê, uma filha, Antonia; chorando, viva, e sua.

EPÍLOGO

Eles se casaram no dia seguinte, diante de um padre que tremia de medo porque a cidade ainda era saqueada e havia chamas acima dos telhados e gritos nas ruas. Os homens de Sharpe, os que tinham comparecido à casa, arrumaram o pátio e expulsaram os bêbados. Era um 5. lugar estranho para se casar. Clayton, Peters e Gutteridge vigiavam o portão principal com mosquetes carregados, a fumaça acre penetrava no pátio, e Sharpe não entendia uma palavra da cerimônia. Harper e Hogan, que, na opinião de Sharpe, pareciam felizes feito idiotas, observavam com atenção. Quando Sharpe havia lhe dito que iria se casar com Teresa, o sargento havia 10. gritado de alegria, tinha dado um tapa nas costas de Sharpe como se tivessem a mesma patente e dissera que ele e Isabella estavam felizes pelos dois.

— Isabella?

— A mocinha, senhor.

— Ela ainda está aqui? — As costas de Sharpe pareciam ter sido atingidas por um canhão francês de quatro libras.
15.
Harper ficou ruborizado.

— Acho que talvez ela queira ficar comigo, pelo menos por um tempinho, o senhor sabe. Se o senhor não se incomodar.

— Me incomodar? Por que eu iria me incomodar? Mas como diabos você sabe disso? Você não fala espanhol, ela não fala inglês.
20.
— Dá para perceber essas coisas. — Harper disse as palavras misteriosamente, como se Sharpe não fosse entender. Depois sorriu. — Mas fico feliz porque o senhor está fazendo o que é certo, senhor, estou mesmo.

A COMPANHIA DE SHARPE

Sharpe gargalhou.

— Quem diabos é você para me dizer o que é certo?

Harper deu de ombros.

— Eu sou da fé verdadeira, sou sim. O senhor vai ter de criar a menininha como católica.

— Eu não pretendo criar a menininha.

— É, é verdade. Isso é trabalho de mulher, sem dúvida.

— Não foi o que eu quis dizer.

Ele queria dizer que Teresa não ficaria com o exército e ele não iria para as montanhas, por isso continuaria longe da filha e da esposa. Não por enquanto, mas chegaria a hora em que ela iria partir, e Sharpe se perguntou se estava se casando só para dar um sobrenome a Antonia, a legitimidade, algo que ele próprio jamais havia tido. Ficou sem graça com a cerimônia, se é que um padre apavorado no meio de soldados risonhos constituía uma cerimônia, mas sentiu uma alegria tímida, foi tocado pelo orgulho porque Teresa estava ao seu lado, e ele supunha que a amava. Jane Gibbons estava a muitos quilômetros e a mais impossibilidades de distância. Ouviu as palavras, ficou sem jeito e viu a felicidade no rosto da tia de Teresa.

Marido e mulher, pai de uma menina, capitão de uma companhia. Sharpe ergueu os olhos para além das árvores, para o céu amplo onde pairavam os francelhos, e então Teresa puxou seu cotovelo, falou algo em espanhol e ele pensou que entendia o que era. Olhou para ela, aquela beleza esguia, os olhos escuros e fortes, e se sentiu um completo idiota porque Harper estava rindo, assim como Hogan e a companhia, e a garota, Isabella, chorava de felicidade. Sharpe sorriu para sua esposa.

— Eu te amo.

Ele a beijou, lembrando-se daquele primeiro beijo, embaixo das lanças, e aquilo os havia levado até ali. Sorriu ao pensar nisso, porque estava satisfeito, e Teresa, feliz por ele estar sorrindo, apertou seu braço.

— Posso beijar a noiva, Richard?

Hogan abriu um enorme sorriso para os dois, segurou Teresa e lhe deu um grande beijo que fez os homens de Sharpe comemorarem. A tia deu um tapinha nos dois, falou para Sharpe num espanhol acelerado, depois enrubesceu por causa da sujeira e do sangue no uniforme dele. Então o tenente Price insistiu em beijar a noiva, e a noiva insistiu em beijar Patrick Harper, e Sharpe tentou esconder a felicidade porque acreditava que demonstrar emoção, qualquer emoção, era se expor à fraqueza.

— Aqui. — Hogan estendeu uma taça de vinho. — Com os cumprimentos do tio da noiva. À sua saúde, Richard.

— É um jeito engraçado de alguém se casar.

— Todos os jeitos são engraçados, não importa como você faça. — Hogan chamou a empregada que estava segurando Antonia, fez a jovem levantar a bebê e pingou vinho tinto na boquinha. — Pronto, querida. Não é toda menininha que vai ao casamento dos pais.

Pelo menos a criança estava bem. A doença, qualquer que fosse, havia passado, e os médicos, agradecendo a Deus porque não tinham feito nada, disseram que era um mal que passava com o crescimento. Eles deram de ombros, embolsaram o pagamento e se perguntaram por que Deus poupava os bastardos.

Eles saíram da cidade naquela tarde, um grupo armado que podia se defender da violência que ainda devastava Badajoz. Os mortos estavam nas ruas. O grupo subiu pela brecha do Santa Maria, e o fosso ainda estava cheio, repleto de corpos, tão cheio, que havia um calor que vinha das centenas e centenas de mortos. Alguns homens faziam buscas no meio da carnificina, procurando irmãos, filhos ou amigos. Outros paravam à borda do fosso e choravam por um exército, assim como Wellington havia chorado quando parou no *glacis*, e a grande pilha de cadáveres emitia vapor no frio de abril. Teresa, vendo as brechas pela primeira vez, murmurou em espanhol, e Sharpe notou que o olhar dela foi até a muralha, até os canhões silenciosos, e soube que ela estava imaginando o poder dos armamentos.

O coronel Windham estava no *glacis*, olhando para o lugar onde seu amigo Collett havia morrido, e se virou enquanto Sharpe e seu grupo subiam as escadas do fosso.

— Sharpe?

— Senhor?

Windham prestou continência, estranhamente formal no meio de tanta morte.

— Você é um homem corajoso, Sharpe.

Sharpe ficou sem graça. Deu de ombros.

— Obrigado. E o senhor também. Eu vi o ataque. — Ele parou, sem palavras, depois se lembrou do retrato. Enfiou a mão na casaca e entregou o retrato amassado e manchado da mulher do coronel. — Achei que o senhor gostaria de ter isso.

Windham olhou para o retrato, virou-o, virou-o de volta, depois olhou para Sharpe.

— Como diabos você o encontrou?

— Estava na barretina de um homem chamado Obadiah Hakeswill, senhor, que o roubou. Ele também roubou minha luneta. — A luneta tinha sido encontrada na mochila de Hakeswill e agora estava na de Sharpe. Ele balançou a cabeça na direção de Harper, parado ao lado de Isabella. — O sargento Harper não roubou nada, senhor.

Windham assentiu. A brisa sacudiu a borla de seu chapéu.

— Você devolveu a ele a patente de sargento? — O coronel sorriu, resignado.

— Sim, senhor. E em seguida vou dar a ele o fuzil e a jaqueta verde. Se o senhor não fizer objeções.

— Não, Sharpe. A companhia é sua. — Windham sorriu brevemente para Sharpe, talvez se lembrando da conversa sobre humildade, depois olhou para Harper. — Sargento!

— Senhor? — Harper deu um passo à frente e ficou em posição de sentido.

— Eu lhe devo um pedido de desculpas. — Sem dúvida, Windham estava profundamente sem graça por precisar falar com um subalterno.

— Não é preciso se desculpar, senhor! — O rosto de Harper estava firme, a postura formal. — Uma divisa de volta é muito atraente para as damas, senhor.

— Excelente! — Windham ficou aliviado por ser tirado da situação constrangedora. Ele assentiu para Sharpe. — Vá em frente, capitão Sharpe.

BERNARD CORNWELL

318

O grupo voltou ao acampamento, deixando o fedor dos mortos para trás. Os sons da cidade foram sumindo enquanto eles andavam. Passaram pelas trincheiras e pelas baterias, e Sharpe viu o lugar onde um artilheiro havia plantado flores de primavera num parapeito. O tempo estava mudando, esquentando a caminho de um verão escaldante, e ele soube que o exército iria marchar logo, para o nordeste, entrando no coração da Espanha.

Badajoz estava encerrada.

Naquela noite, três quilômetros abaixo, perto da estrada de Sevilha, uma figura que sofria espasmos caminhava com dificuldade fora do caminho principal murmurando consigo mesma, com a certeza de que não podia ser morta. Ele pegou a sacola de pano oleado com os bens roubados. Hakeswill estava desertando. Sabia que não poderia voltar. Tinha havido testemunhas da morte de Knowles e o retrato da esposa do coronel havia sido encontrado na barretina, portanto ele sabia que tudo o que o esperava era um esquadrão de fuzilamento. Inspirou o ar noturno e não se sentiu preocupado. Ele iria a algum lugar e encontraria alguma coisa, como sempre havia feito. Essa não seria a primeira noite que passaria completamente sozinho, sem teto, e sua silhueta sombria se lançou à noite, em busca de novos estragos que pudesse causar.

Um homem entra na brecha de uma muralha por um único motivo — orgulho —, e Sharpe estivera em uma. Havia subido ao alto da brecha, derrotando o medo, e tinha descido para se deparar com um horror que manchava a vitória como sangue o fazia com uma espada. Ele passou a noite em claro pensando nas ruas cheias de vinho, prata, loucura e sangue.

Ele havia esperado tanta coisa — uma patente de capitão, a vingança contra um funcionário público, uma companhia, uma mulher que ele amava e uma filha que ele nunca tinha visto, e as esperanças venceram em Badajoz. Ficou deitado na barraca de Leroy, já que o dono estava no hospital com um ferimento grave. A noite estava calma, escura, silenciosa pela primeira vez em semanas, e uma grande vitória tinha sido alcançada. Os portões da Espanha haviam sido arrombados. Olhou para sua mulher, linda à luz da fogueira que atravessava a lona, e se maravilhou por estar casado. Então olhou para a criança, cabelo escuro e nariz pequenino, que dormia entre eles, e o amor cresceu, incompreensível, incontrolável. Beijou a filha, Antonia, e à luz das chamas ela parecia bastante pequena e vulnerável. Mas estava viva, e era dele, seu único parente consanguíneo. Era dele, para ser protegida assim como ele deveria proteger todas as outras pessoas que gostavam dele, sentiam orgulho dele e sentiam orgulho por estar em suas fileiras: a companhia de Sharpe.

NOTA HISTÓRICA

Na manhã de 7 de abril de 1812, Philippon e os sobreviventes da guarnição se renderam no forte San Cristóbal, selando uma das vitórias mais famosas do exército britânico; a invasão de Badajoz.

No dia seguinte, por volta do meio-dia, Wellington ordenou que fosse erguido um cadafalso na praça perto da catedral, e, ainda que não haja evidência de que o cadafalso tenha sido usado, a ameaça bastou para trazer ordem às ruas da cidade. Assim terminou um dos episódios mais notórios do Exército britânico: o saque de Badajoz.

Nesta história tentei oferecer alguns motivos para o saque ter sido tão implacável. As regras da guerra toleravam isso e os instintos dos soldados que sobreviveram a uma batalha tão horrível exigiam isso. Esses soldados também suspeitavam, com alguma justificativa, de que os habitantes de Badajoz eram partidários dos franceses. Talvez nada disso desculpe seu comportamento; muitos soldados que saquearam a cidade não participaram do ataque, mas era motivo suficiente para o soldado comum no clímax que foi aquela noite de abril. Alguns historiadores sugerem, acanhados, que Wellington permitiu o saque e deixou que ele continuasse depois do primeiro dia, como um alerta a outras cidades que abrigassem guarnições francesas. Se foi verdade, o aviso não funcionou, como os britânicos descobririam um ano depois, em San Sebastian. A luta foi igualmente árdua lá, e o saque posterior foi igualmente horrendo.

A COMPANHIA DE SHARPE

O saque de Badajoz não deixou de ter uma famosa história de amor. Um tenente do 95° de Fuzileiros, Harry Smith, conheceu uma jovem espanhola de 14 anos, Juana María de los Dolores de León, que fugia do horror, e se casou com ela. Ela não estava totalmente incólume — os brincos tinham sido arrancados violentamente dos lóbulos das orelhas —, mas o tenente Smith a encontrou e a protegeu. Anos mais tarde, depois de o marido receber o título de cavaleiro, seu nome foi dado a uma cidade na África do Sul, uma cidade que também veria um cerco famoso: Ladysmith.

Tentei ser fiel aos fatos da campanha. Assim, por exemplo, os canhões instalados na muralha de Ciudad Rodrigo existiram, e a história do Batalhão de Nottinghamshire atravessando por cima das tábuas é verdadeira. Cada batalha descrita na história aconteceu, mas o ataque à represa não foi feito com a força de um batalhão nem tão no começo do cerco. Ele aconteceu em 2 de abril, sob o comando do tenente Stanway, dos engenheiros, que, como o infeliz Fitchett, não conseguiu levar pólvora suficiente, de modo que a explosão não deu resultado.

Na manhã de 7 de abril, abaixo das brechas, foi encontrada uma quantidade de corpos ainda quentes, e observadores supuseram que o número seria de mil e duzentos a mil e trezentos mortos. Wellington chorou ao ver isso. Muitos historiadores o culparam por atacar cedo demais, porém, dadas a pressão sobre ele e à falta de uma equipe de engenheiros adequada, é difícil criticar sua decisão. Não existe um melhor general do que aquele que vê os acontecimentos em retrospectiva. Badajoz foi dominada pela pura bravura, uma bravura como a do tenente-coronel Ridge, do 5° de Fuzileiros, cujos feitos peguei emprestados e dei ao capitão Robert Knowles. Ridge morreu com um tiro no fim da luta e Napier lhe deu um famoso epitáfio: "E naquela noite nenhum homem morreu com glória maior, ainda que muitos tenham morrido, e que tenha havido muita glória."

O romance não faz justiça à Quinta Divisão, cujo ataque ao bastião San Vincente, que aconteceu tarde, foi o maior responsável pela queda da cidade. Não houve Esperança Vã na terceira brecha, a central, e os relatos sobre a noite diferem quanto a algum homem ter sequer chegado a essa brecha. A Divisão Ligeira afirmou que alguns de seus mortos foram encontrados nas encostas da brecha, mas a maioria dos sobreviventes discorda, e assim, com a liberdade de um romancista, eu peguei a brecha para Sharpe. Houve um ataque final contra as muralhas, que teve sucesso, mas Wellington só o ordenou quando teve certeza de que a Quinta Divisão estava na retaguarda dos defensores. Os puristas também ficarão ofendidos porque Sharpe atacou Ciudad Rodrigo com a Terceira Divisão e Badajoz com a Quarta, mas é destino dos soldados ficcionais estar sempre onde a luta é mais difícil, mesmo quando isso significa uma desconsideração arbitrária com a composição das divisões. Alguns batalhões se envolveram nos dois ataques, notavelmente os da Terceira Divisão e a Divisão Ligeira, assim meu pecado não é tão grande.

Com essas exceções, tentei ser preciso com relação aos acontecimentos reais. As cartas e os diários da campanha, como sempre, são uma rica fonte de informações. Assim, por exemplo, os detalhes no livro sobre as condições climáticas diárias são extraídos dos diários, e sinto uma dívida constante para com aqueles soldados mortos há muito, cujas memórias saqueei. Um mito deve ser posto para descansar. Badajoz não foi atacada no Domingo de Páscoa. O dia 6 de abril foi a segunda segunda-feira depois da Páscoa de 1812, e a imaginação não pode mudar esse fato.

As muralhas do castelo de Badajoz permanecem sem nenhuma mudança, o único acréscimo ao cenário é uma estrada que passa ao pé da colina do castelo. As brechas dos dois bastiões foram consertadas e o fosso gigante é agora um jardim municipal. O declive sumiu totalmente. A região próxima às brechas, como na colina de San Miguel, foi reconstruída. A área próxima ao Trinidad está escondida por construções comuns, e a do Santa Maria, por um estádio de tourada moderno e notavelmente feio. A área da brecha central ainda é uma passagem na muralha, as defesas entre os dois bastiões foram amplamente destruídas, mas é possível subir até os parapeitos, chegar às ameias e se maravilhar com a coragem de homens capazes de atacar um lugar assim. As defesas de Ciudad Rodrigo estão mais bem preservadas; os reparos da brecha são visíveis acima do declive e as marcas das balas de canhão britânicas permanecem na torre da igreja. O forte San Cristóbal, do outro lado do rio, diante de Badajoz, está em condições quase perfeitas. O South Essex poderia entrar nele amanhã e prepará-lo para a defesa em uma hora. As defesas mais bem preservadas de todas são as de Elvas, do outro lado da fronteira, e todas valem a pena ser visitadas.

As placas memoriais no bastião Trinidad — onde a estrada para Madri entra em Badajoz — lembram o ataque e o saque da cidade, mas não o de 6 de abril de 1812. Elas lembram agosto de 1936, e alguns habitantes ainda se recordam do massacre depois de as tropas de Franco atacarem. A história tem um jeito triste de se repetir em Badajoz. Não é uma cidade bonita; algumas pessoas a descreveram como sombria, como se os fantasmas de muitas batalhas percorressem as ruas, mas eu não achei isso. Como em outros lugares em Portugal e na Espanha, encontrei muita gentileza e cortesia, e recebi toda ajuda nas minhas pesquisas.

As últimas palavras neste livro podem ser deixadas com um homem acostumado a ter a última palavra: Wellington. Escrevendo ao ministro da Guerra e falando sobre suas cinco mil baixas, ele disse: "A captura de Badajoz permite uma das maiores demonstrações da galanteria de nossas tropas que já foram vistas. Mas espero enormemente jamais ser de novo o instrumento para testá-las."

A HISTÓRIA DE SHARPE

Frequentemente me perguntam de onde veio Sharpe; se eu o modelei a partir de alguma pessoa real cujas memórias encontrei ou se ele é baseado em algum amigo, mas a verdade é que ele é inteiramente fictício. Lembro-me de ter escrito uma antiga história a seu respeito, porém ele ainda não se chamava Sharpe. Na época eu era produtor de televisão e gostava do que fazia, mas sempre quis ser escritor, e desde que li Hornblower na infância tentei encontrar uma série de livros que fizesse pelo exército de Wellington o que C. S. Forester tinha feito pela marinha de Nelson. Ninguém escreveu a série, por isso, num dia úmido em Belfast, comecei. Não cheguei a lugar nenhum.

Então, em 1979, conheci Judy, uma americana. A flecha do Cupido me acertou com a precisão de uma bala de fuzil disparada por Daniel Hagman. Judy, por diversos bons motivos, não podia se mudar dos Estados Unidos, por isso decidi abandonar a televisão, desistir de Belfast e ir para a América. O problema era que o governo americano, em sua sabedoria, me recusou uma permissão de trabalho, por isso, levianamente, prometi a Judy que ganharia a vida como escritor, e a única coisa que eu queria escrever era a tal série de Hornblower como soldado. Por isso coloquei uma máquina de escrever numa mesa da cozinha em Nova Jersey e comecei de novo. Dessa vez, diferentemente da primeira tentativa em Belfast, a situação era mais desesperadora. Se Sharpe me falhasse ou, mais provavelmente, se eu falhasse com Sharpe, o caminho do amor verdadeiro se depararia com um

A COMPANHIA DE SHARPE

gigantesco bloqueio rodoviário. O pouco dinheiro que eu tinha não iria durar muito, de modo que a velocidade era essencial, e *A águia de Sharpe* foi escrito rápido. O que eu sabia sobre meu herói? Que ele seria um fuzileiro, porque o fuzil só era usado pelas tropas de Wellington e isso lhe daria uma vantagem sobre o inimigo. Sabia que ele não poderia ficar com seu amado 95º Regimento de Fuzileiros porque eu estaria limitado a descrever apenas as ações do 95º, e queria a liberdade de tê-lo em todas as ações possíveis. Sabia que ele era um oficial que tinha subido a partir da base, porque isso lhe daria alguns problemas em seu próprio exército, mas afora isso não havia muita coisa. Eu o descrevi no início do livro como alto e de cabelos pretos, o que estava ótimo até Sean Bean aparecer. Depois disso tentei não mencionar de novo a cor dos cabelos. Dei a ele uma cicatriz na bochecha, mas jamais consigo lembrar qual bochecha tem a marca e suspeito de que isso mude de livro para livro. O que não lhe dei foi um nome, porque estava procurando algo tão memorável e curioso como Horatio Hornblower. Dias se passaram, mais páginas se empilharam na cozinha, e ele continuava sendo chamado de tenente XXX. Fiz uma lista de nomes, nenhum funcionava, e isso começou a me incomodar, até a travar a escrita, por isso decidi dar um nome temporário a esse fuzileiro. Chamei-o de Richard Sharpe por causa do grande jogador de rúgbi da Cornualha e da Inglaterra, Richard Sharp, e achei que iria mudá-lo quando surgisse o nome certo. Mas, claro, o nome pegou. Em um ou dois dias eu já estava pensando nele como Sharpe, e assim permaneceu.

O nome de Patrick Harper foi mais fácil de dar. Eu tinha morado em Belfast nos anos anteriores a escrever Sharpe e havia adquirido um carinho pela Irlanda que jamais diminuiu. Eu tinha um amigo em Belfast chamado Charlie Harper, com um filho chamado Patrick. O problema era que a família Harper não gostava dos ingleses, e não tinha motivos para gostar, e me preocupei com a possibilidade de eles se ofenderem caso eu desse o nome de seu filho a um soldado do exército britânico. Pedi a permissão deles, que foi dada de boa vontade, e assim Harper marchou com Sharpe desde então.

O livro ficou pronto em cerca de seis meses, e eu não fazia ideia se ele era bom, mas descobri um agente literário em Londres que encontrou um editor. E assim *A águia de Sharpe* foi lançado em 1981. Nunca o reli, mas não faz muito tempo que um leitor me contou sua reação àquele primeiro livro de Sharpe. "Achei que seria um livro como um outro qualquer, mas quando Sharpe matou Berry eu soube que era diferente. Outros heróis jamais teriam feito isso. Todos são oficiais e cavalheiros, mas não Sharpe", disse ele. Assim, desde o início Sharpe era um patife. Berry era outro oficial britânico que conseguiu incomodar Sharpe, o que jamais é algo sensato a se fazer, talvez porque Sharpe seja tão alimentado pela raiva. É a raiva de uma infância infeliz, de um homem obrigado a lutar para obter cada vantagem que outros receberam, e essa raiva sempre impeliu Sharpe. Ela o torna muito diferente de Hornblower, que é muito justo e honrado. Sharpe é um patife, e perigoso, mas é um patife que está do nosso lado.

"Ele jamais poderia andar com aquela espada", disse-me um especialista após a publicação de *A águia de Sharpe*. "Aquela espada" era a espada padrão da Cavalaria Pesada de 1796, uma lâmina brutal, com péssimo equilíbrio e ineficaz, mas eu gostava da ideia de Sharpe, um homem alto, carregar aquela arma de açougueiro. Gastei algum dinheiro do qual não poderia abrir mão na compra de uma espada de cavalaria (o vendedor me garantiu que ela foi usada em Waterloo e gosto de achar que é verdade) e descobri que ela podia ser usada. Pendurei-a num cinto e ela ficou bem, de modo que estava ótimo, e a partir desse dia Sharpe carregou a espada.

A história do cerco de Badajoz em 1812 é uma das grandes narrativas da guerra. Era a história que eu realmente queria contar no primeiro livro de Sharpe, mas achei que talvez não tivesse capacidade para fazer isso como autor estreante, por isso comecei com Sharpe em 1809. A história de Badajoz, com todo o seu horror e heroísmo, vem no terceiro livro de Sharpe, *A companhia de Sharpe*. Esse livro também apresenta o maldoso sargento Obadiah Hakeswill. Não faço ideia de onde ele veio. Um dia eu estava andando de carro e o nome simplesmente saltou na minha mente. Hakeswill. É um nome maravilhosamente vilanesco, e ele se mostrou um vilão terrível. Mas por que o pescoço "obscenamente mutilado" de Hakeswill? Porque ele havia sobrevivido a um enforcamento judicial. Lembro-me de ter escrito isso e feito uma pausa. Será que alguém acreditaria? Será que eu estava esticando não somente o pescoço de Obadiah mas também a verossimilhança? Quase cortei isso, achando que receberia cartas cheias de escárnio, mas de algum modo pareceu absolutamente certo que Obadiah tivesse sido enforcado e sobrevivido, portanto deixei assim. Até que, dois meses depois, descobri que tantas pessoas sobreviveram a enforcamentos judiciais que o Royal College of Surgeons possuía um estatuto legal sobre o modo como esses sobreviventes deveriam ser tratados pelos membros da instituição. Os corpos dos criminosos enforcados eram vendidos aos cirurgiões para dissecação, e um número suficiente estava vivo ao chegar aos hospitais a ponto de tornar o estatuto necessário (eles eram ressuscitados e, na maioria, enviados para a Austrália). Longe de improvável, parecia que a história de Obadiah era quase um lugar-comum. Obadiah, tão maravilhosamente retratado por Pete Postlethwaite na série de TV, foi um daqueles personagens que saem de lugar nenhum para animar um livro, e outro foi Lucille, a francesa com quem Sharpe irá passar o resto da vida. De todas as coisas que Sharpe já fez, estabelecer-se na França foi a que mais me surpreendeu! Eu sabia que seu casamento com Jane Gibbons estava indo bem, porém presumi que ele encontraria outra mulher e iria se estabelecer no interior da Inglaterra. Sempre pretendi que Lucille fosse um prêmio de consolação para o amigo de Sharpe, William Frederickson, que havia suportado muita coisa por ele, mas nunca tinha sido feliz no amor. Pensei que Lucille Castineau seria perfeita para o "Doce William", mas, de maneira perversa, Sharpe se apaixonou por ela. Tentei impedir isso, mas, quando um personagem assume vida própria assim, há muito pouco que o escritor possa fazer, e desse modo Sharpe e Lucille se apaixonaram perdidamente, e o pobre Frederickson é ofendido e posto de lado.

Fiquei atônito quando Sharpe foi morar na França, mas agora isso parece inevitável. Sharpe sempre foi um deslocado e jamais poderia ficar contente na Inglaterra depois da guerra. Mas, como soldado britânico vivendo no meio dos ex-inimigos, ele é tão feliz como quando era um soldado raso sobrevivendo no refeitório dos oficiais. Ele gosta de ser aquele que não se encaixa. E ama Lucille. Sorte de Sharpe, porém duvido de que ele acreditasse que estava com sorte quando, do nada, o imperador

BERNARD CORNWELL

escapou de Elba e Sharpe se viu lançado inesperadamente na campanha de Waterloo. O drama dessa campanha é tamanho que nenhuma trama ficcional pode se igualar. Não somente o drama do dia propriamente dito quando, até o último instante, parecia que os franceses venceriam, mas o drama humano dos dois maiores soldados da era se encontrando finalmente num campo de batalha.

Ninguém questionaria o lugar de Napoleão no panteão dos grandes líderes militares, no entanto, em meu entendimento, Wellington é um general muito maior no campo de batalha. Wellington, claro, jamais foi um "líder guerreiro" como Napoleão. Não jogava dados com nações. Ele atuava num nível mais modesto, como líder de um exército, e é notável que, diferentemente do imperador, jamais tenha sofrido uma derrota num campo de batalha. Ele possuía um grande talento militar, um olhar límpido, a mente decidida e uma percepção ampla do que seus homens eram capazes de fazer. Seus soldados gostavam dele. Não o amavam como os soldados franceses amavam Napoleão, porém o imperador era um político que sabia captar o afeto dos homens. Em troca, eles o adoravam. Mas Wellington? Ele não queria ser adorado. Dizia que não tinha conversa fiada. Não sabia conversar com soldados comuns — na verdade era um esnobe desavergonhado —, mas seus homens gostavam dele porque sabiam que não arriscava suas vidas sem necessidade. Na batalha, ele os protegia, em geral colocando-os numa encosta reversa onde estavam fora do campo de visão do inimigo, e os soldados de seu exército sabiam que ele não jogava fora suas vidas com leviandade. Depois de Austerlitz, um general francês lamentou o vasto número de franceses mortos no campo de batalha e recebeu um olhar de desprezo de Napoleão. "As mulheres de Paris podem substituir esses homens em uma noite", disse o imperador. Wellington jamais diria isso.

Somente nos cercos Wellington perdia sua capacidade de manter o mínimo de baixas, mas ele nunca foi bom em sitiar fortalezas. Na batalha, porque sabia como era difícil substituir mortos e feridos, esforçava-se para manter os homens em segurança até o momento de expô-los. Uma vez lhe perguntaram qual era o maior elogio que já havia recebido, e ele disse que tinha visitado os feridos depois da batalha de

Albuera. Foi uma batalha pavorosa em que os britânicos eram comandados pelo general Beresford e quase terminou em desastre. As baixas britânicas foram terrivelmente altas. "O inimigo foi derrotado", disse o comandante francês, "mas não ficou sabendo." A batalha foi vencida, porém a um preço altíssimo, e dois dias depois Wellington visitou os feridos. Como sempre ele ficou sem palavras quando teve de falar com os soldados comuns. Chegou a um cômodo grande no convento, onde dezenas de casacas-vermelhas estavam deitados, sofrendo com dores. Declarou que não sabia o que dizer, por isso pigarreou e, debilmente, falou que lamentava ver tantos deles ali. "Milorde", disse um cabo entre os feridos, "se o senhor tivesse sido vencido na batalha, não seríamos tantos aqui." De fato, foi um ótimo elogio.

Por trás de quase todos os livros da série está o relacionamento entre Wellington e Sharpe. Eles não são homens que instintivamente gostariam um do outro. O duque, como ele se tornou, é frio e taciturno. Não aprovava homens como Sharpe. Não gostava de ver oficiais promovidos a partir da base; "eles sempre passam a beber", dizia em tom superior. Sharpe, por outro lado, despreza homens como Wellington, que nasceram com os privilégios do posto, do dinheiro e dos contratos. Sharpe não pode pagar para subir a escada de promoções do Exército, mas foi assim que Wellington obteve suas primeiras promoções. Porém, os dois estão ligados inextricavelmente porque um dia Sharpe salvou a vida de Wellington. O general sabe que deveria ser agradecido, e é, de modo relutante. Sharpe, que deveria sentir aversão pelo general, em vez disso o admira. Sabe reconhecer um bom soldado. O nascimento e o privilégio não têm nada a ver com isso, a eficiência é tudo. Os dois jamais serão amigos, sempre serão distantes, mas precisam um do outro. Acho que até gostam um do outro, porém nenhum dos dois sabe como cobrir a distância para expressar esse apreço. E Sharpe está sempre fazendo coisas exageradamente dramáticas, que o duque desaprova. Ele gostava de oficiais constantes, discretos, que cumpriam o dever em silêncio, e estava certo em aprovar esse tipo de homem. Sharpe não é nem um pouco silenciosamente obediente. Ele se destaca, mas mesmo assim é muito útil no campo de batalha.

BERNARD CORNWELL

Sempre achei que Waterloo marcaria o fim da série de Sharpe. Tinha escrito onze romances, o mesmo número da série de Forester sobre Hornblower, e havia levado Sharpe de Talavera a Waterloo, e agora seu mundo estava em paz. Sharpe poderia retornar à Normandia e a Lucille, enquanto eu tentaria escrever outros livros. Sharpe estava encerrado.

As coisas se complicaram. Na verdade, tinham se complicado dois anos antes, quando uma empresa de produção de TV anunciou que desejava fazer uma série sobre Sharpe. Claro que fiquei animado, mesmo não acreditando que os filmes seriam feitos. Mas havia a chance de uma empresa de produção espanhola investir no projeto. O que os produtores precisavam, portanto, era de uma nova história situada no início da carreira de Sharpe, que incluísse um herói espanhol. Eu ainda não achava que o projeto chegaria a algum lugar, porém seria idiotice ignorar a chance de que pudesse chegar, por isso escrevi *Os fuzileiros de Sharpe*, tendo Blas Vivar como o espanhol que poderia gerar o cheque desejado. O livro foi publicado, no entanto não ouvi mais falar sobre nenhuma série de televisão e deduzi que os filmes propostos foram um clarão na caçoleta. Um clarão na caçoleta é quando uma pederneira de mosquete aciona a pólvora da caçoleta, mas não dispara a carga principal no cano. Porém, eu estava errado, os filmes seriam feitos, uma equipe estava na Ucrânia, atores estavam lá, e então, de modo igualmente súbito, tudo recomeçou. O ator que faria o papel de Sharpe teve um acidente grave jogando futebol contra os figurantes ucranianos e não poderia trabalhar durante seis meses, e todo o projeto parecia condenado. De algum modo, eles o resgataram, mas agora precisavam de um novo ator para fazer Sharpe, e precisavam dele muito rápido. Não havia tempo para testes, e o único ator disponível era Sean Bean, que inesperadamente se viu num avião para Simferopol (conhecido por toda a equipe de filmagem como *Simply-Awful* — Simplesmente Medonho). Esse foi um acidente de sorte, porque não consigo imaginar nenhuma outra pessoa como Sharpe; ouço a voz de Sean quando escrevo Sharpe. É uma maravilhosa coincidência entre ator e personagem.

A Companhia de Sharpe

Antes disso, tendo abandonado qualquer esperança de ver a série de televisão, eu havia começado os livros de Nathaniel Starbuck, a história de um jovem nortista que se vê lutando pela Confederação na Guerra Civil Americana. Eu estava gostando desses livros, mas assim que a filmagem de Sharpe começou ficou claro que eu deveria voltar a escrever livros sobre ele, e que isso implicava levar Sharpe de volta à Índia.

A Índia sempre havia feito parte do passado de Sharpe. Mesmo no primeiro livro, *A águia de Sharpe*, ela é mencionada. Isso ajudava a explicar muito sobre o fuzileiro; como ele havia aprendido a ler e, de modo crucial, como tinha salvado a vida de Wellington e fora recompensado com uma patente. Portanto, a Índia havia sido útil para mim, mas eu nunca tivera intenção de contar as histórias lá ocorridas. Eu sabia muito pouco sobre o lugar, e as fontes sobre as campanhas indianas de Sir Arthur Wellesley — como Wellington se chamava na época — eram muito escassas comparadas com a vasta quantidade de escritos sobre suas campanhas peninsular e de Waterloo. Também tinha a convicção de que não poderia escrever de modo convincente sobre qualquer batalha a não ser que tivesse visitado o local, e eu nunca havia ido à Índia e era cauteloso com relação a isso porque imaginava que os campos de batalha tivessem mudado a ponto de não serem reconhecíveis. Mas por acaso esses campos de batalha indianos eram os locais menos alterados que já visitei. Seringapatam, onde se passa *O tigre de Sharpe*, era uma cidade considerável quando os ingleses a sitiaram em 1799. Eu suspeitava de que teria de me revirar em becos ocultos para encontrar ao menos algo remanescente da cidade que Sharpe conhecia, mas descobri que Seringapatam tinha encolhido até virar um povoado, de modo que as fortificações impressionantes cercam uma vasta área de terreno vazio. É um lugar maravilhoso.

Uma das alegrias de escrever romances históricos é "explicar" os pequenos cantos inexplicáveis da história real. Um desses mistérios é o que causou a explosão terrível em Almeida, descrita em *O ouro de Sharpe*, e outra é como o sultão Tipu morreu em Seringapatam. Sabemos que ele levou um tiro na Comporta, um túnel que passava através das muralhas, porém o soldado britânico que o matou jamais foi descoberto. Ele seria recompensado, mas nunca revelou sua ação, provavelmente porque Tipu, ao morrer, estava coberto de joias. Esse soldado desconhecido ficou muito rico naquele dia e sem dúvida temeu que seu saque fosse confiscado. Assim, Sharpe toma seu lugar.

Sharpe começa *O tigre de Sharpe* como soldado e termina como sargento. Além disso, aprendeu a ler nas masmorras de Tipu, de modo que agora tem duas das qualificações necessárias para ser promovido. Essa promoção ocorre na segunda aventura na Índia, *O triunfo de Sharpe*, que conta a história extraordinária da batalha de Assaye, e no coração dessa batalha está outro desses pequenos mistérios. Sabemos que Sir Arthur Wellesley, enquanto galopava pelo campo de uma ponta de seu exército à outra, ficou na linha dos tiros inimigos. Seu cavalo, Diomed, havia sido ferido no peito por uma lança, o general escorregou da sela e foi cercado por seus inimigos maratas. Ele sobreviveu, mas sempre relutou em descrever exatamente o acontecido. Numa carreira notável pela proximidade constante com o perigo mortal e pelo fato de ter evitado todo tipo de ferimentos, a não ser os mais superficiais, essa sobrevivência foi o contato mais próximo do duque com a morte. Porém, o que aconteceu? Ele não quis dizer, no entanto eu precisava de um acontecimento que catapultasse Sharpe para o alojamento dos oficiais. Esse evento precisava ser uma demonstração de bravura extraordinária, e a sobrevivência milagrosa de Wellesley me deu a oportunidade perfeita. Esse é o momento crucial de toda a carreira de Sharpe. Leva-o a ser percebido por Wellesley, torna-o um oficial e dá início a sua reputação.

Sharpe, claro, precisava retornar da Índia, e me ocorreu, um tanto maliciosamente, que essa viagem para casa deveria levá-lo inevitavelmente não muito longe do cabo de Trafalgar e, como sua última luta na Índia foi em 1804 e como a Batalha de Trafalgar foi travada em 1805, pareceu uma travessura irresistível de minha parte. Afinal de contas, Hornblower jamais chegou a Trafalgar, mas por que Sharpe não deveria lutar lá? E lutou, um dos poucos homens — descobri outros dois — que estiveram presentes em Trafalgar e Waterloo.

A COMPANHIA DE SHARPE

Com frequência me perguntam quantos romances a mais serão escritos sobre Sharpe, e sempre respondo que são cinco. Disse isso quando havia apenas cinco romances publicados, de novo quando eram seis, e continuei dizendo. Digo cinco porque é uma resposta mais fácil que tentar dizer a verdadeira: não sei. Só sei que haverá mais histórias, e algumas, como a vigésima primeira da série, irão me surpreender. Judy e eu fomos convidados a um casamento em Jerez de la Frontera, uma cidade não muito longe de Cádis, no sul da Espanha, e muito distante de qualquer lugar onde Wellington tinha lutado. Mas perto de Cádis fica Barrosa, um pequeno balneário à beira-mar, e foi em Barrosa que os britânicos, sob o comando de Sir Thomas Graham, capturaram a primeira das muitas águias francesas que eles tomariam durante as guerras. Achei que seria interessante ver o campo de batalha, mesmo não tendo nada a ver com Sharpe ou Wellington, e assim, sob a influência de uma ressaca gigantesca — os casamentos na Espanha são espetaculares —, fomos a Barrosa. Não resta quase nada do campo de batalha, mas fiquei no morro onde o batalhão improvisado do major Browne marchou para a morte certa e olhei para além das gruas de construção no terreno mais baixo, onde os irlandeses do major Gough tomaram a águia do 8º Regimento francês e pensei: Sharpe precisa estar aqui. Não fazia ideia de como levá-lo a Cádis, mas o pensamento em escrever sobre Barrosa era incrível, e assim nasceu *A fúria de Sharpe*.

Haverá mais livros sobre Sharpe (mais cinco, talvez?). Agora não sei que histórias eles contarão, mas sei que serão uma homenagem ao heroísmo do soldado britânico. Há uma ideia estranha — ouvi-a sendo divulgada por um professor na Radio Four, não faz muito tempo — de que o exército de Wellington era uma massa de escória humana nascida na sarjeta, comandada por aristocratas e disciplinada pela brutalidade. Isso é pura bobagem. Não é possível vencer guerras com um instrumento assim. Havia pouquíssimos aristocratas, a maioria dos oficiais era o que chamaríamos de classe média, e no fim da guerra muitos, como Sharpe, foram promovidos ascendendo de postos inferiores. O moral do exército era elevado e um livro de memória após o outro revela o respeito mútuo entre oficiais e soldados. Eles brincavam, sobreviviam, suportavam castigos terríveis, mas lutavam como demônios e venciam batalha após batalha. Sharpe é um deles. Sempre pensei nele como um patife, mas isso pode não ser ruim. Uma vez falei com um suboficial reformado que fazia um programa para adolescentes viciados em drogas e ele me disse que "um soldado trava batalhas pelos que não podem lutar por si mesmos". Acho que é o resumo mais brilhante do objetivo de um soldado que já ouvi, e o usei nos livros de Sharpe mais de uma vez. Sharpe luta pelos que não podem lutar por si mesmos, e luta de modo sujo, motivo pelo qual é tão eficiente. Também é por isso que gosto dele, e um dia Sharpe e Harper marcharão de novo.

Bernard Cornwell

Este livro foi composto na tipologia ITC New
Baskerville Std, em corpo 10,5/16, e impresso
em papel off-white no Sistema Cameron da
Divisão Gráfica da Distribuidora Record.